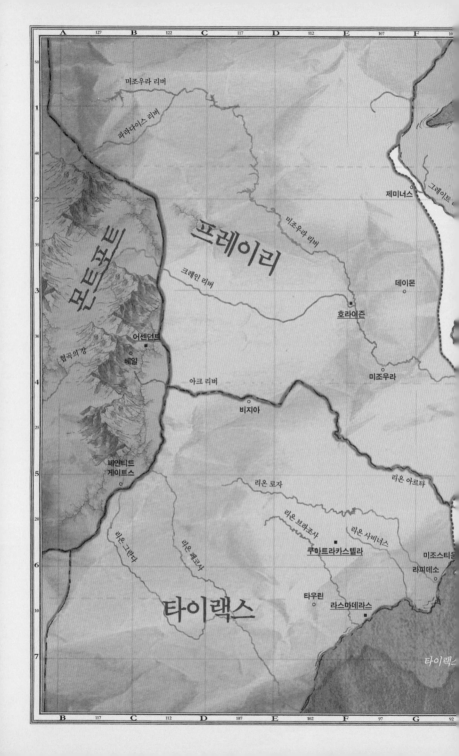

레드 퀸 : 왕의 감옥 II

RED QUEEN #3:
KING'S CAGE
by Victoria Aveyard

Copyright © Victoria Aveyard 2017
All rights reserved.

Map © 2017 by Victoria Aveyard
Illustrated by Amanda Persky. Used with permission.
All rights reserved.

Korean Translation Copyright © Minumin 2019

Korean translation edition is published by arrangement with
Victoria Aveyard c/o NEW LEAF LITERARY & MEDIA INC through EYA.

이 책의 한국어 판 저작권은 EYA를 통해
NEW LEAF LITERARY & MEDIA INC와 독점 계약한 ㈜민음인에 있습니다.
저작권법에 의해 한국 내에서 보호를 받는 저작물이므로 무단 전재와 무단 복제를 금합니다.

레드 퀸 : 왕의 감옥 II

빅토리아 애비야드 | **김은숙 옮김**

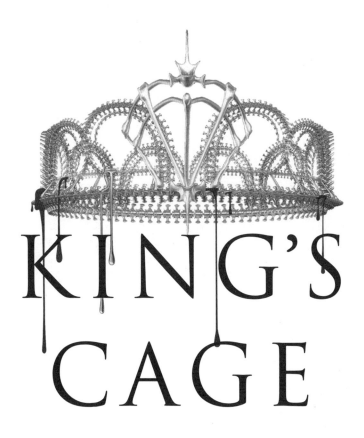

KING'S
CAGE

황금가지

차례

제17장

메어

아케온으로 돌아오는 길은 여러 날이 걸린다. 거리 때문이 아니다. 레이크랜즈의 왕이 조신들에 군인들에 심지어 적혈 하인들까지 해서 적어도 1000명은 될 사람들을 달고 왔기 때문도 아니다. 이건 순전히 노르타 왕국 전체가 갑자기 뭔가 축하할 일이 생겼기 때문이다. 전쟁의 종식과 다가올 결혼 말이다. 이제는 끝도 없는 메이븐의 행렬은 아이언 로드, 그 다음에는 로열 로드를 따라서 뱀처럼 구불구불 이어지며 기듯이 간다. 은혈들과 적혈들이 비슷하게, 자신들의 왕을 한 번이라도 보길 원하는 마음으로 환호하러 나온다. 메이븐은 항상 자신의 의무를 충실히 수행하느라, 아이리스를 옆에 낀채 군중들을 맞으러 차를 세운다. 레이크랜즈를 향한 증오심이 당연한 의무처럼 마음속 깊이 심어져 있음에도 불구하고, 노르타 인들은 그녀 앞에 고개를 숙인다. 그녀는 호기심의 대상이자 축복의 상징이

다. 다리. 심지어 오렉 왕조차 미적지근한 환영을 받는다. 예의바른 박수라든가, 존경심 어린 절 같은 것 말이다. 오래된 적이 앞으로 긴 길을 함께할 동맹으로 변모했다.

그것은 메이븐이 매번 강조하는 말이기도 하다.

"노르타와 레이크랜즈는 이제 단결하여 일어섰으며, 앞으로 긴 길을 함께해 나갈 것이다. 우리 왕국들을 향한 모든 위험에 함께 맞설 것이다."

당연히 진홍의 군대를 의미하는 말이다. 코르비움을 말하는 것이기도 하고. 칼과, 반역을 저지른 가문들과 권력을 움켜쥐고 있는 메이븐의 보잘것없는 아귀힘을 위협하는 것이라면 무엇이든, 어떤 것이든 말이다.

전쟁 전의 날들이 어땠는지 기억하는 생존자들은 아무도 없다. 나의 나라는 평화가 어떤 모양인지도 알지 못한다. 그러니 사람들이 이 상황을 평화라고 오인한다고 한들 놀랄 일은 아니다. 곁을 스치는 모든 적혈들의 얼굴을 향해 소리를 지르고만 싶다. 모두가 볼 수밖에 없도록 내 몸에 그 말들을 새기고 싶다. 덫. *거짓말*. 음모. 내 말에 더 이상은 어떤 의미가 없다고 하더라도. 나는 너무나 오래 누군가의 꼭두각시로 지내 왔다. 내 목소리는 내 것이 아니다. 내 행동만이 유일하게 내 것인데 그조차 환경에 심하게 제한당하고 있다. 할 수만 있었다면 스스로의 처지에 절망이라도 했겠지만, 그런 감정 속에서 뒹굴던 날들은 오래 전에 사라졌다. 그래야만 한다. 아니라면 나는 어린아이의 뒤로 질질 끌려 다니는 텅 빈 인형이 되어, 온몸 구석구석이 전부 텅텅 빈 채로 그저 익사할 것이다.

난 탈출할 거야. 난 탈출할 거야. 난 탈출할 거야. 그 말을 감히 입 밖으로 내지는 않는다. 대신 마음속을 그 말들이 달리고 관통하며, 종국에는 심장 박동과 함께 뛴다.

우리 여정 내내 누구도 내게 말을 걸지 않는다. 심지어 메이븐조차 그렇다. 그는 자기 약혼녀를 넌지시 떠 보는 것만으로도 바쁘다. 그녀는 이미 메이븐이 어떤 종류의 사람인지 파악하고 그에 맞춰 준비하고 있는 거 같은 기분이 들긴 한다. 그녀의 아버지와 함께, 그들이 서로를 죽였으면 좋겠다.

아케온의 키 큰 첨탑들은 익숙하지만, 편안한 기분은 없다. 차량들은 내가 전부 너무나 잘 알고 있는 감옥의 아가리 안으로 굴러 들어간다. 도시를 관통하여, 시저의 광장과 화이트파이어의 으리으리한 구내로 향하는 가파른 길을 따라 올라서. 선명한 파란 하늘 위로 태양은 믿을 수 없을 정도로 환하다. 거의 봄이 되었다. 이상한 기분이다. 내 안의 어떤 부분이 수감 생활로 인해, 겨울이 영원히 계속될 것처럼 생각했던 것 같다. 왕궁의 감옥 안에서 계절들이 변화하는 것을 지켜보는 삶을 버텨낼 수 있을지 잘 모르겠다.

난 탈출할 거야. 난 탈출할 거야. 난 탈출할 거야.

달걀이랑 트리오가 자기들 사이에 나를 끼우고 거의 내보내다시피 차량 밖으로 밀어내더니 화이트파이어의 계단 위로 행진한다. 공기는 따뜻하고, 축축하며 신선하고 깨끗한 냄새가 난다. 햇빛 아래에서 좀 더 몇 분만 머물렀다면 진홍색과 은색이 뒤섞인 재킷 아래로 땀이 나기 시작했을 것이다. 하지만 몇 초 만에 나는 왕이 몸값을 지불한 샹들리에 아래를 걸어서 궁전 안에 들어와 있다. 놈들은 더 이상 그렇게 신경이 거슬리지 않는다. 나의 처음이자 유일했던 탈출 시도 이후로는 그렇다. 사실, 그것들을 볼 때면 거의 미소가 나올 지경이다.

"집에 오니 행복한가 봐?"

누군가가 내게 말을 걸었다는 것과 그 말을 건 사람이 정확히 누구인가 하는 점 양쪽 모두 똑같이 놀랍다.

나는 절을 할 뻔했던 깊은 욕구를 억누르며 그녀를 마주보러 섰을 때 등을 똑바로 편다. 아벤들도 필요하다면 나를 움켜잡을 수 있을 정도로 가까운 거리에 멈추어 선다. 내 기력을 조금씩 고갈시키는 그들 능력의 파동이 느껴진다. 그녀의 경호원들도 똑같이 경계를 한 채, 차렷 자세로 우리를 둘러싼다. 저 사람들에게는 여전히 아케온과 노르타가 적진으로 여겨지지 않을까 생각해 본다.

"공주님."

나는 대답한다. 그 호칭에서 신 맛이 나지만, 메이븐의 약혼자 중 또 다른 하나를 대놓고 적대할 필요성을 아직 그다지 찾지 못했다.

그녀의 여행복은 믿을 수 없을 정도로 평범하다. 그저 딱 붙는 바지에 어두운 푸른색 상의를 허리에 매고 있는데, 그건 그녀의 모래시계 같은 체형을 더 돋보이게 한다. 보석도, 왕관도 하지 않았다. 머리는 단순하게 뒤로 묶은 다음 하나로 땋았다. 이런 차림이면 그냥 평범한 은혈처럼 보일 것도 같다. 부유해 보이지만, 왕족 같지는 않다. 심지어 얼굴도 화장기 없이 자연스럽다. 미소나 경멸도 안 보인다. 사슬에 묶인 번개 소녀에 대한 어떤 비판도 없다. 내가 알고 있는 귀족들과 비교하자니, 부조화스러울 정도로 대조적이라 불편한 종류의 사람이다. 그녀에 대해서 아는 게 전혀 없다. 내가 아는 거라고는, 그녀가 에반젤린보다 더 별로일 수도 있다는 사실뿐이다. 아니면 심지어 엘라라보다도 더. 이 젊은 여인이 어떤 종류의 사람인지, 또한 그녀가 나에 대해서 어떻게 생각하고 있는지 나는 전혀 모른다. 그 사실은 불편하다.

그리고 아이리스는 알 수 있고.

"아니, 그런 건 아닌 것 같군."

그녀가 계속 말한다.

"함께 걷겠나?"

그녀는 한 손을 뻗더니 초대하듯 구부린다. 내 머리에서 눈을 파낼 우아한 기회다. 하지만 나는 그녀의 요청에 따른다. 그녀는 빨리, 하지만 따라가기 불가능하지는 않은 속도로 움직인다. 양쪽 경비들이 할 수 없이 입구 홀을 통과해 우리들을 따라온다.

"화이트파이어라는 이름에도 불구하고, 여긴 차가워 보이는 곳이로군."

아이리스는 천장을 올려다본다. 그녀의 회색 눈이 샹들리에마다 반영되어, 마치 내려다보는 것 같다.

"나라면 여기 갇히고 싶지는 않을 것 같아."

그 말에 목구멍 깊은 곳에서 비웃음이 새어 나온다. 이 불쌍한 바보가 메이븐의 왕비가 되려고 하는구나. 나로서는 그것보다 더한 감옥을 생각할 수도 없는데.

"뭐가 웃기지, 메어 배로우?"

그녀가 기분 좋은 목소리로 낮고 부드럽게 말한다.

11

"아무것도 아닙니다, 저하."

그녀의 눈동자가 내 위를 떠돈다. 그 눈길은 내 손목에, 긴 소매 아래로 족쇄를 가리고 있는 곳에 머문다. 느릿하게 그녀는 한쪽을 만지더니 단숨에 잡아당긴다. 침묵하는 돌과 그것이 선사하는 본능적인 공포에도 불구하고, 그녀는 움찔하지 않는다.

"내 아버지께서도 애완동물들을 키우시지. 아마도 이건 왕들이 다들 하는 취미인가 보군."

몇 달 전이라면, 그녀를 향해 쏘아붙였을지도 모르겠다. 난 *애완동물이 아니야.* 하지만 그녀의 말은 틀린 데가 없다. 그래서 대신에, 나는 어깨를 으쓱한다.

"그동안 충분히 많은 왕들을 알고 지내질 못해서요."

"아무것도 아닌 가난뱅이로 태어난 적혈 소녀에게, 세 명의 왕이라. 누군가는 분명히 신이 너를 사랑하는 건지 증오하는 건지 궁금하게 생각할 거야."

웃음을 터뜨려야 할지 코웃음을 쳐야 할지 모르겠다.

"신 같은 건 없어요."

"노르타에는 없지. 너를 위해서도 그렇고."

그녀의 표현은 부드럽다. 그녀는 서성거리고 있는 많은 궁중 신료들과 귀족들을 향해서 어깨 너머로 시선을 던진다. 대부분은 힐끔대는 시선을 숨길 생각도 하지 않고 있다. 그 점이 거슬리는지 아닌지는 몰라도, 아이리스는 전혀 티를 내지 않는다.

"신들께서 이처럼 신을 믿지 않는 곳에서도 내 말을 들으실 수 있는지 궁금해. 심지어 사원도 하나 없잖아. 메이븐 전하께 나를 위해

하나 지어주실 수 있는지 물어봐야겠어."

수없이 많은 낯선 사람들이 내 인생을 스쳐 지나갔다. 하지만 그들 모두에게는 내가 이해할 수 있는 부분이 늘 있었다. 꿈이라든가, 공포라든가, 내가 아는 감정들이. 나는 아이리스 공주를 향해서 눈을 끔뻑대며 그녀가 더 많이 말을 할수록 더욱 혼란스러운 존재가 될 뿐이라는 사실을 깨닫는다. 그녀는 지적이며, 강하고, 자신감이 있어 보이는데, 하지만 왜 이런 종류의 사람이 저토록 명백한 괴물과 결혼하는 데에 동의한 걸까? 그녀는 그가 어떤 존재인지 잘 아는 것이 분명하다. 그녀를 이곳으로 몰고 온 것이 눈 먼 야망일 리는 만무하다. 그녀는 이미 공주이며, 왕의 딸이다. 그녀는 대체 뭘 원하는 걸까? 아니 그녀에게 선택이 있긴 했을까? 신들에 대한 그녀의 이야기는 심지어 더 혼란스럽다. 우리에게는 그런 믿음이 전혀 없다. 어떻게 가질 수 있겠는가?

"내 얼굴을 암기라도 하는 중인가?"

내가 그녀를 읽으려 애를 쓰는 동안 그녀가 조용하게 묻는다. 그녀가 지금 같은 일을 하는 중이라는, 내가 무슨 예술 작품의 복잡한 조각이라도 되는 것처럼 나를 탐색하는 중이라는 느낌이 온다.

"아니면 그저 잠긴 방 밖에서 조금이라도 더 시간을 보내 보내려고 애쓰는 중인가? 후자라면, 난 널 탓하진 않겠어. 전자라면, 넌 나를 매우 자주 보게 될 거 같다는 예감이 들어, 물론 나는 너를 자주 보게 될 거고."

다른 누구였다면 그 말은 꼭 위협처럼 들렸을 것이다. 하지만 아이리스가 나를 그 정도로 신경 쓸 거라고는 생각할 수가 없다. 적어도 그녀는 질투하는 종류로는 보이지 않는다. 그런 것은 아이리스가 메이븐에게 어떤 종류라도 감정을 가질 때나 가능한 일인데, 그건 내가 확고하게 부정할 수 있는 바이다.

"나를 공식 알현실로 데려가 줄래."

미소를 짓고 싶어져서, 입술이 비틀린다. 보통 여기 사람들은 요청을 정말로 단호한 명령처럼 하고는 한다. 아이리스는 정반대다. 그녀의 명령은 꼭 질문처럼 들린다.

"좋아요."

나는 자진해서 앞장서며 웅얼거린다. 아벤들은 감히 나를 끌고 갈 시도를 하지는 않는다. 아이리스 시그넷은 에반젤린 사모스가 아니다. 그녀를 거스르는 것은 전쟁의 신호탄으로 여겨질 수 있다. 어깨 너머로 트리오와 달걀을 향해서 히죽대는 웃음을 날리지 않고는 참을 수가 없다. 둘 다 나를 쏘아본다. 두 사람의 짜증에, 흉터가 찌르는 듯 아파오는 데도 불구하고 나는 미소를 짓고 만다.

"넌 정말 이상한 종류의 죄수야, 배로우 양. 난 그 사실을 미처 몰랐어, 메이븐 전하께서 널 방송에서 레이디로 묘사하는 동안은 말이야. 전하께는 항상 그들 중 하나인 네가 필요하지."

레이디. 결코 내게 진정 어울리지 않을 칭호이자, 앞으로도 결코 없을 칭호.

"나야 그저 잘 차려 입혀서 세게 묶어 두는 애완견에 불과하죠."

"너를 곁에 두는 메이븐 전하의 방식이란, 그분은 참 특이한 왕이야. 너는 나라의 적이며, 선전하기에 매우 유용한 조각이고, 어쨌든 거의 왕족처럼 취급되고 있지. 하지만 남자들이란 자기 장난감에 대해서는 꽤 이상한 부분이 있거든. 특히 잃어버리는 것에 익숙한 부류는 더 그래. 그런 종류의 남자들은 나머지 사람들보다 더 세게 쥐고 있으려고 하지."

"그리고 공주님은 날 어쩌고 싶은데요?"

나는 대꾸한다. 왕비가 되면, 아이리스는 내 삶을 자기 손에 쥐게 될 것이다. 그녀는 내 삶을 끝장낼 수도, 아니면 죽는 것보다 더 비참하게 만들 수도 있다.

"만약 공주님이 그의 위치라면요?"

그녀는 예술적으로 나의 질문을 피해 간다.

"나는 그의 머릿속에 들어가 보려는 시도를 하는 실수 같은 건 하지 않을 거라서. 거긴 미친 사람이 아니고서야 들어가서는 안 되는 장소지."

그러고 나서 그녀는 혼자 웃음을 터뜨린다.

"그의 어머니가 매우 많은 시간을 그 일에 쓰셨을 것 같긴 해."

엘라라가 나나 내 존재를 증오했던 것만큼, 아니 그 이상 아이리스를 더 싫어하지 않았을까 싶다. 이 어린 공주는 조금의 과장도 없이 정말 어마어마하다.

"결코 그녀를 만날 일이 없으니 공주님은 운 좋은 거죠."

"그 점에 대해서라면 너에게 감사해야겠는걸."

아이리스가 대꾸한다.

"그렇지만 네가 왕비들을 죽이는 전통을 지키고 싶어 하는 건 아니길 바라. 심지어 애완견들도 물기는 하잖아."

나를 향해 눈을 깜빡이는 그녀의 회색 눈동자가 꿰뚫을 듯하다.

"그럴 거야?"

나도 그 말에 대꾸할 정도로 바보는 아니다. *아니요*는 노골적인 거짓말일 테고. *네*는 또 다른 왕족 적을 내게 선사할 뿐이다. 그녀는 내 침묵에 비웃음을 날린다.

메이븐이 궁중 사람들을 모아 둔 웅장한 방으로 가는 데까지는 그리 오랜 시간이 걸리지 않는다. 방송 카메라 앞에서 그토록 많은 시간들을 보내고 난 뒤라 더 그렇다. 신혈들이 자기들 충성을 메이븐에게 바치겠다고 약속한 이후 그들을 참아내면서, 나는 그 점을 상세하게 알게 되었다. 대개 연단에는 의자가 가득 차 있지만, 우리가 자리를 비운 사이에 치워진 터라 오직 회색의 으스스한 왕좌만이 남겨져 있다. 가까이 다가가자 아이리스는 왕좌를 바라본다.

"흥미로운 전략인걸."

다가가는 동안 그녀가 중얼거린다. 내 족쇄에 그랬던 것처럼, 그녀는 침묵하는 돌의 덩어리를 따라서 손가락을 미끄러뜨린다.

"필수불가결한 일이기도 하고. 그렇게 많은 위스퍼들을 궁중에 허락한 이상은 말이지."

"허락이라고요?"

내 질문에 아이리스가 설명한다.

"레이크랜즈의 궁중에서 위스퍼들은 환영받지 못해. 그들은 우리 수도인 데트라온의 벽을 통과할 수 없고, 적절한 동행 없이는 궁전에 들어올 수도 없어. 그리고 군주의 곁으로 스무 발자국 안으로는 어떤 위스퍼도 접근이 허락되지 않아. 사실, 내 나라에서 그런 능력이 있다고 주장할 수 있는 귀족 가문 자체를 알지 못하기도 하고."

"존재하지도 않다고요?"

"내가 온 곳에서는 그래. 더 이상은 없지."

그 암시는 허공에 연기처럼 걸려 있다.

그녀는 왕좌에서 떨어져서는 머리를 앞뒤로 기울인다. 그녀는 자기가 보는 것이 무엇이든 맘에 들지 않는 모양이다. 그녀의 입술이 가느다란 선을 그리며 꼭 다물린다.

"네 머릿속을 메란더스가 건드린 것, 몇 번이나 겪었니?"

아주 짧은 순간, 나는 실제로 기억해 보려고 생각을 한다. *바보 같기는.*

"너무 많아서 셀 수도 없죠."

나는 어깨를 으쓱이면서 대꾸한다.

"처음에는 엘라라였고, 다음에는 샘슨이었죠. 누가 더 나빴는지 판단도 못 내리겠네요. 전 왕비는 심지어 내가 알지도 못하게 내 정신을 들여다볼 수 있었다는 건 알아요. 하지만 그는······."

목소리가 떨린다. 그 기억은 너무 고통스러운 종류이고, 내 관자놀이에 구멍을 뚫는 듯한 압력을 끌어낸다. 고통을 줄여 보려고 마사지를 하면서 말을 잇는다.

"샘슨은, 만약 그가 머릿속에 들어온다면 매순간 그를 느낄 수 있을 거예요."

그녀의 얼굴은 회색빛이 된다.

"여기에는 눈이 너무 많아."

그녀는 처음에는 내 경비들을, 그 다음에는 벽들을 향해 시선을 돌리며 말한다. 개방된 방의 모든 구석을 굽어보는 보안 카메라들이 우리를 지켜보고 있다.

"지켜본다니 환영이지만."

느릿하게, 그녀는 재킷을 벗더니 팔에 걸친다. 아래 입고 있는 셔츠는 하얀색으로 목까지 올라올 정도로 깃이 높지만 등은 완전히 파여 있다. 그녀는 알현실을 둘러보는 척하면서 몸을 돌린다. 정말로, 그녀는 과시를 하는 중이다. 그녀의 등은 근육질에, 강력하고, 긴 선을 따라 조각한 듯하다. 검정색 문신들이 그녀의 두피 아래로부터 목을 따라서 견갑골을 가로질러 척추 전체를 덮고 있다. *뿌리 같아*, 처음에는 그런 생각이 든다. 잘못된 생각이다. 뿌리가 아니라, 물의 소용돌이로, 그녀의 피부 위로 완벽한 선을 그리며 구부러지고 흘러내린다. 그녀가 움직이자 그 무늬들에 살아 있는 것처럼 잔물결이 인다. 마침내 그녀는 나를 마주하며 눈을 돌린다. 아주 작은 비웃음이 입술 위에 머물러 있다.

그녀의 시선이 나를 지나서 이동하는 순간 미소는 씻은 듯이 사라진다. 누가 다가오는지, 누가 그토록 많은 발자국 소리를 대리석 위로 울리게 하며 내 두개골까지 때리는 것인지 알기 위해서는 몸을 돌릴 필요도 없다.

"내가 그대를 안내해 줄 수 있다면 몹시 기쁘겠습니다, 아이리스."

메이븐이 말한다.

"그대의 아버님께서는 거처로 들어가시는 중이지만, 우리가 서로를 좀 더 잘 알게 되는 것을 그분께서 꺼리실 것 같지는 않군요."

아벤과 레이크랜즈 경비 들이 뒤로 물러나면서 왕과 그의 감시병들에게 공간을 만들어 준다. 흰색과 붉은 주황색이 섞인 푸른색 제복. 그들의 윤곽과 색이 내게는 너무나 생생하게 각인되어 있는 탓에 그들이 내 시야 밖에 있을 때조차 나는 그 존재를 알아차릴 수 있다. 물론 누구도 창백한 젊은 왕만큼은 아니다. 나는 그를 보는 것처럼 느낄 수 있고, 그의 역겨운 온기는 나를 사로잡을 듯 위협한다. 그는 내 옆에서 십몇 센티미터 떨어진 곳에서 멈추는데, 그 거리는 그가 원하기만 하면 나를 잡기 충분할 정도로 가깝다. 그 생각에 몸이 떨린다.

"그럼 정말로 기쁘겠어요."

아이리스가 대꾸한다. 그녀는 이상할 정도로 격식을 차리는 듯한 방식으로 머리를 숙인다. 그녀로서는 절을 하는 것이 쉽지 않은 모양이다.

"저는 막 배로우 양에게 전하의…… (그녀는 적절한 단어를 찾아 삭막한 왕좌를 획 뒤돌아본다.) 실내 장식들에 대해서 품평하던 중이었답니다."

메이븐은 딱딱한 미소를 짓는다.

"예방책이죠. 내 아버지께서는 암살당하셨고, 나를 향한 시도들도 여럿 있었답니다."

"침묵하는 돌로 된 의자가 있었다면 전하의 아버님께서도 목숨을 구하실 수 있었을까요?"

아이리스가 순진하게 묻는다.

열기가 공기 중에 맥동한다. 메이븐의 열기 때문에 땀으로 절기 전에, 나도 아이리스처럼 재킷을 벗어야 할 것 같다.

"아뇨, 내 형이 그분 머리를 자르는 것이 자기 최고의 선택이라고 생각했으니까요. 그런 일에 대단한 방어 수단이 될 순 없겠죠."

메이븐은 직설적으로 대꾸한다.

그 일은 바로 이 궁전 안에서 일어났다. 몇 개 안 되는 복도와 방을 지나서, 계단을 좀 오르면 창문도 없고 방음이 잘 되는 벽을 가진 공간이 있다. 경비들이 나를 그리로 끌고 갔을 때에 나는 어리벙벙한 상태였고, 메이븐과 내가 곧 반역죄로 처형당하게 될 거라는 공포에 질려 있었다. 대신에 왕이 두 동강으로 끝장나고 말았다. 그의 머리, 그의 몸, 그 사이에서 후두둑 떨어지던 은색 피의 물결. 그리고 메이븐이 왕관을 차지했다. 나는 그 기억에 주먹을 꼭 쥔다.

"끔찍하네요."

아이리스가 웅얼거린다. 내게로 향하는 그녀의 시선이 느껴진다.

"그래요, 그렇지, 메어?"

내 팔에 갑자기 닿는 그의 손길이 그가 찍은 낙인처럼 불타오른다. 획 몸을 떼고 싶은 마음이 굴뚝같지만, 나는 그를 곁눈질로 쏘아본다.

"그래요, 끔찍해요."

나는 이를 악문 채로 억지로 뱉는다.

메이븐이 동의하듯 고개를 끄덕인다. 턱에 힘을 주는 바람에 얼굴뼈가 더 엄격하게 도드라진다. 메이븐이 시무룩한 척을 할 수 있을 정도로 이렇게 뻔뻔하다니 믿을 수가 없다. 심지어 슬퍼 보인다. 당연히 실제로는 둘 다 아니다. 그럴 수도 없는 인간이다. 그의 어머니가 그에게서 자기 형과 아버지를 사랑하는 부분들을 빼앗아 갔다. 그녀가 그의 안에서 나를 사랑하는 조각까지도 빼앗아 버렸다면 좋았을 것을. 그러기는커녕 그 감정은 곪아터지고, 독이 되어 우리 두 사람 모두를 부패시키고 있다. 검은 뿌리가 그의 뇌와 그의 인간적인 부분을 전부 갉아 먹는다. 그도 그 사실을 잘 알고 있다. 자신에게 뭔가 잘못된 것이 있다는 것을, 능력이나 권력으로도 고칠 수 없는 무언가가 있다는 것을 알고 있다. 그는 망가졌으며 이 세상 어떤 힐러가 와도 그를 완전하게 고쳐줄 수는 없다.

"음, 그대에게 나의 집을 안내해 주기 전에, 내 미래의 신부에게 만나게 해 주고 싶은 사람이 있습니다. 그대가 허락하신다면, 노르누스 감시병?"

메이븐이 자기 군인 쪽을 가리켜 보인다. 그의 명령에 따라, 문제의 그 감시병이 붉은색과 주황색의 불꽃으로 흐릿해지더니, 맹렬한 1초 만에 입구까지 달려갔다가 다시 돌아온다. 스위프트다. 망토까지 입고 있으니, 그는 마치 불꽃으로 된 공처럼 보인다.

여럿이 그의 뒤를 따르는데, 가문의 색이 낯이 익다.

"아이리스 공주, 사모스 하우스의 가주와 그의 가족입니다."

메이븐이 그렇게 말하며 자기의 새 약혼녀와 구 약혼녀 사이에서 손을 흔든다.

에반젤린은 간단한 옷차림의 아이리스와는 날카로운 대조를 이룬다. 저렇게 번쩍이는 타르처럼 몸의 곡선을 따라서 금속을 녹여서 바르는 데 도대체 얼마나 시간이 걸릴지 궁금하다. 더 이상 왕관이나 티아라는 없지만, 대신에 보석들이 그 자리를 대신하고 있다. 그녀는 목과 손목과 귀에 은색 사슬들을 걸고 있는데, 다이아몬드로 훌륭하게 장식이 되어 있다. 그녀의 오빠의 외양도 달라졌는데 평상시에 입던 갑옷이나 모피가 사라졌다. 잔 근육이 있는 그의 윤곽은 여전히 충분히 위협적이지만, 번쩍이는 은색 사슬을 걸고 흠결 없는 검정색 벨벳을 차려입은 프톨레무스는 좀 더 자기 아버지랑 비슷하게 보인다. 자녀들을 이끌고 있는 볼로는 자기 옆에 나는 모르는 사람을 달고 있다. 하지만 그녀가 누구일지는 쉽게 추측할 수 있다.

즉각 에반젤린을 조금 더 이해할 수 있다. 에반젤린 어머니의 외모는 섬뜩하다. 그녀가 추하게 생겼기 때문은 아니다. 오히려 어느 쪽이냐 하면, 그 나이 든 여성은 심하게 아름답다. 그녀는 에반젤린에게 각진 검정색 눈과 완벽하게 도자기 같은 피부를 물려주었지만, 매끈하고 쭉 뻗은 까마귀 같은 머리칼과 앙증맞은 체구는 주지 않았다. 내가 족쇄를 차고 있음에도 한 번 후려치기만 해도 그녀를 둘로 쪼갤 수 있을 것처럼 보인다. 아마도 이런 외모 또한 그녀가 가진 허울 중 일부분이겠지만. 그녀는 자신의 충성을 알리듯 사모스의 은색을 주로 하고 자기 가문의 색상인 검정색과 에메랄드 빛 녹색이 곁들어진 의상을 입고 있다. *바이퍼.* 레이디 블로노스의 음성이 내 머릿속에서 조롱을 날린다. 검정색과 녹색은 바이퍼 하우스의 색상이다. 에반젤린의 어머니는 애니모스다. 그녀가 가까이 다가오는 동안, 그녀의 번뜩이는 드레스가 좀 더 잘 보인다. 그리고 그동안 에반젤린이 왜 그렇게나 고집스럽게 자기 능력을 이용한 의상을 입었는지 알겠다. 그건 가족 전통이었나 보다.

그녀의 어머니는 보석들을 걸치고 있지 않다. 그녀가 입고 있는 것은 뱀이다.

그녀의 손목에도, 목에도. 얇고, 검정색으로, 매우 느리게 움직이면서, 꼭 기름을 쏟은 것처럼 비늘을 빛내는 것들. 공포와 역겨움이 똑같이 내 안을 관통한다. 갑자기 나는 방으로 달려 들어가 문을 잠그고 저 꿈틀거리는 생명체들과 나 사이에 할 수 있는 한 거리를 벌리고 싶다. 대신 그녀가 발을 내딛을 때마다 놈들은 점점 가까이 다가온다. 에반젤린이 불쌍하다는 생각이 든다.

"볼로 경, 그의 아내인 바이퍼 하우스의 라렌티아, 그들의 아들인 프톨레무스, 그리고 딸인 에반젤린입니다. 내 궁중에서 존경받고 가치 있는 이들이지요."

메이븐이 각각을 소개하며 설명한다. 그의 미소는 이가 다 보일 정도로 커다랗다.

"진작 제대로 찾아뵙질 못해서 죄송합니다."

아이리스가 뻗은 손을 잡으려고 앞으로 나서며 볼로가 말한다. 은색 수염을 깨끗하게 면도한 모습이라서, 볼로 사모스와 자녀들 사이의 유사성이 좀 더 쉽게 보인다. 강한 뼈대, 우아한 선, 긴 코, 그리고 영구적으로 경멸을 담고 있는 입술. 아이리스의 맨 손가락 관절 위로 살짝 입을 맞추는 그의 피부는 아이리스의 것과는 대조적으로 창백해 보인다.

"저희 영지에서 벌어진 몇 가지 문제들을 해결하러 돌아가야 했습니다."

아이리스는 눈썹을 떨어뜨린다. 이제 우아함을 묘사한 그림 같다.

"사죄를 하실 필요는 없답니다, 마이 로드."

서로 맞잡은 그들의 손 너머로 메이븐의 눈이 나와 마주친다. 그는 재미있어 하며 눈썹을 기이하게 구부린다. 할 수만 있다면, 그에게 그가 사모스에게 무엇을 약속했는지…… 아니면 무엇으로 사모스 하우스를 위협했는지 물어보고 싶다. 두 명의 캘로어 왕들이 그들의 손가락 사이로 미끄러져 빠져나갔다. 그렇게 많은 계략과 계획들에도, 아무것도 얻지 못하다니. 에반젤린이 메이븐을 사랑하지 않았다는 것을, 또한 심지어 그를 좋아하지도 않았다는 것을 알지만 그녀는 왕비가 되기 위해서 길러졌다. 그녀의 목적이 두 번이나 도난당한 것이다. 그녀는 자신의 기대에 못 미쳤고, 더 나쁘게는 자신의 가문의 기대에 못 미쳤다. 적어도 이제 나 말고 원망할 또 다른 이가 그녀에게 생긴 셈이다.

힐긋 내 방향을 바라보는 에반젤린의 속눈썹은 어둡고 길다. 그녀의 눈길이 방황하며 오래된 시계의 추처럼 앞뒤로 왔다 갔다 하는 동안 그녀의 속눈썹이 가볍게 흔들린다. 나는 아이리스와의 사이에 조금 거리를 만들며 살짝 물러난다. 이제야 사모스 딸에게 증오심을 품을 새로운 라이벌이 생긴 셈인데, 그녀에게 잘못된 인상을 심어주고 싶지는 않다.

"그리고 그대가 왕과 약혼했었지?"

아이리스가 볼로에게서 손을 잡아 빼면서 자기 손가락을 맞잡는다. 에반젤린의 눈이 공주를 마주보기 위해 내게서 옮겨간다. 나로서는 처음으로, 그녀가 동등한 상대와 함께 공정한 경기장에 선 모습을 볼 수 있다. 내가 운이 좋다면 어쩌면 에반젤린이 실수를 하고, 내게 익히 그랬던 것처럼 아이리스를 위협할지도 모른다. 아이리스는 그런 말을 단어 하나도 참아줄 것 같지가 않다.

"한때는, 그랬죠. 그리고 전하 전에는 그분 형님과도요."

에반젤린이 대꾸한다.

공주는 놀라지 않는다. 레이크랜즈 역시 노르타 왕족들에 대해 잘 알고 있긴 할 것이다.

"음, 그대들이 궁중으로 돌아왔다니 기쁘군요. 결혼식을 준비하려면 많은 도움이 필요할 테니까요."

순간 너무 세게 입술을 무는 바람에, 거의 피가 날 뻔했다. 아이리스가 사모스들의 상처 위로 소금을 아예 들이붓는 동안 큰 소리로 웃음을 터뜨리는 것보다는 나을 테지만. 맞은편에서, 메이븐이 웃음을 숨기느라고 고개를 돌린다.

뱀들 중 하나가 쉿쉿대면서 착각하기 불가능한 낮고 웅웅거리는 소리를 낸다. 하지만 라렌티아는 재빠르게 절을 하고는 자기의 번쩍거리는 드레스의 천을 쓸어 낸다.

"공주님께서 원하시는 대로 저희를 쓰셔도 좋습니다, 저하."

그녀가 말한다. 그녀의 목소리는 깊고 시럽처럼 풍성하다. 우리가 보고 있는 동안에 그녀의 목 주변을 감고 있던 가장 두꺼운 뱀이 입을 비벼대더니 그녀의 코를 지나서 머리카락 속으로 들어간다. 윽, 역겹게.

"할 수 있는 한 공주 저하를 도울 수 있다면 저희로서도 영광일 겁니다."

그녀가 에반젤린을 팔꿈치로 찌르며 동의하라고 하지 않을까 반쯤 기대해 본다. 대신에 그 바이퍼 여인은 내게로 관심을 돌리는데 너무 재빠른 나머지 내가 시선을 돌릴 틈도 없다.

"죄수가 나를 계속 쳐다보고 있을 이유라도 있는가?"

"없죠."

대답하는데 이가 서로 부딪힌다.

라렌티아는 도전이라도 하듯 나와 눈싸움을 한다. 짐승 같다. 그녀는 앞으로 걸어 나오며 우리 사이의 간격을 좁힌다. 우리는 키가 같다. 그녀의 머리카락 속에 있는 뱀은 계속 쉿쉿거리면서 몸을 꼬고 비틀며 그녀의 빗장뼈까지 내려온다. 놈의 보석처럼 빛나는 눈이 내 눈과 마주치고 갈라진 검정색 혀가 공기를 핥으며 긴 송곳니 사이로 얼핏 끝을 내민다. 어떻게든 버티고는 있지만 침을 꿀꺽 삼키지 않을 수가 없다. 입이 갑자기 바싹 마른다. 뱀은 계속 나를 지켜본다.

"사람들 말이 너는 다르다고 하더구나."

라렌티아가 중얼거린다.

"하지만 네 공포가, 내가 불운하게도 알고 지낼 수밖에 없었던 그 모든 끔찍했던 적혈 쥐새끼들이 그랬던 것과 똑같은 냄새를 풍겨."

적혈 쥐새끼. 적혈 쥐새끼.

너무나 많이 들어왔던 말이다. 스스로 그렇게 생각한 적도 있다. 그녀의 입술을 통해 들으니, 그 말로 인해 내 안의 어딘가 금이 간다. 유지해 보려고 그토록 애를 써 왔던 자제심이, 내가 계속 살아남기 위해서는 반드시 지켜야만 했던 그 자제심이 금방이라도 흐트러질 것만 같다. 계속 침착할 수 있길 바라면서, 나는 긴 한숨을 쉰다. 그녀의 뱀들은 여전히 쉿쉿대면서 검은색 비늘과 등뼈를 가진 또 다른 덩어리로 몸을 만다.

메이븐이 목을 낮게 울리며 한숨을 쉰다.

"아벤 경비대, 이만 배로우 양이 자기 방으로 돌아갔어야 할 시간 같은데."

아벤이 다가오기도 전에 나는 뒤꿈치로 휙 돌아서서 그들의 존재감이 제공하는 소위 안전 속으로 후퇴한다. 뱀들 때문이야. 나는 속으로 말한다. 뱀들을 참을 수가 없었어. 저런 엄마가 키웠으니, 에반젤린이 그렇게 무시무시한 것이 놀라운 일도 아니지.

방으로 달아나는 동안, 달갑지 않은 감각이 나를 엄습한다. 안도. 감사. 메이븐을 향한.

내가 가진 모든 분노를 동원해서 나는 그 극도로 불쾌한 감정의 샘을 부순다. 메이븐은 괴물이다. 나는 그를 향해서 증오를 뺀 어떤 감정도 느끼지 않는다. 다른 어떤 것도 용납할 수 없다. 심지어 막 생기기 시작한 동정심이라고 해도.

난 반드시 탈출할 것이다.

＊ ＊ ＊

길었던 두 달이 흐른다.

메이븐의 결혼식은 작별 무도회나 아니면 심지어 퀸스트라이얼 때보다도 거의 10배는 되는 규모다. 은혈 귀족들이 수도로 물밀듯 돌아오고, 노르타의 전역에서부터 그들과 함께 수행단이 밀려든다. 심지어 왕에게 추방당한 이들까지도 포함이다. 메이븐은 새 동맹 덕분에 안도한 탓인지 미소를 보이는 적들에게 문을 열어 준다. 대부분이 자기들의 저택을 갖고 있음에도 불구하고, 많은 이들이 화이트파이어의 거주 구역에 자리를 잡아서 궁전은 붐비다 못해 터져나갈 것처럼 보인다. 나는 대부분 내 방에서 시간을 보낸다. 그 점이 거슬리지는 않다. 이 편이 더 낫다. 하지만 심지어 내 감옥에서도, 결혼으로 인해 임박한 폭풍을 느낄 수 있다. 노르타와 레이크랜즈의 연합이 만져질 것만 같다.

내 창 아래의 뜰은 겨우내 텅 비어 있었지만 갑작스레 따듯해지며 초록빛 봄이 찾아와서 활기를 찾았다. 귀족들이 서로 팔짱을 끼고 게으를 정도의 속도로 목련 나무 아래를 산책한다. 항상 속닥속닥 대며, 늘 그렇듯 계략을 꾸미거나 소문을 전달한다. 입술을 읽을 줄 안다면 좋겠다. 어떤 가문들이 함께 뭉치는지 이런 종류 말고 다른 무언가를 알 수 있다면 좋겠다. 태양빛 아래에서 가문들의 색상은 더 밝게 보인다. 메이븐이 만약 귀족들이 자신이나 그의 신부를 향한 계략을 꾸미지는 않을 거라고 생각한다면, 그는 바보가 틀림없으리라. 그리고 그가 여러 가지 존재이기는 해도, 적어도 바보만큼은 아니다.

고립 속에서 보냈던 첫 달 동안에 내가 써먹고는 했던 아주 오래된 스케줄(일어난다, 먹는다, 앉는다, 소리를 지른다, 반복.)은 더 이상 쓸모가 없다. 내게는 시간을 보낼 더 유용한 방법들이 있다. 펜이나 종이는 없지만, 그걸 요청할 생각도 없다. 조각을 남기는 건 불필요하다. 대신에 나는 줄리언의 책들을 보며 한가하게 페이지를 넘긴다. 가끔은 줄리언이 직접 끄적여 둔 글들이나 휘갈겨 쓴 주석들을 해독한다. *흥미롭다, 궁금하다, 4권에 의해 증명됨.* 의미라고는 없고 목적도 없는 말들. 어쨌든 나는 그 글자들 위로 손가락을 쓸어 보고,

마른 잉크와 오래 전에 쓴 펜 자국을 느껴 본다. 내가 계속 생각하고, 페이지 안의 줄글과 큰 소리로 뱉는 단어들 사이로 계속 읽을 수 있도록 만들기 충분한 줄리언의 흔적들.

그는 특별히 한 권을 심사숙고하며 읽은 듯한데, 역사책보다는 얇지만 빽빽이 글로 차 있는 책이다. 책등이 심각하게 상했고, 페이지마다 줄리언의 글씨가 가득 차 있다. 넝마가 된 페이지들을 매끄럽게 펼쳤을 줄리언의 손길에서 오는 온기를 거의 느낄 수 있을 것만 같다.

표지에는 『근원에서(On Origins)』라고 검정색 글씨가 양각되어 있고, 제목 밑으로는 많은 에세이와 논문들을 소규모로 썼다는 은혈 학자들 열 몇 명의 이름들이 적혀 있다. 대부분은 내 이해를 넘어서는 복잡한 것들이지만, 어쨌든 나는 책을 샅샅이 살핀다. 오직 줄리언 때문에.

그는 특별히 한 구절에 표시를 했는데, 몇 문장들에 밑줄을 치고 페이지 모서리를 접어 두었다. 변이와 변화에 관한 내용이다. 우리는 더 이상 가지고 있지도 않고 창조할 수도 없는 아주 오래된 무기류에 대한 결과이다. 학자들 중 하나는 그 무기가 은혈을 창조했다고 믿는다. 나머지는 반대한다. 몇몇은 신들에 대해 언급하는데, 아마도 아이리스가 따른 사람들이 이들인가 보다.

줄리언은 페이지의 끝부분에다 자신의 입장을 분명하게 글로 써 두었다.

그토록 많은 이들이 스스로를 신으로 생각하거나, 신들의 선택을

받았다고 생각한다니 참 이상한 일이다. 더 위대한 존재로부터 축복받았다거나. 현재의 우리 존재로 끌어올려 주었다거나. 모든 증거들이 가리키는 것이 정반대인데도. 우리의 능력은 오염에서부터, 대부분의 사람을 죽인 재앙에서 비롯되었다. 우리는 신의 선택이 아니라 신의 저주였다.

나는 그 단어에 눈을 깜빡인다. 문득 궁금해진다. 만약 은혈들이 저주받은 존재라면, 신혈들이란 무엇일까? 더 심한 저주?
아니면 줄리언이 틀린 걸까? 우리도 선택받은 존재인 걸까? 그렇다고 하면 무엇을 위해?
나보다 훨씬 더 똑똑한 남자와 여자 들도 답을 구하지 못했는데, 나 역시 마찬가지다. 내게는 더 긴급한 생각할 거리들이 많다.
나는 아침을 먹는 동안에 계획을 세우고, 느릿느릿 씹으면서 내가 알고 있는 것들을 재빨리 살펴본다. 왕실의 결혼식은 잘 계획된 혼란이 될 것이다. 보안 요원도 늘어날 테고, 셀 수 없을 정도로 많이 경비가 충원될 테지만, 그럼에도 여전히 충분히 좋은 기회가 될 것이다. 하인들이 어디에나 있을 것이고, 귀족들은 술에 취할 테고, 대개는 내게 쏠리던 사람들의 관심을 외국인 공주가 대신 끌어 줄 것이다. 뭐라도 시도해 보지 않는다면 나는 바보다. 뭐라도 시도해 보지 않는다면 칼도 바보일 것이다.
손에 들고 있는 페이지를, 하얀 종이와 검은 잉크를 바라본다. 내니가 나를 구하려고 시도했고 그 일은 내니의 죽음으로 결말이 났다. 목숨이 하나 낭비되었다. 그래도 나는 그들이 다시 한 번 시도해 주기를 이기적으로 바란다. 왜냐하면 내가 여기 더 오래 머무를수록, 내가 메이븐의 몇 발자국 뒤에서 남은 삶을 살아야만 할수록, 그의 잊을 수 없는 눈동자와 그의 잃어버린 조각들과 이 세상의 모두를 향한 그의 증오와…….

모두를 향한 증오, 하지만…….

"그만."

나는 비단으로 만들어진 괴물이 내 마음의 벽을 두드리게 두고 싶은 욕구와 맞서 싸우며 스스로에게 낮게 경고한다.

"그만 둬."

화이트파이어의 배치도를 외우는 것은 신경을 분산시키기 좋은 방법으로, 이럴 때마다 내가 의존하는 방법 중 하나다. 내 문에서부터 두 번 좌회전, 조각상들이 전시된 화랑을 통과해서, 다시 좌회전후에 나선 계단을 따라서……. 나는 알현실, 입구의 홀, 연회장, 서로다른 서재들과 회의실, 에반젤린의 방, 메이븐의 예전 침실까지 가는 길들을 따라간다. 내가 예전에 가 본 모든 발걸음을 기억한다. 이궁전에 대해서 더 잘 알수록, 기회가 닥쳤을 때 탈출할 수 있는 가능성이 더 커질 것이다. 틀림없이 메이븐은 로열 코트에서 결혼식을올릴 것이다. 시저의 광장이 아니라면 말이다. 그렇게 많은 손님들과 경비들을 수용할 수 있는 장소가 달리 없다. 내 창문에서는 그곳이 보이지 않고, 한 번 그 안에 들어가 본 적도 없지만, 때가 오면 다리를 건너야 할 것이다.

우리가 돌아온 이래로 메이븐은 자기 옆에 날 부른 적이 없다. *잘됐지, 뭐.* 나는 혼자 생각한다. 텅 빈 방과 침묵으로 찬 며칠이 그의 역겨운 말들보다야 낫다. 그럼에도 불구하고 눈을 감으면 매일 밤마다 강한 실망이 든다. 나는 외롭다, 나는 두렵다, 나는 이기적이다. 침묵하는 돌과 이곳에서 지낸 몇 달과 날카로운 칼날 끝에서 걸었던 지난 시간으로 나는 고갈되어 버린 기분이다. 나를 부서진 조각들로 허물어뜨리게 두는 것은 너무나 쉬운 일일 것이다. 자신이 바랄 때면 언제나 나를 다시 짜 맞추게 두는 것 역시 그에게는 너무나 쉬운 일일 것이다. 아마도, 심지어 몇 년 안이면, 여기가 감옥처럼 느껴지지 않을 수도 있다.

안 돼.

오랜만에 처음으로, 나는 내 아침식사 접시를 벽에 던지고 동시에 소리를 지른다. 물 잔이 그 다음이다. 물 잔은 크리스털 조각들로 부서진다. 부서진 것들을 보면 기분이 조금은 나아진다.

아벤들이 들어오면서 문이 1초도 안 되어서 벌컥 열린다. 달걀이 먼저 내 옆으로 달려와서는 나를 의자에 도로 붙든다. 그의 손아귀 힘은 단단해서 나는 몸을 일으킬 수도 없다. 이제 그들은 자신들이 청소를 하는 동안에 잔해 근처에 내가 가지 못하게 할 정도로는 발전했다.

"어쩌면 나한테 플라스틱을 주기 시작해야 될지도 몰라. 그게 더 좋은 생각 같아 보여."

나는 누구에게랄 것도 없이 코웃음을 친다.

달걀은 나를 한 대 치고 싶은 모양이다. 그의 손가락이 내 어깨를 파고드는데, 아마도 멍이 들 것 같다. 침묵하는 돌 때문에 그 아픔은 뼛속 깊숙이 남는다. 끊임없이 숨이 막힐 것 같은 고통과 비통함 속에 머물지 않는 상태가 어땠었는지 내가 간신히 기억해 낼 수 있다는 사실을 생각하니 위장이 뒤틀린다.

유리가 장갑 낀 손 너머로 쓸려도 눈 하나 깜짝하지 않고 다른 경비들이 잔해를 쓸어낸다. 오직 그들이 사라져야만 그들의 욱신대는 존재감이 녹아 없어지고, 나 또한 설 수 있는 힘을 다시 얻을 수 있다. 짜증이 난 채로, 나는 읽지도 않고 있던 책을 소리 나게 덮는다. 표지에는 이렇게 써 있다. 『노르타의 귀족 가계도, 9권』. 쓸모없다.

달리 더 나은 할 일이 없어서, 나는 그것을 선반에 도로 꽂는다. 가죽 장정된 책이 자기 형제들, 8권과 10권 사이로 깔끔하게 밀려들어간다. 아마도 다른 책들을 꺼내서 다시 배열해야 할지도. 끝도 없는 시간을 몇 초라도 낭비하긴 해야 하니까.

나는 대신에 바닥에 털썩 주저앉아서 어제 했던 것보다 조금이라도 더 스트레칭을 해 보려고 애를 쓴다. 예전의 민첩함은 제한된 환경 속에서 이제 그저 희미한 기억뿐이다. 어쨌든 나는 애를 쓰면서 손가락을 발가락을 향해 뻗는다. 다리의 근육들이 불타는 것 같지만, 아픔보다는 더 나은 감각이다. 나는 고통을 좇는다. 이 껍데기 안에 내가 여전히 살아 있다는 것을 상기할 수 있는 유일한 것들 중 하나이기에.

순간은 다른 순간 속으로 번지고 시간은 나와 함께 늘어난다. 밖에서는 봄의 구름이 태양 사이로 다른 구름을 좇는 동안 빛이 움직인다.

문을 두드리는 노크 소리는 부드럽고 불명확하다. 그간 아무도 결코 노크 같은 것은 신경 쓰지도 않았기에 심장이 덜컥 뛰어오른다.

하지만 아드레날린의 분출은 곧 꺼진다. 구하러 온 사람들이라면 노크 따위를 할 리가 없다.

다음 순간 에반젤린이 들어오라는 말을 기다리지도 않고 문을 밀고 들어온다.

갑작스러운 공포의 물결에 나는 그 자리에 뿌리박힌 듯 움직이지 않는다. 몸 아래의 다리를 바로 한다. 필요하다면 벌떡 일어날 준비를 해야 한다.

그녀는 길고 번쩍이는 코트와 바싹 바느질 된 딱 붙는 가죽 바지 차림으로 평소의 그 거만한 상태 그대로 나를 얕잡아 본다. 잠시 동안 그녀는 가만히 서 있고, 우리는 그렇게 침묵 속에서 시선만 주고받는다.

"네가 얼마나 위험하다고 사람들이 너한테 창문도 못 열게 하는 거니? 여기 악취가 난다."

그녀가 허공에 대고 코를 킁킁 댄다.

긴장한 근육이 조금 풀어진다. 나는 중얼거린다.

"보아하니 지루한 모양인데, 흔들어 보는 건 다른 사람 우리로 가서 해."

"어쩌면 다음에 그러지. 하지만 지금은, 너한테 쓸모가 좀 생길 거라서."

"네 다트 판이 되는 거라면 사양이야."

그녀는 자기 입술을 찰싹 친다.

"아, 내 건 아니고."

한 손으로, 그녀는 내 겨드랑이에 팔을 끼워 넣더니 나를 일으켜

세운다. 그녀의 팔이 내 침묵하는 돌의 반경에 들어오자마자, 그녀의 소매가 떨어지면서 바닥으로 번쩍이는 금속 장식 몇 개가 추락한다. 그건 재빨리 다시 붙고 다시 떨어지면서, 그녀가 나를 방에서부터 끌고 나가는 동안 이상하고 일정한 리듬을 만들어 낸다.

나는 저항하지 않는다. 솔직히 그럴 의미가 없다. 마침내 그녀는 멍이 들 정도로 잡고 있던 손의 힘을 풀고, 나를 손으로 꼬집지 않고도 걷게 해 준다.

"만약에 자기 애완견을 산책시키고 싶으면, 먼저 물어보기부터 해야지."

나는 새로 생긴 멍을 문지르면서 그녀를 향해 으르렁거린다.

"미워할 새로운 라이벌 생긴 거 아니었어? 아니면 공주보다는 죄수를 괴롭히는 게 쉬워서 이래?"

"아이리스는 내 취향에는 좀 너무 침착해서."

우리 앞에서 길이 구부러진다. 왼쪽으로, 오른쪽으로, 오른쪽으로. 화이트파이어의 청사진이 내 마음의 눈앞에서 선명해진다. 우리는 경계를 따라서 진짜 보석들이 박혀 있는 붉은색과 검정색으로 된 불사조 태피스트리들을 지난다. 다음에는 노르타의 첫 번째 왕인 시저 캘로어에게 헌정된 조각과 그림 들이 들어 찬 회랑이다. 그 아래로, 대리석 계단을 반 층만 내려가면, 내가 전투실이라고 부르는 곳이 나온다. 쭉 뻗은 복도는 천장에 난 채광창을 통해 들어온 빛으로 밝고, 양측 벽에 걸린 두 개의 무시무시하게 거대한 그림이 눈에 확 들어온다. 그림은 레이크랜즈와의 전쟁에 영감을 받은 것으로 천장부터 바닥까지 차지하는 크기다. 하지만 그녀는 나를 죽음과 영광을 그림으로 표현한 장면들 앞으로 끌고 가지 않는다. 우리는 지금 궁전의 궁중 행사장들이 있는 층으로 내려가는 것이다. 방들은 점점 더 화려해지지만, 그녀가 나를 왕실 거주 구역으로 끌고 갈수록 노골적인 화려한 표현은 더 줄어든다. 왕, 정치인, 그리고 전사들을 그린 금박을 입힌 그림들이 비약적으로 늘어나며 우리가 지나는 모습을 지켜보는데, 그림 대부분이 캘로어 가문의 특징적인 검은 머리칼을 하고 있다.

"메이븐 왕이 네가 네 방들을 그대로 두게 내버려 뒀어? 자기가 네 왕관을 가져갔는데도?"

그녀의 입술이 비틀린다. 능글맞은 웃음 쪽이지, 노려보는 쪽은 아니다.

"자, 봤지? 넌 결코 실망시키는 법이 없다니까. 항상 물어뜯지, 메어 배로우."

이 문들은 결코 지나가 본 적이 없다. 하지만 어디로 향하는지는 추측할 수 있다. 왕을 제외한 다른 이를 위한 것이라기에는 지나치게 거대하다. 하얗게 래커 칠을 한 나무, 은색과 금색의 장식, 자개와 루비로 한 상감 세공. 에반젤린은 이번에는 노크를 하지 않고 문을 개방하는데, 오직 여섯 명의 감시병들이 줄을 서 있는 화려한 대기실이 드러난다. 그들은 우리의 등장에 바싹 곤두서더니 즉시 손을 무기를 향해 뻗으며 번뜩이는 가면 뒤로 날카롭게 눈을 뜬다.

에반젤린은 망설이지도 않는다.

"전하께 메어 배로우가 여기 전하를 뵙고자 왔다고 전하라."

"전하께서는 몸이 좋지 않으십니다."

한 명이 대답한다. 그의 목소리는 힘을 받아서 떨린다. 밴시다. 그는 기회만 주어진다면 우리 둘 다를 귀머거리로 만들 비명을 질렀을 것이다.

"물러가십시오, 레이디 사모스."

에반젤린은 어떤 공포도 보이지 않은 채 한 손으로 긴 은색 머리 타래를 쓴다.

"그분께 전해."

그녀가 다시 말한다. 그녀는 목소리를 낮추지도, 위협하듯 으르렁대지도 않는다.

"전하께서는 알고 싶으실 테니까."

심장이 가슴 안에서 쿵쿵 뛴다. *대체 에반젤린이 무슨 짓을 하고 있는 걸까?* 지난번에 그녀가 나를 화이트파이어를 따라 행진시켰을 때에, 나는 샘슨 메란더스의 자비로운 손길에 자신을 내맡기고 내 정신이 그에게 완전히 까발려진 채, 체로 탈탈 털리는 결말에 처했었다. 그녀에게는 정치적인 행동 노선이 있다. 그녀에게는 동기가 있다. 그것이 무엇인지 알 수만 있다면, 그래서 내가 그 반대로만 행동할 수 있다면 좋을 텐데.

감시병들 중 하나가 그녀가 하기 전에 움직인다. 그는 거대한 남자로, 심지어 불타는 망토의 주름 아래로도 그의 근육은 분명히 드러난다. 그가 얼굴을 기울이자, 가면 위로 검정색 보석들이 빛을 받는다.

"잠시만 기다리시죠, 마이 레이디."

나는 메이븐의 방들은 참을 수 없다. 이곳에 있는 것은 딱 유사(流

(沙) 속으로 발을 딛는 기분이다. 깊은 바다 속으로 거꾸러지거나, 절벽 아래로 낙하하는 것처럼. *우리를 돌려보내. 우리를 돌려보내.*

감시병이 재빨리 돌아온다. 그가 자기 동료에게 손짓을 할 때, 내 위장이 철렁한다.

"이쪽으로, 배로우."

그가 나를 부른다.

에반젤린이 나를 아주 가볍게 쿡 찌르며, 내 척추 아래 부분에 압력을 가한다. 확인사살이다. 나는 앞으로 휘청댄다.

"배로우만입니다."

감시병이 덧붙인다. 그가 아벤들에게 연속으로 시선을 보낸다.

아벤들은 나를 풀어준 채 그 장소에 남는다. 에반젤린도 그렇게 한다. 그녀의 눈은 평소보다 더 어둡고 검게 보인다. 나는 그녀를 붙잡아 나와 함께 데려가고 싶은 이상한 욕구에 사로잡힌다. 여기서 이렇게 메이븐을 홀로 마주하다니, 갑자기 두렵다.

아마도 램보스 스트롱암 같은 그 감시병이 이리로 가라며 몰고 가려고 날 치기도 전에 나는 움직인다. 우리는 태양빛이 넘실대는 응접실을 통과한다. 그곳은 이상하리만큼 텅 비고 거의 장식이 없다. 어떤 하우스 색상도, 그림이나 조각상도, 심지어 책들도 없다. 칼의 예전 방은 전부 다른 종류의 갑옷과 그가 소중히 여기는 책들과 심지어 게임판까지 온갖 물건으로 터질 듯이 넘쳐 났는데. 모든 곳에 자기 물건들이 흩뿌려져 있었다. 메이븐은 그의 동생이 아닌가 보다. 그는 여기서는 어떤 연극도 할 필요가 없고, 그래서 방은 그의 안에 진실로 존재하는 공허한 소년이 그대로 반영된 모습이다.

그의 침대는 이상하리만치 작다. 아이를 위해 지어진 크기인데, 심지어 방은 분명히 뭔가 훨씬, 훨씬 더 커다란 것을 넣어도 될 정도였음이 분명하다. 침실 벽들은 하얀색이고 아무 장식이 없다. 창문들이 유일한 장식으로, 시저의 광장 구석과 캐피탈 리버 강, 그리고 내가 한때 부수는 일을 도왔던 다리가 내려다보인다. 다리는 물 위로 이어지며 화이트파이어를 도시의 동쪽 반과 이어준다. 사방이 활짝 생명력을 터뜨리는 초록색이고, 그 위로 꽃들이 점점이 흩뿌려져 있다.

느리게, 감시병이 목청을 가다듬는다. 나는 그를 흘깃 보고 그 역시 나만 버려두고 사라질 것이라는 깨달음에 몸을 떤다.

"저쪽."

그가 또 다른 문을 가리키며 말한다.

누가 나를 질질 끌고 가 준다면 차라리 좀 더 쉬울 것 같다. 감시병이 내 머리에 총이라도 대고 가라고 명령이라도 해 준다면. 그럼 내 발이 움직이는 것을 두고 누군가 다른 사람을 탓할 수 있어 덜 아플 텐데. 대신에, 이 모든 일에는 나뿐이다. 지루함. 병적인 호기심. 고통과 외로움이 주는 지속적인 아픔. 믿을 수 있는 유일한 것이 메이븐의 집착뿐인 쪼그라든 세계에 내가 지금 살고 있다. 족쇄처럼, 그것은 방패이자 느리고 숨 막히는 죽음이다.

문이 안쪽으로 흔들리면서, 하얀 대리석 타일 위로 미끄러진다. 공기 중에 증기가 소용돌이치고 있다. 불의 왕 때문이 아니라, 뜨거운 물 때문이다. 물이 그의 주변으로 느릿느릿 끓고, 비누와 향유들로 뿌연 색을 띠고 있다. 침대와는 다르게, 욕조는 거대하고, 날카로운 발톱을 가진 은색 발이 달려 있다. 그는 흠결 없는 도기의 한쪽에 팔꿈치를 올린 채, 빙빙 도는 물을 따라서 느릿느릿 손가락을 움직이고 있다.

내가 들어서는 움직임을 좇는 메이븐의 시선은 찌릿하고 치명적이다. 나는 결코 그가 이토록 무방비한 상태인 것도, 또한 이토록 화가 난 모습인 것도 본 적이 없다. 더 영리한 여자애였다면 돌아서서 도망쳤을 것이다. 하지만 나는 내 뒤로 문을 닫는다.

의자 같은 건 없어서 나는 그대로 서 있다. 어디를 봐야 할지 모르겠어서, 그의 얼굴에 시선을 맞춘다. 그의 머리카락은 헝클어져 있고, 흠뻑 젖은 상태다. 어두운 곱슬머리가 피부 위로 매달려 있다.

"난 바빠."

그가 속삭인다.

"그러게 꼭 나를 들일 필요 없었잖아."

말하자마자 그 단어들을 주워 담고 싶다.

"그래, 그렇긴 해."

그가 모든 의미를 담아 대꾸한다. 다음 순간 그가 쳐다보던 것을 멈추고, 눈을 깜빡인다. 뒤로 기대더니, 도자기에 대고 머리를 기울여서 천장을 바라본다.

"뭐가 필요한데?"

나갈 방법, 용서, 밤에 잘 잘 수 있는 것, 내 가족. 목록은 계속 이어지고, 끝도 없다.

"에반젤린이 날 끌고 왔어. 너한테 뭘 원해서 온 게 아니야."

그가 목구멍 깊은 곳에서 나는 소리를 낸다. 거의 웃음에 가깝다.

"에반젤린. 내 감시병들은 겁쟁이라니까."

메이븐이 내 친구였다면, 나는 사모스 하우스의 딸을 과소평가 하지 말라고 충고했을 것이다. 대신에 나는 그냥 입을 다문다. 열기가 피부에 달라붙어, 살이 뜨겁게 달아오른다.

"에반젤린은 날 설득하려고 널 여기로 데려온 거야."

"널 뭐라고 설득하라고?"

"아이리스랑 결혼해라, 아이리스랑 결혼하지 마라. 에반젤린이 뭐 너랑 티파티나 하라고 여기로 보낸 건 분명 아닐 거 아냐."

"아니긴 하지."

에반젤린은 메이븐이 왕관을 또 다른 여자애의 머리 위로 씌울 두 번째 기회 전에 어떻게든 왕비의 관을 다시 쓸 계획을 여전히 고수하는 중인가 보다. 그게 에반젤린이 쭉 해 온 일이기는 하다. 메이븐도 다른 사람들에게 똑같은 짓을 한다. 더 끔찍한 것으로.

"에반젤린은 내가 너에 대해 갖고 있는 감정이 내 판단을 흐릴 거라고 생각하거든. 어리석기는."

나는 움찔한다. 내 쇄골 위에 찍힌 낙인이 셔츠 아래에서 후끈거린다.

그가 계속 말한다.

"네가 다시 물건들을 부수고 있다고 들었는데."

"그건 다 네 그릇 취향이 나빠서 그래."

그가 천장을 보며 씩 웃는다. 비딱한 미소다. 자기 형의 것처럼. 잠시, 메이븐의 얼굴이 칼의 것으로 바뀌고, 그들의 모습이 겹쳐 보인다. 내가 칼을 알았던 것보다 더 오랜 시간을 이곳에 머물렀다는 사실을 깨닫자 흠칫하게 된다. 나는 칼의 얼굴보다 메이븐의 얼굴을 더 잘 알게 되었다.

그가 움직이며 욕조 밖으로 팔을 흔들자, 물이 파문을 일으킨다. 나는 시선을 억지로 떼어내서 아래를 내려다본다. 위로는 세 명의 오빠가 있었고, 걸을 수 없던 아버지도 있었다. 어른과 아이를 포함해 십수 명도 넘는 악취가 풍기는 남자들과 함께, 좋게 말해서 구멍이라 부를 수준의 장소에서 몇 달을 보내기도 했다. 그렇다고 해서 내가 필요 이상으로 메이븐을 더 많이 보고 싶다는 의미는 아니다. 다시 한 번 나는 유사의 경계에 서 있는 느낌을 받는다.

"결혼식은 내일이야."

그가 마침내 말한다. 그의 목소리가 대리석 위로 울린다.

"아."

"몰랐어?"

"내가 어떻게 알아? 완전히 정보가 차단되어 있는데."

메이븐은 으쓱하더니 어깨를 들어올린다. 또 한 번 물이 움직이면서, 그의 하얀 피부가 더 많이 보인다.

"그래, 뭐, 정말로 네가 나 때문에 물건을 부수거나 할 거라고 생각하진 않았지, 그렇긴 했는데……."

그는 잠시 멈췄다가 내 쪽을 바라본다. 몸이 오싹하다.

"그래도 그런 생각만으로도 기분은 좋더라."

내 말이 가져올 결과만 아니었다면, 나는 쏘아보고 소리를 치고 그의 눈알을 파냈을 것이다. 그의 형과 보낸 내 시간들이 비록 매우 빨리 지나갔음에도 나는 여전히 우리가 공유한 심장 박동들을 기억한다고 말했을 것이다. 우리가 함께 잠들고, 둘만 외로워하고, 악몽을 공유하는 동안 그에 대한 내 감정이 점점 더 커졌다고. 우리가 하늘에서부터 떨어질 때, 내 살 위로 살을 맞대며, 자신을 보게 하려고 애를 쓰던 그의 손길. 그의 냄새가 어떠했는지. 그에게서는 어떤 맛이 났는지. *나는 네 형을 사랑해, 메이븐. 네 말이 옳았어. 너는 그냥 그림자에 불과해, 그리고 불꽃을 가지게 되면 누가 그림자를 보겠어? 누가 신을 놔두고 괴물을 선택하겠냐고?* 번개로는 메이븐을 상처 입힐 수 없지만, 말로는 그를 파괴할 수 있다. 그의 가장 약한 부분을 찌르고, 그의 상처를 헤집을 수 있다. 그를 피 흘리게 하고 전에 그랬던 것보다도 더 심한 상처를 입혀서 그 위로 딱지가 뒤덮힐 때까지.

내가 가까스로 뱉은 말은 그와는 사뭇 다른 종류다.

"아이리스를 좋아해?"

나는 대신 그렇게 묻는다.

그는 한 손으로 머리를 긁더니 아이처럼 발끈한다.

"그게 이 일과 무슨 상관이라도 있는 것처럼."

"뭐, 아이리스는 어머니의 죽음 이후로 네가 처음 맺은 새로운 관계잖아. 네 안에 그녀가 심어 놓은 독이 없이 일이 어떻게 돌아갈지 보는 건 꽤 흥미롭거든."

나는 손가락을 옆구리에 대고 두드린다. 말들은 느릿하게 가라앉고, 그는 가까스로 고개를 끄덕인다. 동의한다는 뜻이다. 그를 향한 강한 동정심이 인다. 나는 필사적으로 그 감정과 싸운다.

"그리고 너는 고작 두 달 전에 약혼했잖아. 역시 좀 빨라 보여, 적어도 네가 에반젤린이랑 했던 약혼보다는 빠르지."

내 말에 그가 날카롭게 대꾸한다.

"그런 거야 전 군대가 극히 불안정한 상태에 있을 때면 일어날 수 있는 일이야. 레이크랜즈 사람들은 인내심 있다고 알려진 편은 아니라서."

나는 코웃음을 친다.

"사모스 하우스가 그래서 그렇게 협조적으로 나오는 거래?"

그의 입 한구석이 보일락 말락 다시 저 비딱한 미소를 짓는다. 그는 자신의 플레임메이커 팔찌들 중 하나를 만지작대며, 가느다란 손목 주변에 은색 원이 생기게 느릿하게 빙빙 돌린다.

"사모스에도 나름의 쓰임새가 있어."

"지금쯤 이미 에반젤린이 널 바늘꽂이로 만들었을 거라고 생각했는데."

그의 미소가 좀 더 커진다.

"에반젤린이 만약 날 죽이면, 그녀는 자기한테 있다고 생각하고 있는 기회가 무엇이든 그걸 잃게 될 거야, 아무리 빨리 달아난다고 한들. 에반젤린의 아비가 그 일을 결코 승인하지 않을 거라는 점을 떠나서도. 사모스 하우스는 에반젤린이 왕비가 되지 않는다고 해도 매우 거대한 권력자라는 위치를 유지하니까. 그래도 대체 그녀는 어떤 종류의 왕비가 되려나."

"나로서야 그저 짐작만 해 볼 따름이네."

그 생각에 전율이 내 몸을 관통한다. 바늘과 단검과 면도칼로 된 왕관들, 보석 장식을 한 뱀들을 입고 있는 그녀의 어머니와 메이븐의 꼭두각시 줄을 잡고 있는 그녀의 아버지.

"난 짐작도 못하겠어."

메이븐은 마지못해 인정한다.

"정말로 안 돼. 심지어 지금까지도, 내 눈에는 에반젤린이 오직 형의 비로만 보이거든."

"네가 네 형에게 누명을 씌운 뒤에 굳이 에반젤린을 고를 필요는 없었던 거……."

"뭐, 내가 원하는 사람을 꼭 집어 선택할 수는 없었거든, 안 그래?"

그가 받아친다. 열기가 사라지고, 우리를 둘러싸고 있는 공기가 차가워지는 것이 느껴진다. 그가 생생하고 파랗게 타오르는 눈으로 나를 응시하자, 피부 위로 소름이 끼친다. 공기 중을 떠돌던 수증기가 차가운 공기의 흐름으로 인해 깨끗해지면서 우리 사이의 희미한 장막이 사라진다.

몸이 떨려 와서, 나는 메이븐에게 등을 돌린 채 제일 가까이에 있는 창문으로 몸을 끌고 간다. 밖에는 미풍에 흔들리는 목련 나무가 태양 아래로 하얀색과 미색과 장미색의 꽃을 활짝 피우고 있다. 저토록 단순한 아름다움은 이곳에 없다. 이곳에 있는 건 오염된 피 아니면 야망이나 배신 뿐.

"넌 나를 경기장으로 내몰았잖아, 죽으라고."

그를 향해 느리게 입을 연다. 우리 중 하나라도 그걸 잊을 수 있기라도 한 것처럼.

"넌 네 궁전에 나를 사슬로 묶어 둔 채로, 밤이고 낮이고 감시를 붙이고, 넌 나를 병들고, 아프게 내버려 둔 채……."

"내가 이런 네 모습을 보는 걸 즐기고 있다고 생각해? 내가 좋아서 널 죄수로 계속 잡아두는 거라고 생각해?"

무언가가 그의 숨결에 섞여든다.

"그게 네가 내 곁에 머물러 줄 유일한 방법이잖아."

그가 물을 앞뒤로 휘저을 때마다 그의 손 아래에서 물이 철벅거린다.

나는 그의 음성이 아니라 물소리에 집중한다. 그가 지금 무엇을 하는 중인지 알고 있음에도 불구하고, 나를 단단하게 붙들고 있는 그의 손길을 느낄 수 있음에도 불구하고, 스스로를 아래로 잡아끄는 것을 멈출 수가 없다. 물에 빠져 죽게 날 내버려 두는 것은 너무나 쉬울 것이다. 내 안의 일부가 그러길 원하고 있으니까.

나는 시선을 계속 창에 둔다. 처음으로, 침묵하는 돌이 주는 속속들이 너무나 익숙한 아픔이 반갑다. 그 아픔이야말로 그가 어떤 존재인지, 그의 사랑이란 것이 내게 어떤 의미인지를 상기시켜 주는 부정할 수 없는 증거이니까.

"넌 내가 아끼는 모든 사람을 죽이려고 했어. 넌 아이들까지도 죽였지."

피에 물든 채, 그 조그만 주먹에 쪽지를 쥐고 있던 아기. 그 기억이 너무나 생생해서 악몽이 될 정도다. 그 장면을 억지로 지워내려고 노력하진 않는다. 그 기억이 내게 필요하니까. 메이븐이 어떤 존재인지 잊지 않으려면 기억해야만 한다.

"너 때문에, 우리 오빠가 죽었어."

그를 향해 몸을 빙글 돌린 다음 귀에 거슬리는, 복수심에 가득 찬

웃음 소리를 뱉는다. 분노가 머리를 깨끗하게 해 준다.

메이븐은 급히 일어나 앉는다. 그의 벗은 상반신은 욕조만큼이나 하얗다.

"그리고 너는 내 어머니를 죽였지. 내 형을 데려갔고. 너는 내 아버지 또한 데려갔어. 네가 세계로 굴러 떨어진 순간, 바퀴들은 이미 돌아가기 시작했어. 어머니께서는 네 머릿속을 들여다보고 가능성을 알아차리셨지. 그분은 당신께서 영원히 찾아 헤매고 있던 기회를 보신 거야. 만약 네가…… 만약 네가 결코……."

말들이 메이븐이 멈추기도 전에 빠르게 쏟아지는 바람에 그는 말을 더듬는다. 다음 순간 그는 이를 악물고는 더 비판적인 어떤 말을 억지로 참는다. 또 한 번의 침묵의 숨소리.

"만약에 어땠을지 난 알고 싶지 않아."

메이븐의 그 말에 나는 으르렁거리며 쏘아붙인다.

"나는 알아. 난 참호에서 생을 마감했을 거야, 술주정뱅이가 되었거나 아니면 갈가리 찢어졌거나 아니면 걸어 다니는 시체의 모습으로 간신히 목숨만 연명했겠지. 난 내가 어떤 모습이었을지 잘 알아, 왜냐하면 100만 명은 되는 다른 사람들이 그렇게 살고 있으니까. 내 아버지, 내 오빠들, 너무 많은 사람들이."

"네가 알고 있는 것들을 알게 되어 버린 지금이라면…… 너라면 돌아가겠어? 그 삶을 선택할 거야? 징병, 네 진흙탕 마을, 네 가족, 저 어부 소년을?"

너무 많은 이들이 나 때문에, 내가 어떤 존재인지 때문에 죽었다. 내가 그냥 평범한 적혈이었다면, 그냥 메어 배로우였다면, 그들은 살았을 것이다. 쉐이드 오빠는 살았을 것이다. 오빠에 관해 생각하자 빠져나올 수가 없다. 오빠를 다시 데려올 수만 있다면 아주 많은 것들도 다 걸 수 있다. 나 자신을 걸라면 천 번도 더 걸었을 것이다. 하지만 한 쪽에는 내가 발견하고 구해낸 신혈들이 있다. 반역을 도왔다. 전쟁이 끝났다. 은혈들이 여럿으로 찢어졌다. 적혈들은 뭉치고 있다. 나는 적으나마 그 모든 것들을 도왔다. 실수도 많았다. 내가 저지른 실수들. 셀 수가 없을 정도로 많다. 나는 완벽과는 거리가 멀며, 심지어 좋다고도 할 수 없는 세계이다. 진짜 질문이 내 뇌를 파고든다. 메이븐이 정말로 묻고 있는 것. *다시 돌아갈 수 있다면, 너는 너의 능력을 포기하겠어? 다시 돌아갈 수 있다면 너는 네가 가진 힘을 거래할 거야?* 답을 알아차리는 데는 시간이 필요하지도 않다.

"아니."

나는 속삭인다. 메이븐에게로 가까이 움직인 것도 알아차리지 못한 채로, 나는 도자기로 된 욕조의 한쪽에 손을 바싹 댄다.

"아니, 안 그럴 거야."

그 고백이 내 안을 먹이로 삼아서 불꽃보다도 더 타오른다. 내가 이런 기분을 느끼게 만들고, 내가 이 사실을 깨닫게 만든 메이븐이 증오스럽다. 메이븐을 무력화시킬 수 있을 정도로 빨리 움직일 수 있을까 궁금하다. 주먹을 쥐고, 단단한 족쇄로 그의 턱을 부숴 버려. 스킨 힐러가 이도 다시 자라게 할 수 있나? 시도해 본들 무슨 핵심이 있나. 그런 거나 알아보느라 살진 않을 것이다.

그가 나를 빤히 올려다본다.

"어둠 속에서 지내는 게 어떤 건지 아는 사람들이란 빛 속에 머무르기 위해서 무엇이든 하는 법이지."

"우리가 똑같은 것처럼 굴지 마."

"똑같다고? 아니."

그가 고개를 젓는다.

"하지만 어쩌면…… 동등하겠지."

"동등?"

다시 한 번 나는 그를 갈가리 찢어 버리고 싶다. 손톱과 이를 써서 그의 목을 뜯어내 버려. 그의 암시가 너무나 아프다. 그의 말이 맞을지도 모른다는 사실만큼이나 아프다.

"존에게 더 이상은 존재하지 않는 미래들도 볼 수 있는지 물어보고는 했어. 그놈 말이 길이란 건 항상 변화하고 있다더군. 참 쉬운 거짓말이야. 그 거짓말로 그놈이 나를 심지어 샘슨도 할 수 없었던 방법으로 조종했거든. 그리고 존이 나를 네게로 이끌었을 때, 뭐, 나는 반박할 생각도 못했지. 네가 어떤 독으로 작용할지, 내가 어떻게 알았겠어?"

"만약 내가 독이라면, 그냥 날 제거해 버리면 되잖아. 우리 둘 모두를 그만 고문하고 말이야!"

"내가 그럴 수 없다는 거 너도 알잖아, 내가 얼마나 그러고 싶은지랑은 상관없이."

그의 속눈썹이 깜빡이더니 그의 눈이 먼 곳을 향한다. 심지어 나조차 닿을 수 없는 어딘가로.

"너는 토마스랑 비슷해. 너는 내가 마음을 쓰는 유일한 사람이자, 내가 살아 있다는 걸 상기시켜 주는 유일한 사람이야. 내가 텅 비지 않았다는 걸. 그리고 혼자가 아니라는 걸."

살아 있다는 것. 텅 비지 않았다는 것. 혼자가 아니라는 것.

각각의 고해 성사가 마치 화살처럼 날아와 내 몸이 차가운 불길로 바뀔 때까지 모든 신경을 꿰뚫는다. 메이븐이 그런 말들을 할 수 있다는 게 증오스럽다. 그가 내가 느끼는 기분을 느끼고, 내가 두려워하는 것을 두려워한다는 것이 증오스럽다. 그 사실이 증오스럽다, 그 사실이 진심으로 증오스럽다. 내가 누구인지, 내가 어떻게 생각하는지를 바꿀 수만 있었다면 바꾸었을 테다. 하지만 할 수 없다. 아이리스의 신들이 정말 존재한다면, 그들은 분명 내가 시도했다는 것은 알 텐데.

"존은 이미 죽어 버린 미래들…… 더 이상 가능성이 없는 것들에 대해서는 내게 말하지 않았을 거야. 그럼에도 불구하고, 나는 그것들에 대해서 생각하곤 해."

그가 중얼거린다.

"은혈의 왕, 적혈의 여왕. 상황이 달랐더라면 어땠을까? 얼마나 많은 이들이 여전히 살아 있을까?"

"네 아버지는 아닐 테지. 칼도 아닐 테고. 그리고 분명히 나도 아닐 거야."

"그냥 꿈에 불과하다는 거 나도 알아, 메어."

그가 쏘아붙인다. 교실에서 잘못을 지적당한 아이처럼.

"아무리 작았다고 한들 우리가 가진 어떤 기회라는 건 이미 사라졌지."

"너 때문에."

"그래."

더 부드럽게, 그의 인정이 이어진다.

"그래."

나와 시선을 계속 맞춘 채로, 메이븐이 자기 손목에서 플레임메이커 팔찌를 뺀다. 느리고, 신중하며 체계적인 동작이다. 팔찌가 바닥에 떨어지며 구르는 소리, 은색 금속이 대리석에 짤랑대는 소리가 들린다. 나머지 하나도 재빨리 그 뒤를 따른다. 여전히 내게서 시선을 떼지 않으면서, 그는 욕조에 뒤로 기대고는 고개를 기울인다. 목을 드러낸 채. 양옆구리에서 내 손이 경련한다. 너무 쉬울 것이다. 갈색 손가락들을 그의 창백한 목에 감아. 체중을 전부 거기 실어. 그를 아래로 내리꽂아. 칼은 물을 두려워하잖아. 메이븐은 어떨까? 그를 익사시킬 수도 있을 것이다. 그를 죽여. 욕조의 물이 우리 모두에게 끓어오르게 만들어. 그는 감히 나더러 그 일을 하라고 하는 것이다. 어쩌면 그도 마음 한편에서는 내가 그 일을 하기를 원하는 것인지도 모른다. 아니면 이 모든 것이 내가 그 동안 굴러 떨어지고 했던 1000개는 되는 덫 중에 하나일 수도 있고. 메이븐 캘로어의 또 다른 계략.

그가 눈을 깜빡이더니 숨을 내쉬며, 안에서부터 깊은 무언가를 토해낸다. 미몽(迷夢)은 깨어지고 그 순간은 부서져 내린다.

"내일 네가 아이리스의 들러리 중 하나야. 즐기도록 해."

내장을 찌르는 또 하나의 화살.

벽에 내던질 유리잔이라도 있었으면 싶다. 세기의 결혼식에서 시녀 역할을 하라니. 빠져 나갈 방도란 없다. 전 궁중 앞에서 견뎌내야

51

할 것이다. 모든 곳에 경비가 있을 것이고. 모든 곳에 눈들이 있을 테고. 비명을 지르고 싶다.

분노를 이용해. 격노를 이용하라고. 스스로에게 말하려고 애를 쓴다. 진정되기는커녕 그저 기력만 빠지고 절망만 찾아온다.

메이븐이 빈손으로 게으르게 손짓을 한다.

"저기가 문이야."

나가면서 돌아보지 않으려고 애를 쓰지만, 참을 수가 없다. 메이븐은 천장을 바라보고 있고, 그의 눈은 공허하다. 자기가 썼던 말들을 속삭이는 줄리언의 목소리가 머릿속으로 들린다.

신의 선택이 아니라, 신의 저주였다.

제18장

메어

처음으로, *고문을 받는 쪽이 내가 아니다.* 만약 내게 기회만 주어졌다면, 구석에 앉아서 사람들이 나를 무시할 수 있게 허락해 준 아이리스에게 감사를 표했을 것이다. 에반젤린이 나 대신 그 자리를 차지한다. 그녀는 우리 주변의 장면들에 영향을 받지 않은 것처럼, 침착한 것처럼 보이기 위해 노력한다. 신부 수행단의 나머지 사람들은 계속해서 그녀를, 자신들이 원래 모시기로 되어 있었던 여자애를 힐끔댄다. 금방이라도 에반젤린이 그녀 어머니의 뱀처럼 몸을 말고는 자기가 앉아 있는 금박을 입힌 의자에 감히 몇 발자국 안으로 다가오려는 사람 누구에게라도 쉿쉿 대지 않을까 생각해 본다. 결국, 이 방들은 그녀의 것이었으니까.

응접실은 당연하게도 새로운 입주자를 위해 다시 꾸며져 있다. 밝은 푸른색 벽장식들, 깨끗한 물에 담긴 신선한 꽃들, 그리고 여러 개

53

의 부드러운 분수들이 다음 사실을 착각할 수 없게 만든다. 레이크랜즈의 공주님이 이곳에 군림하노라.

방의 중앙에, 아이리스가 아름다움이라는 예술에 있어서 무한히 실력이 좋은 적혈 하녀들에게 둘러싸여 있다. 그녀의 깎아지른 듯한 광대뼈와 어두운 눈은 뭘 칠하지 않아도 충분히 참으로 아름답다. 하녀 하나가 아이리스의 검은 머리카락을 왕관 안으로 복잡하게 땋아 넣고, 사파이어와 진주로 장식한 핀으로 고정한다. 다른 하녀는 이미 아름다운 뼈대 위로 반짝이는 블러셔를 문질러서 천상의 것, 그리고 다른 세계의 것 같은 무언가로 만들어 낸다. 그녀의 입술은 깊은 보라색으로 훌륭하게 그려져 있다. 드레스로 말할 것 같으면, 하얀색에서 시작되어서 치맛단에 이르면 밝고 희미하게 일렁이는 푸른색으로 점점 변하는데, 아이리스의 어두운 피부와 어우러지니 옷은 저녁노을이 막 진 순간의 하늘처럼 빛나 보인다. 외양이라면 내가 근심하고 걱정해야 할 것들 중 가장 최후의 것임에도 불구하고, 그녀 옆에 있으니 버려진 인형이 된 것 같은 기분이다. 나는 다시 한 번 붉은색 옷을 입고 있는데, 평상시의 보석들이나 자수와 비교할 때에 오늘 의상은 간단한 편이다. 조금만 더 건강했더라면, 나도 아름다워 보였을 수도 있다. 그걸 신경 쓴다는 건 아니다. 나는 빛나기로 되어 있지도 않거니와, 빛나고 싶지도 않고…… 그리고 아이리스의 옆에서는, 확실히 그럴 수도 없다.

만약 에반젤린이 의도했다면 말인데, 이보다 더 아이리스와 극명한 대조를 보일 수도 없었을 것이다.(실제로 분명 에반젤린이 의도를 했을 것이다.) 아이리스가 열심히 얼굴을 붉히는 어린 신부의 역을 소화한 반면, 에반젤린은 기꺼이 경멸하며 다 내버린 쪽의 소녀 역할을 받아들였다. 그녀의 드레스는 금속으로, 보는 각도에 따라 색이 변하는 것이 진주로 만들어진 것 같은데, 날카로운 하얀색 깃털과 은색 상감 장식이 전체적으로 달려 있다. 그녀의 전담 하녀들은 에반젤린의 외모에 마지막 손질을 가하느라 파닥거린다. 그녀는 그 과정 내내 아이리스를 뚫어져라 바라보는데, 검은색 눈동자가 결코 흔들리는 법이 없다. 유일하게 집중을 깨뜨린 것은 그녀의 어머니가 곁으로 다가왔을 때뿐인데, 그때도 라렌티아의 치마에 장식된 에메랄드빛 녹색 나비들에게서 조금 물러나기만 한다. 나비들의 날개는 바람이라도 부는 듯이 한가롭게 파닥거린다. 그것들이 사실은 살아 있는 생명체들이며, 오롯이 바이퍼 여성의 능력 때문에 거기 붙어 있다는 사실을 부드럽게 상기하게 된다. 라렌티아가 앉으려고 시도하지 않기만을 바랄 뿐이다.

예전에 고향 스틸츠에서도 결혼식들을 본 적이 있다. 대충 모인다. 법적 구속력에 대한 짧은 몇 마디에 이어 서둘러 파티가 열린다. 가족들은 초대받은 손님들을 위해 제공하려고 충분한 음식을 우려내고, 그 동안 손님들은 그냥 괜찮은 쇼에 불과한 것 사이를 헤매고 다닌다. 킬런과 나는 남은 음식들을 훔치곤 했다. 물론 그게 있을 때 얘기다. 우리는 주머니에 둥근 빵을 채우고는 슬그머니 빠져나와서 전리품을 즐겼다. 오늘도 그렇게 할 거라고는 생각 안 하지만.

오늘 내가 붙잡고 있어야 할 유일한 것은 아이리스의 긴 옷자락과 나 자신의 분별력뿐이다.

"그대의 가족들이 이곳에 더 많이 참석할 수 없다니 유감이로군요, 공주."

머리 전체가 회색인 나이가 지긋한 여인이 아이리스를 기다리고 있는 많은 은혈 숙녀들에게서 떨어져 나온다. 그녀는 티 하나 없이 깨끗한 검정색 예식용 군복 위로 팔짱을 낀다. 대부분의 요원들과는 달리, 그녀의 옷에는 휘장이 거의 없지만 그럼에도 여전히 인상적이다. 전에 결코 본 적이 없는 사람임이 틀림없음에도, 어딘지 그녀의 얼굴에는 낯익은 느낌이 있다. 하지만 이 각도에서는 그녀의 이목구비의 옆모습만 보여서, 대체 그 인상이 어디서 온 건지 잘 모르겠다.

아이리스는 그 여자에게 머리를 숙인다. 그녀의 뒤에서 두 명의 하녀가 반짝거리는 베일을 제 위치에 고정한다.

"제 어머니께서는 레이크랜즈를 다스리는 여왕이시죠. 그분은 언제나 왕좌를 지키셔야만 한답니다. 그리고 어머니의 후계자인 제 언니는 왕국을 떠나는 걸 꺼려해서요."

"이해합니다, 이토록 격동의 시기이니."

나이 든 여자가 맞절을 하지만, 예상만큼 깊은 절은 아니다.

"축하를 전합니다, 아이리스 공주."

"감사합니다, 전하. 저희와 함께 해 주실 수 있다니 기뻐요."

전하?

그 나이 든 여자는 아이리스의 시녀들이 자기들 작업을 끝낼 수 있도록 완전히 몸을 돌린다. 그녀는 내게로 시선을 향하더니, 눈을 엄청나게 가늘게 뜬다. 한 손으로 그녀가 손짓을 한다. 반지를 낀 손에서 거대한 검정색 보석이 번쩍인다. 맞은편에서 아기 고양이와 클로버가 앞으로 달려 나와 나를 어쨌든 작위를 가진 것 같은 그 여인에게로 떠민다.

"배로우 양."

그녀는 허리도 두껍고 건장한 체격으로, 나보다 10센티미터쯤 더 크다. 나는 그녀가 대체 누구인지 구별하게 해 줄 가문의 색을 찾느라 그녀의 제복을 흘깃 바라본다.

"전하?"

나는 그 칭호를 이용해서 대답한다. 내 말은 꼭 질문처럼 들리는데, 그건 사실 그게 질문이었기 때문이다.

그녀는 재미있다는 듯한 미소를 보인다.

"전에 우리가 만난 적이 있었더라면 좋았을 것을. 그대가 메리어나 타이타노스인 척 가장하고 있을 때, 그리고 이런…… (그녀가 내 뺨을 가볍게 건드리는 바람에 나는 움찔한다.) 쇠약한 상태가 되기 이전에 말이지. 아마도 그랬다면 내 손자가 그대 때문에 왕국을 내버린 이유를 내가 이해할 수도 있었을지도 모르겠구나."

그녀의 눈동자는 구릿빛이다. 적금색. 그녀의 눈은 어디선가 본 적이 있다.

결혼식을 준비하는 사람들이 우리 주변에서 서성거리고, 비단과 향수가 넘쳐남에도 불구하고, 왕이 자기 머리를 잃고 아들이 그의 아버지를 잃던 그 끔찍하던 순간으로 기억이 흘러가는 것이 느껴진다. 그리고 이 여인은 그들 둘을 모두 잃었다.

기억의 심연에서 빠져나와, 역사책을 읽으며 낭비했던 순간 덕분에 나는 그녀의 이름을 떠올린다. 르롤란 하우스의 아나벨. 아나벨 왕비. 티베리아스 6세의 어머니. 칼의 할머니. 이제 그녀의 깔끔하게

57

묶은 머리카락에 자리 잡고 있는 적금과 검정 다이아몬드로 된 왕관이 보인다. 평상시 왕족들이 쓰고 다니며 활보하는 것에 비하자면 작은 크기다.

그녀는 손을 다시 뺀다. 좀 낫다. 아나벨은 오블리비언이다. 그녀의 손가락이 내 옆에 있는 걸 원하지 않는다.

"아드님 일은 안됐어요."

티베리아스 왕은 친절한 사람은 아니었다. 내게도, 메이븐에게도 그랬다. 그의 왕국에 살고 있는 절반의 사람들과 노예로 죽어간 사람들까지 언급할 것도 없다. 하지만 그는 칼의 어머니를 사랑했다. 그는 자기 아들들을 사랑했다. 그는 악한 사람은 아니었다. 그저 약했을 뿐.

그녀의 시선에는 흔들림이 없다.

"이상하네, 네가 그를 죽이는 걸 도왔으면서."

그녀의 목소리에는 어떤 비난의 기색도 없다. 분노도 없다. 격노도 없다.

그녀는 거짓말을 하고 있다.

＊ ＊ ＊

로열 코트는 색이 전혀 없다. 그저 하얀색 벽에 검정색 기둥, 대리석과 화강암과 크리스탈로 되어 있다. 건물은 무지개 색 군중을 빨아들인다. 모든 색조로 물든 드레스와 정장과 제복을 입은 귀족들이 문간마다 넘쳐난다. 왕가의 신부와 그녀의 행렬이 시저의 광장을 가로지르는 결혼 행진을 시작하기 전에 안으로 들어가기 위해 귀족들의 마지막 무리가 서두르는 중이다. 들어오지 못하게 줄을 친 넓은 구역 너머를 수백도 넘는 은혈들이 가득 메우고 있다. 그들은 결혼식 초대장을 받기에는 너무 평범한 쪽이다. 그들은 노르타와 레이크랜즈 경비들이 공평하게 분배되어 줄 서 있는 깨끗한 길 한쪽 편에서 무리를 지어 기다리고 있다. 연단 위로 높이 솟은 자리에서 카메라들도 지켜보고 있다. 그리고 카메라들과 함께, 온 왕국이 지켜보고 있다.

화이트파이어의 입구 홀에서 샌드위치 된 상태인 나의 이 좋은 위치에서는, 아이리스의 어깨 너머만 보인다.

머리카락 하나 보이지 않는 그녀는 조용하다. 고요한 물처럼 차분하다. 어떻게 이것들을 참아낼 수 있는지 모르겠다. 그녀의 왕족 아버지가 그녀의 팔을 잡고 있는데, 그의 코발트블루 색상의 망토는 아이리스의 웨딩드레스의 하얀색 소매와 대조적으로 강렬하다. 오늘 그는 그녀의 것과 짝을 맞추어 은색과 사파이어로 된 왕관을 썼다. 그들은 서로 아무 말도 하지 않은 채 앞으로 뻗은 길에만 집중하고 있다.

그녀의 옷자락은 내 손 안에서 꼭 액체처럼 느껴진다. 너무나 부드러운 비단이라서 손가락 사이로 흘러내릴 것만 같다. 필요 이상으로 관심을 끄는 것만큼은 피하고 싶기에 손에 힘을 꼭 준다. 처음으로, 내 옆에 에반젤린이 서 있다는 것이 기쁘다. 그녀는 아이리스의 옷자락의 다른 쪽 모퉁이를 잡고 있다. 다른 시녀들의 속삭임으로 판단해 보건대, 이 광경은 꽤나 스캔들 감인 모양이다. 그들은 나보다는 에반젤린에게 관심을 갖는다. 아무도 번개를 불러올 수 없는 번개 소녀에게 미끼를 놓을 정도의 관심은 없다. 에반젤린은 턱을 치켜들고 단단히 다문 채로, 그 모든 것을 예상한 것처럼 당당하게 받아들인다. 그녀는 나에게 아무 말도 걸지 않는다. 또 하나의 작은 축복이다.

어디선가 뿔피리 소리가 들린다. 그리고 군중이 이에 응답하여 다함께 궁전을 향해 몸을 돌린다. 시선의 바다다. 우리가 앞으로 발을 내딛어, 계단참으로, 계단을 내려가서, 은혈식 구경거리의 아가리 속으로 들어가는 내내 각각의 시선들이 느껴진다. 내가 가장 최근에 여기서 군중들과 마주했던 때에, 나는 무릎을 꿇고 목에는 개 줄이 매인 채 피를 흘리고 멍이 들고 마음이 상한 상태였다. 여전히 그 모든 상태에 해당되기는 한다. 손가락이 덜덜 떨린다. 경비들이 나를 밀어낸다. 아기 고양이와 클로버가 간단하지만 적절한 드레스를 갖춰 입고 내 등 뒤에 딱 붙어 있다. 관중들이 밀치는 바람에, 에반젤린이 눈 깜빡 하기도 전에 내 갈비뼈 사이로 칼날을 밀어 넣을 수도 있을 정도로 가깝다. 폐가 답답해지고 가슴이 꽉 조이고 목구멍이 막히는 것 같다. 나는 간신히 침을 삼키고 긴 숨을 억지로 뱉는다. *침착해.* 나는 손에 쥐고 있는 드레스에, 내 앞의 조각에 집중한다.

뺨에 물방울이 하나 떨어진 것 같다는 생각이 든다. 그게 그저 빗방울이기를, 신경과민으로 인한 눈물이 아니기를 기도한다.

"진정해, 배로우."

화난 목소리 하나가 낮게 속삭인다. 에반젤린의 목소리가 틀림없다. 메이븐에게 그랬듯, 이 빈약한 도움에도 감사의 감정이 솟는 것에 역겨운 기분이 든다. 그 감정을 없애 버리려고 애를 쓴다. 스스로를 타일러 보려고도 노력한다. 하지만 굶주린 개처럼, 나는 내게 주어지는 모든 조각들을 무엇이든 받아들인다. 이 외로운 감옥 안에서 친절로 느껴지는 것은 무엇이든지.

시야가 빙글빙글 돈다. 내 발이 아니라면, 내 친애하는, 재빠르고, 확고한 발이 아니었다면, 나는 틀림없이 발을 헛디뎠을 것이다. 각각의 발걸음은 점점 더 무거워진다. 공포가 척추를 타고 솟아오른다. 나는 아이리스의 드레스의 흰색 속으로 자꾸만 가라앉는다. 심장 박동을 세기까지 해 본다. 계속 움직일 수만 있다면 무엇이라도. 왜인지는 모르겠지만 이 결혼식은 꼭 1000개의 문들이 닫히는 것 같은 기분이 든다. 메이븐은 자기 힘을 두 배로 불리고 손아귀 힘은 더 바싹 조인다. 나는 결코 그에게서 달아날 수 없을 것이다. 이후에는 더더욱.

발 아래의 바닥이 바뀐다. 매끄럽게, 광장의 타일들은 계단이 된다. 첫걸음은 부딪히지만 옷자락을 꼭 잡은 채 곧 몸을 똑바로 한다. 내가 여전히 할 수 있는 유일한 일을 한다. 옆으로 서서, 무릎을 꿇고, 쪼글쪼글해져서, 더 쓰라린 상태가 되어, 그늘 속에서 굶주린다. 이게 내 남은 인생인 걸까?

로열 코트의 쩍 벌린 구멍 속으로 들어가기 전에, 나는 위를 올려다본다. 불과 별과 칼과 예전의 왕들의 조각상들 너머, 반짝반짝 빛나는 둥근 지붕에 닿는 크리스털 너머. 하늘을 향해. 저 멀리 구름이 모여 있다. 일부는 광장까지 닿아 있고, 바람에 끊임없이 움직인다. 구름은 느릿하게 소멸되면서 아무것도 아닌 줄기로 흩어진다. 비는 모여서 내리고 싶지만 무언가, 아마도 은혈 스톰들이, 날씨가 그렇게 되지 않도록 조절하고 있다. 어떤 것도 이날을 망칠 수는 없을 것이다.

다음 순간 하늘은 사라지고, 아치형의 지붕으로 바뀐다. 매끄러운 석회암 아치가 머리 위로 이어지고, 기둥은 구부러진 불꽃으로 된 은색의 나선으로 둘려져 있다. 노르타의 붉은색과 검은색으로 된 휘장과 레이크랜즈의 푸른색 휘장이 대기실의 양편을 장식하고 있다. 마치 이제 우리가 곧 증인이 될 두 왕국의 연합을 누가 잊을 수 있기라도 한 것처럼.

1000명쯤 되는 구경꾼들의 웅성거림은 벌이 웅웅거리는 소리처럼 들리고, 그 소리는 앞으로 걸음을 내딛을수록 점점 커진다. 로열코트의 중앙실로 이어지는 점차 넓어지는 복도가 앞으로 펼쳐진다. 반구형의 크리스털 아래로, 극히 아름다운 둥근 홀이 나온다. 태양이 깨끗한 판유리를 통과해서 그 아래의 장관을 비춘다. 모든 좌석이 꽉 차 있고, 번뜩이는 색들의 후광 속에 방의 가운데에서는 종이 울리고 있다. 군중들은 숨을 죽인 채 기다린다. 아직 메이븐이 보이지는 않지만 어디에 있을지는 추측할 수 있다.

다른 누구라면 아주 조금이라도 망설였을지 모른다. 아이리스는 그러지 않는다. 우리가 빛 속으로 나아가는 동안 그녀는 결코 속도를 늦추지 않는다. 1000명이 일어나는 소리에 귀가 먹을 것 같고, 소음은 방을 따라 메아리친다. 옷이 바스락거리는 소리, 이동하는 움직임, 속삭임. 나는 내 숨소리에만 집중한다. 심장이 어쨌든 달음박질친다. 입구와 뻗어 있는 복도들과 내가 이용할 수 있는 단서들을 찾기 위해 시선을 들고 싶다. 하지만 나는 또 하나의 불운으로 끝날 도망 계획은 고사하고 그저 간신히 걸을 수 있을 뿐이다.

중앙에 도착할 때까지 수년은 흐른 것 같은 기분이다. 메이븐이 기다리고 있다. 그의 망토는 아이리스의 옷자락만큼이나 화려하고 거의 같은 길이로 길다. 검정색 대신에 번뜩이는 붉은색과 하얀색으로 인상적으로 차려입었다. 왕관은 새로 만들어진 것으로, 은과 루비를 사용하여 불꽃 모양을 낸 것이다. 그가 자신에게 다가오는 신부와 신부의 일행을 마주하기 위해서 고개를 돌리자 왕관이 희미하게 빛난다. 그의 눈이 제일 먼저 내게로 닿는다. 시선에 깃든 후회를 알아차릴 정도로 나는 그를 너무나 잘 알고 있다. 그건 깜빡이며 살아 나더니 초 심지의 불꽃처럼 춤을 춘다. 그리고 아주 쉽게 사라지더니 연기 같은 기억만 남긴다. 나는 메이븐이 정말 싫다, 특히 내가 불꽃의 그림자에 대한 이제는 익숙한 동정심에는 저항할 수 없기 때문에 더 그렇다. 괴물들은 만들어진다. 메이븐이 그랬다. 아니었다면 그가 어떤 존재가 되었을지 누가 알까?

예식은 다음 한 시간의 좀 더 나은 부분으로, 나는 에반젤린과 나머지 신부 일행의 옆에서 그 모든 시간 동안 서 있기만 하면 된다. 메이븐과 아이리스는 서로 주거니 받거니 대사를 읊는다. 노르타의 판사가 맹세와 약속의 말을 읊는다. 평범한 쪽빛 사제복을 입은 여성도 말을 한다. 내 생각에는 레이크랜즈에서 온⋯⋯ 아마도 그들의 신의 사절 같은 게 아닐까? 나는 거의 귀를 기울이지도 않는다. 내 머릿속을 차지한 것은 붉은색과 푸른색 옷을 입은 군대가 세계를 행군하는 모습이다. 구름이 계속해서 모여들고, 점점 더 어두워지면서 둥근 지붕 위를 덮는다. 그리고 각각의 구름이 산산조각난다. 폭풍은 몰아치고 싶지만, 그럴 수 없는 것처럼 보인다.

그게 어떤 기분인지 나는 잘 안다.

"이날부터 내 삶의 마지막 날까지, 나는 그대에게 나를 드립니다, 시그넷 하우스의 아이리스, 레이크랜즈의 공주여."

앞에서는 메이븐이 손을 내민다. 그의 손가락 끝에서 불꽃이 날름댄다. 촛불처럼 부드럽고 약한 불꽃이다. 마음만 내키면 훅 하고 불어 꺼트릴 수도 있을 것 같다.

"이날부터 내 삶의 마지막 날까지, 나도 그대에게 나를 드립니다, 캘로어 하우스의 메이븐, 노르타의 왕이시어."

아이리스는 메이븐의 행동을 똑같이 따라하며 자신의 손 역시 내민다. 끝이 밝은 푸른색인 하얀 소매가 우아하게 떨어지면서 그녀의 매끄러운 팔이 좀 더 드러나는 동안 공기 중에서 수분이 침출되기 시작한다. 그녀의 손바닥에 물이 떨리면서 모여들더니 깨끗한 구를 만든다. 그녀가 메이븐과 손을 맞잡는 순간, 어떤 증기나 연기의 흔적도 없이 하나의 능력이 다른 것을 파괴한다. 평화로운 연합이 탄생하고, 그들의 입술이 부드럽게 스치면서 봉인된다.

메이븐은 내게 키스했던 것처럼은 그녀에게 키스하지 않는다. 그가 보였던 어떤 불꽃도 너무나 멀다.

나도 그럴 수 있다면 좋겠다.

천둥소리만큼이나 커다란 박수갈채에 몸이 전율한다. 대부분의 사람들이 환호하고 있다. 저들을 탓할 수야 없을 것이다. 이건 레이크랜즈와의 전쟁을 관에 넣고 마지막 못질을 하는 행위니까. 적혈들은 수천, 수백 만이 죽었지만, 은혈들 역시 죽었다. 평화를 축복하는 그들을 못마땅하게 여기진 않을 것이다.

로열 코트를 둘러싸고 있는 수많은 의자들이 움직이면서 돌 위로 밀리자 또 다른 우르릉 하는 소리가 난다. 우리가 또 다른 지지자들의 조수에 찌그러지게 될 참인가 싶어 움찔하고 만다. 대신에, 감시병들이 밀려온다. 나는 아이리스의 옷자락을 생명줄처럼 붙든 채, 그녀의 매끄러운 움직임을 따라서 가득한 군중 사이를 지나 시저의 광장으로 도로 나간다.

당연하게도, 소란스럽게 밀려든 군중은 10배는 더 늘어났다. 깃발을 흔들고, 환호를 외치고, 위로는 종이꽃들이 흩날린다. 그 모든 것을 차단하려고 애를 쓰면서 고개를 숙인다. 그럼에도 귀가 울리기 시작한다. 머리를 아무리 흔들어 봐도 소리는 도통 사라지지를 않는다. 아벤들 중 하나가 내 팔꿈치를 붙드는데, 우리 주변으로 사람들이 밀칠수록 그녀의 손가락은 살을 더 깊이, 깊이 파고든다. 감시병들이 뭐라고 외치면서 군중들에게 물러설 것을 지시한다. 메이븐이 어깨 너머로 돌아본다. 그의 얼굴은 흥분인지 긴장인지 아니면 둘 다인지 모를 것으로 회색으로 물들어 있다. 울림이 더 강해지자, 나는 귀를 막기 위해서 아이리스의 옷자락을 놓을 수밖에 없다. 그건 내 속도를 늦춰서 안전한 그녀의 원에서 떨어지게 만들었을 뿐, 아무 도움이 안 된다. 그녀는 자기 새신랑과 팔을 맞잡고, 두 사람 뒤로 에반젤린을 꼬리처럼 매단 채로 계속 나아간다. 사람들의 물결이 우리 사이를 떼어놓는다.

메이븐이 내가 멈춘 걸 알아차리고 눈썹을 추켜세운다. 그의 입술이 묻듯이 벌어진다. 그의 발걸음이 느려진다.

그 순간 하늘이 시커메진다.

구름 폭풍이 피어나고, 어둡고 무거워지더니 우리 위를 화산의 연기처럼 덮는다. 번개가 구름 사이로 내려친다. 번쩍하는 빛은 하얗고 파랗고 녹색이다. 각각이 들쭉날쭉하고 사납고 파괴적이다. 부자연스럽다.

사람들의 소리가 다 사라질 정도로 심장이 큰 소리로 신음한다. 하지만 천둥소리는 아니다.

천둥소리가 내 가슴 안에서 덜컥대면서, 그것이 공기를 뒤흔들 때마다 너무나 가깝고 너무나 폭발적으로 준동한다. 혀끝에서 그 맛이 느껴진다.

아기 고양이와 클로버가 나를 땅에 내동댕이치는 바람에 나는 다음 천둥번개가 내리치는 걸 보지도 못한다. 우리의 드레스는 더러워진다. 그들은 내 어깨를 꼭 누르고, 자기들 손과 능력을 이용해서 근육이 아프도록 파고든다. 사일런스 능력이 내 몸에 홍수처럼 쏟아지고 너무 빠르고 너무 강한 나머지 내 폐에서 공기가 다 빠져나갈 정도다. 나는 헐떡이면서 숨을 쉬려고 애를 쓴다. 뭐라도 움켜쥘 것을 찾아서 나는 타일이 덮인 바닥을 손가락으로 긁는다. 숨을 쉴 수만 있었어도, 웃음을 터뜨렸을 것이다. 누가 나를 시저의 광장에 내리누른 것이 이게 처음은 아니니까 말이다.

또 다른 천둥소리, 또 다른 번쩍이는 푸른 빛. 아벤의 사일런스 능력이 밀려온 결과 이제 나는 거의 내장을 토할 지경이 된다.

"앨 죽이면 안 돼요, 재니. 안 돼요!"

클로버가 으르렁댄다. *재니*. 아기 고양이의 진짜 이름이다.

"얘가 죽기라도 하면 다음은 우리 머리일 거라고요."

나는 간신히 말하려고 애를 써 본다.

"내가 아니야. 내가 아니라고."

아기 고양이나 클로버가 들었는지 아닌지 몰라도, 둘 다 딱히 반응을 보이지는 않는다. 그들의 압력은 결코 줄어들지 않고, 새롭게 고통이 이어진다.

비명도 지르지 못하고 나는 억지로 머리를 들어서 나를 도울 누군가를 찾는다. 메이븐을 찾는다. 그라면 이 일을 멈춰 줄 것이다. 이런 생각을 하고 있는 내 자신이 싫다.

눈앞으로 다리들이 지나가고, 검정색 제복에, 시민들이 입고 있는 색들도 보이고, 그리고 저 멀리로 달아나는 붉은 주황색 망토가 보인다. 감시병들은 대형을 단단히 유지한 채로 계속 움직이고 있다. 거의 암살에 성공할 뻔했던 연회 때처럼, 그들은 즉시 훈련된 대응을 하고, 그들의 하나뿐이자 유일한 목적인 '왕의 수호'에 집중한다. 그들은 재빨리 방향을 바꾸어 메이븐을 왕궁이 아니라 트레저리 홀 방향으로 이동시킨다. 메이븐의 열차로. 그의 탈출을 위해서.

무엇으로부터의 탈출이지?

이 기이한 폭풍은 내 것이 아니다. 번개 또한 내 것이 아니다.

"전하를 따라 가."

아기 고양이(재니)가 으르렁댄다. 그녀는 내가 후들거리는 다리로 서도록 들어올리고, 나는 다시 한 번 거의 쓰러질 뻔 한다. 아벤들은 내가 쓰러지도록 두지 않는다. 제복을 입지 않은 요원들로 된 벽이 갑자기 생겨나는데, 그 덕도 있다. 그들은 나를 다이아몬드 대형으로 둘러싸더니 밀려드는 군중들 사이를 뚫고 간다. 아벤들은 자기들의 맥동하는 능력을 늦추지만, 그것도 고작 내가 간신히 걸을 수 있을 정도로만이다.

번개가 머리 위로 격렬하게 치는 동안 우리는 하나가 되어 계속 나아간다. 그리고 지금 주변은 이런 비를 동반하지 않은 번개가 칠 정도로 충분히 덥거나 충분히 건조하지가 않다. 기묘한 일이다. 내가 느낄 수만 있다면 좋을 텐데. 이용해. 하늘에 삐죽삐죽한 선들을 그려서 주변의 모든 사람들을 없애 버려.

군중들은 당황한 상태다. 대부분은 몇몇 지점을 올려다본다. 일부는 뒷걸음질을 치려다가 자신들이 다른 사람에게 둘러싸여 있다는 사실을 깨닫는다. 나는 얼굴들을 훑어보며 설명할 길을 찾는다. 그저 혼란과 공포만 보일 뿐이다. 군중이 겁에 질린 상태라면, 그들이 우리를 짓밟지 않도록 경비 요원들이 막을 수나 있을지 의문이다.

저 앞에서, 메이븐의 감시병들은 우리 사이의 거리를 더 벌린다. 몇 명은 사람들을 떠미는 역을 맡았다. 스트롱암 하나가 몸으로 남자를 몇 미터 뒤쪽으로 떠밀고, 그 사이 텔키 하나가 손을 흔들어서 서너 명을 휩쓸어 낸다. 그러자 사람들은 그들에게서 거리를 벌리고, 달아나는 중인 왕과 새 왕비 주변으로는 공간이 생겨난다. 소란 와중에도 나를 찾느라 뒤를 돌아보던 메이븐의 시선이 내게 향한다. 메이븐의 눈은 커다랗고 거칠고 이토록 먼 거리에서도 생생한 파란색으로 빛난다. 그의 입술이 움직이더니, 천둥과 점점 커지는 혼란 속에서 나로서는 알아들을 수 없는 어떤 말을 외친다.

"서둘러!"

클로버가 부르짖으며 나를 벌어진 간격을 향해 앞으로 민다.

우리 일행의 경비들은 더 공격적으로 자기들 능력을 드러낸다. 스위프트 하나가 앞뒤로 내달리며 사람들을 우리가 가야 하는 길에서 밀어낸다. 그는 돌풍처럼 사람들 사이로 흐릿하게 움직인다. 다음 순간 그가 갑자기 멈춘다.

총알이 스위프트의 미간을 관통한다. 휙 피하기에는 너무 가까웠고, 달아나기에는 너무 빨랐다. 그의 머리가 피와 뇌수를 둥글게 흩뿌리며 뒤로 휙 젖혀진다.

총을 들고 있는 여자는 내가 모르는 사람이다. 그녀는 파란색 머리에, 들쭉날쭉한 모양의 파란색 문신을 했고…… 손목에는 피처럼 붉은 선홍색 손수건을 감고 있다. 그녀의 주변 사람들은 일순간 충격을 받아 전율하고, 다음 순간 혼돈이 완전히 꽃 핀다.

한 손으로는 여전히 권총을 겨눈 채, 파란 머리카락의 여자는 다른 손을 들어 올린다.

번개가 하늘을 찢는다.

그것이 감시병들의 원을 향해 내리친다. 그녀의 조준은 백발백중이다.

폭발이 일어날 거란 예상에 긴장한다. 대신에, 파란색 기운을 띤 번개는 갑자기 나타난 일렁이는 물의 반구를 때린다. 번개는 물을 따라서 흐르지만 관통하지는 못한다. 거의 눈이 멀 것 같이 번뜩이던 선과 섬광도 즉시 사라지고 오직 물로 된 방패만이 남는다. 그 아래에, 메이븐, 에반젤린, 그리고 심지어 감시병들 무리가 웅크린 채 자기들 머리 위로 손을 올리고 있다. 오직 아이리스만이 서 있는 상태다.

물이 그녀의 주변으로 고이더니, 라렌티아의 뱀들처럼 구부러지고 비틀린다. 물뱀이 계속 자라나며 어찌나 빠르게 수분이 침출되는지 혀끝으로 바싹 마르는 공기를 맛볼 수 있을 정도다. 아이리스는 시간을 낭비하지 않고, 머리에 쓰고 있던 베일을 찢어낸다. 희미하게, 비가 오지 않기만을 바라게 된다. 비가 오면 아이리스가 어떤 일을 할 수 있을지 알고 싶지가 않다.

레이크랜즈 경비들은 사람들과 싸우는 중인데, 그들의 어두운 푸른색 형체들이 사람들 사이를 뚫고 가려고 애를 쓰고 있다. 보안 요원들도 똑같은 장애물을 만나서 붙들린 채, 혼란 속에 얽혀 있다. 은혈들은 모든 방향으로 달아난다. 몇몇은 소란 쪽을 향하고, 다른 사람들은 위험에서부터 달아난다. 그들과 함께 달아나고 싶은 마음과 파란 머리카락의 여자에게로 뛰어 가고 싶은 마음 사이에서 갈등이 일어난다. 아드레날린이 분출되며 뇌가 찌르르 울리고, 나는 내 존재를 억누르는 사일런스 능력에 열과 성을 다해 맞선다. *번개. 그녀는 번개를 휘둘렀어. 그녀는 신혈이야. 나처럼.* 그 생각에 나는 행복감으로 울음을 터뜨릴 것만 같다. 만약 그녀가 이곳을 빨리 빠져나가지 않는다면, 그녀는 시체가 되고 말 것이다.

"달아나!"

나는 고함을 치려고 한다. 밖으로 나오는 건 속삭임에 불과하다.

"전하를 안전하게 모셔라!"

벌떡 일어나는 에반젤린의 목소리가 들린다. 그녀의 드레스가 재빨리 갑옷으로 모양을 바꾸며 그녀의 피부 위로 진주 같은 판들로 된 비늘을 덮는다.

"대피한다!"

감시병들 중 일부가 명령에 따라 보호 대형 안으로 메이븐을 끌어당긴다. 그의 손에서 약한 불꽃이 인다. 불꽃은 그의 분노에 부응하여 불규칙하게 펑펑 소리를 낸다. 메이븐의 일행 중 나머지는 총을 잡아 뽑거나 능력을 폭발시킨다. 밴시 감시병이 입을 벌리고 비명을 지르려고 하다가 숨을 제대로 쉬지 못한 채 무릎을 털썩 꿇는다. 그가 목을 쥐어뜯는다. 숨을 쉴 수가 없는 모양이다. 하지만 왜, 누가? 그의 동료가 계속 숨이 막힌 상태인 그를 끌어낸다.

또 다른 번개가 머리 위로 기다란 흔적을 그리는데, 이번 것은 쳐다볼 수도 없을 정도로 너무 밝다. 다시 눈을 떴을 때, 파란 머리카락의 여자는 군중 속으로 자취를 감춘 후다. 어디선가 계속 총성이 흩뿌려진다.

몰려든 사람들 모두가 도망을 치는 건 아니라는 깨달음에 나는 숨을 헉 하고 들이쉰다. 두려워하지도 않는, 심지어 폭력의 폭발에 당황하지도 않는 사람들이 있다. 그들은 목적, 동기, 임무를 가지고 조금 다르게 움직인다. 검정색 총들이 어슴푸레 빛나고, 번쩍 하며 경비의 등이나 배를 꿰뚫는다. 점점 어두워지는 중에 칼날이 번득인다. 공포의 비명은 고통의 비명으로 바뀐다. 여러 몸통이 넘어지고, 광장의 타일 위로 털썩 쓰러진다.

서머튼에서의 폭동이 어떠했던지 기억한다. 적혈들은 사냥당하고 고문당했다. 군중은 그들 중 가장 약한 자들에게 달려들었다. 어떤 명령도 없는 그곳은 비조직적이며 혼란의 도가니였다. 이곳은 정반대다. 야만적인 공포는 수백의 사람들 중에 숨어 있는 몇 십의 암살자들의 신중한 작업물인 것 같다. 그들 모두가 공통의 무언가를 지니고 있다는 깨달음에 미소가 절로 나온다. 히스테리가 커지는 사이, 그들 각각이 붉은 손수건을 지니고 있는 게 보인다.

진홍의 군대가 이곳에 있다.

칼, 킬런, 팔리, 카메론, 브리, 트래미, 대령.

그들이 여기에 있다.

젖 먹던 힘까지 모아, 나는 머리를 뒤로 들이받아 내 두개골로 클로버의 코를 깨부순다. 그녀는 울부짖고, 은색 피가 그녀의 얼굴 아래로 뿜어져 나온다. 순간 나를 잡고 있던 그녀의 손아귀 힘이 풀어지고, 오직 아기 고양이만 남는다. 나는 그녀를 뿌리칠 수 있기를 바라며 팔꿈치로 그녀의 배를 세게 친다. 그녀는 내 어깨를 놓아 주는데, 그건 자신의 팔을 내 목에 두르고 죄기 위해서다.

목을 구부리고 물어뜯을 공간을 확보하려고 애를 쓰면서 나는 몸을 뒤튼다. 승산이 없다. 그녀는 내 기관(氣管)을 으스러뜨릴 기세로 압력을 늘린다. 시야가 얼룩지고, 뒤쪽으로 내 몸이 끌려가는 느낌이 든다. 트레저리 홀에서부터, 메이븐으로부터, 감시병들로부터 멀어진다. 치명적인 사람들 사이로. 계단에 닿을 때 나는 뒤로 발을 헛디딘다. 나는 약하게 발을 차며 뭐라도 붙잡으려고 애를 쓴다. 보안요원들이 내 미약한 시도에 재빨리 휙 피한다. 몇은 무릎을 꿇고 총을 든 채 우리의 퇴각을 엄호한다. 클로버가 내 앞으로 휙 다가온다. 그녀의 얼굴 아래 반쪽이 거울 같은 피로 얼룩져 있다.

"화이트파이어를 통해 되돌아가요. 명령을 지켜야만 해요."

그녀가 아기 고양이에게 낮게 말한다.

도움을 청하는 소리를 지르려고 해 보지만, 소리를 낼 수 있을 정도로 충분한 공기를 들이마실 수가 없다. 물론 그 행동이 아무 소용이 없었을 것이다. 천둥보다도 더 커다란 어떤 소리가 하늘을 가로지르며 비명을 지른다. 두 번의 소리가 난다. 셋. 여섯. 면도칼 같은 날개를 지닌 금속으로 된 새들. 스냅드래건들? 블랙런? 하지만 이 에어젯들은 내가 알던 종류와는 좀 달라 보인다. 좀 더 날렵하고 좀 더 빠르다. 아마도 메이븐의 새 비행 편대인가 보다. 저 멀리서 폭발이 붉은 불꽃과 검정색 연기의 꽃잎을 피운다. 저들은 광장에 폭탄을 투하할 것인가, 아니면 진홍의 군대에게 그렇게 할 것인가?

아벤들이 나를 궁전으로 끌고 가는 동안, 또 다른 은혈 하나가 우리와 거의 부딪힐 뻔한다. 나는 팔을 뻗는다. 어쩌면 이 사람은 도움이 될지도 모른다.

샘슨 메란더스는 내 손길을 확 잡아떼면서 경멸의 시선을 보낸다. 그의 손길이 닿은 부분이 타들어가기라도 하는 것처럼 나는 손을 뒤로 잡아당긴다. 그를 보는 것만으로도 머리가 쪼개지는 두통이 생길 것만 같다. 그는 결혼식에 참석하도록 허락받지는 못했지만, 그럼에도 결혼식을 위해 차려입고 있다. 머리통 위로 매끄럽게 정리된 옅은 금발머리와 남색 정장에는 티 하나 없다.

"이 여자를 잃기라도 하면 너희들을 몽땅 안팎으로 뒤집어 버릴 것이다!"

그가 어깨 너머로 으르렁거린다.

다른 사람보다도 샘슨 때문에 아벤들은 더욱 공포에 질린 듯하다. 그들은 격렬하게 고개를 끄덕이고, 남은 세 명의 요원들도 마찬가지다. 메란더스 위스퍼가 무엇을 할 수 있는지 그들 모두가 잘 아는 것이다. 내게 탈출할 동력을 더 많이 준 것이 뭔가 있었다면, 샘슨이 저들의 정신을 날려 버릴 것이라는 사실도 분명 한몫했을 것이다.

마지막으로 광장을 흘깃 보았을 때, 검은 그림자들이 구름 사이로 곧 닥칠 것처럼 가까이 더 가까이 다가오는 모습이 들어온다. 더 많은 에어쉽들. 하지만 그것들은 무겁고, 불룩한 종류로 속도를 내거나 심지어 전투를 위한 용도가 아니다. 아마도 그것들은 착륙하러 오고 있는 것일 터다. 나는 결코 그것들이 도착하는 모습은 보지 못하지만.

나는 할 수 있는 힘을 다해서 저항하는데, 내 말은 내가 사일런스 능력의 무게 아래에서 웅얼거리고 꿈틀거렸다는 뜻이다. 나의 저항에 경비들의 움직임이 느려지지만, 아주 조금일 뿐이다. 모든 움직임이 어렵게야 가능함에도 소용없이 느껴진다. 우리는 계속 움직인다. 화이트파이어의 홀들이 우리 주변으로 빙글빙글 돈다. 기억해 둔 내용을 생각해 보면, 우리가 향하는 곳이 어딘지 정확히 알겠다. 동쪽 날개, 궁전에 있어서 트레저리 홀과 가장 가까운 쪽이다. 거기 분명 길이 있는 모양이다. 메이븐의 버려진 기차로 향하는 또 다른 길이. 탈출할 수 있다는 희망은 그들이 나를 지하로 끌고 가는 순간 사라질 것이다.

세 방의 총성이 울리는데, 너무나 가까운 곳에서 울리는 바람에 마치 소리가 내 가슴에서 들린 것 같은 착각마저 인다. 광장에서 무슨 일이 벌어지고 있는지는 몰라도 궁전에서도 속도는 느리지만 피가 흐르고 있다. 창문으로 화염이 공기 중에 치솟는 것이 보인다. 폭발에 의한 것인지 한 사람에 의한 것인지는 모르겠다. 나는 그저 희망할 따름이다. *칼. 나 여기 있어. 칼.* 밖에 서 있는 그의 모습을, 격노와 파괴의 불길을 그려 본다. 한 손에는 총을 들고, 다른 한 손에는 불길을 일으킨 채, 자신의 모든 고통과 분노를 터뜨리는 모습을. 만약 그가 나를 구할 수 없다면, 그가 적어도 한때 자신의 동생이었던 괴물만큼은 갈가리 찢어 버릴 수 있기를 희망한다.

"역도들이 화이트파이어를 급습하고 있다!"

에반젤린 사모스의 목소리에 정신이 번쩍 든다. 그녀의 부츠가 대리석 바닥을 세게 울리고, 발걸음을 옮길 때마다 화난 망치가 때리는 것 같은 소리가 난다. 은색 피가 그녀의 얼굴 왼편에 얼룩져 있고, 공들여 손질한 머리카락은 바람에 날려 엉키고 온통 엉망진창이다. 그녀에게서 연기 냄새가 난다.

그녀의 오빠는 어디에도 보이지 않지만, 그녀는 혼자가 아니다. 렌, 나를 생기 있어 보이게 만들기 위해 많은 시간을 썼던 스코노스 스킨 힐러가 그녀를 바짝 따르고 있다. 아마도 에반젤린이 자기 얼굴에 긁힌 자국이 하나라도 났을 때 잠시도 아픔을 참지 않아도 되게 그녀를 끌고 온 모양이다.

칼이나 메이븐처럼, 에반젤린은 군사 훈련이나 절차에 완전히 익숙하다. 그녀는 즉시 행동에 나설 만반의 준비가 되어 있다.

"아래쪽 도서관과 오래된 화랑들은 이미 들끓고 있어. 우리는 얘를 이리로 데려가야 해."

그녀는 턱으로 우리가 있던 곳에서 수직으로 갈라지는 길을 가리킨다. 밖에서는 번개가 번쩍인다. 번개가 그녀의 갑옷에 비친다.

"너희 셋은 (에반젤린이 손가락으로 경비 셋을 휙 가리킨다.) 후방을 지켜라."

심장이 가슴 속으로 가라앉는다. 내가 그놈의 기차를 타게 될 거라는 걸 에반젤린이 개인적으로 확신시켜 주는 셈이다.

"언젠가 너를 죽이고 말 거야."

나는 아기 고양이에게 붙들린 채로 그녀를 향해 저주를 한다.

그녀는 명령을 내리느라 너무 바빠서 내 위협은 그녀를 비스듬히 맞고 튕겨 나온다. 경비들은 기꺼이 에반젤린의 명령에 따르고, 우리의 퇴각을 엄호하기 위해서 등을 돌린다. 그들은 이 지옥 같은 난리 속에서 누군가가 책임을 맡아 주는 것이 기쁜 것이다.

"밖에서 대체 무슨 일이 일어나는 중인 거죠?"

우리가 길을 따라 가는 동안 클로버가 으르렁거리며 말한다. 공포가 그녀의 목소리에서 분출된다.

"당신, 내 코 똑바로 해 줘요."

그녀가 렌의 팔을 잡으며 덧붙인다. 스코노스 스킨 힐러는 즉시 작업을 하고, 빠직 하는 소리와 함께 클로버의 부러진 코가 제자리를 찾는다.

에반젤린은 어깨 너머를 바라본다. 클로버가 아니라 우리 뒤쪽의 복도를 향해서다. 바깥은 폭풍이 낮을 밤으로 바꾸면서 어두워졌다. 공포가 그녀의 얼굴 위로 스친다. 그녀에게 보기 어려운 낯선 표정이다.

"군중들 중에 첩자가 있었다, 은혈 귀족들로 변장하고 있었어. 신혈들인 것 같아, 우리 생각에는. 자기들 능력을 유지할 정도로 충분히 강하고……."

그녀는 우리에게 손짓하기 전에 모퉁이를 체크한다.

"진홍의 군대가 코르비움을 차지했지, 하지만 나는 그들이 이 정도로 많은 이들을 동원할 수 있을 거라고는 생각 안 했어. 진짜 군인들, 훈련받고, 잘 무장된 진짜 군인들 말이야. 망할 벌레들처럼 하늘에서부터 바로 떨어지더라고."

"그들이 어떻게 들어온 거죠? 우리는 결혼식을 위해서 모든 보안 프로토콜을 따랐습니다. 1000명은 넘는 은혈 부대들과, 거기에 전하의 신혈 애완동물들에……."

아기 고양이가 소리를 지른다. 그녀는 문간에 하얀 형체가 두 개 나타나자 하던 말을 끊는다. 그들이 뿜는 사일런스의 무게가 나를 때리는 바람에 무릎이 휘어진다.

"캐즈, 베커, 합류해!"

달걀이랑 트리오 쪽이 더 나은 이름인 것 같은데. 그들은 대리석 바닥 위로 미끄러지듯 걸어서 내 움직이는 감옥에 잽싸게 함께한다. 나한테 조금만 더 힘이 있었어도, 눈물을 흘렸을 것이다. 4명의 아벤과 에반젤린이라니. 희망의 속삭임마저도 사라진다. 어떤 간청도 도움이 되지 않을 것이다.

"저들은 이길 수 없을 텐데. 가망이 없어요."

클로버가 주장한다.

"저들은 이기기 위해 여기 수도까지 온 게 아니야. 저들은 얘 때문에 여기 온 거야."

에반젤린이 받아친다.

달걀이 나를 앞으로 계속 가라며 떠민다.

"이런 뼈밖에 안 남은 걸 구하러 왔다니 노력만 낭비했네요."

다시 모퉁이를 돌자 길고 쭉 뻗은 전투실로 향하는 복도가 나온다. 광장의 소란과 비교하면 이곳은 고요하고, 그림으로 그려진 전쟁의 장면들은 혼란과는 거리가 멀어 보인다. 그것들은 우뚝 서서 그 오래된 장엄함 속에서 우리 모두를 왜소하게 만든다. 먼 거리에서 비명을 지르는 에어젯의 소음과 진탕하는 듯한 천둥소리가 들리지만 않는다면, 스스로에게 이 모든 일이 꿈이었다고 속일 수도 있을 것 같다.

"정말로 그래."

에반젤린이 말한다. 그녀는 다른 사람들이 알아차리지 못할 정도로 가볍게 흔들린다. 하지만 나는 알아차린다.

"이 얼마나 노력 낭비야."

그녀는 매끄럽고 고양이 같은 우아함으로 몸을 틀더니, 양손을 재빠르게 뻗는다. 시간 자체가 느려진 것처럼 그 모든 장면이 보인다. 그녀의 갑옷의 판들이 양 손목에서 총알처럼 재빠르고 치명적으로 날아오른다. 판의 경계가 번뜩이고, 그 끝은 면도칼처럼 날카롭다. 놈들이 공기 중을 가르면서 쉿 소리를 낸다. 그 다음은 살이다.

갑자기 사일런스 능력이 사라지는 것은 거대한 무게가 위로 들리는 것과 비슷한 느낌이다. 클로버의 팔이 내 목에서 떨어지고, 그녀의 손아귀 힘이 느슨해진다. 그녀도 쓰러진다.

네 개의 머리가 바다 위로 피를 뿌리며 굴러 떨어진다. 플라스틱으로 된 장갑을 긴 하얀 손들이 달린 몸들이 그 뒤를 따른다. 모두 눈을 뜬 채다. 그들은 반격의 기회조차 얻지 못했다. 피가…… 그 냄새가, 그 장면이 내 신경을 압도하고, 목구멍으로 담즙이 솟는 기분이다. 구토를 억지로 참게 해 주는 유일한 것은 공포와 깨달음의 삐죽삐죽한 가시다.

에반젤린은 나를 기차로 데려가려는 것이 아니다. 그녀는 나를 죽이려고 한다. 그녀는 이 모든 일을 끝내려는 것이다.

그녀는 자기 사람들을 넷이나 살해한 것치고는 놀라울 정도로 침착하다. 금속으로 된 판들이 그녀의 팔로 돌아가더니 다시 매끄럽게 자리를 찾는다. 스킨 힐러 렌은 움직이지 않은 채 시선을 천장에 향하고 있다. 그녀는 다음에 일어날 일을 보지 않으려는 모양이다.

달아나는 것은 아무 소용이 없을 것이다. 똑바로 마주하는 편이 제일 나을 것이다.

"날 방해하기만 해 봐, 그럼 내가 널 아주 천천히 죽여 줄 테니."

그녀가 시체들을 성큼 넘어서 내 목을 움켜쥐면서 속삭인다. 그녀의 숨결이 내 위로 쏟아진다. 따뜻하고, 민트 향이 살짝 난다.

"작은 번개 소녀."

"그럼 끝내 버리든가."

나는 이 사이로 맞받아친다.

이 거리에서 보니, 에반젤린의 눈이 검정색이 아니라 회흑색(灰黑色)이라는 걸 알겠다. 폭풍의 구름 같은 색의 눈동자. 그녀가 나를 어떻게 죽일지 고민하는 동안, 그 눈동자가 가늘어진다. 아마 에반젤린은 손으로 나를 죽여야 할 것이다. 내 족쇄가 그녀의 능력이 내 피부에 닿게 두지 않을 테니까. 하지만 그저 단검 하나로 아주 간단히 효과를 볼 수도 있다. 그저 짧기만을 바란다. 에반젤린이 과연 그런 자비를 베풀 것인지는 의심스럽지만.

"렌, 부탁해."

에반젤린이 말하며 손을 뻗는다.

단검 대신에, 스킨 힐러는 이제는 머리가 없어진 트리오의 주머니를 뒤져서 열쇠 하나를 꺼낸다. 그녀는 그것을 에반젤린의 손바닥에 올린다.

나는 뻣뻣하게 굳는다.

"너도 이게 뭔지는 알겠지."

내가 어떻게 모르겠는가? 저 열쇠에 대한 꿈도 꿀 지경인데.

"난 너랑 계약을 맺으려고 해."

"해 봐."

나는 속삭인다. 뾰족한 검정색 철 조각 앞에서도 내 눈은 결코 흔들리지 않는다.

"어떤 것이라도 내놓을게."

에반젤린이 내 턱을 붙들고 강제로 자신을 보게 만든다. 경기장에서조차 결코 본 적이 없는 절박한 모습이다. 그녀의 눈이 흔들리고 아랫입술은 떨린다.

"너는 네 오빠를 잃었지. 내 오빠를 데려가진 마."

분노가 위장에서 들끓는다. 어떤 것도 되지만 그것만은. 언제나 프톨레무스에 대한 것을 꿈꿔 왔기 때문이다. 그의 목을 베어내고,

그의 몸뚱이를 자르고, 전기로 지져 버리는 것을. 그는 쉐이드를 죽였다. 목숨 대 목숨. 형제 대 형제.

그녀의 손가락이 내 살을 파고들며 손톱이 살을 꿰뚫을 듯이 위협한다.

"네가 거짓말을 하면 나는 그 자리에서 널 죽일 거야. 그러고 나서 네 나머지 가족들을 죽일 거야."

궁전의 비틀린 홀들 어딘가에서, 전투의 메아리가 울린다.

"메어 배로우, 선택해. 프톨레무스 오빠는 사는 거야."

"그는 살 거야."

나는 꺽꺽거리며 뱉는다.

"맹세해."

"맹세할게."

그녀가 재빠르게 움직이며 족쇄를 하나하나 푸는 동안 눈물이 고인다. 에반젤린은 할 수 있는 한 빠르게 각각의 족쇄를 던져 버린다. 그녀가 일을 마쳤을 때쯤 나는 눈물을 줄줄 흘리는 엉망진창인 상태이다.

족쇄 없이, 침묵하는 돌 없이 느끼는 세상은 텅 빈 것 같다. 무게감이 없다. 내가 둥둥 떠다니게 되는 건 아닌지 두렵다. 그럼에도 불구하고 나는 지난 번 탈출 시도 때보다도 훨씬 상태가 좋지 않아서 거의 쇠약해진 상태다. 여섯 달은 결코 한순간에 사라지지 않는다. 나는 내 능력을 느껴 보려고 노력한다. 머리 위의 전구를 느껴 보려고 시도한다. 간신히 그들이 지르르 하는 감각을 느낄 수 있다. 전에 당연히 그랬던 것처럼 그것들을 끌 수 있을지도 의심스럽다.

"고마워."

나는 속삭인다. 결코 에반젤린에게 할 거라고 생각해 본 적 없는 말이다. 내 말에 우리는 둘 다 동요한다.

"나한테 감사하고 싶어, 배로우?"

그녀가 내 마지막 족쇄를 발로 차면서 작게 말한다.

"그럼 약속을 지켜. 그리고 이 망할 곳을 불태워 버려."

내가 그녀에게 나는 아무 도움도 못 될 것이며, 내가 회복하려면 며칠이, 몇 주가, 어쩌면 몇 달이 필요할 수도 있다는 이야기를 하기도 전에, 렌이 손을 내 목에 얹는다. 이제야 왜 에반젤린이 스킨 힐러를 함께 끌고 왔는지 명확히 알겠다. 에반젤린을 위한 것이 아니었다. 나를 위한 거였다.

온기가 내 척추를 따라 흘러내리고, 내 혈관과 뼈와 골수를 통해 흐른다. 그 감각이 내 안에서 어찌나 완벽하게 맥동하는지, 낫는 과정이 아픔으로 예상될 정도다. 나는 무릎을 꿇는다. 통증은 사라진다. 떨리는 손가락, 약해진 다리, 부실한 맥박…… 힐러 한 명의 손길 아래에 침묵하는 돌이 남긴 최후의 유령들이 달아난다. 머리는 결코 내게 일어난 일들을 잊지 못하겠지만 몸은 재빠르게 잊는다.

전기를 다루는 힘이 돌진하듯 돌아오고, 내 안의 가장 깊은 곳에서 천둥처럼 울린다. 모든 신경이 다시 삶을 얻으며 날카롭게 소리를 지른다. 힘이 복도를 따라 흐르고, 샹들리에에 달려 있던 전구들이 산산조각난다. 숨어 있던 카메라들이 불꽃을 일으키며 폭발하면서 전선들을 뱉어 낸다. 렌은 꺅 하고 비명을 지르며 뒤로 훌쩍 뛰어 물러난다.

나는 자백색을 기대하며 내려다본다. 천연의 전기가 내 손가락 사이에서 날뛰면서 공기 중에서 쉿쉿거린다. 그 밀고 당기는 느낌이 아플 정도로 익숙하다. 나의 능력, 나의 힘, 나의 권력이 돌아왔다.

에반젤린은 신중하게 뒤로 걸음을 딛는다. 그녀의 눈에 내 번개가 반사된다. 빛난다.

"약속을 지켜, 번개 소녀."

* * *

어둠이 나와 함께 걷는다.

내가 지나가면 모든 등은 지글대면서 깜빡거리다 꺼진다. 유리가 산산조각 나고, 전기가 튄다. 공기가 살아 있는 전선처럼 윙윙거린다. 그것이 열린 손바닥을 애무하고, 나는 그 힘을 느끼며 몸을 떤다. 이것이 어떤 기분이었는지 잊어버렸다고 생각했다. 하지만 그건 불가능한 일이다. 다른 모든 것들은 대부분 잊을 수 있더라도, 내 번개만큼은 아니다. 내가 누구인지, 내가 어떤 존재인지도.

족쇄들은 나를 걷는 것조차 기진맥진하게 만들었다. 나를 짓누르던 그것들이 없으니, 나는 날아간다. 연기를 향해, 위험을 향해, 마침내 내 구원이 될지 아니면 최후가 될 무언가를 향해. 어느 쪽이든 나는 신경 쓰지 않는다. 이 지옥 같은 감옥에 1초라도 더 붙들려 있지 않을 수 있다고만 하면 뭔들. 할 수 있는 한 빨리 뛸 수 있도록 충분히 찢어낸 내 드레스는 다홍색 넝마가 되어 펄럭인다. 소매는 새로 번개가 터질 때마다 그 불꽃으로 인해 불타서 그을린다. 이제는 나 자신을 누를 수가 없다. 번개는 원하는 곳 어디든 흐른다. 그것은 내심장과 함께 내리친다. 자백색 번개와 불꽃이 손가락을 따라 춤을 추면서 손바닥 안팎으로 눈부시게 번뜩인다. 나는 기쁨에 몸서리를 친다. 어떤 것도 이보다 더 멋지게 느껴진 적이 없다. 나는 계속해서 번개를 바라보며 그 모든 혈맥에 매혹된다. *너무 오랜만이야. 너무 오랜만이야.*

이것은 틀림없이 사냥꾼이 느끼는 기분일 것이다. 돌아서는 모퉁이마다, 어떤 종류의 먹이가 나타나기를 기대한다. 내가 아는 가장 짧은 길을 따라 달리고, 대회의실을 가로질러 돌진한다. 내가 노르타의 문장 위로 뛰어넘는 순간 텅 빈 의자들이 나를 바라본다. 발아래의 상징을 없애 버릴 수도 있었다. 불타는 왕관의 모든 부분을 갈기갈기 찢어 버려. 하지만 내게는 죽여야 할 진짜 왕관의 후계자가 있다. 그것이 내가 앞으로 할 일이기 때문이다. 만약에 메이븐이 여전히 이곳에 있다면, 만약에 그 비틀린 소년이 달아나지 않았다면. 나는 그의 마지막 숨결을 지켜보고 그가 결코 다시는 내 목줄을 쥐지 못한다는 사실을 확인할 것이다.

내 쪽으로 등을 돌리고 있는 보안 요원들이 내가 가는 방향에 나타난다. 여전히 에반젤린이 명령한 대로 따르는 중이다. 세 명 모두가 긴 총을 팔꿈치 안쪽에 걸치고 복도를 사수할 수 있도록 손가락은 방아쇠에 걸치고 있다. 그들의 이름은 모르겠지만, 색은 알고 있다. 그레코 하우스, 전부가 스트롱암이다. 그들이 나를 죽이려면 총알도 필요 없다. 한 명이면 내 등뼈를 부수고, 내 갈비뼈를 뜯어내고, 내 두개골을 포도처럼 터뜨릴 수 있다. 나 아니면 그들이다.

첫 번째 사람이 내 발자국 소리를 듣는다. 그가 턱을 돌리고, 어깨 너머를 돌아본다. 내 번개가 그의 척추를 직격하고, 그의 두뇌까지 파고든다. 아주 짧은 순간에 그의 가지처럼 뻗은 신경까지 느껴진다. 다음은 어둠. 나머지 두 사람이 반응하며 나를 마주하기 위해 몸을 돌린다. 번개는 그 사람들보다 더 빨라서, 두 사람을 모두 찢어버린다.

나는 결코 속도를 늦추지 않고, 연기가 나는 그들의 몸을 뛰어넘는다.

다음 홀은 광장을 따라서 나 있는 방으로, 한때 반짝거렸을 유리창은 재로 인해 기다란 줄무늬가 생겨 있다. 샹들리에 몇 개는 바닥에 세게 부딪혀 배배 꼬인 금속과 유리 덩어리가 되어 있다. 시체들도 있다. 검정색 제복을 입은 보안 요원들, 붉은 손수건을 맨 진홍의 군대. 소규모 접전의 여파, 더 커다란 전투 동안 거칠게 휘몰아친 많은 장면 중 하나일 것이다. 나는 내게서 가장 가까운 방위군을 확인해 보느라 그녀의 목에 손을 뻗는다. 맥박이 없다. 그녀는 눈을 감고 있다. 내가 알아보지 못하는 사람이라는 점이 다행스럽다.

밖에서, 또 다른 파란 번개의 폭발이 구름을 찢는다. 참지 못하고 미소를 짓자, 입 구석이 흉터 위로 날카롭게 당긴다. 번개를 제어할수 있는 또 다른 신혈. 나는 혼자가 아니다.

재빨리 움직여서 시체에서 챙길 수 있는 것들을 챙긴다. 권총 하나와 탄약을 보안 요원에게서 챙긴다. 여자에게서는 붉은 손수건을 챙긴다. 그녀는 나를 위해서 죽었다. *나중에, 메어.* 스스로를 책망하며, 그런 생각들로 된 유사를 치워 둔다. 이를 써서, 손수건을 손목에 묶는다.

총알들이 유리창에 쨍 하고 부딪히며 빗발 같이 쏟아진다. 나는 움찔하며 바닥에 몸을 던지지만, 유리창은 멀쩡하다. 다이아몬드 유리. 방탄이다. 나는 유리 뒤에서 안전하지만, 한편으로는 유리 뒤에 갇혀 있다.

다시는 결코 그럴 수야 없다.

나는 벽 쪽으로 살그머니 다가가서, 모습을 들키지 않게 애를 쓰면서 밖을 관찰한다. 눈앞에 들어온 광경에 나는 숨을 헉 들이쉰다.

한때 결혼 축하연이었던 것은 이제 몽땅 전쟁터로 바뀌었다. 나는 아이럴과 헤이븐과 라리스가 나머지 메이븐의 궁중에 반기를 들었던, 경외감이 들 정도로 대단했던 하우스 반역 현장에 있었지만, 이건 그때의 전투가 작아 보일 정도다. 수백의 노르타 요원들, 레이크랜즈 경비들, 아무도 막을 수 없는 궁중의 귀족들이 한편에, 그리고 진홍의 군대의 군인들이 반대편에 있다. 틀림없이 그들 사이에 신혈들이 있을 것이다. 이토록 많은 적혈 군인들이라니, 내가 가능하리라고 생각했던 것 이상으로 많다. 그들은 은혈보다 수적으로는 우세한데, 적어도 은혈 하나당 다섯 정도 되는 것 같다. 그리고 그들은 확실히, 분명히 군인들이다. 그들의 전략적인 무기나 움직이는 방식으로 봐서는 군사적인 상황에 맞춰 훈련을 받았다. 도대체 저들이 어떻게 여기까지 올 수 있었을지 궁금하던 참에, 에어쉽들이 보인다. 에어쉽 여섯 대가 전부 정확히 광장 위로 착륙해 있다. 각각이 군인들을 뱉어 내고 있는데, 한 대마다 거의 수십은 쏟아져 나온다. 희망과 흥분이 내 안에서 고함을 지른다.

"굉장한 구출 작전이네."

그렇게 속삭이지 않을 수가 없다.

그리고 이 작전이 성공할 것을 확신한다.

나는 은혈이 아니기에, 내 능력을 쓰기 위해서 주변 환경에 제어될 필요가 없다. 하지만 확실히 더 많은 번개, 더 많은 힘을 손에 쥐는 것이 해가 되지는 않는다. 나는 눈을 감고, 그저 잠시 동안, 모든 전선, 모든 맥박, 모든 전하(電荷)를 부른다. 커튼 아래에 붙어 있는 정전기에 이르기까지, 모두. 그것들이 내 요구에 따라서 일어난다. 그것들이 나를 채우고, 렌이 그랬던 것처럼 나를 치료한다.

여섯 달 동안의 어둠의 세월 끝에, 마침내 빛을 느낀다.

자백색이 내 시야 끝에서 활활 타오른다. 전신이 웅웅거리고 피부는 번개의 기쁨 아래 떨린다. 나는 계속 전력질주 한다. 아드레날린과 전기. 벽을 통과해서 달릴 수도 있을 것만 같은 기분이다.

입구 홀은 열 명도 넘는 보안 요원들이 지키고 있다. 하나는 마그네트론인데, 그는 뒤틀린 샹들리에와 금박을 입힌 판넬들로 된 우리처럼 창문들을 막느라 바쁘다. 양쪽 색을 띤 시체와 피가 바닥을 뒤덮고 있다. 밖에서 불어오는 바람에도 총탄 냄새가 모든 것을 압도한다. 요원들은 자기들 위치를 유지한 채로 궁전을 지키고 있다. 그들의 주의는 밖에서, 광장에서 벌어지는 전투에 쏠려 있다. 자기들 뒤쪽이 아니라.

몸을 구부리고, 발아래 대리석에 손을 댄다. 손가락 아래의 대리석은 차갑다. 돌에 번개를 흘려서, 그것이 전기를 띤 삐쭉빼쭉한 동심원을 그리며 바닥을 따라서 퍼져나가게 할 참이다. 번개는 맥동하고, 파도가 되어, 그들 모두의 의표를 찌른다. 일부는 쓰러지고, 일부는 뒤쪽으로 튕겨나간다. 폭발의 힘이 내 가슴 속에서 메아리친다. 그것이 모두를 죽일 만큼 충분했는지, 거기까지는 모르겠다.

내 생각은 오로지 광장으로 향한다. 밖의 공기가 내 폐를 때리는 순간에는 거의 웃음을 터뜨릴 뻔한다. 공기는 재와 피와 번개 폭풍의 전기적인 떨림으로 오염된 상태임에도, 그 어떤 것보다도 달콤한 맛이 난다. 머리 위에서, 검은 구름이 우르릉 하는 소리를 낸다. 그 소리가 내 뼛속에서 생동한다.

나는 자백색의 번개를 하늘에 내리친다. 신호다. 번개 소녀가 자유로워졌다.

거기에 계속 머물지는 않는다. 계단 위에 서서 소란을 내려다보고 있다가는 머리에 총알이 박히기 딱 좋다. 나는 단 하나의 익숙한 얼굴이라도 찾으려는 마음에 난투 속으로 뛰어든다. 친근할 필요도 없다, 그저 적어도 익숙하기만이라도 하다면. 사방의 사람들이 아무 조리 없이 그저 충돌한다. 은혈들은 불시에 습격을 당했기에 연습했던 대형으로 정렬하는 것이 불가능하다. 진홍의 군대의 군인들만이 어떤 종류라도 조직을 갖추고는 있지만, 그조차 빠르게 무너지고 있다. 나는 메이븐과 그의 감시병들을 마지막으로 보았던 장소인 트레저리 홀을 향하여 사람들 사이를 이리저리 누비며 지나간다. 단지 몇 분 전이었다. 그들은 여전히 그곳에서 둘러싸인 채 저항하고 있을 수도 있다. 내가 그를 죽일 것이다. 그래야만 한다.

총알들이 내 머리를 지나서 핑 하고 날아간다. 나는 대부분의 사람들보다는 작지만, 그럼에도 불구하고, 나는 달려가면서도 몸을 구부린다.

내게 정면으로 부딪히며 도전해 온 첫 번째 은혈은 금색과 검정색으로 된 프로보스 망토를 입고 있다. 빈약한 남자다. 머리카락은 더 빈약하고. 그가 팔을 뻗자 나는 뒤로 날려가고, 타일로 장식한 바닥에 머리를 쾅 하고 부딪힌다. 나는 금방이라도 소리 내어 웃을 듯이 그를 향해 미소를 보인다. 순간 갑자기 숨을 쉴 수가 없다. 가슴이 갑자기 수축하고 조여든다. 내 갈비뼈. 나는 나를 내려다보고 있는 그를 향해 시선을 올린다. 그는 주먹을 꼭 쥐고 있다. 저 텔키가 내 흉곽을 찌부러뜨리려는 것이다.

번개가 화를 내며 번뜩 하고 그를 향해 솟아오른다. 그는 휙 하고 움직여 피하는데, 내가 예상했던 것보다 훨씬 빠르다. 산소 결핍이 두뇌를 치자 시야가 암전되기 시작한다. 또 다른 번개, 또 다른 회피.

프로보스는 내게 너무 집중한 나머지, 가슴 근육이 발달한 적혈군인 하나가 몇 미터 떨어진 곳에 있는 것을 눈치 채지 못한다. 적혈군인은 장갑도 통과할 무기로 프로보스 텔키의 머리를 쏜다. 그건 예쁜 장면은 아니다. 은색 피가 내 망가진 드레스 주변으로 후두둑 떨어진다.

"메어!"

그가 서둘러 내 옆으로 오면서 외친다. 그의 목소리, 어두운 갈색 얼굴…… 그리고 그 강청색(鋼靑色) 눈동자는 내가 아는 것이다. 다른 네 명의 방위군들이 그와 동행한다. 그들은 나를 보호하듯 둥그렇게 선다. 강인한 손으로, 그가 나를 일으킨다.

억지로 숨을 쉬면서 나는 안도감에 몸을 떤다. 오빠의 밀수꾼 친구가 언제 진짜 군인이 되었는지까지는 모르겠지만, 지금은 그걸 묻기에 적당한 때가 아니다.

"크랜스."

한 손은 여전히 총에 댄 채로, 그가 주먹에 움켜쥐고 있던 라디오를 켠다.

"여기는 크랜스. 광장에서 배로우를 확보했다."

칙칙 하는 텅 빈 반응이 미리 약속된 암호는 아닐 것이다.

"반복한다. 배로우를 확보했다."

욕설을 뱉으며 그가 허리 벨트에 라디오를 밀어 넣는다.

"채널이 엉망진창이야. 전파 방해가 너무 심해."

"폭풍 때문에?"

나는 다시 흘긋 시선을 올려다본다. 파란색, 흰색, 녹색. 나는 슬쩍 눈을 좁히며 또 다른 보라색으로 된 눈이 멀 것 같은 굉음의 번개를 추가한다.

"아마도. 칼이 경고하긴 했⋯⋯."

공기가 내 주변에서 쉿 소리를 낸다. 내가 그를 바싹 붙드는 바람에 그가 움찔한다.

"칼. 어디 있어?"

"나는 너를 빼내야 하⋯⋯."

"어디야?"

내가 다시 묻지 않을 것을 깨닫고는 크랜스가 한숨을 쉰다.

"현장에 있지. 정확히 어딘지는 나도 몰라! 네 집결 지점은 중앙문이야."

크랜스는 자기 말이 들리는지 확신하려고 내 귀에 대고 소리를 지른다.

"5분이야. 초록색 옷을 입은 여자를 잡아. 이거 받고."

그가 덧붙이더니 어깨에 걸치고 있던 두꺼운 재킷을 벗어 준다. 나는 불만하지 않고 내 넝마가 된 드레스 위로 그걸 걸친다. 무게가 느껴진다.

"방탄조끼야. 반쯤 방탄이지. 뭐라도 좀 보호가 되긴 하겠지."

심지어 고맙다고 말하기도 전에 내 발이 먼저 움직이고, 크랜스와 그의 동료들이 내 뒤를 따른다. 칼이 여기 어딘가에 있다. 칼이 메이 븐을 사냥할 것이다. 꼭 나처럼. 재빨리 바뀌는 조수처럼 군중들이 밀려온다. 난투 속을 방위군들이 억지로 뚫지 않았더라면, 내가 그 렇게 했을 것이다. 내 앞의 모두를 날려 버리고 광장을 관통하는 길을 열었을 것이다. 대신에 나는 내 오래된 본능에 의존한다. 춤추듯 이 걷고, 민첩하게 움직이고, 모든 혼돈의 맥동하는 파도를 예측하는 것. 번개가 내 뒤를 따르기에, 어떤 손이라도 피할 수 있다. 스트 롱암이 측면에서 내게 부딪히며 나를 팔다리로 날려 버리려고 하지만, 나는 그와 싸우기 위해 돌아서지 않는다. 나는 그저 계속 이동하고, 계속 나아가며, 계속 달려간다. 하나의 이름이 머릿속에서 비명을 지른다. *칼. 칼. 칼. 만약 칼에게 닿을 수만 있다면, 나는 안전할 거야.* 아마도 그저 거짓말이겠지만, 그래도 훌륭한 거짓말이다.

계속 가는 동안에도 연기 냄새가 점점 강해진다. 희망에 불이 붙 는다. 연기가 있다면, 그곳에 불의 왕자가 있을 게 아닌가.

재와 그을음이 트레저리 홀의 하얀색 벽들에 기다란 선을 그리고 있다. 에어젯에서 발사된 미사일 중 하나가 구석에 구멍을 뚫고는 대리석을 버터처럼 잘라냈다. 입구 부근에 돌덩어리가 되어 훌륭한 은폐물이 된 상태다. 감시병들은 그것을 제대로 이용하는 중으로, 그들의 대형은 레이크랜즈 경비들과 보라색 제복을 입은 트레저리의 경비들이 추가되어 더욱 강화되었다. 그들 중 몇은 다가가는 방위군을 향하여 발포하면서, 자신들의 왕의 탈출을 방어하느라 총탄을 사용하고 있고, 대부분의 더 많은 이들은 자신들의 능력을 펼치는 중이다. 주위를 재빠르게 둘러보니 선 채로 얼어붙은 몇몇 시체들이 보이는데, 글리아콘 쉬버들의 폭력적인 작품이다. 또 다른 몇몇은 살아 있으나 무릎을 꿇은 채 귀에서 피를 흘리고 있다. 마리노스 밴시다. 너무나 많은 치명적인 은혈들이 주변에 널려 있다는 증거다. 시체들은 금속에 꿰뚫려 있거나, 목이 부러졌거나 두개골이 패였거나, 입안에 물이 차 있다. 특별히 소름끼치는 시체 한 구는 입에서 자라난 식물로 숨이 막혀 죽은 것처럼 보인다. 내가 지켜보고 있는 동안에도, 그리니 하나가 진홍의 군대의 행렬을 공격하느라 한 움큼의 씨앗을 뿌린다. 내 눈앞에서 그 씨앗은 수류탄처럼 터지면서 파릇파릇한 폭발 속에서 덩굴과 가시를 뱉어 낸다.

여기는 칼도, 내가 알아볼 수 있는 다른 누구도 없다. 메이븐은 이미 트레저리 홀 안으로 들어가서 기차를 향하고 있을 것이다.

주먹을 꼭 쥐고, 나는 할 수 있는 모든 것을 감시병들을 향해 내던진다. 내 번개가 돌무더기를 따라 탁탁 소리를 치며 내리치고, 그들은 종종걸음으로 뒤로 물러난다. 희미하게, 누군가가 앞으로 나가라고 외치는 소리가 들린다. 방위군들은 그렇게 하고, 연달아 발포를 계속 한다. 나는 계속 압력을 유지한 채, 또 다른 번개 불길을 채찍을 휘두르듯이 던진다.

"도착한다!"

목소리 하나가 외친다.

나는 하늘을 강타하는 무언가를 기대하며 위를 올려다본다. 에어 젯들이 구름 폭풍 사이로 춤을 추는데, 하나가 다른 하나를 쫓고 있다. 그들 중 어느 쪽도 우리를 신경 쓰는 것처럼 보이지는 않는다.

다음 순간 누군가가 나를 옆으로 밀어, 나는 길 밖으로 밀려난다. 나는 그 사람을 알아차릴 수 있을 정도로 늦지 않게 몸을 돌린다. 머리와 목, 어깨에 무장을 한 채 고개를 숙인 그 남자는, 비워진 길을 질주한다. 그는 다리를 재빨리 움직여 속도를 올린다.

"다미안!"

그는 대리석 봉쇄물을 향해 돌진하는 일에 몰두한 탓에 내 말을 듣지도 못한다. 총알들이 그의 갑옷과 피부에 부딪혀 쨍 소리를 낸다. 쉬버가 그의 가슴에 날린 고드름 폭풍은 그대로 부서진다. 다미안이 두려움을 느낀다고 한들, 그는 그 감정을 전혀 비치지 않는다. 그는 결코 망설이지도 않는다. 칼이 그렇게 가르쳤다. 예전에 노치에서 말이다. 우리가 모두 함께였던 그때에. 예전에 내가 알았던, 지금과는 다른 다미안의 모습을 기억한다. 불가침의 피부를 가졌던 또 다른 신혈인 닉스와 비교하면 다미안은 더 조용한 남자였다. 이제 닉스는 이미 오래 전에 죽은 몸이지만, 그에 반해 다미안은 생생하게 살아 있다. 고함을 지르며 그는 대리석 봉쇄물을 기어올라서 두 명의 감시병들에게 달려든다.

그들은 자기 모든 능력을 이용해서 다미안에게 맞선다. *어리석기는.* 저들은 차라리 방탄 유리를 향해 총알을 갈기는 편이 나았을 것이다. 다미안은 대담하듯 차가운 박자로 수류탄들을 투하한다. 수류탄이 불꽃과 연기를 터뜨린다. 감시병들은 뒤쪽으로 날아가고, 그들 중 아주 극소수만이 직접적인 폭발을 버텨 낸다.

방위군들이 돌무더기를 넘어 뛰어올라, 다미안의 뒤를 따른다. 많은 이들이 다미안을 앞지른다. 감시병들은 그들의 임무가 아닌 것이다. 그들의 목표는 메이븐이다. 그들은 트레저리 안으로 왕의 흔적을 좇아 밀려들어간다.

나는 앞으로 달려가면서 내 능력을 앞쪽으로 퍼뜨린다. 트레저리의 중앙 홀에 있는 전구들과 우리 아래의 돌을 통해서 나선형으로 내려가는 힘이 느껴진다. 내 감각이 깊이 더 깊이, 전선을 따라서 뛰어오른다. 무언가 커다란 것이 아래쪽에서 빈둥거리고 있다. 놈의 엔진이 깨어나며 푸르르 한다. 메이븐이 아직 이곳에 있다.

발아래의 대리석 조각들을 오르는 것은 쉽다. 손과 발을 모두 써서 잔해들 위로 허우적대면서 올라가는 사이 내 신경은 30미터 아래에 쏠려 있다. 뒤 이은 수류탄 폭풍은 내가 미처 인지하지도 못한 사이에 나를 때린다. 그 힘이 열기의 파도와 함께 뒤쪽에서 나를 때린다. 나는 등으로부터 떨어지며 힘겹게 착지하고, 숨을 헐떡이며 크랜스가 준 보호복에 말없이 감사한다. 폭발로 인한 불길이 나를 지나 활활 타오르는데, 거의 내 뺨에 화상을 입힐 정도로 가깝다.

수류탄치고는 너무 큰 폭발이다. 자연적인 불꽃이라기에는 지나치게 조절된 공격이기도 하고.

허우적거리는 발과 다리에 억지로 힘을 주려 애를 쓰면서 나는 헐떡대며 숨을 들이쉰다. *메이븐.* 알았어야 했다. 그가 나를 여기에 두고 갈 리가 없는 것을. 자기가 제일 아끼는 애완동물을 두고 달아날 리가 없는데. 자기 손으로 내게 사슬을 채우기 위해 그가 돌아온 것이다.

잘됐네.

휘몰아치는 불꽃 뒤를 연기가 따르며 이미 어두운 광장을 아예 희부옇게 만든다. 시간이 지날수록 나를 휘감은 연기는 점점 더 강하고 뜨거워진다. 몸을 긴장시키며 나는 번개를 내 신경을 따라 흘리고, 번개가 모든 곳에서 탁탁 소리를 내며 튀어오르게 한다. 움직이는 불길 속에서 검정색으로 낯설게만 보이는 그의 윤곽을 향해 나는 한 발 걸음을 딛는다. 연기가 구부러지고, 불길이 격렬하게 뜨거운 푸른 화염과 함께 솟아오른다. 땀이 목을 타고 흐른다. 그의 감옥에 갇힌 내내 쌓였던 모든 분노의 방울을 쥐어짜 그를 향해 달려들 준비를 하며 나는 주먹을 꼭 쥔다. 이 순간을 계속 기다려 왔다. 메이븐은 교활한 왕이지만 전사는 아니다. 나는 그를 갈가리 찢어 버릴 것이다.

번개가 우리 머리 위로 잔물결을 일으키며 불꽃보다 더 밝은 빛으로 번뜩인다. 바람이 부는 순간 번갯불이 그를 비추고, 연기가 바람에 밀려가며 드러난 것은……

적금색 눈동자. 넓은 어깨. 거칠고 못이 박여 굳어진 손, 익숙한 입술, 제멋대로 뻗친 검은 머리카락, 그리고 내가 마음이 아플 정도로 갈망하던 얼굴.

메이븐이 아니었다. 소년 왕에 대한 생각은 즉시 몽땅 사라진다.

"칼!"

불꽃 공이 공기 사이로 쉿쉿대며 거의 내 머리통을 삼킬 뻔한다. 오직 본능 덕분에 나는 아래로 몸을 굴린다. 머릿속을 온통 혼란이 지배한다. 착각한 것은 아니다. 분명 칼이다. 전술 갑옷 차림을 하고 저기 서서, 허리부터 엉덩이까지 붉은 띠를 두르고 있다. 그를 향해 달려가고픈 내 동물적인 욕구를 억누른다. 뒤로 물러나는데 온 힘을 다 쏟는다.

"칼, 나야! 메어!"

그는 말도 없이 그저 발로 빙글 돌아서 나를 마주한다. 우리를 둘러싼 불길이 빙빙 돌며 줄어들며, 눈이 멀 것 같은 속도로 안쪽으로 조여 온다. 열기가 폐 속의 공기를 파고들고, 나는 연기로 숨이 막힌다. 오직 번개만이 나를 안전하게 지켜준다. 내 주변에 만든 전기로 된 보호막이 내가 산 채로 불타는 것을 막아 준다.

그가 폭발하듯 터뜨린 불길 사이로 나는 다시 몸을 굴린다. 그을린 옷에서 연기가 난다. 무슨 일이 일어나는지 알아내려고 애를 쓰느라 귀중한 시간이나 지적 능력을 소모하진 않으련다. 이미 알고 있으니까 말이다.

그의 눈은 그림자가 져 있고 초점이 없다. 눈에는 인식의 빛이 없다. 우리가 지난 6개월의 시간을 서로에게 돌아가기 위해서 애썼다는 것을 알려 주는 어떤 조짐도 보이지 않는다. 그리고 그의 움직임은 기계적이고, 군대식 훈련을 통해 다져진 평소의 정밀함에 비교해도 그렇다.

위스퍼가 그의 정신을 지배하고 있다. 어떤 위스퍼인지 묻지 않아도 알겠다.

"미안."

나는 그가 내 말을 들을 수 없다고 해도 중얼거린다.

번개 폭풍에 그가 뒤로 날아가고, 불꽃이 그의 갑옷의 판 위로 춤을 춘다. 전기가 그의 신경을 따라 흐르자 그가 경련하며 움직임을 멈춘다. 나는 입술을 깨물며 무력화와 부상 사이의 아주 좁은 지점을 노리기 위해 지금까지 해 왔던 어느 때보다도 더 노력한다. 나는 지나치다 싶을 정도로 약하게 공격하고 만다. 실수다.

칼은 내가 생각했던 것보다 더 강하다. 그리고 지금 그는 유리한 고지를 점하고 있다. 나는 그를 구하려고 애를 쓰고 있다. 그는 나를 죽이려고 기를 쓰고 있고.

그는 고통 속에서도 싸우며 공격을 해 온다. 나는 훌쩍 뛰어 피하고, 초점은 그의 접근을 막는 쪽에서 그의 으스러질 듯한 악력에서 벗어나는 쪽으로 흐른다. 불길이 타오르는 주먹이 내 머리 위로 휙 날아온다. 머리카락이 타는 냄새가 난다. 한 방을 배에 얻어맞는 바람에 나는 뒤로 나동그라진다. 그 힘을 이용해 나는 데굴데굴 굴러서 다시 벌떡 일어나고, 내 오래된 계략들이 돌아온다. 머리를 한 번 흔든 뒤에, 나는 또 다른 번개 불꽃을 일으켜 그의 다리를 따라 그의 척추로 흘러 들어가게 한다. 칼이 비명을 지른다. 그 소리에 내 안이 찢어지는 것 같다. 하지만 덕분에 내가 기선을 제압한다.

나는 오직 한 가지, 단 한 명의 악마 같은 얼굴을 찾는 것에 집중한다. 샘슨 메란더스.

칼을 조종해서 내 뒤를 쫓도록 보내려면 분명 근처에 있을 것이다. 그의 푸른색 양복을 찾아서 나는 전장을 내달린다. 만약 그가 여기 있다면, 그는 매우 잘 숨어 있는 모양이다. 아니면 위쪽에 자리를 잡고 트레저리 홀의 지붕이나 인접한 건물들의 수많은 창들 중 하나를 통해 내려다보고 있는 중일 수도 있다. 절망이 의지를 갉아먹는다. 칼이 바로 여기에 있다. 우리는 함께 돌아갈 것이다. 그리고 그는 나를 죽이려고 하는 중이다.

그의 분노를 먹고 자란 열기가 내 발꿈치를 핥는다. 또 다른 폭풍이 내 왼쪽을 잡아 찢고, 열렬한 고통을 동반한 바늘이 팔을 따라 내려간다. 아드레날린이 고통을 재빨리 씻어낸다. 지금은 고통 따위를 느끼고 있을 여유가 없다.

적어도 나는 그보다 더 빠르다. 족쇄를 풀어낸 뒤라, 발걸음은 점점 더 가벼워지는 기분이다. 어딘가에서 다른 번개를 다루는 신혈이 만든 전기적인 에너지를 마음껏 먹이로 삼아서, 나는 위쪽의 폭풍을 통해 힘을 충전한다. 그녀의 푸른색 머리카락은 다시 내 시야에 들어오지 않는다. 안타까운 일이다. 내게는 지금 그녀가 필요한데 말이다.

만약 샘슨이 트레저리 홀 근처에 숨어 있다면, 내가 취할 수 있는 유일한 방법은 칼을 그의 영향권 밖으로 빼내는 일이다. 미끄러지며 나는 어깨 너머로 돌아본다. 칼은 불꽃과 분노로 파랗게 물든 그림자가 되어 여전히 나를 따라오고 있다.

"이리 와서 덤벼 봐, 캘로어!"

나는 그의 가슴에 번개를 폭발시키며 소리 지른다. 지난 번 것보다 더 강하게, 흉터를 남기기 충분할 정도로 친다.

그는 옆으로 몸을 흔들고, 재빠르게 피하며, 결코 걸음걸이를 달리하지 않는다. 내 뒤만 바짝 쫓는다.

이 작전이 먹혀야 할 텐데.

아무도 우리 사이에 감히 끼어들지 않는다.

붉은색과 푸른색과 보라색, 불꽃과 번개, 서로의 뒤를 추적하며 칼날처럼 전장을 쪼갠다. 그는 사냥개 같은 단 하나의 결의로 추적해 온다. 그리고 광장을 가로지르는 동안 확실히 사냥당하는 느낌이 든다.

100미터쯤 이동한 뒤에, 샘슨이 시야에 들어오지는 않아도 우리와 함께 달리는 중이라는 사실이 분명해진다. 어떤 메란더스 위스퍼도 이렇게 넓은 범위를 갖지는 못한다. 심지어 엘라라조차 그랬다. 나는 앞뒤로 몸을 움직이며 대학살의 현장을 훑는다. 전투가 더 길어질수록 은혈들이 체계를 갖출 기회 또한 더 많아진다. 구름처럼 짙은 회색 제복을 입은 군인들이 광장으로 쇄도하고 체계적으로 부분 부분의 전투를 이겨나간다. 귀족 대부분은 군대의 보호 뒤로 후퇴하지만, 소수의 강하고 용감하고 피에 굶주린 부류는 계속 싸우고 있다. 전투의 가장 격렬한 한가운데에 사모스 하우스의 일원들이 있을 거라고 생각했는데, 어떤 마그네트론도 내 눈에 띄지 않는다. 그리고 여전히 진홍의 군대의 익숙한 멤버들 역시 더는 찾지 못하고 있다. 팔리도, 대령도, 킬런이나 카메론이나 내가 구조해 왔던 신혈들 누구도 말이다. 그저, 아마도 트레저리 홀로 향하는 길을 폭풍처럼 뚫고 있을 다미안이 유일하고 그리고 칼이 있다. 나를 땅바닥에 때려눕히려고 최선을 다하고 있는 칼이.

다른 누구보다도 카메론이 여기 있었으면 하는 바람으로 나는 욕을 뱉는다. 그녀라면 칼의 능력을 누르고 내가 샘슨을 찾아서 죽여버릴 때까지 충분히 그를 붙들고 있었을 것이다. 대신에 나는 그 일을 스스로 해야만 한다. 그를 멀리 떼어 놓으면서, 나 역시 계속 살아서, 어쨌든 메란더스 위스퍼가 우리 둘 다를 감염시키지 않도록 뿌리를 뽑아야 한다.

갑자기 짙푸른 색이 시야 끝에 흐릿하게 스친다.

은혈들 속에서의 긴 감금 생활 덕분에 하우스 색상이라면 충분히 익숙하다. 레이디 블로노스가 그 지식을 엄청나게 반복훈련 하도록 했었는데, 지금, 나는 그 어느 때보다도 더, 그 점에 감사할 수밖에 없다.

나는 빙글 돌아서 방향을 복수로 전환한다. 옅은 금발 머리카락이 대형 사이로 섞이려는 의도로 은혈 군인들 사이를 쏜살같이 움직인다. 의도와는 달리 평범한 양복을 입은 그의 모습은 그들의 군복 사이로 날카롭게 대비되어 도드라져 보인다. 모든 것이 그를 향해 좁아진다. 내 모든 집중력, 내 모든 에너지. 나는 할 수 있는 모든 힘을 모아서 그의 방향으로 던지고, 샘슨과 우리 사이에 있는 은혈 방어막 위로 날카로운 번개가 해방된다.

그의 눈이 내게 고정되고 번개가 채찍이 휘두르듯 호를 그린다. 그는 엘라라와 똑같은 눈동자, 메이븐과 똑같은 눈동자를 가졌다. 얼음처럼 푸른 눈, 불꽃처럼 푸른 눈을. 차갑고 용서를 모르는 눈.

왜 그런지 모르겠지만 내 번개가 구부러지며 그의 옆으로 휘어진다. 그것은 새총처럼 떨어져서 다른 방향을 향한다. 손이 그걸 따라서 흔들리고, 몸도 합의라도 한듯 움직이며 번개가 칼 쪽을 향해 내달린다. 조종당하고 있어서 아무것도 하지 않을 그를 향해서 경고라도 던지기 위해서 소리를 지르려고 애를 쓴다. 하지만 내 입술은 움직이지 않는다. 공포가 척추를 따라 흘러내리는 것만이 내가 느낄 수 있는 유일한 감각이다. 발아래의 땅도, 새로 얻은 화상 자국의 고통도, 심지어 코를 가득 메운 연기도 더 이상은 없다. 그 모든 것이 사라지고 쓸려 내려간다. 놈이 가져갔다.

속으로 나는 샘슨이 이제 나를 조종한다는 사실에 비명을 지른다. 겉으로는 소리조차 만들어낼 수가 없다. 내 정신을 공격하는 그의 들쭉날쭉한 손길에는 어떤 실수도 없다.

칼은 오래된 잠에서 깨어나는 누군가처럼 눈을 깜빡인다. 그는 반응할 시간을 거의 갖지도 못해서, 번개 폭풍에서 머리를 보호하기 위해서 팔을 들어올린다. 찢어진 스파크들의 일부가 그의 능력에 조종되어 불꽃으로 바뀐다. 그럼에도 불구하고 번개 대부분이 급소를 때리는 바람에, 그는 고통스러운 비명과 함께 무릎을 꿇는다.

"샘슨!"

그가 이를 갈면서 고함을 지른다.

내 손이 움직여 엉덩이 쪽으로 뻗는 것이 느껴진다. 손은 아까 구한 권총을 꺼내서 관자놀이를 겨냥한다.

샘슨의 속삭임이 머릿속에서 울리며 다른 모든 것들을 떠내려 보낼 듯 위협한다.

어서 해. 어서 해. 어서 해.

방아쇠가 느껴지지도 않는다. 총알도 느낄 수 없을 것이다.

칼이 내 팔을 잡아 뜯더니 휙 돌려세운다. 그는 총을 쥔 내 손아귀를 억지로 열어 권총을 타일 저편으로 내던진다. 이렇게 겁에 질린 그의 모습은 처음 본다.

죽여. 죽여. 죽여.

내 몸이 복종한다.

나는 내 머릿속에 갇힌 관중이 된다. 눈앞에서 맹렬한 전투가 펼쳐지는데 지켜보는 것 외에는 아무 것도 할 수가 없다. 샘슨이 나를 전력질주하게 하더니 칼과 머리부터 부딪히게 만들자 순간 타일이 깔린 바닥이 흐릿하게 보인다. 나는 번개 몽둥이를 가진 사람처럼 행동한다. 그의 갑옷에 달라붙어서 하늘에서부터 전기를 뽑아내어 그에게 퍼붓는다.

고통과 공포에 그의 눈이 흐려진다. 그의 불꽃은 오직 방어만 할 수 있을 뿐이다.

나는 달려들어 그의 손목을 움켜쥔다. 하지만 플레임메이커 팔찌는 단단하다.

죽여. 죽여. 죽여.

불꽃이 나를 다시 때린다. 빙글빙글 돌면서 굴러 떨어지는 바람에 어깨와 두개골이 덜컹거린다. 세상이 빙글 돌고, 어지러운 팔다리로 나는 일어서려고 애를 쓴다.

일어나. 일어나. 일어나.

"엎드려, 메어!"

칼의 쪽에서 소리가 들린다. 그의 신형이 내 앞에서 춤을 추더니 셋으로 쪼개진다. 뇌진탕이라도 일으킨 모양이다. 붉은색 피가 하얀색 타일 위로 솟구친다.

일어나. 일어나. 일어나.

발이 아래에서 움직이며 힘겹게 민다. 샘슨이 나를 억지로 술 취한 사람처럼 걷게 하는 사이 나는 너무 빠르게 일어서다가 다시 넘어질 뻔한다. 그는 내 몸과 칼의 칫 사이의 거리를 좁힌다. 1000년도 더 전에 이 장면을 본 적이 있다. 경기장의 샘슨 메란더스가 다른 신혈이 스스로 자기 목을 자르도록 만들었던 그 장면. 그는 그 짓을 내게도 하려는 것이다, 먼저 칼을 죽이는 데 나를 이용한 뒤에.

나는 뭘 어떻게 시작해야 하는지도 모른 채 싸우려고 애를 쓴다. 손가락 하나라도, 발가락 하나라도 비틀어 보려고 애를 쓴다. 어떤 일도 일어나지 않는다.

죽여. 죽여. 죽여.

내 손에서 폭발한 번개가 칼을 향해 나선처럼 쏘아져 나간다. 번개는 내 몸처럼 균형을 잃은 탓에 칼을 맞추지도 못한다. 그가 응답하듯 불길을 쏘는 바람에 나는 억지로 피하며 발을 헛딛는다.

일어나. 죽여. 일어나.

속삭임은 날카롭고 내 정신에 계속 생채기를 낸다. 머릿속이 피를 줄줄 흘리고 있음이 틀림없다.

죽여. 일어나. 죽여.

불꽃 사이로 다시 짙푸른 색이 보인다. 칼이 샘슨에게 몰래 접근하다가 미끄러지듯 무릎을 꿇으며 스스로를 향해 권총을 겨냥한다.

일어나…….

고통이 파도처럼 나를 덮치고 나는 총알이 머리 위를 찢는 순간 뒤로 넘어진다. 더 가까이서 공격이 뒤따른다. 순수한 본능만으로 멍든 두개골이 징징 울리는 것에 애써 저항하며, 나는 발로 기어간다. 오직 내 자유의지로 움직인다.

날카롭게 소리를 내며 내가 칼의 불꽃에 번개를 되돌리자, 붉은색 너울이 번개의 자백색 혈관으로 바뀐다. 칼이 총알이 떨어질 때까지 나를 향해 총을 쏘는 동안 번개가 나를 보호한다. 그의 뒤에서 샘슨이 미소를 짓는다.

개자식 같으니. 샘슨은 할 수 있는 한 길게 우리 둘을 갖고 놀려는 거야.

나는 능력껏 최선을 다해 빨리 번개를 쏘아 샘슨을 향해 달리게 한다. 그의 집중을 그저 단 1초라도 깰 수만 있다면, 그걸로도 충분할 것이다.

칼이 끈에 달린 꼭두각시 인형처럼 반응한다. 그는 자기 넓은 몸으로 샘슨을 가리며 내 공격이 주는 타격을 그대로 받는다.

"누가 좀 도와줘요!"

나는 누구를 향한 것도 아닌 고함을 지른다. 우리는 수백 명이 싸우는 전장에서 고작 세 명의 사람일 뿐이다. 전투는 일방향으로 바뀌고 있다. 은혈들의 대형은 막사에서 달려 나온 증강 병력들과 아케온 수비대의 남은 이들이 추가되면서 점차 두꺼워지고 있다. 내게 주어졌던 5분은 이미 오래 전에 지나갔다. 크랜스가 내게 약속했던 탈출이 뭐였든지 간에 이미 오래전에 사라졌다.

샘슨을 부숴야만 한다. 그래야만 한다.

번개 또 하나가, 이번에는 땅을 타고 밀려든다. 저걸 피할 방법은 없다.

죽여. 죽여. 죽여.

위스퍼가 돌아와 번개의 힘을 바로 나의 두 손에 불어넣는다. 그 것은 밀려드는 파도처럼 뒤쪽으로 호를 그린다.

칼은 넘어지며 몸을 돌려, 다리를 뻗어 쓸듯이 걷어찬다. 그 발에 걸려 샘슨은 큰 대자로 눕는다.

나를 누르던 그의 지배력이 줄어드는 순간 나는 앞으로 나선다. 또 다른 전기의 파도가 날아간다.

그건 두 사람을 동시에 쓸고 지나간다. 칼은 욕설을 뱉고는 이를 악물고 비명을 참는다. 샘슨은 온몸을 비틀고 소름이 끼치는 비명을 지른다. 그는 고통에 익숙하지가 않다.

죽여…….

속삭임은 먼 곳에서 들리고, 약해진다. 맞서 싸울 수 있다.

칼이 샘슨의 목을 움켜잡고, 그의 머리를 뒤쪽으로 내려 꽂는다.

죽여…….

나는 공기를 손으로 가르며 번개를 불러온다. 번개가 엉덩이부터 어깨까지 깊은 상처를 입히며 샘슨의 위로 쏟아진다. 상처에서 은혈 의 피가 솟구친다.

도와줘…….

불꽃이 샘슨의 목을 타고 내려가며 그를 안에서부터 숯덩이로 만 든다. 그의 성대가 너덜너덜해진다. 내가 들을 수 있는 유일한 비명 은 이제 내 머릿속에서만 들린다.

나는 번개를 그의 머리에 곧장 흘린다. 전기가 그의 두개골 안에 든 조직들을 프라이팬에 든 계란처럼 튀긴다. 그가 눈을 하얗게 뒤집는다. 그 순간을 좀 더 오래 끌며 그가 나와 다른 수많은 사람들에게 가했던 고문의 대가를 치르도록 하고 싶다. 하지만 그는 너무 빠르게 죽어 버린다.

속삭임이 사라진다.

"끝났네."

나는 헉 하고 소리 내어 막힌 숨을 내쉰다.

여전히 시체 위로 무릎을 굽히고 있던 칼이 올려다본다. 그의 눈이 나를 처음 보기라도 한 것처럼 커다래진다. 내 기분도 똑같다. 지난 몇 달간 이 순간을 꿈꾸고 또 소망했었다. 지금이 전투의 한가운데가 아니었다면, 중앙에 쐐기처럼 박힌 불안정한 우리 위치만 아니었다면, 나는 내 팔을 그의 목에 두르고 불꽃 왕자의 품에 파묻혔을 것이다.

그러는 대신에, 나는 그가 일어나는 걸 돕고 그의 팔 하나를 내 어깨 위로 걸친다. 그는 한쪽 다리에 엄청난 근육 경련을 일으키며 다리를 절뚝인다. 나도 부상을 당한 탓에 옆구리에 입은 상처에서 느릿하게 피가 흐르고 있다. 자유로운 남은 손으로 상처를 누른다. 고통이 선명해진다.

"메이븐은 트레저리 홀 아래에 있어. 기차가 있거든."

함께 기어가며 내가 말한다.

내 몸에 두른 그의 팔에 힘이 들어간다. 그는 걸음을 딛을 때마다 점차 속도를 내면서 중앙 문을 향해서 움직인다.

"메이븐 때문에 여기 온 거 아니야."

차량 세 대가 나란히 들어올 수 있을 정도로 폭이 넓은 거대한 문이 어렴풋이 나타난다. 문의 한쪽은 아케온 브리지가 캐피탈 강으로 이어지며 도시의 동쪽 반과 마주하고 있다. 온 곳에서 치솟은 연기가 폭풍으로 시커먼 하늘까지 닿는다. 몸을 돌려 트레저리 홀을 향해서 달려 나가고 싶은 충동을 애써 누른다. 지금쯤 메이븐은 사라졌을 것이다. 그는 내 손아귀를 떠났다.

에어젯들이 우리 쪽으로 비명을 지르며 달려드는 동안 더 많은 군용 수송차량들이 속도를 내며 우리를 향해 달려온다. 맞서기에는 너무 많은 증강 병력들이다.

"그래서, 작전이 뭐야?"

내가 툴툴거린다. 우리는 이제 곧 포위될 참이다. 그 생각이 충격과 아드레날린 사이를 스치고 흐르자, 정신이 번쩍 든다. 이 모든 일이 다 나 때문이다. 사방에 널린, 적혈과 은혈의 시체들. 이 무슨 낭비란 말인가.

칼의 손이 내 얼굴을 더듬어 붙들더니 그를 보게 돌린다. 우리를 둘러싼 이 모든 파괴의 흔적에도 불구하고, 그는 미소를 짓는다.

"처음으로, 작전이 하나 있긴 해."

흘깃 녹색이 시야에 스친다. 손 하나가 팔을 잡는 게 느껴진다.

그리고 세상이 흔적도 없이 쪼그라든다.

제19장
에반젤린

오빠가 늦는다, 그리고 내 심장은 과열되어 쿵쾅거린다. 밀려오는 공포에 맞서, 그것을 연료로 비튼다. 새로 생긴 에너지를 써서, 궁전 복도를 따라서 늘어선 초상화가 든 금박을 입힌 액자틀을 갈가리 채 썬다. 금박 이파리 쪼가리들은 잔혹하게 반짝이는 파편으로 바뀐다. 금은 약한 금속이다. 부드럽다. 늘어나기 쉽다. 진정한 싸움에서는 무용지물이다. 나는 그것들을 떨어뜨린다. 약한 것들에 낭비할 시간 이나 에너지는 없다.

팔과 다리를 따라 이어진 진주 같은 로듐 판들이 아드레날린에 진동하자, 그 거울 같이 밝은 끝부분들에 액체 수은처럼 잔물결이 인다. 내가 생생하게 살아 움직이길 바라는 모습 무엇으로든 변할 준비가 된 상태. 검, 방패, 총알. 정확히는 내가 위험에 처한 것은 아 니다, 적어도 지금 당장은 아니다. 하지만 만약 톨리 오빠가 1분 안에 이곳에 오지 않는다면, 오빠를 쫓아서 저기로 가야 할 테고, 그러면 아마도 위험에 처하게 되겠지.

걔가 약속했어. 스스로에게 되뇌어 본다.

그 말은 바보처럼 들리고, 특히 어리석은 아이의 약속 같기만 하다. 난 어리석게 굴어서는 안 된다. 나의 세계에서 유일한 연결 고리는 피이며, 유일한 약속은 가족이다. 은혈은 미소를 지으며 다른 가문에게 동의한 뒤 다음 심장 박동 때면 그들의 맹세를 깨는 종족이다. 메어 배로우는 은혈이 아니다. 메어는 우리들보다도 더 명예를 알지 못할 것이다. 그리고 그녀는 어느 쪽이냐 하면 나의 오빠에게, 그리고 나에게 빚이 있는 쪽이다. 메어가 우리 모두를 학살하고 싶어 하는 것은 당연한 일이다. 사모스 하우스는 번개 소녀에게 친절한 적이 없었으니까.

"우리에겐 지켜야 할 일정이 있잖아, 에반젤린."

렌이 내 옆에서 투덜거린다. 그녀는 한쪽 손을 가슴에 대고 부드럽게 안은 채, 이미 흉한 화상 흔적이 적대감을 불러일으키지 않게 하기 위해 최선을 다하는 중이다. 이 스킨 힐러는 메어의 능력이 돌아올 때 그걸 모두 피할 정도로 충분히 빠르지 못했다. 하지만 그녀에게도 해야 할 일이 있었고, 그래서 그 모든 일이 일어난 것이다. 이제 번개 소녀는 할 수 있는 한 커다란 파괴를 불러올 수 있는 자유로운 몸이다.

"톨리에게 시간을 좀 더 주는 중이야."

복도가 내 앞에서 늘어나면서 시간이 흐를수록 점점 길어지는 것처럼 보인다. 궁전의 이쪽 편에서는, 광장의 전투 소리를 거의 들을 수가 없다. 창문들은 고요한 안뜰을 바라보고 있고 오직 어두운 폭풍이 그 위로 구름을 드리우고 있다. 그러고 싶기만 하다면, 오늘이 보통 때처럼 또 다른 시련의 날 중 하나인 척도 할 수 있을 것 같다. 모두가 송곳니를 드러내고 미소를 지으며 점점 더 치명적으로 변하는 왕좌를 맴도는 날들. 왕비의 종말이 위험의 종말을 의미할 거라고 생각했다. 누군가의 사악함을 과소평가하는 것은 나답지 않은 일인데, 하지만 나는 분명 메이븐을 과소평가했다. 그는 자신의 안에 그 누가 깨달았던 것보다도 더 많이 그의 어머니를 넘어서는 것을 갖고 있었고, 그 자신만의 괴물 역시 그랬다.

고맙게도, 내가 더 이상은 고통 받을 필요가 없는 괴물 말이다. 우리가 다시 집으로 돌아가면, 나는 그 레이크랜즈 공주에게 그의 옆이라는 나의 자리를 대신 차지해 준 데에 대한 감사의 표시로 선물을 보낼 것이다.

지금쯤 이미 그는 자신의 기차를 타고 안전을 향해서 멀리 갔을 것이다. 새신부와 새신랑은 내가 그들 곁을 떠날 때에 이미 트레저리 홀 안에 있었다. 메어를 향한 메이븐의 역겨운 집착이 성공했음에도 불구하고 말이다. 그 남자는 메어가 엮인 일이라면 예측이 불가능하다. 내가 아는 한, 그는 메어를 찾기 위해서는 돌아서야만 했다. 그는 죽었을 것이다. 나는 그가 죽었기를 확실히 바란다. 그렇다면 다음 걸음이 분명히 더 쉬워질 테니까.

어머니와 아버지를 걱정하기에는 나는 그분들을 너무 잘 알고 있다. 은혈이든 적혈이든, 나의 아버지에게 공개적으로 싸움을 걸어 도전하는 자들에게는 재앙만이 있을진저! 그리고 어머니는 어머니만의 적절한 비상 대책을 갖고 계신다. 결혼식을 향한 공격은 우리 누구에게도 딱히 놀랄 일이 아니었다. 사모스 하우스는 준비 중이다. 톨리 오빠가 계획을 고수하고 있는 한은. 오빠는 싸움에서 한 발 물러서 있느라 힘든 시간을 보내는 중이다. 오빠는 충동적인 사람이다. 예측하기 어려운 또 하나의 남자. 어쨌든 우리는 반역자들을 상하게 하거나 그들의 일을 방해해서는 안 된다. 아버지의 명령이다. 오빠가 그 명령을 잘 따르기만을 바랄 뿐이다.

우린 괜찮을 거야. 나는 그 세 마디 말을 붙든 채 천천히 숨을 내쉰다. 그것들은 내 신경을 진정시키는 데 거의 도움이 되지 않는다. 이곳에서 벗어나고 싶다. 집에 가고 싶다. 일레인을 다시 만나고 싶다. 톨리 오빠가 안전하고 멀쩡한 상태로 저 모퉁이를 돌아서 거들먹거리며 걸어왔으면 좋겠다.

그렇기는커녕, 오빠는 거의 제대로 걷지도 못한다.

"오빠!"

오빠가 모퉁이를 도는 순간 나는 하나를 제외한 모든 공포를 잊은 채 고함을 지른다.

오빠의 피가 검정색 금속 갑옷 위로 날카롭게 도드라지고, 은색 점들이 물감처럼 가슴 아래로 흩뿌려져 있다. 그 피에서 철의 맛이, 날카로운 금속의 톡 쏘는 맛이 느껴진다. 생각할 틈도 없이, 나는 오빠의 갑옷을 잡아당겨 그 안에서 오빠를 꺼낸다. 오빠가 무너져 내리기 전에, 나는 그의 몸을 내 몸으로 받치고 쓰러지지 않게 세운다. 오빠는 설 수도 없게 약한 상태라, 홀로 달릴 수도 없다. 얼음처럼 차가운 공포가 척추를 따라 흘러내린다.

"늦었잖아."

내가 속삭이자, 고통에 찬 미소가 돌아온다. 아직 유머 감각이 남아 있을 정도로는 목숨이 붙어 있다.

렌이 재빨리 오빠의 갑옷 판들을 벗기지만 그녀는 나보다 빠르지는 않다. 손을 휙휙 움직일 때마다 오빠의 몸에서 쨍그랑 소리를 내며 갑옷들이 떨어진다. 재빨리 오빠의 맨가슴을 훑으며 어떤 흉한 상처가 있는지 살핀다. 몇 개의 얕게 벤 상처들을 빼면 별다른 것이 없고, 상처들 중 어떤 것도 프톨레무스 오빠 같은 사람의 기력을 떨어뜨릴 정도로 심각해 보이지는 않는다.

"피를 많이 흘려서 그래요."

렌이 설명한다. 그 스킨 힐러는 무릎을 꿇게 오빠를 밀면서 그의 왼팔을 위쪽으로 잡는다. 오빠는 통증으로 끙끙댄다. 나는 단단히 오빠의 어깨를 받친 채로 오빠와 함께 구부려 앉는다.

"이걸 치료할 정도의 시간은 없어요."

이것. 나는 시선을 오빠의 팔을 따라서 움직이며 막 생긴 멍들로 인해 회색과 검정으로 변한 하얀 피부를 훑는다. 팔은 피투성이의 뭉툭한 덩어리로 끝난다. 오빠의 손이 사라졌다. 손목에서 깔끔하게 잘렸다. 상처를 감싸려는 오빠의 빈약한 시도에도 불구하고 은색 피가 느릿느릿 여러 혈관들을 타고 맥동하며 나온다.

"해야만 해."

프톨레무스는 고통으로 쉰 목소리로 이를 갈며 대꾸한다.

나는 열렬하게 고개를 끄덕인다.

"렌, 고작 몇 분 걸릴 거라고."

손가락을 잃는 일이라면 어떤 마그네트론도 익숙한 법이다. 우리는 걸음마를 떼기도 전부터 칼을 가지고 놀며 자란다. 손가락 하나가 얼마나 빠르게 자라는지는 우리도 다 안다.

"만약 저 손을 다시 쓰길 바란다면, 내 말대로 하세요. 그건 재빨리 하기에는 너무 복잡하다고요. 지금은 상처를 봉합해야만 해요."

렌이 대꾸한다. 오빠는 또 한 번 목 졸린 듯한 소음을 내는데, 아마 그 생각과 고통에 숨이 막힌 모양이다.

"렌!"

내가 간청한다.

그녀는 굽히지 않는다.

"지금은요!"

그녀의 아름다운 눈동자, 회색 스코노스 눈동자가 긴급하게 내 눈을 파고든다. 그녀의 안에서 공포가 보이지만, 놀랍지는 않다. 몇 분 전에 그녀는 내가 네 명의 간수를 죽이고 왕실 죄수를 풀어 주는 모습을 목격했다. 그녀 또한 사모스 하우스 반역에의 공범이다.

"좋아."

나는 톨리 오빠의 어깨를 꼭 붙들고 내 말을 들으라고 애원한다.

"지금만 우선이야. 우리가 안전해지는 순간, 렌이 오빠를 고쳐 줄 거야."

오빠는 대꾸하지 않고, 렌이 작업하도록 고개만 끄덕인다. 톨리 오빠는 자신의 손목 위로 피부가 자라며 혈관과 뼈들을 덮는 모습을 차마 볼 수 없는지 고개를 돌린다. 작업은 빠르게 일어난다. 렌이 오빠를 다시 짜맞추는 동안 검푸른 손가락이 오빠의 창백한 피부 위로 춤을 춘다. 피부를 재생하는 것은 쉽다고, 적어도 그렇게 배웠다. 신경, 뼈, 이런 것들은 좀 더 복잡하다.

오빠의 신경을 자기 팔의 뭉툭한 끝부분에서 끌어오려고 나는 최선을 다한다.

"그래서 누가 이랬어?"

"또 다른 마그네트론. 레이크랜즈 놈이."

오빠는 단어 하나하나를 억지로 뱉는다.

"날 죽이려고, 갈라 버리려고 하더라. 무슨 일이 일어났는지 알기도 전에 잘렸어."

레이크랜즈 놈들. 얼음장 같은 바보들. 그 흉물스러운 자기네들 파란 옷을 입은 모두 경직된 놈들. 메이븐이 사모스 하우스의 권력을 그들을 위해 거래했다고 생각하는 놈들.

"오빠가 보답을 확실히 갚아 줬기를 바라."

"그놈은 더 이상 머리가 없지."

"그럼 됐어."

"자."

렌이 말하며 손목을 마무리한다. 그녀는 오빠의 팔을 따라 손을 움직이고 다시 척추를 타고 오빠의 등의 작은 부분까지 만진다.

"당신의 골수와 콩팥을 자극할게요, 피 생산을 할 수 있는 한 올리려고요. 그래도 계속 약한 상태가 이어질 거예요."

"충분해. 걸을 수만 있으면 돼."

오빠는 이미 더 힘차게 대꾸한다.

"일어나게 도와 줘, 에비."

나는 멀쩡한 팔 쪽을 내 어깨에 걸친 채 오빠를 돕는다. 오빠는 육중하고, 엄청나게 무거운 짐이다.

"디저트 좀 적당히 먹어."

나는 투덜거린다.

"자, 이제 가자, 나랑 같이 움직여."

톨리 오빠는 최선을 다하며 한 발 한 발을 억지로 딛는다. 내 취향에 부합할 정도로 충분히 빠른 속도와는 거리가 멀다.

"아주 좋아."

나는 중얼거리고는 오빠의 버려진 갑옷 쪽으로 팔을 뻗는다. 갑옷은 납작해지면서 떨리는 금속 판으로 재조합된다.

"미안, 오빠."

나는 오빠를 아래로 밀고, 내 능력을 써서 들것 같은 판을 만들어낸다.

"걸을 수 있어……."

오빠가 주장하지만, 약하다.

"넌 다른 곳에 집중해야 할 텐데."

"그럼 우리 둘 다에게 집중할게. 남자들이란 다치면 아무 짝에도 쓸모가 없다니까, 안 그래?"

나는 받아친다.

오빠를 내 능력의 일부를 써서 들어 올린 상태이지만 그게 전부는 아니다. 나는 한 손을 판에 댄 채로 할 수 있는 한 빠르게 달린다. 들것은 보이지 않는 사슬에 매인 채로 따라온다. 렌이 반대편을 운반한다.

금속이 내 인식의 경계선에서 노래한다. 나는 우리가 나아가는 동안 모든 조각을 인지하고 그것들을 본능적으로 분류한다. 구리 선, 목 졸라 죽이는 교수형틀로 적합. 문 자물쇠와 경첩, 다트나 총알. 창틀, 유리 칼날이 꽂힌 칼 손잡이. 아버지는 이런 부분이 내 제2의 천성이 될 때까지 이런 것들로 퀴즈를 내곤 하셨다. 내가 무기를 찾아내지 않으면 방에 들어갈 수 없을 때까지. 사모스 하우스는 결코 경계를 게을리 하지 않는다.

아버지는 아케온에서 재빨리 도주할 방법을 고안하셨다. 병영들을 지나서 북쪽의 절벽을 내려가 강에서 기다리고 있는 배들을 타는 것이다. 그 특별히 만들어진 강철 배들은 조용하게 속도를 낼 수 있다. 아버지와 나 정도면, 그것들은 살을 꿰뚫는 바늘처럼 물살을 가를 것이다.

우리 일정이 살짝 늦어지긴 했지만 고작 몇 분이다. 이런 혼란 속에서는 메이븐의 궁중 사람들 중 누구라도 사모스 하우스가 사라졌다는 것을 깨닫기까지 수 시간이 걸릴 것이다. 다른 가문들도 침몰하는 배에서 빠져나가는 쥐들처럼 이런 똑같은 기회를 잡을 수 있을지는 잘 모르겠다. 메이븐이 탈출 계획을 가진 유일한 사람은 아니니까. 사실, 모든 가문마다 자기들만의 뭔가를 하나씩 갖고 있다고 해도 놀랄 일은 아니다. 궁중은 점점 성급하고 성마른 왕으로 인해 일촉즉발의 상태이니까. 폭발을 예상하지 않았다면 그 사람이 바보일 것이다.

아버지는 메이븐이 당신의 이야기를 더 이상 듣지 않는 순간 바람이 급변하는 것을 느끼셨고, 곧 캘로어 왕가와 연합하는 것이 우리의 추락이 될 것이라는 점이 분명해졌다. 엘라라가 사라지자, 누구도 메이븐의 목줄을 쥘 수가 없었다. 내 아버지조차 그러셨다. 그러고 나서 진홍의 군대가 좀 더 조직화되어 법석을 떨고, 단순한 골칫거리를 넘어선 진짜 위협이 되었다. 그들은 매일 점점 더 자라는 것처럼 보였다. 피에드몬트와 레이크랜즈에서의 작전들, 서쪽 멀리의 몬트포트와의 동맹에 대한 소문들. 그들은 어떤 누가 예상했던 것보다도 더 커졌고, 기억속의 어떤 반란 사태보다도 더 잘 조직되어 있었으며 더 완강했다. 그 동안 내 형편없는 약혼자는 통제를 잃었다. 왕좌보다, 자신의 분별력보다, 그 모든 어떤 것보다도 메어 배로우를.

그는 그녀를 놓으려고 애를 썼다. 적어도 일레인이 말한 바에 의하면 그렇다. 메이븐도 우리 중 누구만큼이나 자신의 그 집착이 어떤 위험이 될 수 있는지 알고 있었다. *그녀를 죽여. 끝장내. 그녀라는 독을 제거해.* 그는 중얼거리고는 했다. 일레인은 그의 개인적인 방들 구석 자리에서 조용하게 들키지 않고 귀를 기울였다. 그 말들은 그저 말들에 불과했다. 그는 결코 그녀를 떼놓을 수 없었다. 그래서 그녀를 그의 길로 밀어 넣는 것…… 그리고 그를 경로에서 이탈시키는 것은 간단했다. 황소 앞에 빨간 깃발을 흔드는 것과 맞먹는 정도였다. 메어는 메이븐의 허리케인이었고, 그저 그녀가 쿡 찌르기만 해도 그는 점점 더 폭풍의 눈으로 밀려들어 갔다. 메어가 이용하기 좋은 도구라고 생각했다. 신경이 팔린 왕은 더욱 강력한 왕비를 만들어 주니까.

하지만 메이븐은 정당하게 내 것이었던 자리에서 나를 끌어냈다.

그는 일레인을 찾을 만큼 알지도 못했다. 내 사랑스럽고, 보이지 않는 쉐도우. 그녀는 늦게, 야음을 틈타서 보고를 하러 오곤 했다. 그녀는 매우 철두철미했다. 여전히 그녀의 속삭임이 느껴진다. 오직 달만이 귀를 기울일 때 내 피부 위로 닿던 속삭임. 일레인 헤이븐은 어떤 역을 맡든 내가 본 중에서 가장 아름다운 소녀이지만, 그녀는 달빛 속에서 가장 아름다웠다.

퀸스트라이얼 후에, 나는 왕비의 관을 그녀에게 약속했었다. 하지만 그 꿈은 티베리아스 왕자와 함께 사라졌다. 대부분의 그 날카롭고 충격적인 하루에 그랬던 것처럼. *매춘부*. 그것이 메이븐이 자기 암살 시도 후에 일레인을 불렀던 말이다. 나는 거의 그 자리에서 그를 죽일 뻔했다.

나는 머리를 흔들고는 일단 당면한 일에 다시 집중한다. 일레인은 기다릴 것이다. 일레인은 기다리고 있다, 내 부모님께서 약속하신 꼭 그대로. 우리 집에서 안전하게, 사람들이 붐비지 않는 한적한 그곳 리프트에서.

아케온의 후원은 꽃들이 만발한 정원으로 이어지는데, 그것들은 차례차례 궁전 벽들로 둘러싸여 있다. 몇 개의 연철 울타리들이 꽃과 관목들을 보호한다. 작살로 쓰기 좋겠네. 벽과 정원은 많은 다른 가문들에서 나온 경비들로 구성된 이들이 순찰을 돈다. 라리스 윈드 위버, 아이럴 실크, 방심을 모르는 이그리에 아이즈, 하지만 최근 몇 달 동안 여러 가지들이 바뀌었다. 라리스와 아이럴은 헤이븐 하우스를 따라 메이븐의 지배에 반대하는 위치에 섰다. 그리고 치열한 전투 끝에, 왕 자신의 목숨이 위험에 처했던 후에 궁전 경비들 나머지가 뿔뿔이 흩어졌다. 나는 고개를 들고 나무들 사이로, 어두운 하늘과 대조적으로 밝게 빛나는 목련과 벚꽃을 바라본다. 검정색 옷을 입은 형체들이 다이아몬드 유리로 된 성벽 주변을 살금살금 돌아다니고 있다.

오직 사모스 하우스만이 성벽 담당으로 남았다.

"철의 사촌들이어!"

그들이 내 목소리 쪽으로 덜컥 움직이며 대답을 한다.

"강(鋼)의 사촌들이어!"

희미한 벽으로 가까이 다가가자 땀이 목을 타고 흐른다. 공포 때문이기도 하고, 노력 때문이기도 하다. 이제 고작 몇 미터만 더 가면 된다. 준비를 위해, 나는 장화의 진주 같은 금속을 두껍게 하고, 내 마지막 발걸음을 단단히 딛는다.

"스스로 설 수 있겠어?"

나는 프톨레무스에게 물으며 동시에 렌에게 몸을 뺀다.

신음 소리와 함께 오빠는 들것에서 몸을 흔들어, 불안정한 걸음으로 일어난다.

"난 아이가 아니야, 이브. 10미터쯤은 거뜬하다고."

자기 말을 증명이라도 하듯, 검정색 강철이 매끈한 비늘이 되어 그의 몸을 뒤덮는다.

시간이 좀 더 있었다면, 나는 평소에는 완벽한 오빠의 갑옷에 보이는 약점들을 지적했을 것이다. 옆구리에 구멍이라든가, 등이 얇다든가. 대신에 나는 그저 고개를 끄덕인다.

"먼저 가."

오빠는 거들먹거리려고 애를 쓰며, 내 걱정을 덜어 주려고 입꼬리를 들어 올린다. 오빠가 공기 중으로 솟아올라서 성곽 벽으로 가속하자 안도의 한숨이 나온다. 위쪽에 있던 우리 사촌이 솜씨 좋게 오빠를 잡고, 능력을 써서 오빠를 받아낸다.

"우리 차례야."

렌이 내 옆쪽에 붙어 안전을 위해 팔 아래에 자리를 잡는다. 나는 단숨에 로듐 금속이 크게 움직이면서 내 발가락 아래에서 다리 위로, 어깨 너머까지 뒤덮는 기분을 느낀다. *일어나*, 나는 갑옷을 향해 명령한다.

빵.

아버지께서 내게 주입하신 첫 번째 감각이 총알이었다. 나는 2년 동안 총알 하나를 목 주변에 두르고 잤다. 그것이 내 색 만큼이나 익숙해질 때까지. 나는 100미터 밖에서도 그 이름을 맞출 수 있다. 총알의 무게, 총알의 모양, 총알의 구성 요소를 안다. 그토록 작은 금속 조각이 어떤 사람의 삶과 내 죽음 사이의 차이점을 불러온다. 그것은 내 살인자가 될 수도 있고, 내 구원자가 될 수도 있다.

빵. 빵. 빵. 자기들 약실 안에서 폭발하는 총알들은 바늘처럼 날카롭게 느껴지고 무시하기 어렵다. 그것들은 뒤쪽에서부터 오고 있다. 나는 집중력을 높이고 발로는 바닥을 걷어차며, 손으로는 갑작스러운 학살에 대비해 방패를 만든다. 텅스텐 중심에 점점 가늘어지는 끝부분을 가진, 갑옷을 관통하는 구리로 겉부분을 둥글고 두툼하게 씌운 총알들이 내 눈앞에서 호를 그리면서 날아서 풀밭 위에 무해하게 안착한다. 적어도 열은 넘는 또 다른 공세가 이어지지만, 나는 팔

120

을 뻗어서 내 자신을 보호한다. 자동 소총에서 나는 천둥소리에 저 위에서 크게 외치는 톨리 오빠의 목소리가 들리지 않는다.

각각의 총알들이 내 능력에 대항해서 동심원을 그리다가 내 능력의 또 다른 조각을 붙든다. 몇 개는 공기 중에 멈추고, 몇 개는 구겨진다. 나는 안전을 위해서 번데기를 만드는 데 최선을 다한다. 벽 위에서, 톨리 오빠와 사촌들도 똑같이 한다. 그들이 충분히 짐을 나눠준 덕택에, 나는 정확히 나를 향해 총을 쏘고 있는 이가 누구인지 알아차릴 수 있다.

붉은 넝마, 매서운 눈초리. 진홍의 군대.

나는 이를 간다. 풀밭에 흩어진 총알들은 놈들의 두개골을 손쉽게 뚫을 수 있다. 하지만 그러지 않고, 나는 총알 속 텅스텐을 양모처럼 찢어서 할 수 있는 한 빨리 그것들을 빙글빙글 감아서 반짝이는 실로 만들어 낸다. 텅스텐은 믿을 수 없을 만큼 무겁고 강하다. 작업하려면 더 많은 힘이 필요하다. 또 다른 땀방울 하나가 척추를 타고 흘러내린다.

강철 실들은 거미줄 모양이 되어 열두 명의 반역도 무리의 머리 위를 때린다. 같은 동작으로 나는 그들의 손에서 총을 떼어내서 그것들을 조각조각 채를 썰어 버린다. 렌은 내게 딱 붙어서 나를 단단히 붙들고 있고, 나는 내 몸이 뒤로 밀려났다가 올라오며 완벽한 다이아몬드 유리를 따라 미끄러지는 걸 느낀다.

톨리 오빠가 나를 잡는다. 언제나 그랬듯이.

"그리고 다시 아래로."

오빠가 웅얼거린다. 내 팔을 잡은 손아귀 힘이 형편없다.

렌이 침을 꿀꺽 삼키면서 아래를 보려고 몸을 기울인다. 그녀의 눈이 커다랗다.

"이번이 좀 더 머네요."

나도 안다. 30미터짜리 가파른 절벽, 다음은 강의 끝까지 60미터를 기울어진 암반이 휘감고 있다. *다리의 그늘까지.* 아버지가 그렇게 말씀하셨다.

정원에서는 반역도들이 내 그물을 잡아당겨 찢어 보려고 고군분투하고 있다. 그들이 밀고 당기는 것이, 금속이 뜯어지려고 늘어나는 걸 통해서 느껴진다. 그 때문에 집중력이 흐트러진다. *텅스텐이란. 연습을 좀 더 해야겠다.* 나는 스스로를 욕한다.

"가자."

나머지 사람들에게 말한다.

내 뒤로, 텅스텐이 먼지로 부스러져 내린다. 강하고 무겁지만 불안정하다. 마그네트론의 손이 없으면, 텅스텐은 구부러지기 전에 부서진다.

사모스 하우스는 양쪽 다 더 이상 끝이다.

우리는 부러지지 않을 것이다, 그리고 우리는 더 이상 구부리지도 않을 것이다.

✳ ✳ ✳

배들은 소리 없이 물살을 가로지르고, 수면 위를 반짝이며 나아간다. 진행 속도는 빠르다. 유일한 장애물은 그레이 타운의 오염뿐이다. 그곳의 악취가 내 머리카락에 달라붙는다. 심지어 우리가 나무 장벽의 두 번째 고리를 돌파한 후에도 몸에서는 역겨운 냄새가 난다. 렌이 내 불편한 기분을 감지하고는 나의 맨 손목에 자신의 손을 올린다. 그녀의 치료의 손길은 내 폐를 깨끗하게 해 주고 탈진한 기력을 보충해 준다. 물살을 가르며 철을 미는 일은 잠시 후에 피곤해진다.

어머니께서 내 배의 매끄러운 한쪽 면에 몸을 기울이고 한 손을 흐르는 캐피탈 강에 넣어 자취를 남기신다. 메기 몇 마리가 어머니의 손길에 뛰어오르고, 놈들의 수염은 어머니의 손가락과 한 쌍처럼 움직인다. 어머니께서는 그 끈적끈적한 짐승들을 신경 쓰지 않으시지만, 나는 혐오감에 몸을 떤다. 놈들이 뭐라고 하는지는 몰라도 어머니께서 전혀 걱정하지 않으시는 걸로 봐서는 누가 우리를 추적하는 것을 놈들이 전혀 감지하지 못했다는 의미일 것이다. 어머니의 매도 머리 위를 날면서 계속 지켜보고 있다. 태양이 지자, 어머니는 박쥐들과 매를 바꾸신다. 예상했던 대로, 어머니에게나 아버지에게는 긁힌 자국 하나 없다. 아버지께서는 앞장선 배의 이물에 우뚝 서서 전체 경로를 이끌고 계신다. 푸른 강과 초록 언덕들에 대비되는 검정 윤곽. 어떤 평화로운 골짜기의 전경보다도 아버지의 존재감이 나를 차분하게 만들어 준다.

한참을 가는 동안 누구도 말을 하지 않는다. 심지어 사촌들조차 그러는데, 그들은 대개 내가 보기에는 허튼소리에 불과한 수다를 떨어대고는 했던 이들이다. 대신에, 사촌들은 자기들의 경비대 제복을 버리는 일에 열심이다. 노르타의 상징들이 뒤쪽으로 물살을 따라 둥둥 흘러가고, 반면 보석처럼 빛나는 훈장과 휘장들은 어둠 속으로 가라앉는다. 사모스 피로 힘들게 얻은, 우리의 동맹과 충성에 대한 흔적들. 이제 강물과 과거 깊숙이 사라졌다.

우리는 더 이상 노르타 왕국민이 아니다.

"그러니까 결정된 거네."

내가 중얼거린다.

내 뒤에서 톨리 오빠가 몸을 일으킨다. 오빠의 망가진 팔에는 여전히 붕대가 감겨 있다. 렌은 강 위에서 손 전체를 다시 자라게 하는 위험을 무릅쓰지 않을 것이다.

"그걸 의심한 적이라도 있었어?"

"선택할 수 있었던 적은 있었니?"

어머니께서 어깨 너머로 돌아보신다. 어머니는 고양이처럼 우아하게 움직이시더니, 밝은 초록색 드레스 차림으로 몸을 쭉 펴신다. 나비들은 오래 전에 사라졌다.

"약한 왕은 우리가 제어할 수 있지만, 광기를 다룰 수 있는 방법은 없다. 아이럴이 왕에게 전면적으로 반기를 들기로 결정하자마자, 우리를 위한 계획도 결정된 거야. 그리고 레이크랜즈 쪽을 선택한 건…… (어머니는 눈을 굴리신다.) 메이븐이 먼저 우리 가문들과의 마지막 연결을 끊은 거였지."

어머니의 면전에 대고 코웃음을 터뜨릴 뻔 한다. 누구도 아버지를 위해 어떤 것도 결정하지 않는다. 하지만 어머니의 앞에서 웃음을 터뜨리는 건 내가 아무리 멍청하다고 해도 지를 수 없을 실수다.

"그럼 다른 가문들이 우리를 도와줄까요? 아버지께서 협상 중이셨다는 건 알아요."

다들 메이븐의 점점 더 불안정한 궁중에 휘말려서, 자기 자식들만을 남겨두고 떠나야 했다. 내가 부모님 중 어느 분께라도 결코 감히 소리 내어 말하지 않을 더 많은 말들.

어머니께서 어쨌든 말하지 않은 것들을 알아차리신다.

"너는 잘해 주었어, 이브."

어머니께서는 내 머리 위로 손을 올리시며 부드럽게 노래하듯 속삭이신다. 어머니께선 젖은 손가락 사이로 은색 머리카락 몇 가닥을 어루만지신다.

"그리고 너도, 프톨레무스. 코르비움에서의 그 소요와 가문들이 일으킨 반역 사이에서도, 누구도 너희들의 충성을 의심하지 않았지. 너희들은 우리에게 시간을 벌어 주었단다, 귀중한 시간을."

나는 어머니의 차가운 손길을 무시한 채, 물과 강철에 집중한다.

"그럴 가치가 있었다면 좋겠어요."

오늘 이전에도 메이븐은 복합적인 반역에 직면해 있었다. 사모스 하우스 없이, 우리의 자원, 우리의 영토, 우리의 군사 없이, 어떻게 그가 이겨나갈 수 있을까? 하지만 오늘 이전에는, 그에게는 레이크랜즈가 없었다. 이제 나는 앞으로 어떤 일들이 펼쳐질지 예상할 수가 없다. 그 생각이 조금도 마음에 들지 않는다. 그동안 내 삶이란 계획과 인내에 대한 연구나 마찬가지였다. 불확실한 미래는 나를 공포에 질리게 한다.

서쪽에서, 태양이 언덕 너머로 붉게 가라앉는다. 일레인의 머리카락처럼 붉다.

일레인이 기다리고 있어. 나는 다시 한 번 스스로에게 되뇐다. 일레인은 안전해.

일레인의 언니는 그렇게 운이 좋지 못했다. 마리엘라는 끔찍하게 죽었다. 그 혹독한 메란더스 위스퍼가 그녀의 속을 파냈다. 나는 할 수 있는 한 그를 피했고, 아버지의 계획에 대해 아무것도 몰랐기에 오히려 기뻤다.

그가 메어에게 가한 벌의 깊이를 보았다. 심문 후에, 메어는 샘슨만 봐도 발에 채인 개처럼 움찔거렸다. 그건 내 잘못이었다. 내가 메이븐의 손을 떠밀었다. 내 개입이 없었다면, 메이븐은 결코 그 위스퍼가 뜻대로 하도록 두지 않았을 것이다……. 하지만 그랬다면 그는 메어에게서 완전히 거리를 두었을 것이다. 메이븐은 메어에게 그렇게까지 현혹되지는 않았을 것이다. 하지만 결국 그는 내가 바라던 대로 했고, 그녀를 가까이 끌어들였다. 그들이 함께 익사하기를 바랐다. 얼마나 쉬운가. 하나의 닻으로 두 명의 적을 가라앉히다니. 하지만 그녀는 부서지지 않았다. 내가 기억하던 소녀 그대로, 항상 뭔가인 척 가장하고 그 모든 거짓말들을 믿던 겁에 질린 하인이었다면 몇 달도 전에 메이븐에게 굴복했을 텐데. 그 대신에 그녀는 완전히 다른 가면을 썼다. 메이븐의 줄에 매달려 춤을 추고, 그의 옆에 앉아서 자유나 능력을 잃은 채로 반쪽짜리 삶을 살았다. 그리고 여전히 자신의 자존심, 자신의 불길, 자신의 분노를 유지하고 있었다. 그것들은 언제나 거기, 그녀의 눈에서 활활 타고 있었다.

그 점에 있어서는 그녀를 존경해 주어야만 할 것이다. 그녀가 내게서 많은 것들을 앗아갔다고 할지라도 말이다.

그녀는 내가 갖기로 되어 있었던 것이 무엇인지 끊임없이 상기시키는 존재였다. 왕자비. 왕비. 나는 티베리아스가 태어난 10달 뒤에 태어났다. 나는 그와 결혼하기로 예정되어 있었다.

내 첫 번째 기억은 어머니의 뱀들이 귀에 대고 쉿쉿대며 어머니의 속삭임과 약속을 나직하게 들려주던 것이다. *너는 송곳니와 강철의 딸이란다. 지배하기 위해 태어난 것이 아니라면, 네 의미가 뭘까?* 교실과 경기장에서 받은 모든 교육들은 준비 과정이었다. *최고가, 가장 강한 자가, 가장 영리한 자가, 가장 치명적이고 가장 교활한 자가 되어라. 가장 가치 있는 자가.* 그리고 나는 그 모든 것이었다.

왕들이란 친절함이나 동정심으로 이름을 드높이지 않는 법이다. 퀸스트라이얼은 행복한 결혼 생활을 위해 만들어진 것이 아니라, 강력한 자녀들을 위한 자리다. 칼과 함께라면, 나는 둘 다 가질 수 있었다. 그는 내가 따로 연인을 만든다고 해서 나를 질투하지도, 나를 지배하려고 시도하지도 않았을 것이다. 그의 눈은 부드럽고 사려 깊었다. 그는 내가 바랐던 것 이상이었다. 그래서 나는 내가 짜낼 수 있는 모든 피 한 방울까지도 짜내어서, 내 모든 땀과 내 모든 고통과 좌절의 눈물까지 짜내어서 그를 차지했다. 내 심장이 진정으로 원하는 이까지 모두 희생했다.

퀸스트라이얼이 열리기 바로 전날 밤, 나는 앞으로 일어날 일을 꿈꾸었다. 나의 왕좌. 나의 왕실 자녀들. 누구에게도 조종되지 않는 삶, 심지어 우리 아버지에게도. 티베리아스는 나의 친구가 될 것이고 일레인은 나의 연인이 될 것이다. 일레인은 톨리 오빠와 결혼할 것이고, 계획했던 것처럼, 우리 중 누구도 결코 헤어질 일이 없을 것이다.

그랬는데 메어가 우리의 삶으로 굴러 떨어졌고 그 꿈은 모래처럼 바람에 날아가 버렸다.

한때, 나는 왕세자가 상상도 할 수 없는 일을 할 거라고 생각했다. 오래 전에 실종되었던, 태도도 이상하고 심지어 능력은 더 이상한 타이타노스 때문에 나를 옆으로 밀어낼 거라고. 하지만 그러기는커녕, 그녀는 치명적인 폰이었고 나의 왕을 체스판에서 쓸어 버렸다. 운명의 길은 이상하게 비틀려 버렸다. 그 신혈 예언가가 오늘 일을 알고 있었을지 궁금하다. 그 남자는 자기가 본 것들에 웃음을 터뜨렸을까? 그 남자를 딱 한 번만 내 손아귀에 넣을 수 있다면 좋겠다. 뭔가를 알지 못한다는 게 정말 싫다.

앞쪽의 둑 위로, 깔끔하게 손질된 잔디밭들이 시야에 들어온다. 잔디의 끝은 금색과 붉은색으로 물을 들여서, 사랑스럽게 빛나는 강과의 경계선을 사유지 위로 만들고 있다. 우리 가문의 저택이 이제 고작 1킬로미터 좀 넘게 남았다. 그러고 나면 우리는 서쪽으로 향한다. 우리의 진정한 고향을 향해서.

어머니께서는 결코 내 질문에 대답해 주시지 않았다.

"그래서, 아버지께서 다른 가문들에 확신을 심어 주셨나요?"

내가 어머니께 여쭙는다.

어머니는 온몸에 힘을 주며 눈을 가늘게 뜨신다. 어머니의 뱀들 중 하나가 똬리를 트는 것처럼.

"라리스 하우스가 이미 우리와 함께하고 있어."

그건 이미 나도 알고 있다. 노르타 공군의 대부분을 지배하는 것과 동시에, 라리스 윈드위버들은 리프트 지역을 다스린다. 사실은 그들이 우리 지배하에 다스리고 있는 거지만. 우리의 철광산과 석탄 광산들을 유지하기 위해서라면 무엇이든 거래할 준비가 되어 있는 열광적인 꼭두각시들이다.

일레인. 헤이븐 하우스. 만약 그들이 우리와 함께하지 않는다면……

갑작스레 입이 마르는 느낌에 나는 입술을 핥는다. 주먹을 옆구리에 대고 꼭 쥔다. 배가 내 아래에서 신음한다.

"그리고……."

"아이럴은 조건에 동의하지 않았고, 그리고 헤이븐도 반수 이상이 그럴 것 같아."

어머니께서 코웃음 치신다. 어머니께서는 모욕이라도 당한 것처럼 가슴 앞으로 팔짱을 끼신다.

"걱정 마, 일레인은 그들 중에 포함되어 있지 않으니까. 제발 배를 으스러뜨리는 건 그만 둬. 마지막 1킬로미터를 헤엄쳐서 가고 싶지는 않구나."

톨리 오빠가 내 팔을 쿡, 아주 가볍게 찌른다. 큰 숨을 내쉬면서, 나는 철을 주무르는 내 손길이 좀 지나치게 강했다는 걸 깨닫는다. 노는 다시 매끄러워지고, 잔물결을 일으키며 다시 모양을 갖춘다.

"죄송해요."

나는 재빨리 웅얼거린다.

"전 그저…… 혼란스러워서요. 그 조건들은 이미 진작 다들 동의한 줄로만 알았거든요. 리프트는 공개적인 저항을 할 거라고요. 아

129

이럴은 르롤란 하우스와 델피 전 지역을 데려올 거라고요. 전 지역이 분리 독립할 거라고 생각했죠."

어머니께서는 나를 지나서, 아버지께로 힐끗 시선을 보내신다. 아버지께서는 자신의 배를 해안가로 돌리시고, 나는 그분의 리드에 따른다. 우리 가문의 익숙한 영지가 땅거미 사이로 역광을 받으며 나무들 사이로 빠끔 고개를 내민다.

"칭호를 두고 논쟁이 좀 있었단다."

"칭호라고요? 어리석기는. 그들이 논쟁으로 도대체 뭘 할 수 있다고요?"

나는 비웃는다.

강철이 돌을 때리고, 물가를 따라서 자리한 낮게 만들어진 벽을 들이받는다. 나는 약간 집중력을 더해서, 물살에도 금속을 단단히 붙잡는다. 톨리 오빠가 먼저 내리도록 도우면서 렌이, 무성한 잔디 융단 위로 발을 디딘다. 사촌들이 그 뒤를 따르는 동안 어머니께서는 가만히 지켜보시는데, 그 시선은 오빠의 잃어버린 손에 고정되어 있다.

그림자가 우리 둘 다를 덮는다. 아버지다. 아버지께서 어머니와 어깨를 나란히 한 채 서 계신다. 가벼운 바람이 아버지의 망토를 흔들고, 빛이라고는 없는 검은색 비단과 은색 실의 접힌 부분을 따라 장난을 친다. 가려진 아래로는 너무 훌륭해서 액체화 되어 있을 수도 있는, 푸른색이 살짝 도는 크롬 의복이 있다.

"나는 또 다른 욕심 많은 왕에게 무릎을 꿇지는 않겠다."

아버지께서 속삭이신다. 아버지의 음성은 언제나 벨벳처럼 부드럽고 포식자처럼 치명적이다.

"살린 아이럴이 한 말이다."

아버지께서는 몸을 굽혀 어머니께 한 손을 내미신다. 어머니께서는 솜씨 좋게 아버지의 손을 잡고는 배 밖으로 발을 내미신다. 내 능력에 붙들려 있는 배는 어머니의 발아래에서 미동도 하지 않는다.

또 다른 왕.

"아버지……?"

그 말은 내 입안에서 죽어 버린다.

"철의 사촌들이어!"

결코 우리의 시선을 놓치지 않으신 채, 아버지께서 외치신다.

아버지의 뒤에서, 우리 사모스 집안의 사촌들이 무릎을 꿇는다. 프톨레무스 오빠는 따라하지 않는다. 오빠는 나만큼이나 혼란스러운 표정으로 바라보고 있다. 한 가문의 혈육들은 서로에게 무릎을 꿇지 않는다. 이런 식으로는.

하나처럼 응답하는 그들의 음성이 울려 퍼진다.

"강(鋼)의 왕이시어!"

재빨리, 아버지께서 손을 뻗어서 내가 받은 충격으로 아래의 배가 파문을 일으키기 전에 내 손목을 붙잡아 주신다.

아버지의 속삭임은 거의 알아들을 수도 없을 만큼 낮다.

"리프트 왕국으로."

제20장
메어

녹색 제복을 입은 텔레포터는 침착한 발로 차분하게 착륙한다. 세상이 쪼그라들고 흐릿해지는 경험을 해 본 지 너무나 오랜만이다. 직전의 경험은 쉐이드 오빠랑 한 것이었다. 이렇게 짧은 시간 오빠를 기억하는 것만으로도 고통이 따른다. 상처와 고통으로 인한 메스꺼움이 쌍으로 몰려오는데, 무릎을 꿇고 손을 바닥에 짚은 채 쓰러지는 건 당연한 수순 같다. 눈앞에 점들이 춤을 추며 시야를 온통 차지할 듯 위협한다. 정신을 차리고 내가 있는 곳이 어디든…… 이곳 사방에 토하는 일만은 말아야 할 것이다.

손가락 아래의 금속보다 더 먼 곳의 초점을 잡기도 전에, 누군가가 나를 일으켜 세우더니 으스러뜨릴 것처럼 끌어안는다. 나도 할 수 있는 한 단단히 상대를 붙든다.

"칼."

나는 입술을 칼의 살 위로 문지르며 그의 귀에 속삭인다. 그에게서는 연기와 피의 냄새, 열기와 땀 냄새가 난다. 내 머리는 그의 목과 어깨 사이의 공간에 완벽하게 들어맞는다.

그는 내 팔 안에서 전율하며 몸을 떤다. 그의 숨결도 엉킨다. 칼은 내가 하고 있는 것과 똑같은 것을 생각하는 중이다.

이게 진짜일 리 없어.

그는 느릿하게 몸을 떼고 손으로 내 얼굴을 동그랗게 감싼다. 그는 나와 눈을 맞추고 나의 전부를 살피듯 노려본다. 나도 계략을, 거짓말을, 배신의 징조를 찾아서 똑같이 한다. 어쩌면 메이븐이 내니와 같은 변신자를 찾아냈을 수도 있다. 어쩌면 이건 메란더스가 만들어 낸 또 다른 환영일지도 모른다. 메이븐의 기차에서 깨어나서, 그의 얼음 같은 시선과 에반젤린의 면도날 같은 미소를 마주할 수도 있다. 그 결혼식 전부가, 내 탈출과 전투가…… 끔찍한 농담일지도 모른다. 하지만 칼은 진짜처럼 느껴진다.

그는 내가 기억하는 것보다 창백하고, 뭉툭하게 짧게 깎은 머리를 하고 있다. 만약 기회만 주어진다면 그 머리카락은 메이븐의 것처럼 구부러질 것이다. 작은 몇 개의 상처들이 보이는 뺨은 거칠고 수염이 거슬거슬하고, 턱 선은 베일 듯이 날카롭다. 그는 내 기억보다 더 말랐고, 손아래 느껴지는 근육은 더 단단하다. 오직 그의 눈동자만이 기억 그대로다. 구릿빛, 적금색, 맹렬한 열기를 동반한 강철처럼.

나도 달라 보이긴 마찬가지일 것이다. 뼈다귀에, 메아리. 그는 손가락으로 축 처진 머리 한 움큼을 훑으며 끝 부분이 부스러지는 회색으로 변하는 갈색 머리카락을 관찰한다. 그런 다음 흉터들을 만져

본다. 그의 손길은 내 목, 내 척추를 지나 엉망이 된 드레스 아래 자리한 낙인에서 끝이 난다. 우리가 거의 서로를 갈가리 찢어 버릴 뻔한 뒤라는 걸 생각하면 그 손은 놀라울 정도로 부드럽다. 그에게 있어서 나는 유리이며, 한순간에 부서져 내리거나 사라질 수 있는 연약한 어떤 것이다.

"나야."

나는 우리 두 사람 다 들어야만 하는 말을 속삭인다.

"나 돌아왔어."

나 돌아왔어.

"당신이야, 칼?"

내 말은 아이처럼 들린다.

그는 결코 흔들리지 않는 시선으로 고개를 끄덕인다.

"나야."

그가 결코 움직이지 않을 것 같아서 내가 움직인다. 그 행동에 우리 두 사람 모두가 놀라고 만다. 내 입술은 그의 입술을 흉포하게 덮고, 나는 그를 내 쪽으로 끌어당긴다. 그의 열기가 담요처럼 내 어깨 주변을 덮는다. 번개로 똑같이 하고 싶은 마음을 애써 억누른다. 그럼에도 불구하고 공기 중에 춤추는 전류 때문에 칼의 목 주변 솜털이 일어난다. 우리 두 사람 중 누구도 눈을 감지 않는다. 이게 여전히 꿈일지도 모르니까.

먼저 제정신을 차린 쪽은 칼로, 나를 재빨리 들어올린다. 열 명도 더 되는 사람들이 황급히 어떤 예의범절 비슷한 것을 차리며 다른 쪽을 쳐다보는 척한다. 나는 신경 쓰지 않는다. 볼 테면 보라지. 수치심으로 인한 홍조도 일지 않는다. 군중들 앞에서 더 지독한 것들을 강제로 잔뜩 해야만 했는데, 뭐.

이곳은 에어젯 안이다. 길쭉한 기체에 엔진의 둔탁한 울림, 그리고 구름이 빠르게 스쳐 지나가는 것으로 보아 의심의 여지가 없다. 사방으로 뻗어 있는 전선들을 통해서 맥동하는 전기가 맛있게 가르랑대는 것은 언급할 필요도 없고. 나는 팔을 뻗어 비행기 벽의 차갑고 구부러진 금속 위에 손바닥을 쭉 펴서 누른다. 리드미컬한 맥박을 들이마시고 내 안으로 끌어들이는 것은 너무나 쉬운 작업일 것이다. 쉽고 어리석은 일이다. 내 감각을 실컷 만족시키고 싶은 만큼이나, 그 일은 매우 끔찍한 최후로 이어질 테니까.

칼은 내 허리의 잘록한 부분에서 손을 치우지 않는다. 그는 어깨 너머를 돌아보더니, 좌석에 벨트를 차고 앉아 있는 열 몇의 사람들 중에서 한 명을 부른다.

"힐러 리즈, 메어 먼저."

그가 말한다.

"염려 없습니다."

낯선 남자가 그의 손을 나에게 올리는 순간 내 미소는 즉시 사라진다. 그의 손가락이 내 손목에 가까워진다. 그 손길은 무겁고 이상한 느낌이다. 돌처럼. 수갑처럼. 앞뒤 생각할 틈도 없이 나는 불에라도 댄 것처럼 그를 후려치고는 뒤로 펄쩍 뛴다. 공포가 내 안을 난폭하게 휘젓자 스파크들이 손가락 끝에서 탁탁 튀어 오른다. 얼굴들이 번쩍거리고 시야가 흐릿해진다. 메이븐, 샘슨, 아벤 경비들, 멍이 들 정도로 잡던 손길과 매서운 눈초리들. 머리 위에서 전구들이 깜빡거

135

린다.

붉은 머리카락의 힐러는 악 소리를 지르며 움찔하며 물러나고, 동시에 칼이 매끄럽게 우리 사이로 끼어든다.

"메어, 그는 네 상처들을 치료하려는 거야. 그는 신혈이야, 우리와 함께하는."

칼이 내 얼굴 옆의 벽을 한 손으로 짚으며 나를 보호하듯 가려 준다. 그의 몸이 나를 에워싼다. 적당한 크기이던 비행기가 갑자기 너무 작게 느껴지고, 공기는 퀴퀴하고 숨이 막힌다. 수갑이 주던 무게는 사라졌지만 잊힌 것은 아니다. 여전히 그것들이 내 손목과 발목에 채워진 것 같은 기분이 든다.

전구들이 다시 깜빡거린다. 나는 힘겹게 침을 삼키며 눈을 꾹 감고 집중하려고 애를 쓴다. 제어해. 하지만 심장이 미친 듯이 뛰고, 맥박은 천둥처럼 두드린다. 나는 이를 악물고 진정할 수 있기만을 바라면서 악문 이 사이로 공기를 들이마신다. *너는 안전해. 너는 칼과, 진홍의 군대와 함께 있어. 너는 안전해.*

칼이 내 얼굴을 다시 붙들고, 애원한다.

"눈을 떠, 나를 봐."

어떤 누구도 소리를 만들 수는 없다.

"메어, 여기서는 누구도 너를 해치지 않을 거야. 다 끝났어. 제발 나를 봐!"

그의 목소리에서 필사적인 느낌이 묻어난다. 비행기에서 내가 자제력을 완전히 잃을 경우에 어떤 일이 벌어질지 그도 나만큼이나 잘 알 것이다.

발아래의 비행기는 꾸준히 고도를 낮추면서 움직인다. 땅에 가까워지면 더 몹쓸 일이 벌어질 수도 있다. 턱에 힘을 주고 나는 억지로 눈을 뜬다.

나를 봐.

메이븐이 그 말을 똑같이 한 적이 있다. 하버 베이에서. 그 소리를 내는 기계가 나를 갈가리 찢어 버릴듯이 위협했을 때에. 나는 칼의 목소리에서 메이븐의 목소리를 듣고, 칼의 얼굴에서 메이븐의 모습을 본다. *아니야, 나는 너한테서 벗어났어. 달아났다고.* 하지만 메이븐은 모든 곳에 있다.

칼이 몹시 화가 나고 고통스러운 듯이 한숨을 내쉰다.

"카메론."

그의 뒤에서, 카메론이 자기 좌석에 한 손을 댄 채로 비행기의 움직임 때문에 계속 흔들거리며 일어난다. 두꺼운 직물로 된 군복의 지퍼를 채우고, 머리카락은 단단하게 땋아서 감아 올린 카메론은 강해 보인다. 그녀의 깊은 갈색 눈이 나를 꿰뚫는 것만 같다.

"그것만은 싫어."

애원은 쉽게 튀어나온다.

"다른 건 몰라도 그것만은. 제발. 나…… 나는 다시 저걸 당하고 싶지 않아."

침묵으로 인한 질식. 느린 죽음. 그 무게 아래에서 지난 6개월을 보냈고, 이제야 다시 나 자신을 느끼고 있는데 그런 순간을 잠깐이라도 겪었다가는 살아남지 못할 것 같다. 두 개의 감옥 사이에 맛보는 자유 한 모금은 그저 또 다른 고문이지 않나.

카메론은 손을 옆구리에 늘어뜨린 채 움직이지 않는다. 길고 어두운 손가락은 침착하다. 공격 기회를 기다리고 있다. 몇 날의 시간 동안 그녀 또한 변했다. 그녀의 불길은 사라지지 않았지만, 그것은 방향을, 초점을 갖게 되었다. 목적을.

"좋아."

그녀가 대꾸한다. 신중한 동작으로, 그녀는 가슴 앞으로 팔짱을 끼면서 자신의 치명적인 손들을 안 보이게 한다. 나는 안도감에 거의 무너질 뻔한다.

"다시 보니 반갑네, 메어."

심장이 여전히 북처럼 두드리는 바람에 숨도 못 쉴 것만 같지만, 그래도 전구들은 깜빡대는 걸 멈춘다.

나는 안도감에 고개를 숙인다.

"고마워."

옆에서는 칼이 엄한 얼굴로 날 바라보고 있다. 그의 뺨 근육이 가늘게 떨린다. 그가 무슨 생각을 하고 있는지, 정확히 말할 수는 없다. 하지만 추측은 할 수 있다. 나는 괴물들이랑 여섯 달의 시간을 함께 보냈다. 그리고 그 사이에 나 자신이 괴물이 되는 것이 어떤 느낌인지는 완전히 잊은 채로 지냈다.

느릿하게, 나는 빈 좌석에 무너지듯 앉아서 무릎에 손바닥을 올린다. 다음 순간 나는 손가락을 서로 얽는다. 그 다음에는 아예 손을 깔고 앉는다. 최대한 덜 위협적으로 보이는 게 어느 쪽인지 도무지 모르겠다. 스스로에게 분노한 채로, 나는 발 사이의 금속을 바라본다. 갑자기 내가 입고 있는 군복 상의와 거의 모든 솔기가 다 찢어진 완전히 망가진 드레스가 몹시 의식되면서 여기가 얼마나 추운지도 깨닫는다.

힐러가 내 떨림을 알아차리고 재빨리 내 어깨에 담요를 둘러준다. 그는 척척 사무적으로 움직인다. 나와 시선이 마주치자, 그는 내게 반쯤 미소를 지어 보인다.

"항상 있는 일입니다."

그가 중얼거린다.

나는 억지로 키득대지만, 그 소리는 공허하다.

"그래요, 우리 그런 걸로 해요, 괜찮죠?"

내 늑골을 따라 생긴 얕지만 긴 상처를 그에게 보이기 위해서 몸을 트는 사이, 칼은 내 옆의 좌석에 앉는다. 칼은 특유의 미소를 짓는다.

미안. 그가 소리 없이 입 모양으로 말한다.

미안. 나도 입 모양으로만 대꾸한다.

내가 진정 미안해 할 일이 아무것도 없다고는 해도. 이번 한 번만큼은 말이다. 나는 대단히 끔찍한 것들을 지나왔고 살아남기 위해서 끔찍한 일들을 저질렀다. 이 정도쯤은 쉽다. 지금으로서는 그렇다.

왜 자는 척을 하게 된 건지는 모르겠다. 힐러가 자기 일을 하는 동안, 눈이 미끄러지듯 감기자 나는 몇 시간 동안 계속 눈을 감고 버틴다. 이 순간을 너무나 오랫동안 꿈꿔 왔다. 이건 너무나 압도적인 순간이다. 내가 할 수 있는 유일한 일은 그저 뒤로 기대서 숨을 편안히 쉬는 것뿐이다. 마치 스스로가 폭탄이라도 된 것만 같다. 어떤 갑작스러운 움직임도 없다. 칼은 내 옆에 가까이 붙어서, 내 다리에 자기

다리를 올려 누르고 있다. 그가 때때로 움직이는 소리가 들리지만, 그는 다른 사람들에게 아무 말도 걸지 않는다. 카메론도 마찬가지이다. 두 사람의 오롯이 나에게만 집중한다.

대화를 하고 싶은 마음도 조금 있다. 그들에게 가족들의 소식을 묻고 싶다. 킬런. 팔리. 그 전에 무슨 일이 벌어졌는지, 지금은 무슨 일이 벌어지고 있는 건지. 우리가 가는 지옥이 어디로 이어지는지. 하지만 말들을 떠올릴 수조차 없다. 지금은 그저 안도할 만큼의 에너지밖에 남아 있지 않다. 시원하고 매끄러운 안도의 감정만이. 칼이 살아 있다, 카메론이 살아 있다. 나는 살아 있다.

다른 사람들은 자기들끼리 중얼중얼 이야기를 나눈다. 그들은 존경심으로 목소리를 낮춘다. 아니면 그저 나를 깨워서 또 다른 변덕쟁이 벼락의 위험을 무릅쓰고 싶지 않은 걸 수도 있다.

현 시점에서 엿듣게 되는 것은 제2의 천성이다. 희끄무레한 그림을 그리기 충분할 정도의 단어들 몇 개를 포착할 수 있다. 진홍의 군대, 전략적 성공, 몬트포트. 마지막 말에 나는 오랜 사색에 잠긴다. 멀리 떨어진 또 다른 국가에서 사절로 왔던 신혈 쌍둥이들이 사실 잘 기억이 나지 않는다. 그들의 얼굴은 흐릿하다. 하지만 그들의 제안이라면 확실히 기억하고 있다. 내가 그들과 동반한다면 신혈들을 위한 안전한 피난처를 제공해 주겠다고 했다. 그때도 그 제안에 나는 동요했었고, 지금도 마찬가지다. 만약 그들이 진홍의 군대와 동맹을 맺은 거라면…… 그 대가는 무엇이었을까? 그 암시에 몸이 굳는다. 몬트포트가 내게 무언가를 원하고 있다는 점은 명백하다. 그리고 몬트포트는 내 구출을 도운 것처럼 보인다.

머릿속으로 나는 비행기의 전기를 훑으며 내 안의 전기와 상호작용시킨다. 이 전투가 아직 끝나지 않았다고 무언가가 내게 전한다.

✳ ✳ ✳

비행기는 해질녘이 지난 후 매끄럽게 착륙한다. 그 감각에 내가 움찔 튀어 오르자 칼은 고양이 같은 반사 신경으로 자기 손을 내 손목 위에 올린다. 아드레날린이 급등하는 바람에 나는 다시 한 번 움찔 놀라며 피한다.

"미안해, 난……."

그가 말을 더듬는다.

속이 철렁함에도 불구하고, 나는 가까스로 진정한다. 나는 그의 손목을 붙들고 그의 플레임메이커 팔찌의 강철을 손가락으로 어루만진다.

"메이븐이 나한테 계속 사슬을 채웠어. 침묵하는 돌로 된 족쇄도, 밤낮으로."

나는 속삭인다. 나는 그가 조금이라도 내 기억을 느끼길 바라는 마음으로 손아귀에 힘을 준다.

"여전히 그 느낌을 머릿속에서 지울 수가 없어."

그가 어두워지는 눈빛 위로 눈썹을 찡그린다. 칼도 고통이라면 정통하게 아는 바이겠지만, 지금의 내 기분을 이해할 능력이 그에게는 없다. 나는 시선을 떨어뜨리고 그의 뜨거운 피부를 따라서 엄지손가락을 움직인다. 그가 이곳에 있고 내가 이곳에 있다는 점을 상기시켜 주는 또 다른 증거. 어떤 일이 일어난다고 할지라도, 항상 변함없는 것.

치명적으로 우아한 동작으로 칼은, 내가 그의 손을 붙들고 있을 때까지 움직인다. 우리의 손가락이 단단하게 얽힌다.

그가 말한다.

"다 잊게 해 줄 수 있다면 좋겠다."

"잊는 건 아무 도움도 안 될 거야."

"나도 알아. 하지만 그래도."

카메론이 복도 맞은편에서 다리를 꼰 채 한 발을 톡톡 두드리며 지켜보고 있다. 내가 흘긋 그녀에게 시선을 던지자 그녀는 거의 기뻐 보인다.

"대단하다."

카메론이 말한다.

나는 발끈하지 않으려고 최선을 다한다. 카메론과 나의 관계는, 짧았음에도 불구하고, 감히 매끄럽다고는 할 수 없었다. 지나고 나서 보니, 내 잘못이었다. 내가 절박하게 고치고 싶었던 수없이 많은 실수 목록 중에 하나다.

"뭐?"

미소를 지으며 그녀가 자기 좌석에서 벨트를 풀고는 비행기가 속도를 줄이는 동안 일어선다.

"넌 여태까지도 우리가 어디로 가고 있는지 묻지를 않았잖아."

"어디든 내가 있었던 곳보다야 나은 곳이겠지."

나는 칼에게 날카로운 시선을 보낸 뒤에 벨트의 버클을 풀기 위해서 손을 끌어당긴다.

"그리고 분명 누군가가 내 빈 조각을 채워 줄 거라고 생각했거든."

칼은 일어나면서 어깨를 으쓱한다.

"적당한 때를 기다리는 중이지. 네가 과부하 걸리는 건 싫으니까."

아주 오랜만에 처음으로, 나는 진짜 웃음을 터뜨린다.

"그거 정말 완전히 끔찍한 말장난인걸."

그의 활짝 핀 미소는 내 것과 맞먹는다.

"성공했네."

"이거 정말 지랄 맞아서 참을 수가 없다."

카메론이 혼자 투덜거린다.

내 자리에서 일어난 뒤, 나는 머뭇거리며 그녀에게 다가간다. 그녀는 내 불안을 알아차리고는 자기 양손을 주머니에 쑤셔 넣는다. 물러서거나 부드러운 태도는 카메론답지 않지만, 그럼에도 그녀는 나를 위해 그렇게 한다. 그녀를 전투에서는 보지 못했지만 그녀가 온 진짜 목적이 무엇인지 모를 정도로 바보는 아니다. 그녀가 이 비행기에 탄 것은 오직 내게서 눈을 떼지 않기 위해서다. 캠프파이어 옆에 물 한 양동이를 가져다 놓아서 활활 타오르지 않도록 제어하는 것처럼 말이다.

느릿하게, 나는 팔을 그녀의 어깨에 두르고 그녀를 가까이 끌어당긴다. 그녀의 피부가 주는 느낌에 움찔하지 말자고 속으로 되뇐다. *카메론은 능력을 제어할 수 있어.* 나 자신에게 속삭인다. *카메론은 자기 침묵 능력으로 너를 건드리지 않을 거야.*

"여기 와 줘서 고마워."

그녀에게 말한다. 말 그대로의 의미다.

그녀는 꾸벅 고개를 끄덕인다. 그녀의 뺨이 내 머리 위쪽을 스친다. 정말 망할 크기도 하지. 카메론이 여전히 자라는 중이거나 아니면 내가 줄어들기라도 한 모양이다. 심지어 양쪽 다에 돈을 걸 수도 있겠다.

"이제 여기가 어디인지 말해 줘."

나는 뒤로 몸을 떼면서 말한다.

"그리고 내가 도대체 뭘 놓쳤는지도."

그녀는 비행기 꼬리 부분 쪽을 가리키듯 뺨을 기울인다. 예전 블랙런처럼, 이 에어젯은 경사로 출입구를 갖추고 있다. 압축 공기에 의한 쉿 소리와 함께 통로가 낮아진다. 힐러 리즈가 다른 사람들을 이끌고 나간다. 우리는 뒤를 따르고, 몇 명이 뒤에 남는다. 가는 동안 밖에서 무엇을 보게 될지 모른다는 생각에 긴장이 된다.

"우린 운 좋은 사람들이야. 피에드몬트가 어떻게 생겼는지 곧 볼 수 있을 테니까."

"피에드몬트라고?"

나는 충격이나 혼란을 감추지 못한 채로 칼을 흘긋 바라본다.

그가 어깨를 만다. 불편한 감정이 그의 얼굴에 스친다.

"이 일의 계획이 세워지는 순간까지도 나는 몰랐어. 나한테는 그렇게 많은 걸 알려 주지 않아서."

"결코 그러는 법이 없지."

그게 진홍의 군대가 일하는 방식이자 샘슨이나 엘라라 같은 은혈들을 계속 앞지를 수 있었던 방법이다. 사람들은 정확히 그들이 해야 할 일만을 알고, 더 이상은 모른다. 그런 식의 명령을 따르는 데에는 엄청난 신뢰, 혹은 어리석음이 필요하다.

경사로를 따라 걸어가는 내 발걸음은 점점 더 가벼워진다. 족쇄가 주는 끔찍한 무게가 없으니 정말 날 수도 있을 것만 같다. 다른 방위군들은 계속 우리 앞을 걸어가서 다른 군인들 무리와 합류한다.

"진홍의 군대의 피에드몬트 지부, 맞지? 모습만 봐서는 꽤 큰 지부네."

"그게 무슨 말이야?"

칼이 내 귓가에 속삭인다. 그의 어깨 너머로, 카메론이 마찬가지로 똑같이 혼란스러운 얼굴로 우리를 쳐다보고 있다. 옳은 답변을 고르기 위해 고민하며 나는 두 사람에게 시선을 던진다. 나는 결국 진실을 택한다.

"그게 우리가 피에드몬트로 온 이유잖아. 진홍의 군대는 노르타와 레이크랜즈에서 그랬던 것처럼 이곳에서도 작전을 수행해 왔기 때문에."

피에드몬트 왕자들, 다라에우스와 알렉산드렛의 말이 머릿속에서 메아리친다.

칼이 잠깐 나와 눈을 마주친 다음 몸을 돌려 카메론을 마주본다.

"넌 팔리와 가깝지. 이 일에 대해 뭐라도 들은 게 있나?"

카메론이 입술을 두드린다.

"팔리는 한 번도 이 일을 언급한 적이 없어. 그녀가 알았는지도 의심스러워. 아니면 내게 말할 허가를 받지 못했는지도."

두 사람의 어조가 변한다. 좀 더 날카롭고, 사무적이다. 그들은 서로를 좋아하지 않는다. 카메론의 입장은, 나도 이해할 수 있다. 칼의 입장은? 그는 왕자로 길러졌다. 아무리 진홍의 군대라도 버릇없는 자식들을 구석구석 박박 닦아낼 수는 없겠지.

나도 날카롭게 말한다.

"우리 가족이 여기 있어? 적어도 그건 알고 있는 거야?"

"당연하지."

칼이 대답한다. 칼은 훌륭한 거짓말쟁이는 못 되는데, 지금 그에게서 거짓말의 기색이 느껴지진 않는다.

"그 점에 대해서는 자신 있어. 네 가족들은 대령의 팀 나머지 사람들과 함께 트라이얼에서 왔어."

"좋아. 가능한 빨리 가족들을 보러 갈래."

피에드몬트의 공기는 뜨겁고, 무겁고, 끈적끈적하다. 아직 고작 봄인데도 불구하고, 여름의 가장 깊은 구멍 속 같다. 그동안 결코 이렇게 빨리 땀이 나 본 적이 없다. 심지어 바람조차 따뜻하다. 납작하고 뜨거운 콘크리트 위로 부는 바람은 내내 어떤 한숨 돌릴 틈도 제공하지 않는다. 착륙장은 투광 조명등으로 온통 넘칠 듯이 환한 상태로, 너무 밝은 나머지 별들이 설 자리가 없을 지경이다. 저 멀리에 더 많은 비행기들이 줄 지어 서 있다. 몇 대는 숲처럼 녹색이고, 시저의 광장에서 보았던 것들과 같은 종류다. 블랙런 같은 비행기들, 더 커다란 화물 수송기도 있다. 몬트포트. 점들이 머릿속에서 연결되는 것이 느껴진다. 날개 위로 그려진 하얀색 삼각형이 그들의 표식이었지. 예전에 턱 섬에서 물건들이 담긴 상자에서, 쌍둥이들이 입고 있던 제복에서 저 상징을 본 적이 있다. 몬트포트의 비행기들

146

과 함께 총알을 뿌려 대던 녀석들은 짙푸른 비행기들이었고, 노란색과 하얀색으로 된 종류들은, 날개에 줄무늬가 그려져 있었다. 첫 번째 것들은 레이크랜즈 비행기였고, 두 번째 것들은 바로 피에트몬트에서 온 것들이었다. 투자를 많이 해 지은 격납고와 별채들로 판단해 보건대, 우리를 둘러싼 모든 것이 몹시 조직적이다.

우리가 있는 곳은 분명 군 기지로, 진홍의 군대가 전에 있던 턱 섬 같은 그런 종류와는 차원이 다르다.

칼과 카메론 두 사람 모두 나만큼이나 놀란 것처럼 보인다.

"나는 방금 전까지 6개월을 죄수로 지내다 왔는데, 지금 두 사람, 내가 둘보다 작전들에 대해 더 잘 안다고 인정하는 거지?"

나는 그 둘을 향해 비웃음을 날린다.

칼은 당황한 것처럼 보인다. 그는 장군이며, 은혈이고, 왕자로 태어났다. 혼란스럽고 무기력한 상태는 그에게 깊은 불안을 준다.

카메론은 그저 발끈한다.

"네 그 잘난 척하는 버릇을 회복하는 데 고작 몇 시간밖에 안 걸린 거야? 틀림없이 방금 걸로 기록을 새로 세웠을 거야."

그녀 말이 맞아서 확실히 찔린다. 나는 그녀를 따라잡기 위해 서두르고, 칼은 내 옆을 따른다.

"난 그저…… 미안해. 이게 더 쉬울 줄 알았는데."

허리의 잘록한 부분에 닿은 손이 온기를 흘리며 내 근육을 부드럽게 풀어 준다.

"우리가 모르는 뭐를 알고 있는 거야?"

그렇게 묻는 칼의 목소리는 아플 정도로 부드럽다. 마음 한편으로는 그를 탈탈 흔들어서 끄집어내고 싶다. 난 인형이 아니라고……
메이븐의 인형도, 누구의 인형도 아니라고 소리 지르고 싶다. 또한
지금 그는 나를 달래는 중이다. 누군가가 나를 살살 달래게 둘 필요
는 없다. 하지만 마음 한구석으로는 그의 부드러운 태도가 즐겁다.
너무나 오랫동안 내가 겪어 온 어떤 것들보다도 그것이 더 낫기 때
문이다.

나는 걷는 속도를 유지한 채, 목소리만 낮춘다.

"아이럴과 다른 가문들이 메이븐을 죽이려고 시도했던 날, 그는
피에드몬트에서 온 왕자 두 명을 환영하는 연회를 열던 중이었어.
다라에우스와 알렉산드렛이라고. 두 사람은 내게 연회 전에 질문을
던졌는데, 진홍의 군대에 대한, 진홍의 군대가 자기들 왕국에서 벌
이는 작전들에 대한 질문이었어. 왕자 하나랑 공주 하나에 대한 질
문도 했고."

기억 하나가 날카롭게 되살아난다.

"샤를로타와 마이클이랬어. 그 둘이 실종된 상태래."

어두운 구름이 칼의 얼굴을 덮는다.

"왕자들이 아케온에 있었다는 건 들었지. 알렉산드렛이 결국 죽었
다고. 암살 시도 중에."

나는 깜짝 놀라서 눈을 깜빡인다.

"어떻게……."

그가 설명한다.

"우리는 최선을 다해 네게 주의를 기울이고 있었거든. 그 내용이
보고서들에 있었어."

보고서들. 그 말이 빙글빙글 돈다.

"그게 내니가 화이트파이어로 파견된 이유였어? 나를 계속 지켜보기 위해서?"

"내니 일은 내 실수였어, 다른 누구도 아닌."

칼이 툭 뱉는다. 그가 자기 발치를 응시한다.

칼의 옆에서 카메론이 쏘아본다.

"젠장맞게 옳은 말씀이지."

"배로우 양!"

그 목소리는 놀랍지 않다.

진홍의 군대가 가는 곳이라면, 팔리 대령도 간다. 그는 늘 그랬던 모습 그대로 똑같아 보인다. 근심걱정에 찌들어 여윈 몸, 쉰 목소리, 야만적으로 바싹 깎은 백금색 머리카락, 너무 이른 스트레스로 얼굴은 주름지고 한쪽 눈은 영구적인 선홍색 피로 장막이 덮여 있다. 유일한 변화라면 머리카락이 꾸준히 세고 있다는 점과, 코 위가 햇볕으로 심하게 탔고 노출된 팔 위쪽으로 주근깨가 늘어났다는 정도일까. 이 레이크랜즈 사람은 피에드몬트 햇볕에 익숙해지지 못했고, 그걸 느낄 만큼 충분히 오래 이곳에 있었던 것 같지도 않다.

대령의 사람들인 레이크랜즈 군인들은 붉은색과 푸른색이 엎질러진 색감의 군복을 입고 측방 이동 태세로 그를 따른다. 녹색 옷의 다른 두 사람 또한 그 뒤를 따른다. 먼 거리에서도 그 특유의 일정한 발걸음 덕분에 래시와 타히르를 알아볼 수 있다. 그들 사이에 팔리가 없다. 비행기 한 대가 남아 있는 콘크리트 바닥 위로도 그녀의 모습은 보이지 않는다. 팔리가 결코 노르타 밖으로 빠져나온 적이 없다고 할지라도…… 싸움에서 등을 돌리는 것은 그녀답지 않은 일이다. 나는 정신이 번쩍 드는 생각들은 삼키고 그녀의 아버지 쪽에 집중한다.

"대령."

나는 인사로 그를 향해 머리를 숙인다.

그가 믿을 수 없을 정도로 거칠고 못이 박여 굳어진 손을 내미는 바람에 나는 깜짝 놀란다.

"자네들을 전부 보니 좋군."

그가 말한다.

"예상하신 대로 전부요."

그렇게 받아치자 대령이 동요한다. 그는 우리 세 사람 사이를 바라보며 기침을 한다. 우리 같은 존재를 대놓고 두려워하는 그 같은 사람에게 있어서 지금 여기는 위태로운 장소일 것이다.

"이제 내 가족을 봐야겠어요, 대령."

허락을 구할 이유가 없다. 나는 그의 옆을 지나치려고 하지만, 그가 손을 내밀어 나를 갑자기 멈춰 세운다. 이제 나는 움찔하며 물러나고 싶은 강한 욕구와 싸워야만 한다. 다른 누구도 더 이상 나의 공포를 볼 수 없다. 지금 당장은 안 된다. 그래서 대신에 나는 지금 그가 정확히 무슨 짓을 하고 있는지 깨닫게 하기 위해서 내 눈을 그의 눈과 맞춘다.

"이게 내 결정인 건 아닐세."

대령이 단호하게 말한다. 그는 눈썹을 추켜올리며 제발 좀 들으라고 간청하는 기색을 한다. 다음 순간 그가 옆으로 고개를 기울인다.

그의 어깨 너머로, 래시랑 타히르가 나를 향해 고개를 까닥인다.

"배로우 양⋯⋯."

"우리는 당신을⋯⋯."

"⋯⋯임무 보고 장소까지 호위할 것을⋯⋯."

"⋯⋯지시받았습니다."

쌍둥이가 한 몸이 되어 눈을 깜빡이면서 자기들의 미칠 듯 짜증나는 2인용 대화를 마무리한다. 대령처럼, 그들도 습기 때문에 땀을 흘린다. 그들의 쌍을 맞춘 검정색 수염과 황토색 피부가 땀으로 빛난다.

그들 두 사람을 때려눕히는 대신에(마음 같아서는 그렇게 하고 싶지만), 나는 작게 한 걸음을 물러난다. *임무 보고.* 내가 그동안 겪어 온 모든 것들을 진홍의 군대 전략가 누군가에게 설명해야 된다는 생각만으로 비명을 지르거나 쿵쾅대면서 뛰쳐나가 버리고 싶다. 아니면 둘 다 해 버리거나.

내가 두 사람 방향으로 뭐라도 날려 버릴 경우에 완충 작용을 할 의도로 칼이 우리 사이를 가르고 들어온다.

"정말로 메어가 지금 보고를 하게 만들어야겠나? 좀 기다려서 해도 될 텐데."

못 믿겠다는 기색이 서린 칼의 어조는 경고를 담아 낮게 울린다.

격분의 교과서처럼, 대령이 느릿하게 숨을 내뱉는다.

"비정하게 보일 수도 있겠지만, (그는 몬트포트 쌍둥이들을 향해서 날카로운 시선을 던진다.) 자네는 우리 적들에 대한 생생한 정보를 갖고 있네. 이건 명령일세, 배로우."

그의 목소리가 조금 부드러워진다.

"그런 명령이 없었다면 좋았겠지만 말일세."

가벼운 손길로 나는 칼을 옆으로 민다.

"난! 이제! 우리! 가족을! 봐야겠어!"

도저히 참을 수 없는 쌍둥이 사이를 번갈아 쳐다보며 나는 고함을 지른다. 그들은 그저 인상만 찌푸린다.

"무례하기는."

래시가 투덜거린다.

"꽤 무례하네."

타히르도 투덜거린다.

카메론은 낮은 웃음소리를 기침으로 무마하려고 하더니 경고를 날린다.

"메어를 부추기지 마요. 번개가 치면 난 못 본 척 할 거니까."

"명령 수행은 기다려도 되겠지."

칼은 자신이 받은 모든 군대식 훈련 기술을 동원하여 위엄 있어 보이는 태도로 덧붙인다. 이곳에서 그가 가진 권위가 거의 없음에도 불구하고 말이다. 진홍의 군대는 그를 무기 그 이상으로는 여기지 않는다. 나 또한 그를 그렇게 여겨 왔기에 잘 알고 있다.

쌍둥이들은 꼼짝하지 않는다. 새가 날개를 부풀리는 것처럼 결연히 가슴을 펴더니 래시가 엄포를 놓는다.

"분명 당신은 메이븐 왕의 추락을 도울 동기가 다른 누구보다도 충분하지요?"

"분명 당신은 그가 패배하도록 만들 가장 좋은 방법들을 알고 있고요?"

타히르가 이어 말한다.

그들의 말이 틀리진 않다. 메이븐의 가장 깊은 상처와 가장 어두운 부분들을 지켜 본 사람이 나다. 그가 가장 많은 피를 흘리게 하려면 어디를 때려야 할지도 잘 안다. 하지만 지금 이 순간, 내가 사랑하는 모든 이들이 이토록 가까이 있는데, 내가 무엇을 똑바로 볼 수 있을 리가 없다. 지금 당장은, 누군가가 메이븐을 사슬에 매어 내 앞 바닥에다 팽개친대도, 그를 혼쭐내는 일도 멈출 것만 같다.

"당신들 목줄을 누가 쥐고 있는지, 나는 상관 안 해요. 당신들 중 어느 쪽이라도 말이죠."

나는 두 사람 주변을 가뿐하게 지나간다.

"당신들 주인에게 기다리라고 전해요."

그 형제는 시선을 교환한다. 그들은 서로의 생각 속에서 이야기를 나누며 토론을 한다. 어디로 가야 하는지만 알았더라도 그냥 가 버렸겠지만, 나는 무기력하게 어찌할 바를 모른다.

마음은 이미 달음박질을 친다. 엄마에게, 아빠에게, 지사에게, 트래미와 브리 오빠에게. 스틸츠의 우리 집보다도 더 작은 공동 침실에 끼인 채, 또 다른 병영 어딘가에 몸을 맡기고 있을 가족들의 모습이 그려진다. 엄마의 망한 요리 냄새가 부엌을 꽉 채울 것이다. 아빠의 의자, 지사의 천 조각들. 그 상상에 심장이 아프다.

"내가 알아서 가족들을 찾아야겠어요."

쌍둥이들은 영원히 뒤에 남아 있든가 말든가, 나는 짜증스럽게 중얼거린다.

그들은 내게 도로 절을 해 보이며 손으로 신호를 보낸다.

"좋아요⋯⋯."

"당신의 보고는 내일 아침입니다, 배로우 양."

"대령, 만약 그녀를 호위해 줄 수 있다면⋯⋯."

"알겠소."

대령이 날카롭게 말하며 그 두 사람의 말을 잘라 버린다. 그의 조급한 성미가 지금은 반갑다.

"따라 오게, 메어."

＊＊＊

착륙장의 크기로만 보아서는 피에드몬트의 기지는 턱 섬보다 훨씬 더 큰 것 같다. 어둠 속이라서 분명하게 말하기는 어렵지만, 이곳은 하버베이에 있던 노르타의 군부인 패트리어트 요새를 좀 더 닮았다. 격납고들은 더 커다랗고, 비행기들도 수십 대는 있다. 가고 싶은 곳으로 가려면 걷는 대신에, 대령의 부하가 운전하는 뚜껑이 없는 차량을 탄다. 비행기들 몇 개가 그랬던 것처럼, 이 차량의 측면에도 노란색과 하얀색 줄무늬가 그려져 있다. 턱은 내 이해의 영역에 있었다. 버려진 기지, 눈에서 멀어지면 마음에서도 멀어질 그런 장소는 아마도 진홍의 군대가 차지하기 쉬운 곳이었을 것이다. 하지만 이곳은 그런 종류랑은 완전 거리가 있다.

"킬런은?"

나는 내 옆의 칼을 쿡 찌르며 숨 죽여 속삭인다.

"내 생각으로는, 네 가족들과 있을 것 같은데. 그는 대부분의 시간을 네 가족들이나 신혈들 사이를 왔다 갔다 하거든."

왜냐하면 킬런에게는 자신만의 가족이 없기 때문이다.

나는 대령에게 모욕감을 주고 싶지 않은 마음에 목소리를 더 낮추고 묻는다.

"그리고 팔리는?"

칼 쪽으로 몸을 기울이는 카메론의 눈동자가 이상하게 친절하다.

"팔리는 병원에 있어, 그래도 걱정 마. 그녀는 아케온에 가지 않았어, 부상을 입은 건 아니야. 너도 곧 팔리를 볼 수 있을 거야."

카메론은 말을 신중하게 고르려는 듯 눈을 빠르게 깜빡인다.

"너랑 팔리에게는 아마…… 함께 얘기할 거리가 생길 테니까."

"알겠어."

따뜻한 공기가 끈적한 손길로 나를 잡아당기며 머리카락을 헝클어트린다. 너무 흥분되고 신경이 예민해진 탓에 의자에 침착하게 앉아 있기도 어렵다. 내가 잡혀 갔을 때, 쉐이드 오빠가 막…… 나 때문에 죽었다. 팔리를 포함하여 모든 사람이 그 일로 나를 아무리 증오한다고 하여도 나는 누구를 탓할 수조차 없었다. 시간이 항상 모든 상처들을 치료해 주는 것은 아니다. 이따금 시간은 상처를 더 악화시키기도 한다.

칼이 내 다리 위에 한 손을 올리고 있어서, 따뜻한 무게감으로 그의 존재를 계속 상기하게 된다. 내 옆에 앉은 그는 눈을 이리저리 휙휙 움직이며 차가 방향을 틀 때마다 주의깊게 관찰한다. 나도 그렇게 해야 마땅하다. 피에드몬트 기지는 낯선 땅이다. 하지만 입술을

155

깨물며 희망을 갖는 것 이상의 일을 할 여력이 내게는 없다. 신경이 징징 울리지만 그건 절대 전기 때문은 아닐 것이다. 우회전을 해서 체리색 벽돌로 된 연립 주택들이 늘어선 곳으로 들어서자, 폭발해 버릴 것만 같은 기분이 든다.

"장교 거주 구역인데. 여긴 왕실 기지로군. 정부에서 투자한. 이런 크기의 피에드몬트 기지는 몇 개밖에 없거든."

칼이 숨을 죽이고 중얼거린다.

그의 어조로 보아 내가 궁금한 것만큼이나 그도 궁금한 것이 분명하다. *만약 그렇다면 우리가 어떻게 여기에 있는 걸까?*

우리는 모든 창에 환한 불이 켜져 있는 유일한 집 앞에서 속도를 늦춘다. 생각할 틈도 없이 차량 옆면을 뛰어넘다가 나는 넝마가 된 내 옷에 걸려 넘어질 뻔한다. 시야에 앞에 놓인 길밖에 들어오지 않는다. 자갈길, 판석을 놓은 계단. 커튼을 친 창문 뒤로 느껴지는 자잘한 움직임들. 귀에는 내 심장 박동과 문이 끼익 하고 열리는 소리만 들린다.

팔다리가 길쭉한 오빠 둘을 모두 제치고 내게로 먼저 달려든 건 엄마다. 그 충돌은 거의 내 폐 속의 공기를 때리는 느낌인데, 엄마의 포옹이 정말로 그랬다. 알게 뭐야. 엄마가 내 몸에 있는 뼈를 다 부서트린다고 해도 나는 상관하지 않으련다.

브리와 트래미 오빠는 엄마와 나를 반쯤 나르다시피 해서 계단 위로, 연립 주택 안으로 데리고 간다. 엄마가 내 귀에 속삭이는 동안에 오빠들은 뭐라고 소리를 지른다. 아무 소리도 알아듣지는 못하겠다. 행복과 기쁨이 내 모든 감각을 폭격한다. 그 동안 한 번도 느껴

보지 못한 기분이다.

다리에 힘이 빠져 양탄자 위를 쓸며 무릎을 꿇자, 엄마도 나와 함께 커다란 현관 가운데에 무릎을 꿇는다. 엄마는 계속 내 얼굴에 입을 맞추시며 내 생각에 아마 멍이 들어 있을 양쪽 뺨에 재빨리 번갈아 입술을 대신다. 지사가 우리 사이로 꿈틀거리며 파고들자 그 애의 어두운 붉은 머리카락이 시야 바깥쪽을 환하게 밝힌다. 대령처럼, 지사의 얼굴에도 새롭게 주근깨가 흩뿌려져 있고 금빛 피부 위로는 갈색 점들이 보인다. 나는 지사를 가까이 당겨 안는다. 분명 지사도 전에는 더 작았었는데.

트래미 오빠가 우리 위에서 환하게 미소를 지으며 잘 관리한 어두운 턱수염을 자랑스레 내보인다. 오빠는 항상 십 대처럼 수염을 기르려고 애쓰고는 했었다. 듬성듬성 그루터기처럼 난 수염 이상으로는 결코 가꾸지 못했지만 말이다. 언제나 브리 오빠는 그런 트래미 오빠를 놀려대고는 했다. 지금은 아니다. 브리 오빠는 내 등에 자신의 몸을 단단히 받치고 두꺼운 팔로 엄마와 나를 감싸고 있다. 오빠의 뺨이 젖어 있다. 내 뺨도 젖어 있다는 사실을 깨닫고 나는 깜짝 놀란다.

"아빠는……?"

나는 묻는다.

고맙게도, 최악을 상상할 여유는 주어지지 않는다. 아빠가 나타나는 순간, 나는 내가 환상을 보고 있는 건 아닐까 싶다.

아빠는 킬런의 팔과 지팡이에 무겁게 몸을 기대고 계신다. 여러 달의 시간이 아빠에게는 좋게 작용했나 보다. 정상적인 식사로 살도

157

좀 찌셨다. 아빠는 느릿느릿 옆방에서부터 걸어오신다. *걸어오신다.* 아빠의 속도는 부자연스럽고, 어색하고, 낯설다. 내 아버지께는 몇 년 동안 두 다리가 없었으니까. 아니 정확하게는 폐 한쪽만 돌아가는 상태셨다. 아빠가 다가오시는 동안 나는 눈을 빛내며 귀를 기울인다. 거친 숨소리도 없다. 아빠가 숨을 쉬게 도와주던 기계의 째깍대는 소리도 없다. 녹슬고 오래된 휠체어의 끽끽대는 소리도 없다. 무슨 생각을 해야 할지 무슨 말을 해야 할지 하나도 모르겠다. 아빠 키가 얼마였는지도 잊고 살았는데.

힐러들. 아마도 분명 사라였을 것이다. 마음속으로 조용하게 천 번도 넘게 사라를 향해 감사의 말을 한다. 나는 느릿하게 일어서서 군복 상의를 좀 더 여민다. 옷에는 총알구멍들이 있다. 여전히 군인인 아빠의 눈이 구멍으로 향한다.

"날 안아 봐도 된다. 쓰러지지 않을게."

아빠가 말씀하신다.

거짓말쟁이. 내가 팔을 아빠의 허리께에 감는 순간 아빠는 거의 쓰러지다시피 하지만, 킬런이 아빠를 꼿꼿하게 붙든다. 우리는 내가 아주 어린 꼬마였을 때 이래로 그래 본 적이 없었던 방식으로 서로를 끌어안는다.

엄마는 부드러운 손길로 내 머리카락을 얼굴에서 치워내신 후에 자신의 머리를 내 옆에 붙인다. 부모님 두 분 사이에 꼭 끼자, 그곳은 안전하고 안락하다. 그리고 바로 이 순간만큼은, 잊을 수 있다. 여기에는 메이븐도, 족쇄도, 낙인도, 흉터도 없다. 전쟁도, 반역도 없다.

쉐이드 오빠도 없다.

나는 우리 가족에서 빠진 유일한 조각이 아니다. 어떤 것도 그 사실은 바꿀 수 없다.

쉐이드 오빠는 여기 없다. 그리고 결코 다시는 함께할 수 없다. 오빠는 버려진 섬에 홀로 남아 있다.

결코 다른 배로우 가의 일원이 오빠의 운명을 따라가도록 두지 않으리라.

제21장

메어

목욕탕의 물은 갈색과 붉은색으로 소용돌이친다. 먼지와 피. 엄마는 물을 이미 두 번이나 가셨지만, 여전히 내 머리카락에 뭔가가 한참 더 붙어 있는 게 보이시는 모양이다. 어쨌든 비행기에서 힐러가 새로운 상처들을 돌봐준 덕분에, 그나마 더 이상의 고통은 없이 비누투성이 열기를 즐길 수 있다. 지사는 욕조 끝부분에 의자를 놓고 걸터앉아 있다. 몇 년에 걸쳐서 완벽해진 곧은 자세로 허리를 쭉 펴고 있다. 아무래도 지사가 전보다 많이 예뻐졌거나, 아니면 지난 6개월 동안 동생의 얼굴에 대한 내 기억이 흐릿해졌거나 한 모양이다. 쭉 뻗은 코, 도톰한 입술, 그리고 생기가 넘치는 어두운 색의 눈동자. 엄마의 눈이자, 내 눈이다. 쉐이드 오빠를 제외한 모든 배로우 식구들의 눈이기도 하다. 쉐이드 오빠만이 우리 중에서 유일하게 꿀이나 금 같은 눈동자 색을 가졌었다. 아빠의 어머니에게서 물려받은 거였다. 그 눈동자 색은 영원히 사라졌다.

오빠에 대한 생각에서 눈을 돌리고 지사의 손을 바라본다. 내가 어리석은 실수로 부서뜨렸던 손으로.

피부는 이제 매끄럽고, 뼈도 다시 자리 잡았다. 경비 요원의 총구 끝에서 산산이 부서지고 망가졌던 증거는 전혀 안 보인다.

"사라야."

지사가 부드럽게 설명하며 자기 손가락을 구부렸다 편다.

"사라가 훌륭하게 해 줬네. 아빠도 그렇고."

내가 말한다.

"저기, 그 작업은 한 주가 오롯이 걸렸어. 아빠의 넓적다리 아래로 부터 모든 걸 다시 자라게 했거든. 그리고 아빠는 아직도 새 다리에 익숙해지기 위한 연습을 하는 중이셔. 하지만 그것도 이것만큼 아프 지는 않았어."

지사는 미소를 지은 채로 손가락을 푼다.

"사라가 이거 두 개를 다시 부러뜨려야 했던 거 언니도 알아?"

그녀는 집게손가락과 가운뎃손가락을 움직여 보인다.

"망치를 썼어. 망할 끔찍하게 아팠어."

"지사 배로우, 너 언어 수준이 엉망이다."

나는 지사의 발치로 물을 약간 튕긴다. 지사는 다시 한 번 욕을 하 면서 발을 멀리 치운다.

"진홍의 군대 탓이야. 그 사람들은 자기들 시간을 몽땅 욕하는 거 아니면 깃발들을 좀 더 달라고 하는 거에밖에 안 쓰거든."

은근 맞는 말 같은데. 누구한테도 지지 않으려는 성격답게, 지사는 욕조 안으로 몸을 구부리더니 잽싸게 내게 물을 튕긴다.

엄마는 우리 둘 다를 향해 못마땅하게 입을 차신다. 엄마는 엄격해 보이려고 애를 쓰시지만, 몹시도 끔찍하게 실패하시고 만다.

"그만 둬, 둘 다."

보송보송한 하얀색 수건이 엄마의 손안에서 척 펼쳐진다. 뜨거운 물속에서 긴장을 풀면서 흠뻑 젖은 채 시간을 더 보내고 싶은 마음만큼이나, 아니 그 이상으로 아래층으로 다시 내려가고 싶다.

내가 일어나서 욕조 밖으로 나서 수건을 감는 동안 물이 내 주변에서 철벅거린다. 지사의 미소가 아주 조금 흔들린다. 내 흉터들은 너무 티가 난다. 어두운 피부와 대조적으로 진주처럼 하얀색이라서. 심지어 엄마까지도 시선을 피하면서, 타월을 좀 더 잘 감아서 쇄골 위에 남은 낙인을 감출 수 있는 시간을 주신다.

가족들의 수치심 어린 얼굴 대신에 나는 욕실 쪽으로 관심을 옮긴다. 아케온에서 내게 배정되었던 욕실만큼 훌륭하지는 않지만, 그걸 보상하고도 남을 조건이 있다. 이곳엔 침묵하는 돌이 없다. 어떤 장교가 이곳에 살았던 것인지는 모르겠으나 매우 밝은 취향을 가진 사람이었나 보다. 벽들은 현란한 주홍색이고, 세로로 홈이 파진 세면대에 깊은 욕조, 밝은 연녹색 커튼 뒤에 가려진 샤워기까지 포함한 도기들과 쌍을 맞춘 하얀색의 테두리 장식이 벽에 둘러져 있다. 세면대 위의 거울에 비친 내 모습이 나를 마주본다. 나는 물에 빠진 생쥐 꼴이다. 비록 매우 깨끗한 쥐일지라도 말이다. 엄마 옆에 서 있으니, 우리의 닮은 점들이 더 잘 보인다. 엄마는 나처럼 뼈대가 작고, 우리의 피부는 같은 금빛 색조를 띤다. 엄마 쪽이 근심걱정으로 초

췌하고, 주름지고, 세월에 날카로워지시기는 했지만.

지사가 우리를 이끌고 복도로 나서는 동안, 엄마는 또 다른 부드러운 수건으로 내 머리를 말리며 따라오신다. 두 사람은 두 개의 솜털 침대가 자리한, 아주 연한 청색으로 장식한 침실을 보여 준다. 적절한 크기라기보다는 작은 편이다. 물론 나야 메이븐의 궁전에 있는 어떤 화려한 방보다도 더러운 바다 쪽을 택할 테지만. 엄마는 재빨리 내게 면 잠옷 한 벌을 입히신다. 양말과 부드러운 숄도 주신다.

"엄마, 이러다 저 쪄죽겠어요."

내가 목에 감은 숄을 풀면서 부드럽게 항의한다.

엄마는 미소를 지으며 도로 숄을 받으신다. 그러고 나서 엄마는 훅 몸을 숙여서 내 두 뺨에 가볍게 스치듯 다시 입을 맞추신다.

"그저 널 편안하게 해 주고 싶어서 그래."

"제 말 믿으셔도 좋아요, 전 편안해요."

나는 엄마의 팔을 꼭 쥐면서 말한다.

구석에 내가 결혼식 때 입었던 보석 달린 드레스가 이제는 넝마로 격하된 상태로 놓여 있는 것이 보인다. 내 시선을 따라 눈을 돌린 지사가 얼굴을 붉힌다.

"내가 저걸 좀 살려볼 수 있을 것 같아서."

자기가 어리석은 짓을 했다는 듯이 당황한 얼굴로, 내 동생이 인정한다.

"저거 루비잖아. 루비를 낭비할 수는 없어."

미처 깨닫지 못했는데 지사에게도 나의 도둑 본능이 좀 있는 모양이다.

그리고 보아하니, 그건 우리 엄마도 해당인 것 같다.

엄마는 심지어 내가 침실 문으로 발을 딛기도 전에 말씀하신다.

"만약 메어 네가 밤새도록 잠도 안 자고 전쟁 이야기나 떠들고 있게 엄마가 내버려 둘 거라고 생각했다면, 너 아주 완전히 잘못 생각한 거야."

말씀의 요지를 단단히 하듯, 엄마는 팔짱을 끼더니 내 길을 정확하게 가로막고 서신다. 엄마는 나처럼 키가 작지만 수년간 노동으로 단련된 몸이다. 약한 것과는 거리가 멀다. 엄마가 세 명의 오빠들 모두를 힘으로 다루시는 모습을 다년간 보아 왔고, 만약 필요하다 생각하신다면 나를 직접 침대로 밀어 넣으실 수도 있다는 것도 안다.

"엄마, 그렇지만 저도 꼭 해야 할 말이……."

"네 보고는 내일 아침 8시야. 그 다음에 하렴."

"……그리고 제가 놓친 것들도 알아야 하고……."

"진홍의 군대는 코르비움을 전복시켰어. 지금은 피에드몬트에서 작전 중이야. 그게 저 아래층에 있는 사람들이 아는 전부란다."

엄마는 나를 침대로 몰고 가면서 불같은 속도로 말씀하신다.

나는 지사에게 도움을 구하는 시선을 보내지만, 지사는 양손을 들더니 뒤로 물러난다.

"킬런이랑 아직 얘기도 못 했고……."

"걔는 이해할 거야."

"칼은……."

"네 아버지와 오빠들이면 전적으로 충분하단다. 칼은 수도로 쳐들어 갈 능력이 있잖아, 네 아버지와 오빠들도 잘 다룰 수 있을 거야."

브리 오빠와 트래미 오빠 사이에 끼어 있는 칼을 상상하자, 히죽 웃음이 난다.

"게다가, 칼은 너를 우리에게로 다시 데려오기 위해서 뭐든지 다 했단다."

엄마가 윙크를 하며 덧붙이신다.

"네 오빠들이나 아버지가 칼을 괴롭히지는 않을 거란다, 적어도 오늘 밤은 말이지. 자 이제 저 침대에 들어가서 눈을 감아, 아니면 내가 억지로 감게 만들어 줄 테니까."

전구 안에서 전기가 쉬익 소리를 내고, 방마다 감겨 있는 전선들은 전구까지 이어진 전기의 길을 따라서 뱀처럼 이어진다. 그 어떤 것도 어머니의 음성에 담긴 힘에 비할 바는 아니다. 나는 어머니 말씀에 따라서 가장 가까운 침대에 놓인 담요 아래로 기어들어간다. 놀랍게도, 어머니가 내 옆으로 들어오시더니 나를 가까이 끌어당겨 안아 주신다.

오늘 밤 들어 1000번째로, 어머니가 내 뺨에 입을 맞추신다.

"넌 어디에도 가지 않아."

마음속에서부터, 그 말이 진실이 아님을 알고 있다.

이 전쟁은 여전히 승리와는 거리가 있다.

하지만 적어도 오늘 밤에만큼은 그 말이 진실이 되리라.

✳ ✳ ✳

피에드몬트의 새들은 끔찍한 소음을 낸다. 새들은 창문 밖에서 찍

165

쩍대며 지저귀는데, 그 소리에 나무 위로 수십 마리가 떼를 지어 앉아 있는 모습이 자연스레 마음속에 그려진다. 그렇게 많지 않고서야 도무지 저 소음을 설명할 길이 없다. 새들의 시끄러움에도 한 가지 장점은 있는데, 그건 바로 아케온에서는 한 번도 새들의 소리를 들어 본 적이 없다는 점이다. 덕분에 심지어 눈을 뜨기도 전부터, 어제가 꿈이 아니었음을 실감한다. 내가 어디에서 깨어났는지, 그리고 내가 무엇을 알아차리는 중인지 알게 된다.

엄마는 늘 그렇듯 일찍 일어나셨다. 지사도 방에 없는데, 그럼에도 나는 혼자가 아니다. 나는 계단 꼭대기에 앉아 있는 멀대같은 남자아이를 찾아 침대 문 밖으로 고개를 쑥 내민다. 그 애는 계단 층계 너머로 다리를 쭉 뻗고 있다.

킬런이 팔을 넓게 벌리고는 환한 미소를 지으며 일어난다. 그 우아한 기회를 잡고 나는 킬런의 품속으로 무너져 내린다.

"너무 오래 걸렸잖아."

킬런이 말한다. 6개월이나 고문과 감금 생활을 겪은 후인데도, 킬런은 나를 조심스럽게 대하지 않는다. 우리는 눈도 뜰 수 없을 정도의 속도로 예전 우리 사이로 돌아간다.

나는 킬런의 갈비뼈를 쿡 지른다.

"너한테는 전혀 안 고맙거든."

"어, 군대식 습격이나 전략적 공격은 특별히 내 전공은 아니라서 말이야."

"너한테 전공이 있었어?"

"뭐, 골칫거리가 되는 거 말고 말이지?"

킬런은 나를 아래층으로 데리고 가며 웃음을 터뜨린다. 어디선가 냄비와 프라이팬들이 덜그럭대는 소리가 난다. 나는 베이컨 굽는 냄새를 따라간다. 햇빛 아래에서 보니, 이 연립 주택에서는 친근한 느낌이 들고 군사 기지랑은 전혀 상관없는 것만 같다. 버터처럼 노란 벽들과 장식이 화려한 보라색 깔개들이 중앙 복도를 따뜻해 보이게 해 준다. 하지만 장식이 의심스러울 정도로 없다. 못 구멍들이 벽지 위에 뚫려 있다. 아마도 십수 개는 되는 그림들을 치운 모양이다. 우리가 지나가는 방들(응접실과 서재다.) 또한 가구가 띄엄띄엄 놓여 있다. 여기에 살았던 장교가 자기 집을 비웠거나, 아니면 다른 누군가가 그 사람 대신 비운 모양이다.

그만해. 속으로 생각한다. 망할 하루만이라도 배신이나 모험에 대해 생각하지 않을 권리가 나에게는 있다. *넌 안전해, 넌 안전해, 그 일은 끝났어.* 머릿속으로 저 말들을 반복한다.

킬런이 한 팔을 뻗어 부엌으로 가는 문 앞에서 나를 멈춰 세운다. 그는 내가 눈을 피할 수 없을 때까지 내 쪽으로 몸을 기울인다. 내 기억처럼 초록색인 눈. 그 눈이 지금은 걱정으로 가느다랗다.

"괜찮아?"

보통 같았으면 그런 암시 따위를 날려 버리듯 미소를 지으며 고개를 저었을 것이다. 전에는 수도 없이 그렇게 했다. 나만 홀로 피를 흘릴 거라고 착각하며 내게 가장 가까운 이들을 밀어냈다. 더 이상은 그러지 않을 것이다. 그건 날 혐오스럽고, 공포스럽게 만들었다. 하지만 내 안에서 *끄집어내고* 싶은 말들은 나오지 않는다. 킬런에게는 할 수 없다. 킬런은 이해하지 못할 테니까.

"동시에 긍정과 부정을 할 수 있는 단어가 필요하다는 생각이 들기 시작하는걸."

나는 발가락 끝을 바라보며 속삭인다.

그는 내 어깨에 한 손을 올린다. 그 손길은 오래 머무르지 않는다. 킬런은 내가 예전에 우리 사이에 그어 둔 선들을 알고 있다. 킬런은 그 선을 밀고 넘어 들어오지는 않을 것이다.

"네가 말하고 싶어질 때 내가 여기 있을게."

*만약*이 아니라, *때*.

"그때까지 따라다니며 괴롭힐 테다."

나는 킬런의 그 말에 불확실한 미소를 짓는다. 요리용 기름이 공기 중으로 탁탁 튀는 소리가 들린다.

"좋아. 그나저나 브리 오빠가 다 먹어치운 건 아닌지 몰라."

확실히 오빠가 내 예감을 현실화시키기 위한 시도를 하는 중이다. 트래미 오빠가 엄마의 요리를 돕는 동안, 브리 오빠는 엄마의 어깨 근처를 서성이면서 막 뜨거운 기름에서 건져낸 베이컨을 집어 들고 있다. 엄마가 브리 오빠를 찰싹 때려 쫓아내자, 트래미 오빠는 달걀이 구워지고 있는 프라이팬 너머로 히죽거리며 고소해 한다. 오빠들은 둘 다 성인인데, 지금은 꼭 내 기억 속에 남아 있는 아이처럼 보인다. 지사가 부엌 테이블에 앉아서 곁눈질로 오빠들을 보고 있다. 올바른 행동을 하는 사람으로 남기 위해서 최선을 다하는 모양이다. 지사는 손가락으로 나무로 된 식탁을 두드리고 있다.

아빠는 좀 더 차분한 상태로, 보관장이 들어 선 벽에 기대 계신데, 새 다리를 앞으로 기울여 뻗고 계시다. 다른 사람들이 알아차리기 전에 먼저 나를 발견하신 아빠는 작고 은밀한 미소를 지으신다. 기운 넘치는 광경에도 불구하고, 슬픔이 아빠의 가장자리를 갉아 먹고 있다.

우리 가족의 잃어버린 조각을 느끼신 것이다. 결코 찾을 수 없을 단 하나의 조각을.

목구멍에서 왈칵 솟는 덩어리를 꿀꺽 삼키며, 나는 쉐이드 오빠의 유령을 밀어 둔다.

칼의 빈자리도 두드러지게 티가 난다. 그렇게 오래 멀리 떨어져 있지는 않을 것이다. 아마도 자는 중이거나, 어쩌면 다가올 일이 무엇이든…… 그 다음 단계에 대한 대책을 계획 중일 것이다.

"다른 사람들도 먹어야지."

나는 브리 오빠를 지나가면서 야단을 친다. 동시에 재빠르게 오빠의 손가락 사이에 긴 베이컨을 가로챈다. 나의 운동신경이나 충동이 6개월로는 둔감해지지 않은 모양이다. 나는 이제 긴 머리카락을 단정하게 쪽진 머리로 틀어 올리고 있는 지사의 옆자리에 앉으면서 오빠를 향해 미소를 보낸다.

자리에 앉으며 침울한 표정을 하는 브리 오빠의 손에는 버터를 바른 빵 무더기가 담긴 접시가 들려 있다. 오빠는 결코 군대에서나, 턱 섬에서는 이렇게 잘 먹지 못했다. 나머지 우리들처럼 오빠는 제공되는 음식을 마음껏 이용하는 중이다.

"그래, 트래미, 나머지 가족들을 위해서 좀 남겨 놔."

"형에게 제일 필요하다는 말이겠지."

트래미 오빠가 브리 오빠의 뺨을 찌르면서 받아친다. 두 사람의 대화는 서로를 툭툭 때리는 것으로 끝난다. *애라니까.* 나는 다시 한 번 생각한다. *그리고 군인이기도 하고.*

두 사람 모두 징병되었고, 두 사람 모두 보통보다 더 오랜 시간을 살아남았다. 어떤 이라면 운이 좋았다고 할지 모르겠지만, 오빠들은 강하다, 두 사람 모두. 집에서까지는 아니라고 해도, 전투에서만큼은 영리하다. 전사들은 쉽게 짓는 미소와 남자애 같은 행동 아래로 거짓을 말한다. 지금으로서는 그 점을 보지 않아도 된다는 것이 그저 기쁘다.

엄마가 내게 제일 먼저 음식을 나눠 주신다. 누구도, 심지어 브리 오빠조차도 그 점을 불평하지 않는다. 나는 달걀과 베이컨을, 크림과 설탕을 넣은 뜨겁고 풍미가 좋은 커피를 맹렬히 먹어치운다. 은혈 귀족들에게나 어울릴 법한 음식이라니, 왜인지 알아야겠다.

"엄마, 어디서 이런 것들을 구하셨어요?"

나는 달걀을 물어뜯으며 여쭤 본다. 내가 음식을 입에 넣은 채로 말한다는 사실에 지사가 코에 주름을 잡으면서 얼굴을 찡그린다.

회갈색으로 변한 머리 묶음을 어깨 너머로 넘기며 어머니께서 대답하신다.

"매일마다 배달해 준단다. 이 연립은 모두 진홍의 군대의 장교, 고위 장교, 그리고 중요한 인물 들과…… 그들의 가족들을 위한 곳이거든."

나는 행간을 읽으려고 해 본다.

"'중요한 인물'이라면…… 신혈 말인가요?"

킬런이 대신 대답한다.

"만약 신혈도 장교라면, 대답은 '예'겠지. 하지만 구조된 신혈들은 나머지 군인들과 같이 병영에서 지내고 있어. 다들 그 편이 낫다고 생각해. 덜 나눌수록, 덜 두려워할 거라고. 대부분의 부대원들이 자기 옆 사람을 두려워한다면, 언제까지고 제대로 된 군대를 갖추지 못할 테니까."

나도 모르게 놀라서 눈썹이 솟는 게 느껴진다.

"나도 전공이 있다고 했잖아."

킬런이 윙크를 하며 속삭인다.

어머니께서 킬런의 앞에 음식 접시를 놔 주시며 환하게 웃으신다. 엄마는 킬런의 머리를 애정을 듬뿍 담아서 헝클어트리시고, 그 애의 머리 끝부분은 황갈색 덩어리가 되어 버린다. 킬런은 어색하게 머리를 매만져 보려고 애를 쓴다.

"킬런은 신혈과 나머지 진홍의 군대 사람들 사이의 관계 계선을 위해 노력해 왔단다."

어머니는 자랑스럽게 말씀하신다. 킬런은 그 말씀에 떠오른 홍조를 한 손으로 가려 보려고 한다.

"워렌, 만약 너 그거 안 먹을 거면……."

다른 누구보다도 빠르게 반응하신 아빠가 트래미 오빠가 뻗은 손을 지팡이로 때리신다.

"예의 지켜라, 애야."

아빠가 그르릉거리며 말씀하신다. 다음 순간 아빠는 내 접시에서 베이컨을 쏙 가져가신다.

"질이 좋군."

지사가 그 말씀에 동의한다. 그 애는 치즈가 뿌려진 계란에 우아하지만 열렬한 태도로 포크를 찍는다.

"먹어 본 중에 제일 좋은데요. 몬트포트가 음식을 좀 아나 봐요."

"피에드몬트란다. 이 음식과 저장품들은 피에드몬트에서 온 것들이야."

아빠가 지사의 말을 고쳐 주신다.

그 정보를 분류하던 나는 스스로의 그런 본능에 움찔한다. 생각할 틈도 없이 주변 사람들의 말들을 분석하고는 했더니, 심지어 우리 가족에게까지 그러고 있다. *너는 안전해, 너는 안전해, 다 끝났어.* 그 말들을 다시 머릿속으로 되뇌어 본다. 그 말이 주는 박동이 나를 조금 안정시킨다.

아빠는 여전히 앉지 않으신다.

"그래서 다리는 좀 맘에 드세요?"

내가 묻자 아빠는 머리를 긁으며 꼼지락대신다.

"뭐, 금방 예전처럼 돌아갈 수는 없을 거다. 점차 익숙해지는 중이다. 스킨 힐러가 가능할 때마다 도와주고 있어."

아빠는 드물게 미소를 지으며 말씀하신다.

"잘됐네요. 정말 잘됐어요."

아빠의 부상을 부끄러워해 본 적은 결단코 없다. 아빠가 살아남으셨다는 것, 그리고 징병에서부터는 안전하다는 것을 의미했기 때문이다. 내 아버지가 살아 계신 반면 킬런의 아버지를 포함해서 다른 수많은 아버지들이 아무 의미도 없는 전쟁에서 돌아가셨다. 다리 하나를 잃고 휠체어 생활을 하게 되면서 아버지는 시큰둥하고, 불만

많고 억울해하는 사람이 되셨다. 아버지는 미소 짓기보다는 노려보셨고, 대부분의 사람들에게 혹독한 은둔자처럼 구셨다. 하지만 그래도 아버지는 살아 계셨다. 예전에 아버지께서 주어서는 안 될 곳에 희망을 주는 것은 잔혹한 일이라고 말씀하신 적이 있다. 아버지에게는 다시 걷게 될 거라는, 예전에 당신이셨던 그 남자가 될 수 있다는 희망 자체가 없었다. 이제 아버지는 정반대의 증거로 우뚝 서셨고, 그리고 그때의 그 희망은 그것이 아무리 작았다고 한들, 그것이 아무리 불가능했다고 한들, 결국에 대답을 얻었다.

메이븐의 감옥에서, 나는 절망했다. 헛되이 썼다. 어떠한 종류든 끝이 오기를 소망하며 날짜만 세었다. 하지만 나는 희망을 버리지 않았다. 어리석고, 터무니없는 희망을. 때때로 그저 단 한 번의 깜빡거림에 불과하고, 때때로 불꽃 하나에 불과한 것. 그 희망도 불가능해만 보였다. 그저 전쟁과 혁명을 향해 앞으로 펼쳐진 길처럼. 다가올 미래에 우리는 모두 죽을 수도 있다. 배신당할지도 모른다. 아니면…… 승리할 수도 있고.

그것이 어떤 모습으로 다가올지, 아니면 정확히 무엇을 희망하는지조차 모르겠다. 그저 희망을 계속 잃지 말아야 한다는 것밖에는 모른다. 그것이 내 안의 어둠에 대항할 수 있는 유일한 방패다.

나는 부엌 식탁을 둘러본다. 한때 나는 가족들이 나를 잘 알지 못한다고, 내가 어떤 존재가 되었는지 이해하지 못한다고 비통해 했다. 내가 동 떨어진 존재, 홀로 있고, 고립된 존재라고 생각했다.

그보다 더 틀릴 수도 없을 것이다. 이제는 잘 알겠다. 이제는 내가 누구인지 알겠다.

나는 메어 배로우다. 메리어나가 아니다, 번개 소녀도 아니다. 메어다.

* * *

부모님께서는 보고 장소까지 함께 가 주시겠다고 제안하신다. 지사도 그러마 나선다. 나는 거절한다. 이것은 군사적인 일이고, 몽땅 사무적인, 모두 대의를 위한 일이다. 어머니가 내 손을 잡고 계시지 않는 편이, 나로서는 세부 사항을 회상하기 편할 것이다. 대령이나 그의 부하 장교들 앞에서는 강하게 설 수 있지만, 어머니 앞에서는 불가능하다. 어머니는 쉬고 싶게 유혹하는 존재다. 가족들의 곁에서는 약해지는 것도 있을 수 있는 일이 되고, 용서받을 수 있는 일이 된다. 하지만 삶과 전쟁이 불확실한 균형을 이루고 있을 때에 그래서는 안 될 것이다.

부엌 시계가 8시를 알리고, 정확히 제시간에 뚜껑이 없는 차량이 연립 주택의 밖에 선다. 나는 조용하게 움직인다. 킬런만이 나를 따라 밖으로 나오지만, 함께 가는 것은 아니다. 킬런은 이 일에 자신의 역할이 없다는 것을 알고 있다.

"그래서 오늘 뭐할 거야?"

나는 황동 손잡이가 달린 문을 비틀어 열며 묻는다.

킬런은 어깨를 으쓱한다.

"트라이얼에서는 스케줄이 분명했어. 훈련을 좀 받고, 신혈들이랑 산책도 좀 하고, 에이다한테 수업도 받고. 여기에 너희 부모님을 따라 온 후에도, 계속 스케줄을 이어나갈 거라고 생각했는데."

나는 햇빛 아래로 발을 디디며 코웃음을 친다.

"스케줄이라고. 너 꼭 은혈 귀부인처럼 말한다."

"뭐, 네가 나처럼만 잘생겼던 적이 있으면……."

킬런이 한숨을 쉰다.

태양이 동쪽 수평선 위로 맹렬히 타오르고, 날씨는 이미 후끈하다. 나는 엄마가 내게 강제로 입히신 얇은 겉옷을 벗는다. 길을 따라 자라 있는 잎이 무성한 나무들이 상류층 이웃집처럼 군 기지를 가려 주고 있다. 벽돌로 된 연립 주택 대부분은 창문이 어둡고 창이 내려져 있는 것으로 보아 빈 것처럼 보인다. 계단 아래에서, 내가 탈 차가 기다리고 있다. 운전대 뒤의 운전수는 선글라스를 살짝 내리고는 알 윗부분 너머로 나를 바라본다. 알아차렸어야 했는데. 칼은 내가 가족들과 지낼 시간을 충분히 주었지만, 결코 오래 떨어져 있을 수는 없었을 것이다.

"킬런."

그가 인사하듯 한 손을 흔들며 외친다. 킬런은 미소와 함께 가볍게 같은 태도를 취한다. 6개월의 시간이 그들의 경쟁 관계를 뿌리부터 말려 죽인 모양이다.

"나중에 찾아갈게. 정보 교환하자."

나는 그에게 말한다.

킬런이 고개를 끄덕인다.

"당연하지."

운전석에 앉아 있는 것이 칼이고, 그의 존재가 등대처럼 나를 끌어당기고 있음에도 나는 차까지 천천히 걷는다. 먼 거리에서 에어젯의 엔진이 으르렁거린다. 한 걸음씩 디딜 때마다 지난 여섯 달의 감금 생활을 다시 체험하는 것에 조금씩 더 가까워진다. 만약 뒤돌아서 달아난다고 한들, 누구도 나를 비난하지는 않을 것이다. 하지만 그 역시 반드시 해야 할 일을 그저 미루는 것에 불과할 터다.

칼이 아침의 햇빛 속에서 얼굴을 미소로 환하게 밝힌 채로 내 쪽을 바라본다. 내가 무슨 환자라도 되는 것처럼 칼은 앞좌석에 오르는 내게 손을 내민다. 푸르릉대는 엔진의 전기가 흐르는 심장은 위안이자 알림이다. 내가 겁에 질렸을지는 몰라도, 더 이상 약하지는 않다는 사실.

킬런을 향해 한 번 마지막으로 손을 흔든 뒤에, 칼은 엔진의 속도를 올리고 바퀴를 굴려 길을 따라 차를 몬다. 미풍이 거칠게 잘린 칼의 머리카락을 헝클어트리자, 고르지 못하게 손질된 부분들이 강조되어 보인다.

나는 그의 머리 뒤쪽에 손을 댄다.

"이거 직접 한 거야?"

칼의 뺨이 은빛으로 물든다.

"시도는 했지."

한 손으로는 운전대를 잡은 채, 그가 나머지 손으로는 내 손을 잡는다.

"메어, 정말 이 일 괜찮겠어?"

"극복해내는 수밖에. 당신이 받았던 보고서들에 중요한 부분은 대부분 들어 있었을 텐데. 난 그냥 구멍만 메우는 거지."

장교 거리가 더 큰 길과 만나는 교차로에 이르자 양쪽의 나무들은 가늘어진다. 왼쪽으로 가면 착륙장이다. 우리는 오른쪽으로 꺾고, 차량은 자갈길 위로 매끄럽게 호를 그린다.

"그리고 바라건대 누군가가 이 모든…… 일에 대해서 내 빈 곳을 채워 줄 때도 됐고."

"이 사람들에게는, 답변이 오길 기다리기보다는 답변을 요구해야만 해."

"당신은 요구하는 중이신가요, 왕자 저하?"

그가 목구멍을 낮게 울리며 소리 내어 웃는다.

"저들은 분명 그렇게 생각하겠지."

목적지까지는 5분 거리밖에 되지 않아서, 칼은 내게 빨리 알려 주기 위해 최선을 다한다. 트라이얼 근처 레이크랜즈 국경을 따라서 본부가 있었다. 대령의 군인들은 섬에 대한 습격을 예상하여 북쪽을 비웠다. 팔리와 대령이 사령부와 통신을 주고받으며 다음 타깃을 준비하는 동안, 다들 얼어붙을 것 같은 벙커에서 몇 달간 지하 생활을 했다. 다음 타깃은 코르비움이었다. 코르비움 포위 작전을 묘사할 때 칼의 목소리가 조금 떨린다. 그는 스스로 습격을 지휘했고, 깜짝 기습을 통해 벽을 차지하고 성채 도시를 차례차례 장악했다. 그는 자기가 싸우는 상대 군인을 알아봤을지도 모른다. 친구를 살해했을 가능성도 있다. 나는 양쪽 상처를 다 찌르지 않는다. 마침내 그들은 마지막 은혈 장교들에게 항복과 처형 중에서 고를 것을 제의하며 그들을 몰아내고 포위를 종결한다.

"그들 대부분이 아직도 인질로 잡혀 있고, 일부는 몸값을 받고 가족들에게 돌려보냈어. 그리고 일부는 죽기를 선택했고."

그가 목소리를 끌면서 말을 더듬는다. 그는 나를 흘깃, 아주 잠깐 바라본다. 그의 눈동자는 어두운 유리알 뒤에 가려 보이지 않는다.

"유감이야."

나는 진심으로 중얼거린다. 그저 칼이 고통을 느끼기 때문이 아니라, 이 세계가 얼마나 회색인지 오래 전에 배운 탓이다.

"줄리언도 보고 장소에 와?"

칼은 주제가 바뀌었다는 것에 안도하며 한숨을 쉰다.

"모르겠어. 오늘 아침 외삼촌 말씀으로는 몬트포트 간부들이 그분이 관심 있는 분야에 매우 협조적으로 굴고 있다 하시더군. 그분에게 기지의 기록 보관서와 연구실 접근 권한을 주었대. 항상 외삼촌은 신혈 연구를 계속하고 싶어 하셨잖아."

줄리언 제이코스에게 더 나은 보상을 생각해 낼 수도 없을 것이다. 시간과 책들.

칼이 신중하게 덧붙인다.

"하지만 그 사람들도 자기들 지도자 근처에 싱어를 두는 일에 그다지 열정적이지 않을 수도 있고."

"이해가네."

나는 대꾸한다. 우리의 능력들이 좀 더 파괴적인 쪽인 반면, 줄리언의 조종 능력은 말 그대로 치명적이니까.

"그래서, 몬트포트는 얼마나 오래 이 일에 관련이 있던 거야?"

내 질문에 대꾸하는 칼의 음성에는 짜증이 명백히 묻어난다.

"그것도 잘 몰라. 하지만 그들은 코르비움 이후 정말로 조심스럽게 움직이고 있어. 그리고 이제, 메이븐의 레이크랜즈와의 동맹까지 더하면? 메이븐도 연합하고 있잖아, 반역에 대항해서. 몬트포트와 진홍의 군대도 똑같이 했지. 총과 음식 대신에, 몬트포트는 군인들을 보내기 시작했어. 적혈들, 신혈들. 그 사람들은 너를 아케온 밖으로 빼낼 계획까지 이미 가지고 있더라고. 협공 작전이었어. 우리는 트라이얼에서, 몬트포트 쪽은 피에드몬트에서. 그들도 조직화할 거였어, 내가 그렇게 도와줄 거였지. 그 사람들은 그저 정확한 공격 순간을 알면 됐거든."

나는 코웃음을 친다.

"그 사람들 정말 지독하게 끔찍한 순간을 골랐지."

총성과 유혈사태가 머릿속을 뒤덮는다.

"그 모든 게 날 위해서였다니. 어리석은 짓이었어."

내 손을 쥔 칼의 손아귀 힘이 단단해진다. 그는 완벽한 은혈 군인으로 자랐다. 그의 교본들, 군사 전략에 관한 그의 책들을 기억한다. *어떤 대가를 치르더라도 승리하라.* 그 책들은 그렇게 가르쳤다. 그리고 그는 그 사실을 믿고 지냈다. 이 세상의 어떤 것도 나를 다시 메이븐에게 돌려보낼 수 없다고 내가 믿어 의심치 않았던 것처럼.

"그들로서는 아케온에 또 다른 목적이 있었을 수도 있고, 아니면 몬트포트가 정말로, 정말로 너를 원했을 수도 있고."

칼이 차량의 속도를 늦추며 중얼거린다.

우리가 멈춘 곳은 벽돌로 된 건물의 앞으로, 건물의 전면은 하얀색 기둥에 장식을 씌운 길쭉한 현관으로 꾸며져 있다. 다시 나는 패트리어트 요새가 생각나는데, 그곳의 문이 불길한 느낌을 주는 청동

장식으로 꾸며져 있었기 때문이다. 은혈들은 아름다운 것들을 좋아하고, 여기도 예외는 아니다. 꽃이 핀 줄기들이 기둥을 타고 오르고, 등나무는 보라색 꽃을 활짝 피우고 인동은 향기를 뿜고 있다. 군복을 입은 군인들이 그늘을 찾아 식물들 아래로 걷는다. 부조화스러운 옷과 붉은 손수건으로 진홍의 군대를, 푸른색 옷으로는 레이크랜즈 사람들을 찾을 수 있다. 그리고 페인트 얼룩 덩어리 같은 몬트폰트의 초록색도. 위장이 철렁한다.

대령이 우리를 맞으러 행군해 온다. 몹시 기쁘게도 혼자다.

내가 차에서 내리기도 전에, 대령은 말문을 연다.

"자네는 나와 두 명의 몬트포트 장군들, 그리고 한 명의 사령부 장교와 함께 회의를 하게 될 걸세."

칼과 나는 동시에 깜짝 놀라 눈을 크게 뜬다.

"사령부?"

나는 멈칫한다.

"그래. 그저 일이 잘 굴러가고 있다고 해 두지."

대령의 멀쩡한 눈이 번뜩인다. 그는 발끝으로 돌아서 우리에게 계속 가라고 재촉한다.

나는 거의 격분해서 눈알을 굴린다.

"의미하는 게 뭔지를 그대로 좀 말하면 어때요?"

"아마도 그건 그가 실제로 잘 모르기 때문일걸."

익숙한 음성이 대답한다.

팔리가 기둥 중 하나의 그늘에 기댄 채 가슴 앞에서 높이 팔짱을 끼고 있다. 나는 턱이 바닥에 닿을 정도로 놀라서 입을 딱 벌리고 바라본다. 그녀가 아주 우습게도 임신 중이기 때문이다. 끈을 두른 부드러운 원피스와 배기 바지로 바뀐 그녀의 군복에 배꼽이 눌리고 있다. 30초 뒤에 그녀가 출산을 한다고 해도 놀랍지 않을 것 같다.

"아."가 내가 할 수 있는 말의 전부다.

팔리는 거의 즐기는 것처럼 보인다.

"산수를 해, 배로우."

아홉 달. 쉐이드 오빠. 존의 말을 전했을 때 수송기 안에서 그녀가 보였던 반응. *네 질문에 대한 대답은 예라고 했어.*

나는 그 말의 의미를 짐작하지 못했지만, 팔리는 이해했다. 그녀는 의심하고 있었던 것이다. 그리고 그녀는 쉐이드 오빠가 살해당한 지 고작 한 시간도 안 된 상황에서 오빠의 아이를 임신했다는 사실을 알게 된 것이다. 각각의 사실이 드러날 때마다 누가 위장을 발로 차는 것 같다. 매번 기쁨과 슬픔이 동시에 찾아든다. 쉐이드 오빠에게 아이가 있어…… 오빠는 결코 보지 못할 아이가.

"아무도 너한테 말해 줄 생각을 안 했다니 믿을 수가 없다. 확실히 시간이 있었을 텐데도."

팔리가 찌르는 시선을 칼을 향해 던지자, 칼은 어색하게 발을 이리저리 움직인다.

너무 놀라서 그저 그 말에 동의할 수밖에 없다. 칼뿐만이 아니라, 우리 어머니나 다른 가족들까지도 말이다.

"모두가 다 이 일을 알고 있었어?"

"뭐, 지금 그런 문제로 논쟁하는 건 쓸모가 없어."

팔리가 기둥에 기대고 있던 몸을 들어 올리며 말한다. 스틸츠 마을에서조차, 이 정도 임신 단계의 여성이라면 침대에 드러누워 있어야 마땅하거늘, 팔리는 그렇지 않나 보다. 여전히 그녀의 허리에는 경고의 의미로 권총집에 든 총이 매달려 있다. 임신한 팔리는 여전히 위험한 팔리다. 어쩌면 그 이상일 것이다.

"메어 네가 이 일을 최대한 빠르게 해치우고 싶을 거라는 예감이 들거든."

그녀가 등을 돌리고 앞장서자, 나는 칼의 갈비뼈를 때린다. 추가로 두 번 더.

칼은 내 주먹질 사이로 숨을 몰아쉬며 이를 악문다.

"미안."

그가 낮게 속삭인다.

기지 사령부 건물이 틀림없을 이곳의 실내는 저택에 더 가까워 보인다. 현관홀의 양쪽 끝에서 계단이 나선을 그리며 올라가 줄지어 늘어선 창문 위로 회랑으로 연결된다. 천장에 쭉 이어진 몰딩 장식은 바깥에 있던 등나무 색으로 칠해져 있다. 바닥은 나무 패널로 기하학적 모양을 만들고 있는데, 마호가니, 체리, 그리고 오크 널빤지가 복잡한 그림으로 교차된다. 하지만 연립 주택들에서처럼, 게 눈 감추듯 없앨 수도 없을 것 같은 어떤 것들이 다 없어졌다. 텅 빈 공간이 벽들을 따라 이어지고, 조각상이나 흉상들이 있어야 했을 벽감마다 경비들이 대신 자리하고 있다. 몬트포트의 경비들이다.

가까이서 보니 확실히 그들의 제복은 진홍의 군대나 대령의 레이크랜즈 군인들이 입고 있던 어떤 것보다도 더 질이 좋다. 은혈 장교들의 것에 더 가깝다. 휘장과 계급장과 함께 팔 위에 선명하게 하얀색 삼각형이 새겨진 그들의 옷은 대량생산된 튼튼한 것이다.

칼은 나처럼 가까이에서 관찰한다. 그는 나를 쿡 찌르더니 계단 쪽을 고갯짓해 보인다. 회랑 쪽에서 최소한 여섯은 되어 보이는 몬트포트 장교들이 우리를 지켜보고 있다. 그들은 회색 머리카락에 전투에 닳은 이들로, 배를 가라앉힐 정도로 훈장을 가득 달고 있다. 장군들이다.

"카메라도 있네."

나는 그에게 속삭인다. 머릿속으로 나는 그들을 살펴보면서, 우리가 현관홀을 통과하는 내내 각각의 전기적인 특징들을 기억한다.

텅 빈 벽과 휑한 장식들에도 불구하고, 훌륭한 복도를 걷고 있자니 피부에 닭살이 돋는다. 내 옆을 걷고 있는 사람이 아벤이 아니라는 사실을 계속 스스로에게 되뇐다. 여기는 화이트파이어가 아니다. 내 능력이 바로 그 증거다. 누구도 나를 죄수로 가둬 두지 않는다. 스스로의 방어를 좀 떨어뜨릴 수 있다면 좋겠다. 지금으로서는 그것이 제2의 천성이 된 것 같다.

회의실은 꼭 메이븐의 대회의실처럼 생겼다. 잘 닦인 긴 테이블과 훌륭하게 천을 씌운 의자들을 갖추고, 또 다른 정원을 내다보는 일렬로 늘어선 창들에서 들어온 빛들이 방을 밝힌다. 페인트로 인장이 그려져 있는 벽 하나를 제외하고는 여기도 벽들은 텅 비었다. 노란색과 흰색의 줄무늬에 중앙에는 보라색 별. 피에드몬트.

우리가 제일 먼저 도착한 사람들이다. 대령이 가장 상석을 차지할 거라고 예상했는데, 의외로 그는 그 대신에 상석의 바로 오른쪽 자리를 고른다. 나머지 우리도 그의 옆으로 줄줄이 몬트포트 장교들과 사령부 사람을 위해 남겨 둔 빈자리들을 마주하고 앉는다.

대령은 당혹한 얼굴로 올려다본다. 그는 팔리가 자리에 앉는 동안 멀쩡한 눈에 차가운 강철빛을 띤 채 지켜본다.

"대위, 자네는 이 일에 참석하도록 승인받지 못했네."

칼과 나는 눈썹을 올린 채 시선을 주고받는다. 팔리와 대령은 자주 충돌을 벌였다. 적어도 그 점만큼은 변하지를 않았다.

"아, 전달받지 못하셨나요? 그런 일이 발생하다니 참 유감입니다."

팔리는 주머니에서 길게 접힌 종이를 꺼내며 대답한다. 손을 휙 흔들어 그녀는 종이를 대령 쪽으로 밀어 보낸다.

대령은 종이를 게걸스럽게 열고는 거슬리는 글자체의 편지를 살살이 훑는다. 그렇게 긴 내용은 아님에도 그는 거기 쓰인 말들을 믿을 수 없다는 듯이 잠시 동안 내용을 응시한다. 마침내 그는 테이블 위로 종이를 반듯하게 편다.

"뭔가 잘못됐어."

팔리는 미소를 지으며 손을 넓게 펴 보인다.

"사령부는 테이블에 대표자가 있기를 바라고 있습니다. 그게 바로 저죠."

"그렇다면 사령부가 실수를 한 거지."

"지금은 제가 사령부입니다, 대령. 실수는 없어요."

사령부가 몹시 비밀스러운 바퀴의 중심축이 되어서 진홍의 군대를 굴린다. 그들의 존재에 대한 속삭임만 들었을 뿐이지만, 그들이 어마어마하게 복잡한 작전 전체를 제어하고 있다는 것은 알 만하다. 만약 그들이 팔리를 그들 중 하나로 임명했다면, 진홍의 군대가 정말로 그림자에서 벗어나게 된다는 의미일까…… 아니면 그저 그들이 팔리만을 원한 것일까?

"다이애나, 너는 안 돼……."

팔리는 얼굴을 붉히며 발끈한다.

"제가 임신했기 때문인가요? 보장하는데, 저는 한 번에 두 가지 임무도 다룰 수 있습니다."

그들에게 기묘한 유사성이 없었다면, 태도나 외모 양쪽 모두에서 팔리가 대령의 딸이라는 사실을 손쉽게 잊고 말았을 것이다.

"그 문제를 더 깊이 다루고 싶습니까. 윌리스 대령?"

그는 그 말이 담고 있는 의미에 뼈가 하얗게 보일 정도로 주먹을 꽉 쥔다. 하지만 그는 고개를 젓는다.

"좋아요. 그리고 이제 저는 장군입니다. 그에 맞춰 행동하십시오."

항의가 대령의 목 안에서 사그라지자, 대령은 목 졸린 듯한 얼굴이 된다. 만족스럽게 거들먹거리는 얼굴을 하고 팔리는 메시지를 회수하더니 잘 치운다. 팔리는 꼭 나만큼이나 혼란스러운 상태의 칼이 자신을 지켜보고 있다는 걸 알아차린다.

"이제 너만 이 방에 있는 고위 관부가 아니란 말씀이지, 캘로어."

"그렇지 않겠지. 축하한다."

그가 단호한 미소를 지으며 대꾸한다.

그 말에 그녀의 경계가 누그러진다. 자신의 아버지가 대놓고 적대감을 보인 후에, 그녀로서는 누구 다른 사람이 자신을 지지해 줄 거라는 기대가 없었을 테고, 못마땅해 죽겠는 은혈 왕자에게는 특히 아무 기대가 없었을 것이다.

몬트포트의 장군들이 또 다른 문을 통해서 들어온다. 그들은 자기들의 어두운 녹색 군복을 멋지게 차려 입고 있다. 한 명은 회랑에서 본 사람이다. 그녀는 히얀색 미리카락을 난성한 단발로 잘랐고, 촉촉한 갈색 눈에 길고 펄럭이는 속눈썹을 갖고 있다. 그녀는 빠르게 눈을 깜빡인다. 다른 사람은 어두운 머리카락을 가진 여성으로 갈색 피부에 40살 정도로 되어 보이고 황소 같은 몸집의 소유자다. 그녀는 나를 향해서 친구라도 만나는 것처럼 고개를 기울인다.

"나 당신을 알아요."

나는 그녀의 얼굴을 기억해 내려고 애를 쓰면서 말한다.

"우리가 어떻게 아는 사이죠?"

그녀는 대답하지 않고 어깨 너머로 고개를 돌려 누군가 다른 사람을 기다린다. 다음 사람은 회색 머리카락에 평범한 옷을 입은 남자다. 하지만 나는 그의 동행에게 관심이 쏠린 탓에 그 사람은 거의 알아차리지도 못한다. 가문을 나타내는 색깔 옷을 입지 않아도, 평상시에 입는 빛바랜 금색 대신에 간단한 회색 옷차림을 하고 있어도, 줄리언을 못 알아보는 건 불가능하다. 나의 옛 스승을 보자 온기가 폭발하는 기분이 든다. 줄리언은 인사로 작은 미소를 지으며 머리를 숙인다. 줄리언은 그간 보아 온 어느 때보다도 더 상태가 좋아 보인다. 심지어 내가 처음 그를 여름 궁전에서 만났을 때보다도 더. 그 당시에 그는 궁중의 적들에게 지치고, 죽은 여동생과 망가진 사라 스코노스와 그 자신의 의심에 쫓겨 피곤한 상태였다. 머리카락 색이 갈색보다는 회색에 더 가까워졌고, 주름은 깊어졌지만 줄리언은 생동감이 넘치고 짐을 덜어낸 모습이다. 온전하다. 진홍의 군대가 그에게 목적을 부여했다. 예상하건데, 사라 또한 영향을 미쳤을 것이다.

그의 존재는 심지어 나보다도 칼에게 더 안도감을 준다. 내 옆자리에서 칼이 조금 안심하면서 자신의 외삼촌을 향해서 가볍게 고개를 끄덕인다. 우리 두 사람 모두 이것이 무엇인지, 몬트폰트가 우리에게 보내고 싶어 하는 메시지가 어떤 종류인지 깨닫는다. 그들은 은혈들을 증오하지 않는다…… 그리고 그들은 은혈들을 두려워하지도 않는다.

줄리언이 자리를 찾아 우리 반대쪽에 앉는 동안, 또 다른 남자가 문을 닫는다. 거의 180센티미터는 되어 보이게 큼에도 불구하고, 군복을 입지 않고 있으니 작아 보인다. 대신에 그가 입고 있는 것은 시민들의 의상이다. 간단한 단추가 달린 셔츠와 바지, 신발. 적어도 보이는 곳에는 무기가 없다. 그의 피는 붉다, 모래빛 피부 아래로 도는 분홍 혈색으로 보아 틀림없다. 신혈인지 그냥 적혈인지, 그것까지는 모르겠다. 그의 모든 부분은 분명할 정도로 중립적이며, 기쁠 만큼 평균적이고, 잘난 체하지 않는다. 그는 꼭 백지처럼 보이는데, 그 부분은 본성 같기도 하고 계산된 것 같기도 하다. 그가 어떤 사람인지 혹은 어떤 존재인지를 지시해 주는 것이 어디에도 없다.

하지만 팔리는 아는 모양이다. 그녀는 일어나기 위해서 움직이는데, 그가 그녀에게 손짓을 보내 도로 앉힌다.

"그럴 필요 없어요, 장군."

그가 말한다. 어떤 면에서 그는 줄리언이 연상되는 사람이다. 그들은 똑같이 거친 눈동자를 갖고 있는데, 그 눈동자야말로 그들에게 있어 유일하게 인식 가능한 특질이다. 그의 눈동자는 각이 지고 앞뒤를 획획 쏘아 보며 관찰과 이해를 위해 모든 것을 받아들인다.

"드디어 여러분 모두를 만나게 되어 기쁩니다."

그가 우리 각각을 향해서 순서대로 고개를 숙이며 덧붙인다.

"대령, 배로우 양, 왕자 저하."

테이블 아래로, 다리에 올린 칼의 손가락이 경련한다. 누구도 더 이상 그를 그렇게 부르지 않는다. 정말로 그런 의미를 담아서는 말이다.

"그래서 당신은 정확히 누구십니까?"

대령이 묻는다.

"당연한 질문이십니다. 더 빨리 오지 못했던 점을 사과드립니다. 제 이름은 데인 데이비슨입니다. 몬트포트 자유 공화국의 프리미어로 봉사하고 있습니다."

칼의 손가락이 다시 한 번 경련한다.

"모두 와 주셔서 감사합니다. 이 만남을 얼마 전부터 고대해 왔답니다. 그리고 함께라면, 우리는 참으로 아름다운 일들을 성취할 수 있을 거라고 생각했지요."

이 남자는 한 나라 전체의 지도자다. 그는 자신과 함께할 것을 내게 요청하고, 내게 바랐던 바로 그 사람이다. 그는 바라던 것들을 얻기 위해서 이 모든 일들을 해 온 것일까? 그의 장군의 얼굴처럼, 그의 이름이 멀리서 종을 울린다.

"이쪽은 토킨스 장군입니다. 그리고 살리다 장군이죠."

데이비슨은 그들을 가리켜 보인다.

살리다. 이름만으로는 모르겠다. 하지만 분명히 그녀를 전에 어디선가 본 적이 있다.

건장한 체격의 장군 쪽에서 내 혼란스러움을 알아차린다.

"나는 정찰을 담당했었습니다, 배로우 양. 나는 메이븐 왕이 아든트들을 (그러니까 신혈들 말입니다.) 인터뷰할 때에 왕에게 나를 소개했어요. 기억할 겁니다."

실례를 보여 주기 위해, 그녀는 자신의 손을 테이블 위에 휘두른다. 아니, *위에*가 아니다. *통과*해서다. 그것이 존재하지 않는 것처럼…… 아니면 그녀 자신이 존재하지 않는 것처럼.

기억이 재빨리 자리를 찾는다. 그녀는 자기 능력을 선보이고는 다른 수많은 신혈들이 그랬던 것처럼 메이븐의 "보호"를 받아들였다. 그들 중 하나가 두려움 속에서, 내니를 궁중 전체에 폭로했다.

나는 그녀를 똑바로 바라본다.

"당신은 내니가…… 얼굴을 바꿀 수 있는 그 신혈이…… 죽던 날에 거기 있었죠."

살리다가 정말 미안하다는 표정이 된다. 그녀는 머리를 숙인다.

"만약 내가 알았더라면, 만약 내가 뭐라도 할 수 있었다면, 정말로 뭔가 했을 겁니다. 하지만 몬트포트와 진홍의 군대는 완전히 소통하지는 않았죠, 그때는 그랬어요. 우리는 당신들의 작전에 대해 완전히 알지 못했습니다, 물론 당신들도 우리 작전을 몰랐고요."

"그만하시죠."

여전히 서 있던 데이비슨이 주먹을 테이블 위에 단단히 누르며 말한다.

"진홍의 군대는 희생을 치러야 했습니다, 그래요, 하지만 여기서 더 앞으로 나감에 있어서 그 일이 좋은 쪽보다는 나쁜 쪽으로만 영향을 끼치게 될까 봐 걱정이 되는군요. 서로의 길에 끼어들지 않으려고 하며 움직이는 이들이 많이 있었지요."

팔리가 의자에서 몸을 움직인다. 그녀도 동의하지 않는 의사를 밝히고 싶은 모양이다. 아니면 의자가 불편했든가. 어쨌거나 그녀는 입을 다물고 데이비슨이 계속 말하게 둔다.

"그래서, 투명하게 일을 도모하기 위하여, 배로우 양이 자신의 감금생활에 대해서 할 수 있는 한 최대한으로 모든 당사자들에게 설명을 해 주시는 것이 최선이라고 생각했습니다. 저 또한 여러분이 저나 제 조국, 그리고 앞으로 우리가 나아갈 길에 대해서 하시는 어떤 질문이든 모든 질문에 답변을 드릴 겁니다."

줄리언의 역사책들에도 태어난 것이 아니라 선거로 뽑힌 지배자들에 관한 기록이 있었다. 그들은 다수의 자질(힘이라든가, 지성이라든가 공허한 약속이나 협박 등)을 이용해 자기들의 왕관을 차지했다. 데이비슨은 소위 공화국을 지배하는 자이며, 그의 백성들은 자신들을 이끌 자로 그를 뽑았다. 어떤 자질에 기초한 것인지까지는 아직은 모르겠다. 그의 말하는 방식은 확고하고 신념은 자연스럽다. 그리고 매우 영리한 사람인 것도 분명하다. 시간이 흐를수록 점차 매력이 느껴지는 그런 부류인 사람인 것은 언급할 필요도 없고. 사람들이 어쩌다가 그가 지배했으면 하고 바라게 되었을지 쉽게 그려진다.

"배로우 양, 준비가 된다면 언제라도."

놀랍게도, 내 손을 제일 먼저 잡은 손은 칼의 것이 아니라, 팔리의 것이다. 그녀는 나를 안심시키듯 손을 꽉 쥔다.

나는 시작부터 얘기한다. 내가 시작이라고 생각하는 유일한 지점부터.

어떻게 강제로 쉐이드 오빠를 기억해야만 했는지를 설명할 때에는 목소리가 갈라진다. 팔리는 시선을 떨어뜨린다. 그녀의 고통은 나만큼이나 깊다. 나는 계속 이어서, 메이븐의 점차 커지던 집착으로 넘어간다. 거짓말을 무기로 비틀던 소년 왕, 내 얼굴과 자신의 말들을 이용해서 할 수 있는 한 많은 신혈들이 진홍의 군대에 등을 돌리게 만들었던 것. 그동안 내내 그의 닳아빠진 칼날은 점점 더 분명해졌다.

"메이븐은 그녀가 구멍을 남겼다고 했어요. 왕비 말이에요. 그녀는 그의 머리를 갖고 놀았고, 조각들을 덜어 냈다가 조각들을 채워 넣으며 그를 온통 뒤섞었죠. 그는 자기가 잘못되었다는 것은 알지만, 자신이 어떤 길 위에 있다는 것을 믿고 있으며 결코 거기에서 돌아서지 않을 거예요."

열기가 요동친다. 내 옆에서, 칼은 고요한 얼굴을 하고 있지만, 눈은 테이블 위로 구멍을 뚫을 것만 같다.

나는 신중하게 단어를 고른다.

그의 어머니는 당신을 향한 그의 사랑을 없애 버렸어, 칼. 메이븐은 당신을 사랑했어. 자기도 그랬다는 걸 알아. 그저 더 이상은 그런 마음이 없을 뿐이야, 그리고 앞으로도 결코 돌아오지 않겠지. 하지만 그 말들은 데이비슨이나 대령, 심지어 팔리에게도 할 수 없는 것들이다.

몬트포트 사람들은 피에드몬트에서 온 방문자들에게 가장 큰 관심이 있는 것 같다. 그들은 다라에우스와 알렉산드렛에 대한 언급에 활기가 돌고, 그래서 나는 그들의 방문에 대해서 순서대로 이야기해 준다. 그들의 질문, 그들의 태도, 그들이 입었던 옷이 어떤 종류였던 지에 이르기까지. 실종된 왕자와 공주라는 마이클과 샤를로타를 언급하자, 데이비슨은 입술을 깨문다.

이야기를 하는 동안, 내 시련에 대해 점점 더 쏟아 붓는 사이, 무감각이 나를 뒤덮는다. 나는 단어들에서 분리된다. 내 목소리가 웅얼거린다. 가문들의 반역. 존의 탈출. 메이븐이 거의 죽을 뻔했던 것. 은색 피가 그의 목에서 솟구치던 장면. 나와 헤이븐 여인에 대한 또 다른 심문. 일레인의 자매가 자신의 동맹이 다른 왕을 향했다는 것을 맹세한 순간이야말로 내가 처음으로 본, 메이븐이 무언가를 진정으로 두려워하는 모습이었다. 바로 칼을 향한 충성. 그 결과로 궁중의 많은 구성원들, 동맹의 가능성이 있는 자들이 추방되었다.

"나는 메이븐을 사모스 하우스와 떼어 놓으려고 애를 썼죠. 그들은 그의 가장 강력한 남은 동맹이었기 때문에, 나는 그의 약점을 이용하려 했어요. 만약 그가 에반젤린과 결혼한다면, 나는 말했죠, 그녀가 그를 죽일 거라고."

그들을 향해 말을 하는 사이에 조각들이 제자리를 찾는다. 내가 그토록 치명적인 동맹을 맺도록 한 이유라는 암시를 하려니 얼굴이 달아오른다.

"내 생각에는 그에게 레이크랜즈 쪽을 또 다른 신부로 고려할 수 있도록 한다면……."

줄리언이 내 말을 자른다.

"볼로 사모스는 이미 메이븐에게서 떨어져 나올 이유들을 찾던 중이었습니다. 약혼 관계를 끝내는 것은 그저 마지막 줄일 뿐이었죠. 그리고 레이크랜즈와의 협상은 당신이 생각하는 것 이상으로 아마 오래 전부터 진행 중이었을 겁니다."

그는 엷게 미소를 짓는다. 그가 거짓말을 하고 있다 하더라도, 그래도 기분은 조금이나마 나아진다.

나는 즉위 기념 여행에 대한 기억 속으로 달려간다. 레이크랜즈와의 거래를 숨기기 위해서 진행된 미화된 행렬. 조치를 철회한 메이븐의 행동, 레이크랜즈와의 전쟁 종결, 아이리스와의 약혼. 자신의 왕국민으로부터 호의를 사기 위해서, 왕국의 붕괴를 멈추지 않고 전쟁을 멈추기 위해서 디딘 신중한 발걸음들.

"은혈 귀족들은 결혼식 전에 궁중으로 돌아왔고, 메이븐은 대부분의 시간 동안 나를 홀로 내버려뒀죠. 그러고 나서 바로 결혼식이 있었어요. 레이크랜즈 동맹이 견고해졌죠. 그 폭풍(당신들의 폭풍)이 이어졌죠. 메이븐과 아이리스는 그의 탈출용 기차로 피신했지만 우리는 떨어져 나왔어요."

그것이 고작 어제였다. 그럼에도 불구하고, 꿈속을 회상하는 것만 같다. 아드레날린이 전투 장면에 희미한 안개를 드리우고, 내 기억에서 색과 고통과 공포를 감소시킨다.

"내 경비들이 나를 궁전으로 도로 끌고 들어갔어요."

나는 망설이며 잠시 멈춘다. 심지어 지금 이 순간조차, 나는 에반젤린이 한 일을 믿을 수가 없다.

"메어?"

칼이 부드러운 손길로 쿡 찌른다. 그는 유일하게 내 탈출이 얼마나 이상했는지 이해할 것이다.

"에반젤린 사모스가 우리를 무리에서 떨어뜨렸어요. 그녀는 아벤 경비병들을 죽이고 그녀가…… 그녀가 날 자유롭게 풀어 줬죠. 그녀가 날 해방시켰어요. 여전히 왜인지 모르겠어요."

침묵이 테이블 위로 내려앉는다. 나의 가장 큰 경쟁자, 나를 죽이겠다고 위협했던 소녀, 심장 대신에 차가운 철로 만들어진 사람이 내가 이곳에 있는 이유라니. 줄리언은 얇은 눈썹이 머리카락 선에 가려질 정도로 놀란다. 줄리언은 그 감정을 숨길 시도조차 하지 않는다. 하지만 칼은 그 모든 것에도 놀란 것처럼 보이지 않는다. 대신에 그는 깊은 숨을 내쉬고, 그 동작에 가슴이 부푼다. 저 행동은…… 자부심일까?

추측할 만한 힘이 내게는 없다. 아니, 칼과 내가 산 채로 태울 때까지 우리를 번갈아 갖고 놀던 샘슨 메란더스가 죽던 장면에 대한 세부 묘사를 할 힘이 없거나.

"나머지는 다들 알죠."

나는 기진맥진한 채로 말을 마친다. 수십 년 동안 계속 떠들었던 것만 같다.

프리미어 데이비슨은 일어서더니 몸을 쭉 편다. 질문을 좀 더 할 거라고 생각했지만, 그는 그러지 않고 보관함을 열더니 내게 물을 한 잔 따라준다. 나는 그 물을 건드리지 않는다. 나는 지금 낯선 사람들이 운영하는 낯선 장소에 있다. 내 안에 남아 있는 신뢰가 거의

194

바닥을 보이고 있는 지금, 그저 방금 만난 사람에게 그 신뢰를 낭비하고 싶지는 않다.

"우리 차례입니까?"

칼이 묻는다. 그가 자기 심문을 시작하려는 열망에 앞으로 몸을 기울인다.

데이비슨이 입술을 평평하고 자연스럽게 끌어당기며 고개를 기울인다.

"물론입니다. 저하께서 궁금하신 것은 우리가 여기 피에드몬트에서, 그것도 왕실 비행 기지에서 무엇을 하고 있는 것인지일 거라고 추측됩니다만?"

누구도 그의 말에 토를 달지 않자, 데이비슨은 설명을 시작한다.

"아시다시피, 진홍의 군대는 레이크랜즈에서 시작되었으며, 지난 1년간 노르타로 퍼져 나갔습니다. 팔리 대령과 팔리 장군은 양쪽에서의 노력에 있어 필수적인 분들이었기에, 두 분께는 그 노고에 감사드립니다. (그는 두 사람에게 각각 고개를 숙인다.) 여러분 사령부의 명령에 의해, 다른 이들이 유사한 활동을 피에드몬트에서도 펼쳤습니다. 침투, 제어, 전복. 이곳은, 사실은, 몬트포트의 요원들이 처음으로 진홍의 군대 요원들과 만난 곳으로, 작년에 이르기까지 우리에게는 진홍의 군대가 가상의 존재처럼 보였답니다. 하지만 진홍의 군대는 매우 현실의 존재였고, 그래서 우리는 확실히 목표를 공유하였지요. 당신네 동포들처럼, 우리는 억압적인 은혈의 지배 체제를 전복하고 우리의 자유주의 공화국 체제를 확장시키고자 합니다."

"벌써 그렇게 한 것처럼 보이네요."

팔리가 방을 가리켜 보인다.

칼이 눈을 가늘게 뜬다.

"어떻게?"

"우리는 피에드몬트의 위태로운 구조를 파악하고 우리의 노력을 집중했습니다. 왕자들과 공주들이 흔들리는 평화 속에서 자기들의 영역을 다스리죠. 하이 프린스는 그들의 계급 안에서 선출됩니다. 누군가는 엄청나게 넓은 범위의 땅을 다스리는 반면, 다른 누군가는 도시나 그저 몇 킬로미터에 불과한 농장을 다스립니다. 권력은 유동적이고 언제나 도전을 받죠. 현재로는, 로우컨트리의 브라켄 왕자가 하이 프린스이며 피에드몬트에서 가장 강한 은혈로, 가장 넓은 영토와 가장 거대한 자원들을 갖고 있어요."

데이비슨은 손을 쓸어서 벽 위의 인장을 손가락으로 어루만진다. 그가 보라색 별을 따라 그린다.

"이곳은 브라켄 왕자가 소유한 세 개의 군사 성채 중에서 가장 거대한 곳입니다. 지금으로서는 우리의 개인적인 용도를 위해서 이양된 상태죠."

칼이 헉 하고 숨을 삼킨다.

"당신들은 브라켄이랑 함께 일하는 겁니까?"

"그가 우리를 위해 일하는 겁니다."

데이비슨이 자랑스럽게 대답한다.

머리가 빙글빙글 돈다. 은혈 왕족이 나라의 이익을 위해 작전을 짜고, 자기가 가진 모든 것을 뺏길 준비를 한다고? 잠시 동안, 그 이야기는 너무나 터무니없이 들린다. 다음 순간 내 옆에 앉아 있는 사람이 정확히 누군지에 생각이 미친다.

"왕자들이 브라켄을 대신하여 메이븐을 방문했어요. 그 사람들이 내게 질문을 던졌죠. 혹시 당신이 그 사람들더러 그렇게 하라고 한 건가요?"

나는 프리미어를 향해 눈을 가늘게 뜬다.

톨킨스 장군이 자기 자리에서 몸을 꿈틀거리더니 목청을 가다듬는다.

"다라에우스와 알렉산드렛은 브라켄에게 동맹을 맹세했어요. 우리도 그들이 메이븐 왕을 방문한 것을 전혀 몰랐어요. 그들 중 한 명이 암살 시도 한가운데에서 시체가 되어 돌아오기 전에는요."

"고맙게도, 당신 덕분에 우리는 이제 이유를 알게 되었죠."

살리다가 덧붙인다.

"살아남은 쪽은 어떤가요? 다라에우스 말이에요. 그는 당신들에 반대하는 입장이고……."

내 질문에 데이비슨이 느릿하게 눈을 깜빡인다. 그의 눈은 공허하고 읽을 수가 없다.

"그는 우리에게 반대하는 입장이었죠."

"아."

나는 피에드몬트 왕자가 죽었을지도 모를 모든 방법들을 떠올리며 중얼거린다.

대령이 묻는다.

"그리고 다른 쪽은? 마이클과 샤를로타 말입니다. 실종된 왕자와 공주라는."

"브라켄의 아이들입니다."

그렇게 말하는 줄리언의 목소리가 딱딱하다.

토할 것 같은 기분이 몰려온다.

"당신들이 그의 아이들을 납치했어요? 그가 협조하게 만들기 위해서?"

"피에드몬트 연안의 지배권과 남자 아이 하나와 여자 아이 하나? 이 모든 자원들에 대한 대가로?"

톨킨스가 코웃음을 친다. 그녀가 고개를 흔들자 하얀색 머리카락이 물결친다.

"간단한 교환이죠. 1킬로미터를 싸워 나갈 때마다 우리가 잃을 수도 있었을 생명들을 생각해 봐요. 대신에 몬트포트와 진홍의 군대는 진정한 진보를 이뤘지요."

두 아이들, 은혈이든 아니든 단지 그들의 아버지를 무릎 꿇리기 위해서 붙들려 있을 아이들을 생각하자 심장이 죄는 느낌이다. 데이비슨이 내 얼굴에 드러난 그 감정을 읽는다.

"그들은 잘 대우받고 있어요. 풍요롭게."

머리 위에서 나방의 날개가 때리는 것처럼 전구가 깜빡인다.

"당신이 아무리 화려하게 치장한다고 해도, 감옥은 그저 감옥일 뿐입니다."

내가 비웃음을 짓는다.

그는 움찔하지도 않는다.

"그리고 전쟁은 그저 전쟁일 뿐이죠, 배로우 양. 아무리 당신의 의도가 좋았다고 할지라도요."

나는 머리를 젓는다.

"뭐, 그건 너무 아니에요. 그 모든 군인들을 여기서 아낀 다음에 한 사람을 구하는 일에 낭비하다니요. 그것도 간단한 교환이었나요? 그 사람들 목숨 대 내 목숨?"

"살리다 장군, 마지막 수치가 얼마였죠?"

그녀가 고개를 끄덕이더니 기억을 더듬는다.

"지난 몇 달 간 노르타의 군대에 모집된 아든트 102명 중에서, 모두 60명이 결혼식의 특별 경비로 선발되었습니다. 그 60명 전원이 구출되었습니다, 어젯밤의 보고입니다."

"그들 사이에 들어가 함께했던 살리다 장군의 노고에 가장 크게 감사할 일입니다."

데이비슨이 그녀의 육중한 어깨를 한 손으로 두드린다.

"배로우 양까지 포함하면, 우리는 당신의 왕으로부터 61명의 아든트들을 구했습니다. 그들 각각에게 음식, 피난처, 그리고 이주나 군 복무에 대한 선택권이 주어질 것입니다. 덧붙여서, 우리는 노르타의 트레저리 홀의 상당한 부분을 급습할 수 있었죠. 전쟁은 값싸지 않지요. 쓸모없는 이나 약해진 죄수들의 몸값만으로는 한계가 있어서요."

그가 잠시 멈춘다.

"당신 질문에 대한 대답이 되었습니까?"

내가 결코 흔들 수 없을 것처럼 보이는 공포의 암류 사이로 안도감이 뒤섞인다. 아케온에 대한 공격은 그저 날 위한 것이 아니었다. 다른 이의 손에 들어가지 않고서는 독재자에게서 내 자유를 얻을 수도 없었다. 우리 중 누구도 데이비슨이 무엇을 하려는 것인지 알지 못하지만, 그래도 그는 메이븐은 아니다. 그의 피는 붉은색이다.

"죄송하지만, 당신에게 질문이 하나 더 있습니다."

데이비슨이 계속한다.

"배로우 양, 노르타의 왕이 당신을 사랑하고 있다고 말씀하실 수 있겠습니까?"

화이트파이어에서, 나는 셀 수도 없이 많은 물 잔을 내동댕이쳤다. 다시 한 번 그렇게 하고 싶은 충동이 든다.

"모르겠어요."

거짓말. 쉬운 거짓말.

데이비슨은 쉽게 넘어가는 사람이 아니다. 그의 거친 눈동자가 즐기듯이 깜빡거린다. 불빛을 받은 그 눈동자는 금색으로 보였다가 다음 순간 갈색처럼 보이고 다시 다음 순간 금색이 된다. 흔들리는 밀밭 위로 비치는 태양빛처럼 변화한다.

"잘 배웠으니 추측해 볼 수도 있을 텐데요."

뜨거운 분노가 불꽃처럼 내 안에서 날름거린다.

"메이븐이 사랑이라고 생각하는 건 절대 사랑이 아니에요."

나는 셔츠 칼라 한쪽을 홱 잡아당겨 내 낙인을 드러낸다. M자가 명백하게 드러난다. 많은 이들의 눈이 내 피부를 훑고 화상을 입은 살과 진주처럼 솟은 흉터 부분을 눈여겨본다. 데이비슨의 시선은 불길처럼 선을 따라 훑고, 그의 시선에서 메이븐의 손길이 다시 느껴질 정도다.

"그만하죠."

나는 다시 셔츠를 원래대로 올리며 숨을 내쉰다.

프리미어가 고개를 끄덕인다.

"좋아요. 당신에게 또 묻고 싶은 게 있는데……."

"아뇨, 내 말은 이걸 그만해야겠다고요. 시간이…… 필요해요."

흔들리는 숨을 뱉으며, 나는 테이블에서 물러난다. 내 의자가 바닥에 끽 끌리며 갑작스러운 침묵에 메아리친다. 누구도 나를 제지하지 않는다. 그들은 동정심이 가득한 눈으로 그저 바라볼 뿐이다. 처음으로, 그 점이 기쁘다. 동정심 덕분에 나를 놓아 주다니.

또 다른 의자 소리가 내 것에 뒤따른다. 돌아보지 않아도 그것이 칼이라는 걸 알겠다.

비행기에서 그랬던 것처럼, 세상이 줄어들기 시작하고 숨이 막히면서 팽창하다 뒤덮이는 기분이다. 복도들은 화이트파이어에서 그랬던 것처럼, 끝도 없는 선으로 늘어난다. 전구가 머리 위에서 맥동한다. 그 감각 속으로 몸을 기울이며, 그 안에 파묻혀 버리기를 바란다. *너는 안전해, 너는 안전해, 그 일은 끝났어.* 생각이 제어를 벗어나 마구 소용돌이치고, 발들은 자기 자유 의지로 움직인다. 계단을 내려가 또 다른 문을 통과해서 향기로운 꽃들로 숨이 막히는 정원으로 나선다. 머리 위로 보이는 깨끗한 하늘은 고문이다. 비가 내렸으면 좋겠다. 비가 나를 깨끗하게 씻어 주었으면 좋겠다.

칼의 손이 내 목의 뒤쪽을 어루만진다. 그의 손길에 흉터가 아프다. 그가 주는 온기가 내 근육으로 스며들며 고통을 편안하게 해 주려고 시도한다. 나는 손바닥 끝으로 눈을 누른다. 조금은 도움이 된다. 어둠 속에서는 아무것도 볼 수가 없다. 메이븐도, 그의 궁전도,

그 끔찍한 방의 속박도.

너는 안전해, 너는 안전해, 다 끝났어.

어둠 속에 머무르는 것, 그대로 빠져죽는 것은 쉬울 것이다. 느릿하게, 나는 손을 내리고 억지로 태양빛을 바라본다. 가능할 거라고 생각했던 이상으로 많은 노력이 필요하다. 메이븐이 이미 그랬던 것 이상으로 1초라도 더 나를 죄수로 만드는 것은 사양이다. 이렇게 사는 것도 사양이다.

"내가 집으로 데려다 줘도 될까?"

칼이 낮은 목소리로 묻는다. 그의 엄지손가락이 목과 어깨 사이의 공간에서 일정하게 원을 그리고 있다.

"산책해도 좋고, 시간을 좀 가지면서."

"그에게는 내 시간을 더 이상 주고 싶지 않아."

화가 난 채, 나는 몸을 돌린 다음, 턱을 들고 억지로 칼과 눈을 맞춘다. 그는 움직이지 않은 채 인내심 있고 겸손한 모습으로 서 있다. 그 모든 반응들이 내 감정을 조절하고, 내가 속도를 맞추도록 해 준다. 너무 오랜 시간을 누군가 다른 사람의 자비 아래에만 있었던 후라 그런지, 누군가가 내게 선택권을 허락해 준다는 것만으로도 기분이 좋다.

"아직 돌아가고 싶지는 않아."

"알았어."

"여기 머무르고 싶지도 않고."

"나도 그래."

"메이븐이나 정치나 전쟁 이야기도 하고 싶지 않아."

내 목소리가 나뭇잎 사이로 메아리친다. 내 말은 꼭 아이처럼 들리는데, 칼은 그저 그 말에 고개만 끄덕인다. 처음으로, 거친 머리 모양에 간단한 옷을 입고 있는 칼도 아이처럼 보인다. 군복도, 갑옷도 없다. 그저 얇은 셔츠, 바지, 신발과 그의 팔찌뿐이다. 삶이 다르게 흘러갔더라면, 그도 평범해 보였을 것이다. 나는 그의 모습이 메이븐의 것으로 변하기를 기다리면서 그를 가만히 바라본다. 둘은 결코 겹쳐 보이지 않는다. 칼 역시 꽤 그답지 않다는 것을 문득 깨닫는다. 내가 그러리라고 생각했던 이상으로 더 많은 근심 걱정이 있다. 지난 6개월의 시간이 그 역시도 망가트린 것이다.

"괜찮아?"

나는 그에게 묻는다.

그는 단단한 긴장을 아주 조금 늦추며 어깨를 떨어뜨린다. 그가 눈을 깜빡인다. 칼은 경계를 늦추는 종류의 사람이 아니다. 내가 곁을 떠난 이후로 그에게 이런 질문을 감히 물어 본 사람이 있기나 했을지 궁금하다.

한참 긴 시간이 지난 후에, 그가 긴 숨을 뱉는다.

"그렇게 되겠지. 그러고 싶어."

"나도 그래."

정원은 한때 그린워든들이 돌봤던 곳이었는지, 많은 화단이 복잡한 문양의 옷자란 자투리 안에서 소용돌이친다. 자연이 이제는 이곳을 장악해서, 다른 꽃들과 색들이 또 다른 것 위를 덮고 있다. 바라는 대로, 섞이고, 부패하고, 죽고, 꽃이 피고.

"좀 더 적절한 순간에 피 좀 달라는 요구로 두 사람 모두를 귀찮게 하라고, 나한테 꼭 상기시켜 줘요."

나는 줄리언의 품위 없는 제안에 소리 내어 웃음을 터뜨린다. 그는 친절하게도 방해를 하려고 정원의 끝을 서성거리는 중이다. 물론 나로서는 전혀 꺼리지 않는다. 나는 미소를 지으며 재빨리 정원을 건너가서 그를 끌어안는다. 그는 행복하게 그 행동을 돌려준다.

"다른 사람이 그런 말을 하면 이상하게 생각했을 거예요."

나는 뒤로 물러나며 그에게 말한다. 칼이 내 옆에서 동의의 의미로 싱긋 웃는다.

"하지만 물론이죠, 줄리언. 편하게 하세요. 게다가, 나는 당신에게 빚을 졌는걸요."

줄리언이 혼란스러운 얼굴로 고개를 기울인다.

"아?"

"화이트파이어에서 당신의 책들을 찾았어요."

거짓말은 아니지만 신중하게 단어를 고른다. 이미 그런 것 이상으로 칼을 상처 입힐 필요는 없다. 메이븐이 내게 책들을 줬다는 걸 칼이 알 필요는 없다. 칼이 자기 동생에게 그릇된 희망을 품도록 두진 않을 것이다.

"시간을 보내는 데…… 도움이 됐죠."

내 감금 생활에 대한 언급이 칼을 정신이 번쩍 들게 하는 반면, 줄리언은 우리가 그 고통에 더 매달려 있지 않도록 한다.

"그렇다면 당신은 내가 뭘 하려고 하는 건지 이해하겠군요."

그가 재빨리 말한다. 미소가 그의 어두운 눈동자까지는 미치지 않는다.

"그렇죠, 메어?"

"'신의 선택이 아니라, 신의 저주였다.'"

나는 그가 잃어버린 책 위에 휘갈겨 쓴 글자를 떠올리며 중얼거린다.

"당신은 우리가 어디서부터 왔는지를, 그리고 그 이유를 찾아보려는 거죠."

줄리언이 팔짱을 낀다.

"확실히 시도는 하려고 합니다."

제22장
메어

매일 아침은 똑같이 시작한다. 항상 새들이 너무나 아침 일찍부터 깨우기 때문에 침실에 머무를 수가 없다. 새들에게도 장점은 있다. 조금 더 늦어지면 너무 더워서 뛸 수가 없다. 어쨌든 피에드몬트 기지에는 달리기하기 좋은 트랙이 있다. 몬트포트와 피에드몬트 양쪽의 군인들이 경계에 경비를 서기 때문에 매우 안전하게 지켜지는 곳이다. 후자 쪽은 당연하게도 전부 적혈들이다. 데이비슨은 꼭두각시 왕자인 브라켄이 조용하게 계획을 세울 공산이 있다는 걸 잘 알기에, 브라켄 쪽의 어떤 은혈도 문을 통과하지 못하게 했다. 사실 나는 이곳에서 이미 내가 알고 있던 사람들을 제외한 어떤 은혈도 보지 못했다. 능력자는 모두 신혈이거나 아든트였다.(누구에게 묻느냐에 따라서 다르다.) 데이비슨이 정말로 은혈들을 데리고 있다면 그의 자유 공화국에 그의 말처럼 그들이 동등한 권리를 보장받고 있을 텐데

아직까지는 누구도 보지를 못했다.

나는 신발을 단단히 묶는다. 안개가 바깥 길거리를 휘감고, 벽돌 협곡을 따라서 매달려 있다. 앞문의 빗장을 끄르고, 차가운 공기가 피부를 때리는 순간 미소가 나온다. 비와 천둥의 냄새가 난다.

예상했던 대로, 칼이 계단 아래에 앉아서 좁은 보도 위로 다리를 쭉 뻗고 있다. 여전히 그의 모습을 보면 가슴 안에서 심장이 철렁한다. 그는 인사하듯 턱이 찢어져라 크게 하품을 한다.

나는 그를 책망한다.

"왜 이래, 군인한테는 이 정도면 늦잠이라고 봐야 하는 거 아냐."

"그게 내가 할 수 있을 때 늦잠 자는 걸 좋아하지 않는다는 뜻은 아니지."

칼은 과장되게 약이 오른 척을 하면서 혀를 널름 내민다.

"당신이 나가지 않겠다고 주장하는 병영의 저 조그만 침실로 돌아가도 좋아. 알지, 만약 장교들 연립 쪽으로 이사하고 싶다면 시간이 거의 안 남았다는 것. 나랑 함께 달리기 하는 거 그만두는 것도 말이야."

나는 다 알고 있다는 듯한 미소를 지으며 어깨를 으쓱한다.

내 미소에 대답하듯 그는 내 옷단을 잡아당겨 나를 자신에게로 끌어당긴다.

"내 침실 모욕하지 마."

내 입술 위에 입맞춤을 떨어뜨리기 전에 그가 중얼거린다. 그 다음에는 내 턱 위로. 그 다음에는 내 목에. 매번 피부 아래에서 불이 터지듯이 입맞춤마다 꽃이 피어난다.

마지못해서 나는 그의 얼굴을 밀어낸다.

"여기서 계속 이러다가는 우리 아빠가 정말로 창문에서 당신을 쏘아 버릴 가능성이 있어."

"그렇지, 그렇지."

그는 헬쑥해졌다가 재빨리 회복한다. 그를 그만큼 잘 알지 못했더라면, 칼이 정말로 우리 아버지를 무서워하는 거라고 생각했을 수도 있겠다. 그 생각은 정말 웃기다. 은혈 왕자가, 손가락만 까딱해도 화염의 파도를 불러올 수 있는 장군이, 절름발이 적혈 아저씨를 두려워하다니.

"스트레칭 하자."

우리는 동작을 순서대로 하는데, 칼 쪽이 나보다 더 철두철미하다. 그는 내가 움직일 때마다 뭔가 잘못된 점을 찾아내면서 부드럽게 지적을 한다.

"그렇게 달려들지 마. 앞뒤로 흔들지 마. 쉬이, 천천히."

하지만 나는 달리기가 하고 싶은 열망에 목이 탄다. 결국 그도 누그러진다. 칼이 머리를 까딱하면 우리는 달리기 시작한다.

처음 속도는 수월하다. 발끝으로 춤을 추는 것 같고, 발걸음마다 기쁨이 넘친다. 자유로운 기분이다. 신선한 공기, 새들, 축축한 손가락으로 과거를 쓸어 버리는 안개. 나의 침착하고 꾸준한 호흡은 차츰 심장 박동과 함께 솟는다. 처음 우리가 이곳에서 달리기를 했을 때에, 나는 울음이 터지는 바람에 달리기를 멈춰야만 했다. 눈물을 그치지 못할 정도로 기뻤기 때문이다. 칼은 내 폐가 포기하지 않고 계속 달릴 수 있을 정도로 적당한 속도를 설정했다. 처음 1킬로미터가 문제없이 지나가고, 주변을 둘러싸고 있는 벽이 다가온다. 반은 돌이고 반은 꼭대기가 뾰족한 철선으로 마무리된 철조망이다. 몇 명의 군인들이 저쪽 편을 순찰하고 있다. 몬트포트 사람들이다. 지난 2주간 우리의 달리기 경로에 익숙해진 그들이 우리 두 사람에게 각각 인사를 보낸다. 다른 군인들이 멀리서 조깅 중이다. 자신들의 훈련 과정에 포함된 것인데, 우리는 그들과 함께하지 않는다. 저 사람들은 소리를 지르는 병장과 함께 줄을 맞춰서 달리고 있다. 저건 내게 맞는 종류가 아니다. 칼의 잔소리만으로 이미 충분하기도 하고. 그리고 고맙게도, 데이비슨은 아직 그 "이주냐 군 복무냐" 하는 선택지로 나를 압박하지는 않고 있다. 사실, 보고 날 이후로 그를 보지도 못했다. 그가 우리 나머지와 함께 이 기지에 살고 있음에도 말이다.

이 뒤의 3킬로미터는 더 어렵다. 칼은 힘이 더 들게 속도를 올린다. 이토록 이른 시각임에도, 머리 위로 구름이 드리웠는데도 오늘은 더 더운 것 같다. 안개가 증발하면서, 땀이 더 많이 흐르고 입술에서는 찝찔한 맛이 난다. 다리를 쿵쿵 울리며 나는 셔츠 단으로 얼굴을 훔친다. 칼도 열기를 느낀다. 옆에서 칼은 셔츠를 홀떡 벗더니 딱 맞는 운동복 바지 위로 허리띠처럼 두른다. 깊이 생각하기도 전에 불쑥 든 첫 번째 생각은 칼에게 살이 탄다고 경고해 줘야 한다는 것이다. 연이어 떠오른 두 번째 생각은 멈춰서 그의 벗은 복부의 잘 짜인 근육을 똑바로 구경하고 싶다는 것이다. 둘 다 실행에 옮기는 대신에, 나는 내 앞에 놓인 길에 집중한다. 또 다른 1킬로미터로 이어지는. 또 다른. 또 다른. 옆에서 들리는 그의 숨소리가 갑자기 매우 신경을 분산시킨다.

비행장으로부터 병영과 장교 거주구를 나누는 경계인 빈약한 숲을 돌 때쯤, 어디에선가 천둥이 우르릉 하고 울린다. 분명히 몇 킬로미터는 떨어진 곳이다. 그 소리에 칼이 속도를 줄이라는 듯 내 쪽으로 한 팔을 뻗는다. 그는 나를 마주보려고 몸을 홱 돌린다. 나와 눈을 맞추려고 몸을 기울이면서 양손으로 내 어깨를 꼭 붙든다. 무언가를 탐색하는 듯한 구릿빛 눈동자가 내 눈을 뚫어지게 바라본다. 천둥이 다시 한 번, 더 가까운 곳에서 울린다.

"무슨 일이야?"

완전히 걱정으로 가득 찬 음성으로 그가 묻는다. 한 손을 내 목으로 뻗어서 운동하느라 벌겋게 달아오른 흉터를 진정시키듯 쓰다듬는다.

"진정해."

그의 말에 나는 미소를 지으며 어두워지는 구름 폭풍 쪽으로 머리를 기울인다.

"저거 나 아니야. 그냥 기상 현상이라고. 때때로, 날이 너무 덥고 습기가 차면 천둥을 동반한 폭풍이 일어날 수……."

칼은 소리 내어 웃는다.

"알겠어, 알아들었어. 고마워."

"완벽하게 훌륭한 달리기였는데 다 망치네."

나는 그의 손을 잡으며 혀를 찬다. 칼은 삐딱하게 커다란 미소를 짓는다. 어찌나 커다란지 눈가에 온통 주름이 지는 미소다. 폭풍이 가까이 다가오는 동안, 놈의 전기적인 심장이 두드리는 소리가 느껴진다. 폭풍에 반응하여 내 맥박이 꾸준하게 뛰지만, 번개가 유혹하

210

듯 푸르르 하는 것을 나는 억지로 밀어낸다. 이토록 가까운 곳에 번개 폭풍을 풀어 버릴 수야 없다.

비는 내가 전혀 제어할 수 있는 영역이 아니기에 갑자기 커튼처럼 물방울이 쏟아져 내리는 순간 우리 두 사람 모두 꽥 소리를 내고 만다. 땀범벅이었던 내 옷은 순식간에 흠뻑 젖는다. 갑작스러운 추위에 양쪽 모두가, 특히 칼이 깜짝 놀란다.

그의 맨 피부에서 김이 나더니, 그의 상체와 팔 위를 회색 연무로 된 얇은 막이 뒤덮는다. 빗방울은 칼의 피부 위로 부딪히자마자 번쩍 하고 끓어오르며 쉿 소리를 낸다.

칼이 진정하자 그 현상은 멈추지만, 그에게서는 여전히 온기가 맥동하듯 뿜어져 나온다. 추위에 등골이 오싹해져서, 나는 생각할 틈도 없이 칼에게로 덥석 안겨든다.

"돌아가야 해."

그가 내 머리 꼭대기에서 중얼거린다. 칼의 목소리가 가슴을 통해 울리는 것이 느껴진다. 그의 심장은 내 손바닥 아래에서 빠른 속도로 내달린다. 칼의 심장은 내 손길에 쿵쾅쿵쾅 울리는데, 그것은 그의 차분한 얼굴과는 극명하게 대조적이다.

"그래야 해?"

빗소리에 내 목소리가 완전히 삼켜지지 않을까 생각하며 나는 속삭인다.

그의 팔이 나를 단단하게 안는다. 그는 한 마디도 놓치지 않았다.

주변의 나무들은 새로 자라는 중이라, 잎이나 가지들이 하늘을 온전히 막아 줄 정도로 충분히 융성하게 뻗어 있지 않다. 하지만 길을 막아 줄 정도로는 충분하다. 내 셔츠가 제일 먼저, 진흙 속으로 떨어진다. 나는 칼의 셔츠도 흙바닥으로 가볍게 던지고, 정확하게 우리는 똑같은 상태가 된다.

빗방울이 묵직하게 퍼붓고, 내 코나 척추나 칼의 목을 감싼 내 팔위로 각각의 빗방울이 떨어질 때마다 그 차가움에 깜짝 놀라게 된다. 따뜻한 두 손이 내 등을 타고 응수해 온다. 물과는 정반대되는 기쁜 감촉이다. 칼의 손가락들이 등을 따라 천천히 움직이며 각각의 척추를 하나씩 누른다. 나도 똑같이 한다. 나는 그의 갈비뼈를 세어본다. 그가 몸을 떠는데, 비 때문은 아니고, 내 손톱이 그의 옆구리를 긁었기 때문이다. 칼은 대답하듯 이를 들이댄다. 칼의 이가 턱 전체를 긁고 귀까지 올라간다. 그 느낌을 느끼는 것 외에는 아무것도 할수가 없어서 나는 한순간 눈을 감는다. 모든 감각이 불꽃놀이이자, 벼락이자, 폭발이다.

천둥이 더 가까워진다. 마치 우리에게 끌려오기라도 한 것처럼.

나는 그의 머리카락 안으로 손가락을 밀어 넣고 그를 좀 더 가까이 끌어당긴다. 더 가까이. 더 가까이. 더 가까이. 그에게서는 소금과 연기 맛이 난다. 더 가까이. 아무리 해도 모자란 느낌이다.

"이런 거 전에 해 본 적 있어?"

두려워야 마땅할 것 같지만, 내 몸을 떨리게 하는 건 오직 추위뿐이다.

그가 머리를 뒤로 젖혀서, 나는 항의의 뜻으로 거의 낑낑댄다.

"아니."

그가 시선을 피하며 속삭인다. 어두운 속눈썹에서 빗방울이 뚝뚝 떨어진다. 그 사실이 창피하기라도 한 듯, 그의 턱에 힘이 들어간다.

아무리 칼이라고 해도, 이런 일에는 당황하는 모양이다. 그는 이어진 길의 끝이 어디인지를 아는 것을, 누가 자신에게 질문을 던지기도 전에 대답을 아는 것을 좋아하니까. 그 생각에 나는 웃음을 터뜨릴 뻔한다.

이건 완전히 다른 종류의 전투다. 이 전투에는 연습 같은 게 없다. 그리고 갑옷을 뒤집어쓰는 대신에, 우리는 입고 있던 나머지 옷들마저 벗어 던진다.

칼의 동생 옆에 앉아서 6개월을 보낸 뒤라서, 내 모든 존재를 거대한 악의에 넘겨줬던 그 시간을 거치고 난 뒤라서, 사랑하는 사람을 향해서 내 몸뚱이를 던지는 것은 전혀 두렵지 않다. 비록 이곳이 진흙탕 속이라고 하더라도 말이다. 번개가 머리 위로, 시야 밖으로 번쩍인다. 모든 신경을 타고 스파크가 날뛴다. 그 스파크로 칼을 다치게 하는 일이 없도록 나는 세심하게 집중한다.

칼의 가슴이 내 손바닥 아래에서 달아오르며 난폭한 열기를 발산한다. 그의 피부는 내 피부와 비교하니 더 창백해 보인다. 칼은 자신의 플레임메이커 팔찌를 이로 물어서 풀어 버린 다음 그것들을 아래로 내던진다.

"비에게 감사해야겠어."

그가 중얼거린다.

내 기분은 정반대다. 나는 불타오르고 싶다.

＊ ＊ ＊

　진흙 범벅을 한 채로 연립 주택으로 되돌아가는 것은 사절인데다, 칼의 거주 지역이 "아, 이렇게, 불편하기 짝이 없는" 곳인 탓에, 십수 명은 되는 다른 군인들과 동시에 샤워를 하고 싶지 않은 한은 칼이 머무는 병영에서 몸을 씻어낼 수가 없다. 아이비가 웃자란 땅딸막한 건물인 기지 병원을 향해 우리가 걸어가는 동안, 그는 내 머리카락 사이에서 나뭇잎들을 떼 준다.

　"너 완전 덤불처럼 보여."

　칼은 신이 나서 거의 조증처럼 보이는 미소를 짓는다.

　"그거 딱 당신 대사네."

　칼은 거의 키득키득 웃기까지 한다.

　"어떻게 알았어?"

　"내가…… 아."

　나는 방향을 바꾸어 현관으로 숨어든다.

　병원은 지금 이 시간이면 거의 비어 있는데, 직원이라고는 있지도 않은 환자들을 살피기 위한 몇 안 되는 간호사와 의사 들이 전부다. 힐러들 때문에 의사나 간호사가 필요한 경우는 오직 엄청나게 긴 병이나 극단적으로 복잡한 부상일 때뿐이다. 우리는 콘크리트 블록으로 된 복도들을 따라서 눈이 아플 정도의 형광등 아래를 편안한 침묵 속에서 걷는다. 내 정신이 스스로와 전쟁을 벌이는 동안 내 뺨은 여전히 불타오른다. 본능은 칼을 가장 가까운 방으로 떠밀고 우리 뒤로 문을 잠그라고 한다. 이성은 그러면 안 된다고 타이른다.

좀 다를 거라고 생각했다. 그러니까, 내가 다른 느낌을 가질 수 있을 거라고 생각했다. 칼의 손길은 메이븐의 것을 지워 주지 않았다. 내 기억들은 여전히 거기에 있고, 여전히 그날들이 어제였던 것처럼 고통스럽다. 노력하려고 애를 쓰면 쓸수록, 우리 사이로 언제나 깊어지기만 하는 협곡을 잊어버릴 수가 없다. 어떤 종류의 사랑도 그의 잘못들을 지울 수는 없고, 그 무엇도 내 잘못들을 지울 수 없는 것도 마찬가지다.

담요를 한가득 품에 안은 간호사 하나가 모퉁이를 돌아서 나타난다. 그녀의 발이 어찌나 잽싼지 타일로 된 바닥 위에서 흐릿하게 보일 정도다. 그녀는 우리를 보자 천들을 떨어뜨릴 뻔하더니 멈춰 선다.

"아! 정말 빠르네요, 배로우 양!"

칼이 재빨리 웃음소리를 기침으로 얼버무리는 바람에 내 홍조는 더 심해진다.

"뭐라고요?"

그녀는 환하게 미소를 짓는다.

"방금 막 댁으로 메시지를 보냈는데 말이죠."

"아……?"

"따라오세요, 아가씨. 데려다 줄게요."

천들을 허리께로 옮긴 간호사가 손짓을 한다. 칼과 나는 혼란스러운 시선을 주고받는다. 그는 어깨를 으쓱이더니 그녀를 따라 종종걸음을 걷는데, 기이할 정도로 걱정이라고는 없는 표정이다. 군대식 훈련을 거치며 생긴 칼의 경계심이 저 멀리 사라진 것만 같다.

우리가 그녀를 뒤따라 걷는 동안 그녀는 흥분해서 수다를 떤다.

그녀의 억양은 피에드몬트 식으로, 단어들이 더 느릿하고 달콤하게 느껴진다.

"그렇게 오래 걸리진 않을 거예요. 진행 속도가 빠르거든요. 제 생각에는 뼛속부터 군인이라 그런 것 같아요. 시간을 낭비하기 싫은 거죠."

복도는 병원의 나머지 곳보다 훨씬 바빠 보이는 좀 더 큰 병실로 이어진다. 쭉 이어지는 정원을 내다보고 있는 넓은 창문은 지금은 후려치는 비로 인해 어둡다. 피에드몬트 사람들은 확실히 꽃을 좋아하는 모양이다. 몇 개의 문들은 다른 쪽, 빈 침대들이 놓인 빈 병실로 이어진다. 병실들 중 한 곳의 문이 열려 있고, 여러 명의 간호사들이 안팎으로 드나든다. 무장한 진홍의 군대 군인 하나가 감시를 서고 있는데, 딱히 초롱초롱한 상태 같지가 않다. 지금이 매우 이른 시간이긴 하다. 그는 느릿하게 눈을 깜빡이는데, 병동에서 풍기는 조용하고 효율적인 분위기에 마비된 것 같기도 하다.

사라 스코노스는 그 사람들 두 명분 몫으로 충분히 생기가 넘쳐 보인다. 내가 그녀를 부르기도 전에 그녀가 고개를 든다. 눈동자가 밖의 구름 폭풍처럼 회색이다.

줄리언의 말이 옳았다. 그녀는 무척이나 아름다운 목소리를 가지고 있다.

"안녕하세요."

그녀가 말한다. 그녀가 말을 하는 것을 들어 본 것은 처음이다.

딱히 사라를 매우 잘 알지는 못하지만, 어쨌든 우리는 포옹을 나눈다. 그녀의 손이 내 드러난 팔을 스치자, 격한 일을 치른 근육들

216

속으로 통증을 완화시키는 유성이 쏟아진다. 그녀는 몸을 뒤로 빼면서, 내 머리카락 사이에서 또 다른 나뭇잎 하나를 떼 준 다음, 점잖게 내 어깨 뒤쪽에서 진흙을 털어 준다. 칼의 팔다리에 남은 진흙 흔적들을 알아차린 그녀의 눈이 깜빡거린다. 병원의 소독된 환경과 대조적으로, 그 번쩍이는 바닥과 밝은 조명과 비교하면 우리는 매우 더럽고 눈에 띄는 한 쌍이다.

그녀의 입술이 아주 극미한 능글거림을 띠며 비틀린다.

"아침 달리기가 매우 즐거웠기를요."

헛기침을 하는 칼의 얼굴이 달아오른다. 그는 한 손을 바지에 문지르지만, 유죄 판결에 결정적인 공헌을 한 진흙 얼룩을 더 퍼뜨리기만 할 뿐이다.

"그래요."

"이 병실들은 각각이 욕실을 갖추고 있어요, 샤워 시설을 포함해서요. 갈아입을 옷도 준비해 드릴 수 있지요."

사라가 턱으로 병실들을 가리켜 보인다.

"원하신다면요."

왕자는 점점 더 달아오르는 얼굴을 숨기려고 고개를 휙 숙인다. 그는 뒤로 젖은 발자국을 남긴 채 슬그머니 사라진다.

나는 그를 먼저 가게 내버려 둔 채 자리에 남는다. 사라가 다시 말을 할 수 있게 되었다고 하더라도, (내 추측에 아마도 그녀의 혀는 다른 스킨 힐러의 손길로 돌아온 것일 터이다.) 그녀는 말을 많이 하지 않는다. 그녀는 의사소통을 위한 더 유의미한 수단들을 가지고 있다.

그녀는 다시 한 번 내 팔을 건드리더니 부드럽게 나를 열린 문으로 민다. 칼이 눈 밖으로 사라지고 나자, 나는 조금은 더 분명하게 사고를 할 수 있다. 점들이 하나씩 하나씩 연결된다. 슬픔과 흥분이 동시에 자리한 뭔가가, 가슴을 꽉 조인다. 쉐이드 오빠가 이곳에 있었더라면 얼마나 좋았을까.

팔리는 침대에 상의를 일으킨 채 앉아 있는데, 그녀의 얼굴은 온통 붉고 부어 있고 눈썹을 가로지른 땀으로 윤기가 난다. 바깥에서 울리던 천둥소리는 사라지고, 끝도 없이 퍼붓는 비가 창문을 타고 흘러내린다. 그녀는 내 꼴을 보자 웃음소리를 크게 한 번 터뜨리더니, 다음 순간 갑작스럽게 찡그린다. 사라가 재빨리 그녀의 옆으로 움직이더니 팔리의 뺨에 자신의 치유하는 손을 댄다. 간호사 하나가 자기가 할 일이 생길 때를 기다리면서 벽 근처에서 하릴없이 서성이고 있다.

"여기까지 뛰어온 거야, 아니면 하수관을 기어온 거야?"

팔리가 사라의 호들갑 너머로 묻는다.

다른 것들을 더럽히지 않으려고 조심하면서 나는 방으로 좀 더 들어선다.

"폭풍이랑 딱 마주쳤어."

전혀 납득이 가지 않는다는 어조로 팔리가 대꾸한다.

"그랬구나. 저기 밖에 있던 거 칼이었지?"

순간적으로 벌게진 내 얼굴은 팔리와 맞먹을 정도다.

"맞아."

"그랬구나."

그녀가 필요 이상으로 말을 길게 끌면서 다시 한 번 말한다.

그녀는 눈동자를 내게 딱 고정한 채로 바라보는데, 마치 내 피부에서 지난 30분의 시간을 읽을 수 있기라도 한 모양새다. 옷에 뭐 수상한 손자국이라도 남아 있는 건 아닌지 좀 살펴보고 싶은 마음을 나는 억지로 참는다. 다음 순간 그녀가 팔을 뻗더니 간호사에게 손짓한다. 그녀가 몸을 기울이자 팔리가 뭔가를 간호사에게 속삭이는데, 그녀의 말들이 너무 빠르고 낮아서 내게는 잘 들리지 않는다. 간호사는 고개를 끄덕이더니 뭔지는 몰라도 팔리가 원한 것을 구하기 위해서 종종걸음으로 병실을 나선다. 그녀는 지나가며 내게 엄격한 미소를 던진다.

"더 가까이 와도 돼. 뻥 터지거나 하진 않을 테니까."

그녀는 흘긋 사라를 향해 시선을 던진다.

"아직은 말이야."

스킨 힐러는 매우 잘 연습된 친절한 미소를 지어 보인다.

"그렇게 오래 걸리진 않을 거예요."

머뭇거리면서 나는 원하면 팔을 뻗어서 팔리의 손을 잡을 수 있을 정도로 가까운 곳까지 몇 걸음을 더 딛는다. 그녀의 침대 옆에는 몇 대의 기계가 깜빡거리면서, 느릿하고 조용하게 웅웅거리고 있다. 기계들이 나를 끌어당긴다. 녀석들이 내는 일정한 리듬은 최면을 불러일으킨다. 쉐이드 오빠로 인한 아픔이 더 커다래진다. 우린 곧 오빠의 조각 하나를 얻게 될 테지만, 오빠는 결코 돌아올 수가 없다. 오빠의 눈동자, 오빠의 이름, 오빠의 미소를 가진 아기라고 할지라도 말이다. 오빠가 결코 사랑해 줄 수 없을 아기.

"매들린은 어떨까 생각해."

팔리의 목소리가 나를 소용돌이에서 잡아챈다.

"뭐?"

팔리가 하얀색 침대 천을 쑤신다.

"내 동생 이름이었어."

"아."

작년, 나는 대령의 사무실에서 그녀의 가족사진을 본 적이 있다. 몇 년 전에 찍은 것이었지만 팔리의 것과 꼭 같은 금발을 한 어머니와 소녀 옆에 서 있던 팔리와 그녀의 아버지는 몰라 볼 수 없을 만큼 지금이랑 똑같았다. 팔리의 가족들에게는 모두 유사한 부분이 있었다. 넓은 어깨, 근육질, 강철 같은 푸른 눈동자. 팔리의 여동생은 그들 중에서 가장 키가 작았지만, 아마도 팔리의 체형과 비슷하게 자라는 중이었을 것이다.

"아니면 클라라. 우리 어머니 이름을 따서."

만약 그녀가 계속 말하고 싶은 거라면, 나는 귀 기울여 들어야 할 것이다. 하지만 결코 캐묻지는 않을 것이다. 그래서 나는 그저 조용하게 서서, 그녀가 대화를 이끌게 내버려 둔다.

"두 사람은 몇 년 전에 죽었거든. 레이크랜즈에서, 고향에서 말이야. 진홍의 군대는 그때는 별로 주의 깊지 못했어. 그러다 우리 공작원들 중 하나가, 너무 많이 알고 있던 사람 하나가 잡혔지."

고통이 그녀의 얼굴 위로 간간히 스친다. 그 고통은 과거의 기억과 현재 상태 모두에 기인한 것이다.

"우리 마을은 작았어, 누가 고려해 볼 만한 곳도, 중요한 곳도 아니었거든. 진홍의 군대 같은 것이 자라나기에 완벽한 장소였지. 한 사람이 혓바닥 아래로 그 이름을 속삭이기 전까지는 말이야. 레이크랜즈의 왕이 직접 우리에게 벌을 내렸어."

그에 관한 기억이 내 마음속에 번뜩인다. 누구도 건드리지 않은 물의 수면처럼 고요하고 불길하던 그 작은 남자. 오렉 시그넛.

"그 남자가 허드의 해변을 들어 올려서, 만(灣)에서 끌어올린 그물을 우리 마을에 홍수처럼 퍼부어서 자기 왕국의 지도에서 지워 버렸을 때, 아버지와 나는 멀리 있었어."

"그들은 익사했구나."

나는 중얼거린다.

그녀의 목소리는 결코 흔들리지 않는다.

"온 나라의 적혈들이 노스랜즈의 익사 사건에 격앙되었어. 아버지는 우리 이야기를 호수 위아래로 실어 날랐고, 셀 수도 없을 마을과 도시들에 퍼 날랐고, 진홍의 군대는 번창해갔지."

팔리의 공허한 표정이 무섭게 변한다.

"'적어도 그들은 뭔가를 위해 죽었다.' 아버지는 그렇게 말하곤 했어. '우린 운이 좋았어.'"

"뭔가를 위해 사는 편이 낫지."

아주 어려운 방식으로 체득한 교훈을 떠올리며 내가 동의한다.

"그래, 정확해. 정확해……."

그녀는 말꼬리를 늘이더니, 망설임 없이 내 손을 잡는다.

"그래서 어떻게 적응하는 중이야?"

"느리게."

"그렇게 나쁘지는 않네."

"가족들은 대부분 집 주변에 있어. 줄리언이 기지 실험실에 숨어 있지 않은 날이면 찾아오곤 해. 킬런도 항상 옆에 있어 줘. 간호사들이 아빠를 보러, 그러니까 아빠가 다시 다리에 적응하시는 과정을 보러 오는데…… 아, 어쨌든 아빠는 매우 아름답게 그 과정을 소화하고 계셔요."

조용하게 구석에 자리 잡고 있는 사라를 돌아보며 나는 덧붙인다. 그녀는 기쁜 얼굴로 활짝 웃는다.

"아빠는 자기 느낌을 숨기는 데 매우 능하시지만, 분명히 말하건대 아빠는 매우 행복해하셔. 느낄 수 있는 최대한의 행복이랄지."

"네 가족에 대해 물은 게 아니야. 너에 대해서 물은 거지."

팔리가 내 손목 안쪽에 대고 손가락을 톡톡 두드린다. 무심결에 족쇄가 주던 무게감에 대한 기억으로 움찔한다.

"이번 한 번만, 네 자신의 일로 징징대도 된다고 허가해 주려는 거야, 번개 소녀."

나는 한숨을 내쉰다.

"난…… 난 자물쇠가 잠긴 방에서는 혼자 있지를 못해. 난……."

느릿하게, 나는 그녀의 손아귀에서 손목을 빼낸다.

"손목에 뭐가 닿는 느낌이 여전히 싫어. 메이븐이 나를 계속 죄수로 잡아두기 위해서 썼던 족쇄 느낌이 생각나거든. 그리고 어떤 것도 있는 그대로를 볼 수가 없어. 어디서나, 누구에게서나 속임수를 찾게 돼."

그녀의 눈이 어두워진다.

"그거 참 불필요하게 끔찍한 본능이네."

"나도 알아."

내가 중얼거린다.

"칼은 어때?"

"칼이 어떻냐니?"

"내가 마지막으로 너희 두 사람을 봤을 때는…… 두 사람이 서로를 조각조각 찢어 버리는 일이 바로 코앞에 닥친 것 같았거든."

그리고 쉐이드 오빠의 시체 바로 코앞이기도 했지.

"나는 그래서 그걸로 이야기가 다 끝난 줄 알았지."

그 순간이 기억난다. 우리는 그 순간에 대한 이야기를 꺼내지 않았다. 내 안도감이, 내 탈출에 대한 우리의 안도감이 그 이야기를 뒤로, 잊힌 곳으로 멀리 치워 두었다. 하지만 팔리가 말하는 순간, 내 오래된 상처가 다시 열리는 기분이다. 나는 합리화를 시도한다.

"칼은 여전히 이곳에 머무르고 있어. 그는 진홍의 군대가 아케온을 습격하는 걸 도왔지, 코르비움을 차지하는 것도 이끌었고. 내가 오직 그에게 원했던 것은 편을 고르라는 거였고, 그는 분명히 그렇게 한 셈이야."

기억 뒤편에서 올라온 단어들이 내 귓가에서 속삭인다. *나를 선택해. 새벽을 선택해.*

"칼은 나를 선택했어."

"오래도 걸렸다."

그 말에 동의해야만 한다. 하지만 적어도 지금으로서는 그에게 이 길에서 등을 돌릴 기색이 없다. 칼은 진홍의 군대의 것이다. 메이븐이 나라 전체가 그 사실을 알게 만들었으니까.

"나 씻으러 가야 할 것 같아. 만약 오빠들이 내가 이 꼴인 걸 보기라도 하면……."

"얼른 가."

팔리가 세워 둔 베개로 몸을 움직이면서, 좀 더 편안한 자세를 취하려고 애를 쓴다.

"돌아올 때쯤에는 조카가 생겨 있을 테니까."

다시 한 번 그 생각은 달콤쌉쌀한 감각을 준다. 나는 팔리를 위해 억지로 미소를 짓는다.

"아기가…… 쉐이드 오빠를 닮았을지 궁금해."

내 의미는 명백하다. 외모가 아니라, 능력 얘기다. 두 사람의 아기는 오빠가 그랬던 것처럼 그리고 내가 그런 것처럼 신혈일까? 그 능력이 이런 상황에서도 작용하게 될까?

팔리는 내 말을 알아듣고도 그저 어깨만 으쓱한다.

"뭐, 그렇다고 아기가 배 밖으로 순간이동하진 않았어, 아직은. 그러니 누가 알겠어?"

문간에 돌아온 간호사는 샬레를 들고 있다. 나는 그녀가 지나가도록 몸을 뒤로 물리지만, 그녀는 팔리가 아니라 나에게로 다가온다.

"장군님이 당신에게 이걸 주라고 요청하셨어요."

그녀가 말하면서 샬레를 내게로 내민다. 그 안에는 알약 하나가 들어 있다. 겸손하게도 하얀색이다.

"네 선택이야."

팔리가 침대에서 말한다. 손으로 배를 부드럽게 안고 있는 그녀의 눈은 심각하다.

"적어도 그걸 갖고는 있어야 할 것 같아서."

나는 망설이지 않는다. 알약은 쉽게 넘어간다.

* * *

시간이 좀 더 흐른 후에, 내게는 조카딸이 생긴다. 엄마는 다른 아무도 클라라를 안지 못하게 하실 정도다. 엄마는 신생아에게서 쉐이드 오빠가 보인다고 주장하시는데, 그건 현실적으로는 말도 안 되는 얘기다. 그 작은 꼬맹이는 오빠들 중 누구라기보다는 주름진 빨간 토마토에 더 가깝게 생겼다.

병실 밖에서, 배로우 가의 나머지 사람들은 흥분 속에 모여 있다. 칼은 자기 훈련 스케줄을 소화하기 위해서 돌아간 뒤다. 그는 가족들의 사적인 순간을 방해하지 않고 싶어 했다. 다른 사람들만큼이나 내게도 틈을 만들어 주기 위해서다.

킬런이 나와 함께 창문에 기대 있는 작은 의자 속에 끼어 앉아 있다. 비는 시간이 지날수록 약해진다.

"낚시하기 좋은 날씨야."

회색 하늘에 시선을 던지며 그가 말한다.

"아, 또 날씨 이야기 중얼거리려는 것 좀 봐."

"까칠하긴, 까칠해."

"너 지금 죽을 고비 넘긴 줄 알아라, 워렌."

내 농담에 넘어간 킬런이 웃음을 터뜨린다.

"지금 이 시점에서 보면 우리 모두가 죽을 고비를 넘기는 중인 거

같은데."

다른 누가 듣기에는 불길한 소리인지 몰라도, 나는 킬런을 너무 잘 알고 있다. 나는 그의 어깨를 쿡 찌른다.

"그래서, 훈련은 좀 어때?"

"음. 몬트포트는 신혈 군인들 여러 부대를 보유하고 있어. 모두가 잘 훈련받은 사람들이야. 몇 가지 능력들이 겹치거든…… 다미안, 해릭, 파라, 그리고 몇 명 더. 그 사람들은 멘토를 만나서 착착 순조롭게 능력을 키우는 중이지. 나는 에이다랑, 그리고 칼이 없을 때는 아이들이랑 같이 훈련해. 다들 익숙한 얼굴을 원해서."

"그럼 낚시할 틈 같은 건 없겠네?"

킬런은 무릎 위로 팔꿈치를 대고 몸을 앞으로 기울이며 싱긋 웃는다.

"없지, 사실 없어. 웃기지, 예전에는 강에서 작업하기 위해서 일어나는 게 죽도록 싫고 그랬거든. 태양에 피부가 타는 거, 밧줄 때문에 생기는 상처들, 낚시 바늘에 걸리는 거, 내 옷 위로 온통 물고기 내장들이 묻어 있는 거, 그 모든 순간들이 다 죽도록 싫었어. 지금은 다 그리워."

킬런이 손톱을 물어뜯는다.

나도 그때의 그 소년이 그립다.

"그땐 그 냄새 때문에 너랑 친구로 지내는 게 정말로 힘들었어."

"아마도 그래서 너랑 나랑 함께 붙어 지낸 거 아니겠냐. 누구도 내 냄새나 네 태도를 참을 수 없었기 때문이겠지."

나는 미소를 지으며 머리를 뒤로 기울여 유리창에 기댄다. 굵은 빗방울이 꾸준하게 흘러내린다. 머릿속으로 빗방울을 세어 본다. 그 편이 내 주변의 다른 것들이나 내 앞에 닥친 일들을 생각하는 것보다는 쉽다.

사십…… 일, 사십…… 이.

"네가 이렇게 오래 가만히 앉아 있을 줄은 몰랐어."

킬런이 고요하게 생각에 잠긴 얼굴로 나를 바라본다. 킬런도 도둑이고, 그 역시 도둑의 본능을 가지고 있다. 킬런에게 거짓말을 하는 건 어떤 결과도 얻어내지 못한 채, 그저 그를 더 멀리 밀어내는 결과만 가져올 것이다. 그리고 그건 지금 내가 견딜 수 있는 종류의 일이 아니다.

나는 조용히 속삭인다.

"뭘 해야 할지 모르겠어. 화이트파이어 팰리스에 있을 때조차, 내가 죄수였을 때 말이야, 나는 탈출하려고 애를 쓰고 계획을 짜고, 엿보고, 생존하려고 기를 썼지. 하지만 지금은…… 모르겠어. 계속 갈 수 있을지 확신이 안 서."

"그럴 필요 없어. 네가 만약 이 모든 일에서 벗어나서 다시는 돌아오지 않는다고 하더라도 세상 누구도 너를 비난하지 않아."

나는 계속 빗방울을 바라본다. 배꼽 아래 깊숙한 곳이, 아픈 기분이 든다.

"알아."

죄책감이 내 안을 사로잡는다.

"하지만 지금 당장 내가 걱정하는 모든 사람들과 함께 사라질 수 있다고 할지라도, 나는 그렇게 하지 않을 거야."

내 안에 너무나 많은 분노가 있다. 너무나 많은 증오가.

킬런은 이해한다는 듯 고개를 끄덕인다.

"하지만 너는 싸우고 싶지도 않은 거잖아."

"나는 더 이상은……."

목소리가 차츰 잦아든다.

나는 더 이상 괴물이 되고 싶지 않아. 그저 유령으로 덮인 껍데기도. 메이븐처럼.

"그러지 않을 거야. 네가 그러도록 내가 두지 않아. 지사는 말할 것도 없고."

나도 모르게 소리 내어 웃고 만다.

"그렇네."

"지금 넌 혼자가 아니야. 신혈들이랑 지낸 내 모든 경험을 통틀어서, 그게 신혈들이 제일 두려워하는 거라는 걸 알았지."

킬런이 자기 머리를 유리창에 기댄다.

"그 사람들이랑 얘기를 좀 해 봐."

"그럴게."

나는 진심을 담아 웅얼거린다. 아주 조그만 안도 한 조각이 가슴에서 피어난다. 그 말들이 다른 것과는 비교도 안 되게 나를 안심시켜 준다.

"그리고 결국, 너도 네가 정말로 원하는 게 뭔지 파악하긴 해야 될 거 아냐."

킬런이 부드럽게 주장한다.

목욕물이 둥글게 소용돌이치며, 두툼하고 하얀 거품 속에서 게으르게 끓어오른다. 창백한 소년이 나를 올려다본다. 눈은 크게 뜨고 목을 훤히 드러낸 채. 실제로 나는 그저 서 있었다. 나는 약했고 어리석고 겁에 질려 있었다. 하지만 백일몽 속에서 나는 손을 그의 목에 올리고 힘을 준다. 그는 데일 듯 뜨거운 물속에서 발버둥을 치다가 아래로 가라앉는다. 다시는 떠오르지 않는다. 다시는 내 머릿속에 나타나지 않는다.

"난 그를 죽이고 싶어."

눈을 가늘게 뜨는 킬런의 뺨 근육이 움찔한다.

"그렇다면 넌 훈련을 하고, 이겨야겠네."

느릿하게 나는 고개를 끄덕인다.

병동 끝에서, 거의 완전히 그늘 속에 자리한 대령은 여전히 바싹 긴장 중이다. 그는 자기 발만을 내려다본 채, 움직이지 않는다. 그는 자신의 딸이나 방금 태어난 손녀를 보러 들어가지 않는다. 하지만 병실을 떠나지도 않는다.

제23장

에반젤린

그녀가 내 목에 대고 웃음을 터뜨린다. 그녀의 입술과 차가운 강철이 가볍게 닿는다. 내 왕관은 그 애의 구불거리는 붉은 머리 위에 위태롭게 자리하고 있다. 루비 같은 머리 타래 사이로 강철과 다이아몬드가 반짝인다. 그녀는 능력을 써서 다이아몬드가 반짝이는 별처럼 깜빡이게 한다.

마지못해서, 나는 일어나 앉아 매끄러운 이불과 일레인을 뒤에 남겨 둔 채 침대를 떠난다. 내가 커튼을 젖히고 햇살이 쏟아지게 하자 일레인은 꽥 소리를 지른다. 일레인은 손짓 한 번으로 창문에 그림자를 드리우고, 빛의 양이 자기 취향대로 줄어들 때까지 그늘을 꽃피운다.

희미한 빛 속에서 나는 작은 검정색 속옷을 껴입고 끈 달린 샌들을 신는다. 오늘은 특별한 날이라서, 나는 옷장에 있는 금속판들로 내 체형에 맞는 옷을 만드는 데 공을 들인다. 티타늄과 색이 진한 강철들이 내 팔다리 위에서 맥동한다. 검정색과 은색은 눈부신 색 배열들 속에서 빛을 반사한다. 나는 꾸밈을 마무리하기 위해서 딱히 하녀의 도움을 필요로 하지도 않거니와, 내 방 주변에 누군가가 돌아다니는 것도 싫다. 나는 스스로 화장을 한다. 반짝거리는 짙은 남빛의 립스틱과 어두운 산호색 아이라이너를 매치하고 특별히 만든 크리스털로 포인트를 준다. 일레인은 내가 자기 머리에서 왕관을 가져갈 때까지, 그 사이 내내 꾸벅꾸벅 존다. 왕관은 내 머리에 완벽하게 들어맞는다.

"내 거야."

나는 몸을 기울여 그녀에게 한 번 더 입을 맞추면서 말한다. 게으르게 미소를 짓는 그녀의 입술이 내 입술 위에서 휘어진다.

"잊지 마, 너도 오늘 참석할 예정이라는 걸."

그녀는 장난스럽게 절을 한다.

"공주 전하의 명령이시라면."

그 호칭이 너무나 맛있게 들린 나머지 일레인의 입 속에서 당장 그 단어들을 핥아먹고 싶다. 하지만 화장을 망칠 수는 없기에 참는 수밖에 없다. 그리고 나는 돌아보지 않고 방을 나선다. 내가 요 며칠간 잃어버린 거나 다름없는 소위 자제력이라는 녀석을 완전히 놓아버리지 않도록.

릿지 하우스는 몇 세대에 걸쳐 우리 가문이 소유하고 있는 곳으로, 이 저택은 우리 지역에 있어서 그 이름의 유래가 된 수많은 협곡('리프트(rift)'는 협곡, 골짜기 등을 의미하며, '릿지(ridge)'는 산의 능선, 산

등성이를 의미하는 말이다——옮긴이)의 높은 가장자리에 넓게 자리하고 있다. 건물은 강철과 유리로 이루어져 있는데, 가문의 사유지 중에서 내가 제일 좋아하는 곳이기도 하다. 내 방들은 동쪽에 면해 있어서, 여명을 볼 수 있다. 나는 태양이 떠오르는 것을 무척 좋아한다. 일레인이 절대 동의하지 않는 만큼이나. 내 방들을 저택의 중앙 홀들로 이어주는 복도는 마그네트론이 설계한 것으로, 양 옆을 뻥 뚫린 강철로 만든 보도다. 일부는 땅 위로 이어지지만, 대부분은 잎이 무성한 나무 위로, 거친 암석 위를 넘어 호를 그리고 사유지 위로 점을 찍듯 솟아 있다. 전투가 우리 저택 문 앞에서 벌어질 리야 없겠지만, 군대가 쳐들어온다면 이런 구조물 위에서 싸움을 벌이는 것은 몹시 어려운 일이 될 것이다.

릿지 하우스의 숲은 깔끔하게 손질되어 있고 경내는 화려하게 꾸며져 있음에도, 이곳에는 새들이 거의 오지 않는다. 새들도 잘 알고 있기 때문이다. 아이였을 적에, 프톨레무스와 나는 많은 새들을 목표물로 삼아 연습을 했다. 살아남은 나머지 것들은 우리 어머니의 변덕에 휘둘려 추락했다.

300년도 더 전에, 캘로어 왕들이 일어나기 전에는 릿지 하우스가 존재하지도, 노르타가 존재하지도 않았다. 이 땅 구석은 나의 직계 조상인 사모스 장군이 다스렸다. 우리 가문은 정복자의 핏줄이며 우리 운명은 다시 한 번 일어난 것이다. 메이븐은 더 이상 노르타의 유일한 왕이 아니다.

하인들은 모습을 드러내지 않는 것에 능숙한 탓에 자신들이 필요할 때나 부름이 있을 때에만 나타난다. 최근의 몇 주 동안에 그들의 그 능력은 극에 달한 듯하다. 왜 그런지 추측하는 것은 어렵지 않다. 많은 적혈들이 내전에 대비해 안전을 찾아서 도시로 이주하거나, 진홍의 군대의 반역에 합류하기 위해서 달아나고 있다. 아버지께서는 진홍의 군대 자체는 피에드몬트로 이미 달아났으며 놈들은 그저 몬트폰트의 손 아래 매달려 춤추는 꼭두각시 인형에 불과하다고 말씀하신다. 아버지께서는 마지못해서이긴 해도 몬트포트와 진홍의 군대와의 대화 채널들을 유지하고 계신다. 어쨌든 당분간은 적의 적은 친구이며 메이븐과 관계된 사안이라면 우리는 모두 잠정적인 동맹인 것이다.

톨리 오빠가 화랑에서 기다리고 있다. 그곳은 저택의 길이 전체를 관통하는 길게 뚫린 공간이다. 전 방향으로 나 있는 창을 통해서 모든 방향으로 리프트 지역 수 킬로미터를 넘는 광경을 볼 수 있다. 날씨가 맑은 날이면, 서쪽으로는 피타러스까지도 볼 수 있겠지만 구불구불 나 있는 강의 협곡 전체를 봄비가 적시는 동안 저 멀리까지 구름이 낮게 걸려 있다. 동쪽에서는 계곡과 언덕들이 점점 더 큰 경사로 흘러내리다가 청록색 산들로 끝이 난다. 내 분명한 견해에 따르면, 리프트 지역은 노르타에서 가장 아름다운 곳임이 틀림없다. 그리고 이곳이 내 것이다. 내 가족의 것. 사모스 하우스가 이 천국을 다스린다.

오빠는 확실히 왕자처럼, 리프트 왕국 왕좌의 계승자처럼 보인다. 갑옷 대신에 오빠는 새로운 제복을 입고 있다. 검정색 대신에 은회색인 옷에는 번쩍이는 오닉스와 철로 된 단추가 달렸고 기름처럼 어두운 색의 장식띠가 오빠의 어깨부터 엉덩이까지를 가로지르고 있

233

다. 아직 훈장은 없다. 적어도 오빠가 달 수 있는 것은 없다. 오빠가 그간 얻었던 훈장들은 다른 왕에게 봉사하며 얻은 것이기 때문이다. 오빠의 은색 머리카락은 젖어 있고, 뒤로 넘겨 머리 위에 딱 달라붙어 있다. 갓 샤워를 마친 모양이다. 오빠는 보호 작용에 따른 부산물로 새로운 손을 가까이 딱 끼우고 있다. 그 손을 제대로 다시 자라게 하는 데에 렌은 거의 하루를 꼬박 써야 했고, 심지어 그러고 나서도 자기 동류 두 명에게서 어마어마한 도움을 받아야만 했다.

"내 아내는 어디 있어?"

오빠가 내 뒤 쪽의 개방된 복도를 내려다보며 묻는다.

"결국 오긴 올 거야. 게으른 것 같으니."

지난주에 톨리 오빠는 일레인과 결혼했다. 결혼식 날 밤 이래로 오빠가 일레인을 본 적이나 있는지도 모르겠지만, 오빠는 거의 신경도 쓰지 않는다. 합의는 상호간에 이루어졌다.

오빠가 건강한 쪽 팔을 내 팔에 낀다.

"누구나 너처럼 거의 잠을 자지 않고 버틸 수 있는 건 아니지."

"뭐, 오빠는 어떤데? 오빠 책임 하에 있는 온갖 업무들이 레이디 렌과 함께하는 매우 늦은 밤에 이루어진다는 소문을 들었는데. 혹시 내가 잘못 들은 건가?"

나는 오빠를 음흉하게 바라보며 대꾸한다.

오빠는 멋쩍은 얼굴로 슬쩍 미소를 보인다.

"그게 가능하기나 하냐?"

"여기선 불가능하지."

럿지 하우스에서 비밀을 지키기란 불가능에 가깝다. 특별히 어머니에게 더욱 그렇다. 어머니의 눈은 생쥐와 고양이와 때때로 대담한 참새에 이르기까지 모든 놈들을 통해서 모든 곳에 존재한다. 햇빛이 화랑을 통과하며 기울어지며, 부드러운 금속으로 된 수많은 조각상들 위로 교차한다. 우리가 그 사이를 통과하는 동안, 오빠가 허공에 새 손을 돌리자 조각상들이 오빠의 손길을 따라 돌아간다. 조각상들은 다시 조합되면서 뒤로 갈수록 점점 더 복잡한 모양이 된다.

"꾸물거리지 마, 오빠. 대사들이 우리보다 먼저 도착하기라도 하면 아버지께서 우리 머리를 꼬챙이에 꿰서 문 앞에 걸어두실걸."

나는 오빠를 질책한다. 오빠는 내가 흔히 하는 협박이자 우리 사이의 오래된 농담에 웃음을 터뜨린다. 우리 둘 다 그런 걸 본 적도 없다. 아버지가 여러 번 누군가를 죽이셨음은 분명하지만, 결코 그렇게 잔혹했던 적도 없고 집에서 가까운 곳에서 그러신 적도 없다. *네 앞마당에서 피를 흘리면 안 된다.* 아버지라면 그렇게 말씀하실 터이다.

우리는 바람처럼 화랑에서 빠져나와 밖으로 이어진 산책로를 걸어간다. 봄 날씨를 좀 더 만끽할 수 있다. 안쪽의 응접실들 대부분이 산책로를 향해 있다. 잘 닦인 판유리로 된 방의 창문들이나 문들은 봄바람을 맞이하기 위해서 개방되어 있다. 사모스 경비대가 일렬로 서서, 우리가 지나가자 고개를 숙여 그들의 왕자와 공주에게 경의를 표한다. 나는 그 행동에 미소를 보내지만, 그들의 존재감에 불안해진다.

사모스 경비대는 폭력적인 작전들을 감독한다. 침묵하는 돌을 만드는 작전이다. 심지어 프톨레무스 오빠조차 그들의 앞을 지나치는 동안 얼굴이 창백해진다. 피 냄새가 순간 우리를 압도하고, 공기를 날카로운 쇠 냄새로 채운다. 두 명의 아벤들이 응접실 안 의자에 묶인 채 앉아 있다. 둘 중 어느 쪽도 기꺼이 이곳에 와 있는 것은 아니다. 그들의 가문은 메이븐과 동맹을 맺고 있지만 우리에게 침묵하는 돌이 필요하기에 그들이 지금 이곳에 끌려와 있는 것이다. 렌이 그들 주변을 빙빙 돌면서 작업 과정을 지켜보고 있다. 두 사람의 손목에 길게 베인 틈새에서 커다란 양동이로 피가 흘러내리고 있다. 아벤들이 한계에 다다르면, 렌이 그들을 치료하고 피 생산을 원활히 만들고 다시 그 모든 일들이 시작될 것이다. 그 사이에, 피는 시멘트와 섞여서 능력을 억누르는 치명적인 돌 조각으로 굳어질 것이고. 무엇을 위한 것인지까지는 나도 모르겠지만 아버지께서는 확실히 이것에 관한 계획을 갖고 계신다. 감옥, 아마도 메이븐이 갖고 있는 것과 마찬가지로 은혈과 신혈 모두를 가둘 수 있는 감옥 때문이 아닐까.

'선셋 스트레치'라는 아주 적절한 이름을 가진('저녁노을이 펼쳐진다'는 뜻—옮긴이) 우리의 가장 커다란 손님용 방은 서쪽 면에 위치한다. 이제 그곳은 엄밀히 말하자면 우리의 알현실도 겸하게 될 것이다. 우리가 다가가자 아버지께서 새롭게 편성하신 귀족가의 조신들이 점점이 길을 메우고, 매 앞의 계단마다 그 밀도는 더 높아진다. 대부분은 사모스 가의 사촌들로 우리의 독립 선언으로 인해 한창 고무되어 있다. 가까운 혈족 중 몇몇, 아버지의 형제자매와 그들의 자녀들은 자신들에게 굉장한 직위를 달라 주장하지만, 나머지는 로드와 레이디로 남은 채 내 아버지의 이름과 그분의 야망에 의지해서 살아가는 것에 만족하고 있다.

익숙한 검정과 은색 사이로 밝은 색이 두드러지며 오늘 집회의 의미를 명백히 지시한다. 공공연한 반란에 다른 가문에서 보낸 대사들이 리프트 왕국과 교섭을 하기 위해 와 있다. 무릎을 꿇기 위해서. 아이럴 하우스는 반발할 것이다. 협상을 시도하겠지. 실크들은 자신들의 비밀로 자신들을 위한 왕관을 살 수 있다고 생각하지만 권력이 이곳에서 통하는 유일한 화폐. 힘은 유일한 동전이고. 그리고 그들은 우리 영역에 들어옴으로써 모두 항복했다.

헤이븐도 이미 와 있다. 쉐도우들은 기분 좋게 햇살을 쬐고 있다. 반면 노란색의 라리스 윈드위버들은 서로 가까이 붙어 있다. 후자의 경우 아버지께 이미 그들의 충성을 바쳤고, 그들은 대부분의 공군 기지 지배권을 장악하여 공군력도 함께 바쳤다. 그럼에도 불구하고, 나는 헤이븐 하우스에 더 신경이 쓰인다. 일레인은 말하지 않겠지만, 분명히 자신의 가족들이 그리울 것이다. 일부는 이미 사모스에게 충성을 맹세했지만, 모두는 아니다. 그들 중에는 그녀의 아버지도 포함되어 있어서, 그녀의 가문이 쪼개지는 것을 보면 그녀 역시도 마음이 찢어질 것이다. 사실, 그래서 그녀가 나와 함께 여기 내려오지 않은 거라고 생각한다. 일레인은 자신의 가문이 분열된 모습을 견딜 수 없을 것이다. 내가 그녀 앞에 그들을 무릎 꿇릴 수 있었으면 싶다.

매끄러운 강가의 바위로 바닥을 깔고 계곡 전체를 내려다보는 조망을 자랑하는 선셋 스트레치는 아침 햇살 아래에서 여전히 인상적인 모습을 선사한다. 얼리전트 리버 강은 초록색 비단 위에 구부러진 푸른 리본처럼 흘러, 저 멀리 폭풍우 속으로 앞뒤로 나태하게 구불구불 이어진다.

연합체가 아직까지 도착하지 않은 덕분에 톨리 오빠와 나에게는 우리 자리(왕좌)에 앉을 시간이 남는다. 오빠의 자리는 아버지의 오른쪽이고, 내 자리는 어머니의 왼쪽이다. 왕좌들은 모두 최상의 철로 만들어진 것으로, 거울처럼 광택이 흐를 만큼 반짝반짝하게 닦여 있다. 왕좌에 닿자 순간 차가운 느낌이 들어, 앉으면서 스스로에게 떨지 말라고 속삭인다. 어쨌거나 닭살이 피부 위로 올라오는 건 대체로 예상했던 바다. 나는 리프트 왕국의, 사모스 왕가의 에반젤린 공주이다. 나의 운명이란 다른 누군가의 왕비이자, 다른 누군가가 쓴 왕관에 달린 것이라고만 생각해 왔다. 지금 이 상황이야말로 우리가 오랫동안 내내 계획해 왔어야 했던 일이었다. 오직 다른 누군가의 아내가 되기 위해서 훈련하느라 낭비했던 내 인생 지난 몇 년이 후회될 지경이다.

아버지께서 자문단 한 무리와 함께 들어오신다. 이야기에 귀 기울이느라 머리를 기울이신 채다. 아버지께서는 천성적으로 말을 많이 하시진 않는다. 아버지의 생각은 당신 고유의 것이지만, 아버지께서는 귀를 기울이시고 판단을 내리기 전에 그 모든 것들을 고려하신다. 결함이 있는 자기 나침반에만 의존해서 판단을 내리는 그 멍청한 왕, 메이븐하고는 다르다.

평상시 입으시는 녹색 옷을 입은 어머니께서 다른 레이디나 고문들 없이 홀로 그 뒤를 따르신다. 대부분의 사람들은 어머니에게서 거리를 벌린다. 아마도 100킬로그램은 나감직한 검정색 표범이 어머니 발치를 뒤따르고 있기 때문일 테지만. 놈은 어머니와 속도를 맞춰 뒤를 따르다가 어머니가 왕좌에 다가서고 나서야 어머니의 옆으로 이동한다. 그러더니 놈은 내 주위를 빙빙 돌면서 그 거대한 머리를 내 발목에 비빈다. 나는 전적으로 습관에 의해 침착함을 유지한다. 생물에 대한 어머니의 제어는 매우 잘 훈련된 경지이지만 완벽하지는 않다. 어머니께서 의도하셨든 아니든 수없이 많은 하인들이 어머니의 애완동물에게 물어뜯기는 것들을 여럿 봐 왔다. 검은 표범은 머리를 한번 흔들더니 어머니에게로 돌아가, 어머니의 왼편을 차지하고는 우리 사이에 앉는다. 어머니는 에메랄드가 번쩍이는 한 손을 놈의 머리에 얹으시고는 그 매끄러운 검정색 털을 쓰다듬으신다. 그 거대한 고양이는 느릿하게 눈을 깜빡이면서 노란색 눈동자를 동그랗게 뜬다.

나는 그놈 너머로 어머니와 시선을 맞추면서 한쪽 눈썹을 들어올린다.

"대단한 입장이셨어요."

"표범으로 할지 비단구렁이로 할지 고민했어."

어머니께서 대꾸하신다. 어머니 머리 위의 왕관에 은으로 완벽하게 고정되어 있는 에메랄드들이 번뜩인다. 어머니의 머리카락이 완벽하게 쭉 뻗고 매끄러운 두꺼운 검정 판 위로 떨어진다.

"그런데 뱀이랑 어울릴 드레스를 찾질 못하겠더라."

어머니는 쉬폰 드레스의 비취색 주름을 가리켜 보이신다. 말씀하신 것이 그 이유가 아닐 것은 당연하지만, 그 생각을 밖으로 얘기하진 않는다. 어머니의 교묘한 책략은 곧 충분히 드러날 것이다. 어머니는 영리하신 만큼이나 속임수에는 재능이 없으시다. 어머니의 위협은 밖으로 바로 보이는 종류다. 아버지께선 이런 점에 있어서 어머니께는 매우 좋은 배우자감이라 할 수 있다. 아버지의 책략은 몇 년이 걸리고, 언제나 그늘에서 움직이는 종류이니까 말이다.

하지만 지금은, 아버지께서는 밝은 햇빛 아래에 서 계시다. 아버지의 자문단들은 아버지의 손짓 한 번에 물러나고, 아버지께서는 우리와 함께 앉으러 다가오신다. 강력한 장면이다. 프톨레무스 오빠처럼, 아버지께서는 늘 입던 검정색 망토는 내 버리시고 은색 양단으로 된 옷을 입고 계시다. 아버지께서 예복 아래로 갑옷을 갖춰 입고 계신 것이 느껴진다. 크롬이다. 아버지가 이마에 두르고 계신 단순한 띠 모양의 것과 꼭 같은 재질이다. 아버지는 어떤 보석도 달지 않으셨다. 아버지는 보석들을 거의 쓰시지 않는다.

"철의 사촌들이어!"

속속들이 도착하는 군중들 사이로 점점이 보이는 사모스 가의 수많은 얼굴들을 굽어보며, 아버지께서 선셋 스트레치를 향해 조용하게 말씀하신다.

"강(鋼)의 왕이시어!"

사람들이 주먹을 허공에 올리며 되받아 외친다. 그 힘이 내 가슴을 두드린다.

노르타에서는, 화이트파이어나 서머튼의 알현실에서, 누군가가 항상 왕의 이름을 자랑스럽게 부르며 왕의 참석을 알렸다. 보석들을 대하듯, 아버지께서는 그런 불필요한 연출은 신경도 쓰지 않으신다. 여기 있는 모두가 우리 이름을 안다. 그 이름을 반복하는 건 그저 약점, 안심시킬 말에 대한 갈망만을 보일 뿐일 것이다. 두 가지 다 아버지께서 갖고 계시지 않은 부분이다.

"시작하라."

아버지가 말씀하신다. 아버지의 손가락이 왕좌의 팔걸이를 두드리고, 저 멀리 홀의 끝에 있는 무거운 철문이 흔들리며 열린다.

대사들은 몇 안 되지만 높은 지위의 사람들로, 자기들 가문들의 대표자들이다. 아이럴 하우스의 살린 경은 아버지께 없는 모든 보석들을 다 걸친 것처럼 보인다. 루비와 사파이어로 된 거대한 옷깃은 한쪽 어깨에서 반대쪽 어깨까지 쭉 뻗어 있다. 그의 옷 나머지 부분에도 똑같이 붉은색과 푸른색으로 모양이 들어가 있고, 그가 걸친 망토는 그의 발목 주변에 부풀어 있다. 다른 사람들이라면 발을 헛디딜 만한 길이지만, 아이럴 실크에게는 그런 공포란 없다. 그는 치명적인 우아함으로 움직이고 눈은 단호하고 어둡다. 그는 자기 전임자였던 에이라 아이럴에 대한 기억에 부응하기 위해 최선을 다한다. 그의 호위대도 실크들로, 꼭 같이 화려하다. 그들은 아름다운 가문으로, 차가운 구리 같은 피부와 융성한 검정색 머리칼을 갖추고 있다. 소녀는 그와 동행하지 않았다. 나는 궁에서 그녀를 친구로 여겼다. 적어도 내가 다른 누구를 친구라고 느꼈던 정도로는 그랬다. 소녀가 그립지는 않다, 어차피 여기 없는 게 더 나을 것이다.

우리 어머니의 손길을 받으며 푸르릉거리고 있는 표범을 보자 살린의 눈이 가늘어진다. *아, 잊고 있었다. 그의 어머니, 살해당한 아이럴의 레이디는 젊은 시절, 팬서로 불렸다. 절묘하시네요, 어머니.*

여섯 명 정도의 헤이븐 쉐도우가 파문을 일으키며 존재감을 갖추고, 그들의 얼굴은 확실히 덜 적대적이다. 방의 뒤편에서, 일레인도 나타난 것을 알겠다. 하지만 그녀는 얼굴을 그늘에 가린 채, 이 붐비는 방의 다른 나머지 모든 이들처럼 자신의 고통을 숨기고 있다. 그녀를 내 옆에 앉힐 수 있다면 좋겠다. 하지만 내 가족이 그녀의 관심사에 친절 이상으로 대응해 왔다고는 해도, 그 일은 결코 일어나지 않을 것이다. 그녀는 언젠가 톨리 오빠의 뒤에 앉을 것이다. 내가 아니라.

일레인의 아버지인 제랄드 경이 헤이든 대표단을 이끌고 있다. 일레인처럼 그 역시 생생한 붉은색 머리카락에 빛이 나는 피부를 갖고 있다. 그는 자기 나이보다 어려 보이고, 빛을 다루는 그의 자연스러운 능력에 의해 은은하게 보인다. 자기 딸이 이 방의 뒤편에 있다는 것을 알았다고 한들, 그는 그 점을 드러내지 않는다.

"전하."

살린 아이럴이 충분히 예의바르게 머리를 숙인다.

아버지는 몸을 숙이지 않으신다. 오직 눈동자만 움직여서 대사들 사이를 훑으신다.

"마이 로드. 마이 레이디. 리프트 왕국에 온 것을 환영하오."

"환대에 감사드립니다."

제랄드가 대꾸한다.

아버지가 이를 가는 소리가 거의 들리는 것만 같다. 아버지께서는 시간 낭비를 질색하시는데, 이런 류의 사교적인 인사말이 대표적으로 그런 류에 속한다.

"음, 이렇게 멀리까지 오셨지 않소. 그대들의 맹세가 변함없기를 바라오."

"우리는 메이븐을 대체하여 연합체에서 전하를 지지할 것을 맹세하였죠. 이것이 아니라."

살린이 말한다.

아버지는 한숨을 쉬신다.

"메이븐은 리프트에서는 대체된 지 오래요. 그리고 그대들의 충성으로, 그것은 더욱 퍼지게 될 거고."

"전하께서 왕이 되시고 말이죠. 독재자를 다른 독재자가 대체하는 겁니까."

중얼거리는 소리가 군중 사이로 퍼져 나가지만, 살린이 허튼 소리를 뱉는 동안 우리는 침묵한다.

내 옆에서, 어머니께서 몸을 앞으로 기울이신다.

"자기 아버지의 왕좌에 앉을 자격이 없는 그 썩은 왕자 녀석에 내 남편을 비교하다니 타당하지 않습니다."

"나는 가만히 앉아서 당신이 당신의 것이 아닌 왕관을 움켜쥐게 두진 않을 겁니다."

살린이 으르렁거리며 받아친다.

어머니는 혀를 쯧쯧 차신다.

"그대 스스로는 움켜쥘 생각도 하지 못했던 그 왕관 말입니까? 팬서께서 살해당한 것이 안타깝군요. 그분이라면 적어도 이 같은 일을 예상은 하셨을 터인데."

어머니는 자신 옆의 윤기 나는 포식자의 털을 계속 쓰다듬으신다. 놈은 송곳니를 드러내면서 목을 낮게 울린다.

"진실은 변하지 않았소, 마이 로드."

아버지가 끼어드신다.

"메이븐이 허둥대고 있는 반면, 그의 군대와 자원은 우리의 것보다 대단히 수적으로 우세하오. 특히 지금으로서는 레이크랜즈 놈들이 그와 함께 하기로 맹세한 상황이오. 하지만 함께라면, 우리는 방어할 수 있소. 대거 독립합시다. 그의 왕국의 더 많은 부분이 흔들리기를 기다리고. 진홍의 군대를 기다려서……."

"진홍의 군대라."

제랄드가 우리의 아름다운 바닥에 대고 침을 뱉는다. 그의 얼굴이 회색 홍조를 띤다.

"몬트포트를 말씀하시는 거겠죠. 저 형편없는 테러리스트들의 뒤에 있는 진정한 힘. 또 다른 왕국 말입니다."

"엄밀히 따지면……."

톨리 오빠가 입을 열지만 제랄드가 계속 주장한다.

"전하께서 노르타가 아니라 그저 전하의 지위와 왕관만을 신경쓰고 있는 건 아닌지 생각되기 시작한 참입니다. 더 거대한 야수들이 나라를 집어삼키려는 사이에 할 수 있는 모든 조각들을 무엇이든 모으려는 것처럼 보입니다."

제랄드가 톡 쏘아붙인다. 군중들 사이에서, 일레인이 움찔하며 눈을 감는다. 누구도 우리 아버지에게 이런 식으로 말하지 않는다.

어머니의 노여움이 격해지는 것에 맞춰, 검은 표범이 다시 으르렁거린다. 아버지는 그저 다시 왕좌에 앉으셔서는 그 드러난 위협이 선셋 스트레치 안에 물결치듯 번지는 것을 지켜보신다.

길고 떨리는 순간 후에, 제랄드가 무릎을 꿇는다.

"사죄를 드립니다, 전하. 제가 잘못 말했습니다. 그럴 의도가……."

왕의 주시하는 시선 아래에서 그는 말꼬리를 흐리고, 그의 살집 있는 입술 사이에서 단어들이 죽어서 사라진다.

"진홍의 군대는 결코 이곳을 장악할 수 없을 것이오. 그 어떤 급진주의자들이 그들과 함께 돌아온다고 할지라도."

아버지께서는 결연하게 말씀하신다.

"적혈들은 우리보다 아래에 있는, 열등한 존재들이오. 그것은 생물 활동의 작용이오. 생명 자체가 우리가 그들의 주인임을 알고 있소. 우리가 은혈인 이유가 달리 있겠소? 우리가 그들을 지배하지 않는다면, 그들의 신으로 존재할 이유가 달리 있겠소?"

사모스 사촌들이 환호한다.

"강철의 왕이시어!"

그 환호성이 다시 한 번 방에 메아리친다.

"만약 신혈들이 자기들 운명을 저 벌레들에게 내던지고 싶다고 하면, 그러라고 합시다. 만약 그들이 우리 삶의 방식에서 등을 돌리고 싶다면, 그러라고 합시다. 그리고 그들이 우리와 싸우기 위해서, 자연에 맞서기 위해서 돌아오면, 그들을 죽이시오."

환호성이 커지고 우리 가문에서 라리스로 번져 나간다. 대표단의 몇몇 사람들조차 따라서 손뼉을 치거나 고개를 끄덕인다. 저들이 볼로 사모스가 이렇게 많이 말을 하는 것을 들어 본 적이나 있는지 모르겠다. 아버지께서는 자신의 목소리와 자신의 말들을 특정한 순간들을 위해 아껴두셨다. 지금은 확실히 바로 그런 순간이다.

오직 살린만이 여전히 고요하다. 검정색 라이너로 테두리를 그린 그의 어두운 눈동자가 날카롭게 도드라진다.

"그것이 전하의 따님께서 테러리스트를 자유롭게 해 준 이유입니까? 왜 그녀는 그 일을 위해서 귀족 가문의 네 명의 은혈들을 살해한 거죠?"

"메이븐에게 맹세를 바친 네 명의 아벤들이었습니다."

내 목소리가 매를 철썩 치는 것처럼 자르며 끼어든다.

아이럴 로드는 시선을 내게로 돌리고, 전기가 오르는 느낌에 앉은 자리에서 거의 일어날 뻔한다. 이건 공주로서의 내 첫 말들이자, 진정 내 자신의 것인 목소리로 뱉는 첫 이야기이다.

"자기들의 끔찍한 왕이 요구한다면 당신 자신으로 있을 수 있는 모든 것을 당신에게서 빼앗을 수 있는 네 명의 군인들요. 그들을 위해 애도하는 겁니까, 마이 로드?"

살린은 혐오감으로 얼굴을 찌푸린다.

"나는 다른 것이 아니라 그저 가치 있는 인질의 손실을 애도할 따름입니다. 그리고 명백히 나는 당신의 결정에 의문을 표합니다, 공주 저하."

네놈 목소리에 조롱이 한 방울만 더 묻어도 네놈 혀를 잘라 버리고 말 테다.

"그 결정은 나의 것이었소."

아버지가 침착하게 말씀하신다.

"그대가 말한 것처럼, 배로우 계집은 가치 있는 인질이었소. 우리가 메이븐에게서 그녀를 데려왔지."

그리고 그녀를 체스판 위에 풀어 놓았지, 우리에서 풀려난 짐승처럼 말이야. 바로 그날, 메어 배로우가 메이븐의 병사들을 얼마나 많이 죽였을지 궁금하다. 적어도 아버지의 계획을 만족시키기 만큼, 우리의 탈출을 덮어줄 만큼은 충분했다.

"그리고 이제 그녀가 곧 닥칠 겁니다!"

살린이 애걸한다. 그는 점점 분통이 터지는 모양이다.

아버지께서는 어떤 흥미도 보이지 않으신 채 당연한 것만 말씀하신다.

"그녀는 당연히 피에드몬트에 있소. 그리고 내가 보증하건대, 배로우는 놈들 손에 있을 때보다 메이븐의 명령 아래에 있을 때 훨씬 더 위험한 존재였소. 우리의 관심사는 메이븐을 제거하는 것이지 실패가 예정되어 있는 급진주의자들이 아니어야 하오."

살린이 창백해진다.

"실패라고요? 그들은 코르비움을 장악했습니다. 그들은 은혈 왕자를 꼭두각시로 이용해서 피에드몬트의 상당 부분을 조종하고 있어요. 만약 그런 걸 실패라고 부른다면……."

"그자들은 근본적으로 같지 않은 것을 같게 만들려는 시도를 하고 있어요."

어머니께서 차갑게 말씀하신다, 그리고 어머니의 말씀은 진실처럼 들린다.

"그건 불가능한 방정식의 균형을 맞추는 것처럼 어리석은 짓입니다. 그리고 그 일은 유혈사태로 끝나게 되겠지요. 하지만 끝나긴 할 거예요. 피에드몬트가 들고 일어날 겁니다. 노르타는 적혈 악마놈들을 도로 던져 줄 거고요. 세상은 계속 돌고 돌 겁니다."

모든 논쟁이 어머니의 목소리에 가라앉는 것처럼 보인다. 어머니는 만족스러운 얼굴로, 아버지처럼 물러나 앉으신다. 이번만큼은 어머니의 곁에 익숙한 뱀들의 쉿쉿 거리는 소리가 없다. 그저 거대한 표범이 어머니의 손길에 갸르릉 대고 있을 뿐.

치명타를 날리려는 의욕에 찬 아버지께서 착실히 나아가신다.

"우리의 목표물은 메이븐이오. 레이크랜즈. 새 동맹으로부터 왕을 도려낸다면 그는 연약한 상태가 될 것이오, 극도로 말이지. 우리의 나라에서 이 독을 제거하고자 하는 우리 과정을 지지하겠소?"

느릿하게 살린과 제랄드가 시선을 교환한다. 두 사람의 눈이 그들 사이의 텅 빈 공간에서 마주친다. 아드레날린이 내 혈관을 따라 솟구친다. 그들은 무릎을 꿇을 것이다. 무릎을 꿇어야만 한다.

"그대들은 사모스 하우스를, 라리스 하우스를, 르롤란 하우스를……."

목소리 하나가 아버지의 말씀을 자르며 끼어든다. 여성의 목소리다. 목소리는 불쑥 메아리친다.

"그대가 감히 나를 대변하려는 거요?"

제랄드가 손목을 홱 비튼다. 그의 손가락들이 빠른 원을 그리면서 움직인다. 이 공간에 있는 모두가, 나를 포함하여, 세 번째 대사가 아이럴과 헤이븐 사이로 깜빡거리며 존재감을 드러내는 순간 숨을 멈춘다. 그녀의 가문 사람들이 그 뒤로 모습을 드러낸다. 열 명이 넘는 사람들은 떠오르는 태양처럼, 붉은색과 주황색이 섞인 옷을 입고 있다. 마치 폭발처럼.

내 옆의 어머니께서 갑자기 덜컥 움직이신다. 어머니께서 놀라시는 건 정말 엄청, 엄청 오랜만에 처음으로 본다. 내 아드레날린은 뾰족한 얼음덩어리가 되어 피를 차갑게 식힌다.

르롤란 하우스의 대표가 대담하게 한 발 앞으로 나선다. 그녀의 외모는 평범하다. 회색 머리카락은 단정하게 쪽을 졌고, 눈동자는 열기를 받은 청동처럼 타오르고 있다. 그 나이 든 여인은 공포라는 단어 자체를 모르는 것 같다.

"나는 캘로어의 후계자가 살아 있는 한은 사모스의 왕을 지지하지 않을 겁니다."

"연기 냄새를 맡은 걸 알았는데."

어머니께서 중얼거리면서 손을 흑표범에게서 물리신다. 놈은 즉시 긴장하며 발톱을 매끄럽게 집어넣고는 몸을 일으켜 세운다.

그 여인은 그저 어깨를 으쓱하며 히죽 웃는다.

"말하기야 쉽겠지, 라렌티아, 그대야 지금 여기 내가 이렇게 서 있는 걸 보고 있으니 말입니다."

그녀는 손가락으로 자기 옆구리를 두드린다. 나는 그 모양을 자세히 들여다본다. 그녀는 오블리비언, 닿는 것만으로도 무엇이든 터뜨릴 수 있는 능력을 가진 사람이다. 만약 그녀가 충분히 가까이만 다가올 수 있다면, 그녀는 내 가슴 안에서 심장을 없애 버릴 수도, 내 두개골 안에서 뇌를 없애 버릴 수도 있는 것이다.

"나는 왕비이며……."

"나 또한 그렇소."

아나벨 르롤란이 더 크게 미소를 짓는다. 의상은 꽤 훌륭한 것이지만, 그녀는 보이는 바 어떤 보석도 두르지 않았고, 아무 왕관도 쓰고 있지 않다. 금속 자체가 없다. 나는 몸 옆에 주먹을 꾹 누른다.

"우리는 내 손자에게 등을 돌리지 않을 겁니다. 노르타의 왕좌는 티베리아스 7세의 것이오. 우리의 왕관은 불꽃의 관이지 철의 관이 아닙니다."

아버지의 분노는 천둥으로 모아지고 번개처럼 내리친다. 아버지는 왕좌에서 일어나서 한 주먹을 꼭 쥐신다. 방의 강화 철골들이 아버지의 격노의 흐름 아래에 신음하며 비틀린다. 아버지가 으르렁거리신다.

"우리는 거래를 했습니다, 아나벨! 당신의 지지 대(對) 배로우 계집을!"

그녀는 그저 눈만 깜빡인다.

심지어 반대쪽 끝에 있음에도 오빠가 야유하는 소리가 들린다.

"진홍의 군대가 코르비움을 얻게 된 까닭을 잊으신 건 아닙니까? 당신 손자가 아케온에서 자기 사람들에게 맞서 싸운 걸 보지 못하셨나요? 이제 와서 어떻게 왕국이 그를 밀어 줄 수 있단 말입니까?"

아나벨은 움찔하지조차 않는다. 그녀의 주름진 얼굴은 여전히 고요하고, 그녀의 표현은 솔직하고 끈기 있다. 그녀에게서 뿜어 나오는 흉포한 기운만 아니라면 모든 면에서 그저 친절한 노부인처럼 보인다. 그녀는 오빠보고 계속해 보라는 듯 기다리지만, 오빠가 계속하지 않자 고개를 기울인다.

"고맙소, 프톨레무스 왕자, 적어도 내 아들의 죽음과 내 손자의 추방에 관한 저 충격적일 정도의 거짓에까지는 나가지 않아 주어서 말입니다. 양쪽 일 모두 엘라라 메란더스의 손에 의해 저질러진 일이고, 양쪽 일 모두 내가 본 중에 가장 최악의 선전이 되어 왕국 전체에 퍼져 나갔지. 그렇소, 티베리아스는 살아남기 위해서 끔찍한 일들을 저질렀습니다. 하지만 그건 살아남기 위해서였소. 우리들 모두가 그에게서 등을 돌리고 그를 유기한 후에, 그의 사악한 동생이 그가 마치 야비한 범죄자라도 되는 것처럼 경기장에 몰아넣고 죽이려고 했던 뒤에 말이오. 왕관은 우리가 그에게 돌려줄 수 있는 최소한의 사죄입니다."

그녀의 뒤로 아이럴과 헤이븐이 굳건히 선다. 긴장의 커튼이 선셋 스트레치 전체에 떨어진다. 모두가 이걸 느끼고 있다. 우리는 은혈들이며, 힘과 권력에서 태어났다. 우리 모두는 싸우는 것을, 죽이는 것을 훈련한다. 우리는 모두의 심장 속에서 시계가 똑딱대며 가는 소리를 들으며 유혈사태를 카운트다운 한다. 나는 일레인을 흘깃 바라보며 그녀에게 시선을 맞춘다. 일레인은 자신의 입술을 단호하게 꼭 누른다.

"리프트는 나의 것입니다."

목 뒤를 울리며 말씀하시는 아버지의 음성에서 어머니의 짐승들 중 하나 같은 소리가 난다. 소음이 내 뼈를 덜덜 떨리게 하고, 나는 순간 아이로 돌아간 듯하다.

늙은 왕비에게는 그런 효과가 전혀 없다. 아나벨은 그저 머리를 한쪽으로 기울인다. 햇빛이 아래로 반짝이고, 철의 색을 띤 머리타래가 그녀의 목 뒤쪽에 모인다.

그녀가 어깨를 으쓱이며 대꾸한다.

"그렇다면 그걸 지키시오. 그대 말대로, 우리는 거래를 하였으니."

그리고 그 말과 함께, 방을 사로잡을 듯이 위협하던 소란의 고리가 싹 사라진다. 사촌들 몇 명이, 제랄드 경까지도, 눈에 보이게 한숨을 내쉰다.

아나벨은 편안한 자세로 양손을 넓게 펴 보인다.

"그대는 리프트의 왕이니, 그대가 오랜 시간 번창하며 다스리길 기원하오. 하지만 내 손자는 노르타의 정당한 왕입니다. 그리고 그가 자신의 왕국을 되찾기 위해서는 우리가 모을 수 있는 모든 지지가 필요하오."

아무리 아버지라도 이 반전은 예상하지 못하셨다. 아나벨 르롤란은 오랜 세월 동안 궁중에 모습을 드러내지 않았고 그저 델피에 남기를 선택한 채 자기 가문의 자리만 지키고 있었다. 그녀는 엘라라 메란더스를 경멸했고 그녀의 근처에 있는 것도 참지 못했다…… 그건, 어쩌면 그녀를 두려워했던 것일지도 모르겠다. 지금으로서는 위스퍼 왕비가 죽어서야, 오블리비언 왕비가 돌아올 수 있었던 게 아닌가 생각이 든다. 그리고 실제로 그녀는 돌아왔다.

놀라지 말라고 스스로에게 속삭인다. 아버지에게는 기습 공격이었을지 모르겠지만, 지금 이 상황은 굴복한 것도 아니다. 우리는 리프트를 지켰다. 우리는 우리 고향을 지켰다. 우리는 우리의 왕관을 지켰다. 고작 몇 주였을 뿐이지만, 나는 우리가 지금까지 계획해 온 것들을 포기하기가 싫다. 내가 누려야 마땅한 것들을.

"왕좌의 조각 하나 원치 않는 왕에게 어떻게 그 자리를 되찾게 할 작정이신지 궁금하군요."

아버지는 혼잣말을 하신다. 아버지께서 손가락을 뾰족하게 세우고 그 너머로 아나벨을 관찰하신다.

"당신 손자는 피에드몬트에 있고……."

"내 손자는 본의 아니게 진홍의 군대의 정보원으로 있고, 그곳은 결과적으로 몬트포트 자유 공화국의 손에 휘둘리는 곳입니다. 그들의 지도자, 스스로를 프리미어라고 부르는 그 사람이 꽤나 합리적인 사람이라는 것을 곧 알게 될 겁니다."

내 위장이 뒤틀리고, 희미하게 토할 것 같은 기분까지 든다. 내 안의 어딘가, 아주 깊은 본능이 내게 그녀가 다음 말을 계속하기 전에 그녀를 죽이라고 비명을 지른다.

아버지께서는 눈썹을 추켜세우신다.

"당신은 그와 접촉하신 겁니까?"

르롤란 왕비는 단호한 미소를 짓는다.

"협상을 하기 충분할 정도로. 하지만 요즘은 내 손자와 더 자주 이야기를 나누고 있소. 그는 재능이 있는 아이이고, 특히 기계를 다루는 것에 뛰어납니다. 그는 자포자기 상태에서 빠져나왔고, 내게 오직 한 가지만을 부탁했습니다. 그리고 그대에게 고맙게도, 나는 그걸 배달해 주었고."

메어.

아버지께서 눈을 가늘게 뜨신다.

"그가 당신의 계획에 대해 알고 있다는 겁니까?"

"그렇게 될 겁니다."

"그리고 몬트포트도?"

"왕과 동맹을 맺는 일이라면 그들 스스로가 아주 열망하는 쪽이라서. 그들은 티베리아스 7세의 이름 아래에 왕좌의 복구를 위한 전쟁을 지원할 것이오."

아무도 그녀의 어리석음을 지적하지 않는다면, 나라도 분명 해야 할 것이다.

"몬트포트는 피에드몬트를 차지하고 말인가요? 브라켄 왕자는 그들의 줄에 매달려서 춤을 추고 있어요, 조종당하고 있죠. 보고에 따르면 그들이 왕자의 아이들을 데리고 있는 것 같다고 합니다. 아나벨 전하께서는 전하의 손자도 그들의 꼭두각시가 되도록 기꺼이 내어주시겠다는 겁니까?"

나는 다른 이들이 무릎 꿇는 모습을 보겠다는 열망에 찬 채 이곳으로 왔다. 여전히 자리에 앉아 있음에도 아나벨이 미소를 짓자 벌거벗고 있는 것 같은 느낌이 든다.

"그대의 모친께서 그토록 웅변적으로 말씀하셨다시피, 그들은 근본적으로 같지 않은 것을 같게 만들려는 시도를 하고 있습니다. 승리는 불가능하지. 은혈은 전복될 수 없소."

표범이 조용하다 하더라도, 놈은 눈알을 왔다 갔다 하며 변화를 지켜보고 있다. 놈의 꼬리가 느릿하게 움직인다. 나는 밤하늘처럼 어두운 놈의 털에 집중한다. 우리가 조금씩 향하고 있는 것과 꼭 같은 심연. 심장이 급한 리듬으로 쿵쿵 두드리며 전신으로 아드레날린과 공포를 모두 실어 나른다. 아버지께서 어느 쪽으로 기울이실지 모르겠다. 이 길이 어떻게 될지도 모르겠다. 피부에 뭔가가 기어가는 것만 같다.

아나벨이 입을 연다.

"당연히, 노르타 왕국과 리프트 왕국은 동맹으로 단단하게 묶이게 될 겁니다. 결혼으로 말입니다."

아래의 바닥이 기울어지는 것처럼 보인다. 차갑고 잔인한 나의 왕좌에 그대로 앉아 버티기 위해서는 모든 의지와 긍지를 쥐어짜야 한다. *너는 강철이야.* 머릿속으로 되뇐다. *강철은 깨지거나 구부러지지 않아.* 하지만 이미 스스로가 휘려는 것을, 내 아버지의 의지에 따르려는 것을 느낄 수 있다. 만약 그 대가가 왕관을 유지하는 것이라고 한다면, 아버지께서는 생각해 볼 것도 없이 당장 나를 거래 조건으로 쓰실 것이다. 리프트 왕국, 노르타 왕국…… 볼로 사모스는 자신이 움켜쥘 수 있는 것이라면 무엇이든 쥘 것이다. 후자가 사정권 밖이라면, 아버지께서는 자신이 일인자로 남기 위한 모든 것을 하실 것이다. 그것이 자신의 약조를 깨트리는 일이라고 할지라도. 나를 다시 한 번 파는 일이라고 해도. 피부에 소름이 돋는다. 이 모든 일들이 이제 우리에겐 지나간 일인 줄만 알았다. 나는 이제 공주이며 내 아버지는 왕이다. 왕관을 위해서 어떤 누구와도 결혼할 필요가 없다. 왕관은 내 피에, 내 안에 있다.

아니야, 그건 사실이 아니야. 네게는 여전히 아버지가 필요해. 너는 그분의 이름이 필요하지. 너는 결코 네 것이 아니야.

피가 귓가에서 돌풍처럼 고함치며 천둥처럼 울린다. 일레인을 올려다 볼 수가 없다. 나는 그녀에게 약속했다. 그녀가 우리 오빠와 결혼하면 우리는 결코 다시는 헤어지지 않을 거라고. 그 흥정에서 그녀는 자신의 선택을 지켰지만, 지금은? 사람들이 나를 아케온으로

255

보낼 것이다. 그녀는 이곳에 톨리 오빠의 아내로서 오빠와 함께 머무를 거고, 언젠가, 오빠의 왕비가 될 것이다. 비명을 지르고 싶다. 내 아래에 있는 이 지긋지긋한 의자 따위 갈가리 조각내 버리고 이 방에 있는 모든 사람들을 채를 썰고 두 쪽으로 찢어 버리고 싶다. 나 자신까지 포함해서 말이다. 이럴 수는 없다. 이렇게 살 수는 없다.

내가 알아온 것 중에서 가장 자유에 가까웠던 지난 몇 주…… 그리고 결코 그걸 놓아 버릴 수는 없다. 다른 누군가의 야망을 위해서 살아가는 삶으로 돌아갈 수는 없다.

분노를 억누르려고 애를 쓰면서 나는 코로 호흡을 한다. 신 따위 믿지는 않지만, 분명히 흘러나오는 것은 기도다.

거절하세요. 거절하세요. 거절하세요. 제발, 아버지, 거절하세요.

아무도 나를 보지 않는 것이, 내 유일한 위안이다. 아무도 내가 서서히 흐트러지는 것을 지켜보고 있지 않다. 사람들은 오직 내 아버지와 그분의 결정만을 주시하고 있다. 감정을 분리해 보려고 애를 쓴다. 내 분노를 상자에 넣고 멀리 밀어 놓으려고 해 본다. 훈련 중일 때는, 싸우고 있을 때는 쉬운 일이다. 하지만 지금으로서는 거의 불가능하다.

당연하지. 머릿속의 목소리가 슬픈 웃음을 터뜨린다. *네 길은 항상 여기로 향하고 있었어, 무슨 일이 벌어지든지 말이야.* 나는 캘로어 후계자와 결혼하기 위해 만들어졌다. 육체적으로도. 정신적으로도. 그렇게 건설되었다. 성이나, 아니면 무덤처럼. 내 삶은 결코 나 자신의 것이었던 적이 없으며, 앞으로도 결코 그럴 수 없으리라.

내 아버지의 말이 내 심장을 파고들어, 단어 하나하나가 슬픔이 되어 터진다.

"노르타 왕국을 위하여. 그리고 리프트 왕국을 위하여."

제24장

카메론

　다른 인질들보다도 모레이는 더 오랜 시간이 걸린다.

　일부는 몇 분 만에 믿었다. 다른 아이들은 놈들이 그 애들에게 숟가락으로 떠먹여 준 거짓말을 며칠이 걸릴 때까지 완강하게 붙들고 있기도 했다. *진홍의 군대는 테러리스트들의 집합체야, 진홍의 군대는 사악하다고. 진홍의 군대는 너희들의 삶을 더욱 팍팍하게 만들 거야. 메이븐 왕은 너희들을 전쟁에서 해방시키고 더 한층 자유롭게 해 주실 거야.* 반쯤 진실을 비꼰 것들이 선동으로 만들어졌다. 그 애들이랑 그렇게 많은 다른 사람들이 어떻게 그런 속임수에 넘어갔는지 충분히 이해할 수 있다. 메이븐은 무엇에 조종되는지도 모르는 적혈들의 안에서 갈망을 착취했다. 그들은 은혈이 이전에는 그러지 않았던 순간에 귀를 기울이겠다고, 결코 들어준 적 없던 사람들의 목소리를 듣겠다고 약조하는 것을 보았다. 빠져들 수밖에 없는 손쉬

258

운 희망이었다.

게다가 진홍의 군대는 순결한 영웅들과는 거리가 멀다. 그들은 아무리 좋게 봐도 흠집이 없다 할 수 없고, 폭력으로 압제와 맞서 싸운다. 단검 부대의 아이들은 여전히 경계하고 있다. 그 애들이 자기 눈을 똑바로 뜨고 있다고 해서 그 애들을 탓하지는 않는다.

모레이는 여전히 자기 불안감을 놓지 못한다. 나 때문에, 나라는 존재 때문에 그렇다. 메이븐은 나 같은 사람들을 살해한다며 진홍의 군대를 고발했다. 내 동생이 아무리 여러 번 애를 쓴다고 할지라도 그 애는 그 말들을 떨칠 수가 없나 보다.

우리가 함께 아침식사를 하려고 만지기 어려울 정도로 뜨거운 오트밀이 담긴 그릇을 들고 나란히 앉아 있는 동안, 나는 스스로에게 계속 같은 질문을 던진다. 우리는 바깥에 나가서 풀밭 위에서, 뻥 뚫린 하늘 아래에서, 쭉 뻗은 훈련장을 보면서 식사하는 걸 더 좋아한다. 고향 슬럼가에서 보낸 15년의 세월 뒤라, 모든 신선한 바람은 축복처럼 느껴진다. 나는 다리를 꼬고 앉아 있다. 내가 입고 있는 짙은 녹색 작업복은 많이 입고 셀 수도 없이 빤 탓에 부드럽다.

"왜 떠나지 않아?"

모레이가 정중앙으로 뛰어들듯 묻는다. 그 애는 반시계방향으로 오트밀을 세 번 젓는다.

"누나 너는 진홍의 군대에 선서한 것도 아니잖아. 여기에 계속 머무를 어떤 이유도 없다고."

"너는 왜 그러는데?"

나는 내 숟가락으로 모레이의 숟가락을 톡 친다. 멍청한 질문이지만, 손쉬운 회피 전략이기도 하다. 난 결코 모레이에게 괜찮은 대답을 내놓을 수가 없고, 내가 이 문제를 생각하도록 모레이가 그렇게 유도하는 것도 싫다.

모레이는 좁은 어깨를 으쓱하더니 웅얼웅얼 대꾸한다.

"난 반복되는 일상이 좋아. 집에서는…… 음, 누나도 우리 고향이 지랄 맞게 끔찍했다는 거 알겠지만, 그래도……."

모레이는 다시 오트밀을 휘젓고, 금속이 긁히는 소리가 난다.

"누나 너도 스케줄이나 호루라기 소리 같은 거 기억하잖아."

"기억해."

심지어 꿈속에서도 여전히 그 소리를 듣곤 하는데.

"그리고 넌 그게 그립다?"

모레이가 코웃음을 친다.

"당연히 아니지. 난 그저…… 어떤 일이 벌어지려는지 모르는 거 말이야. 이해할 수가 없잖아. 그건…… 그건 좀 무서워."

나는 오트밀을 조금 숟가락으로 뜬다. 오트밀은 걸쭉하고 맛있다. 모레이가 자기 설탕 배급표를 내게 주었고, 내가 느끼던 불편함이 무엇이든 그 여분의 당이 그 불편함을 약화시킨다.

"내 생각에는 모두가 그렇게 느끼지 않을까. 그게 내가 머무르는 이유 같기도 하고."

몸을 돌려 나를 바라보는 모레이는 떠오르는 햇살로 인해 눈을 가늘게 뜬다. 햇빛이 그의 얼굴을 비추자 모레이가 얼마나 변했는지 가혹한 대조만이 남는다. 꾸준한 배급으로 몸에는 살이 올랐다. 그리고 깨끗한 공기 역시 분명히 그에게 잘 맞았다. 모레이가 말을 하는 사이마다 간간히 끼어들곤 하던 긁는 듯한 기침 소리 역시 듣질 못했다.

그럼에도 불구하고, 한 가지는 변하지 않았다. 모레이에게는 여전히 문신이 새겨져 있다, 꼭 내가 그렇듯이. 모레이의 목둘레를 따라서 낙인처럼 검정색 잉크로 새겨진 그것. 우리 문신을 이루고 있는 문자와 숫자들은 거의 정확히 한 쌍을 이룬다.

NT-ARSM-188908, 모레이의 문신이다. NT는 뉴타운, AR은 조립과 보수 파트, SM은 소규모 제조를 의미한다. 나는 188907번이다. 내가 먼저 태어났다. 우리에게 이 글귀들이 새겨지던, 우리가 우리의 계약직에 영구적으로 묶이던 그날에 대한 기억이 떠오르자 목이 가렵다.

"어디로 가야할지 모르겠어."

처음으로 그 말을 큰 소리로 내뱉는다. 코로스 감옥에서 탈출한 이래 매일 생각해 온 말이었는데도 그렇다.

"고향으로 갈 수는 없잖아."

"불가능하겠지."

모레이가 웅얼거린다.

"그래서 여기서 뭐하자는 건데? 누나는 그냥 여기에 머무르면서 이 사람들이……."

"전에도 말했지만, 진홍의 군대는 신혈들을 죽이려고 하지 않아. 그건 거짓말이었다고, 메이븐의 거짓말……."

"나는 그 얘길 하고 있는 게 아니야. 그래서 진홍의 군대가 누나를 죽이려고는 하지 않는다고 쳐……. 하지만 저 사람들은 여전히 누나를 위험에 몰아넣고 있잖아. 누나는 나와 같이 있지 않을 때면 매 시간을 싸우고 죽이는 걸 연습하는 데 쓰잖아. 그리고 코르비움에 서…… 누나가 우리를 빼내줄 때…….”

내가 저지른 일에 대해서 말하지 마. 내가 두 명의 은혈을 어떻게 죽였는지에 대해서라면 모레이가 굳이 묘사하지 않아도 너무나 잘 기억하고 있다. 그 전에 죽여 본 어느 때보다도 더 빨랐다. 그들의 눈과 입에서 뿜어져 나오던 피, 내 침묵시키는 능력이 그들의 안에 서 모든 것을 파괴시키는 동안 그들의 안에서 장기 하나하나가 죽어 갔다. 나는 그 순간을 느낄 수 있었다. 그 느낌이 여전히 느껴진다. 그 죽음의 감각이 내 몸 안에서 고동친다.

“나도 누나가 도움이 된다는 건 알아.”

모레이는 오트밀을 내려놓고는 내 손을 잡는다. 공장에 있던 시절 에는, 내가 모레이에게 이렇게 하곤 했다. 우리의 역할이 뒤바뀐다.

“저 사람들이 누나를 무기로 바꾸는 걸 보고 싶지는 않아. 너는 내 누나잖아, 카메론. 나를 구하기 위해서 누나는 할 수 있는 모든 걸 했지. 이제 나도 똑같이 하게 해 줘.”

숨을 쌕쌕 내쉬며, 나는 내 오트밀 접시를 옆에 내던지고 부드러 운 잔디 위로 드러눕는다.

모레이는 내게 생각할 시간을 준 채 시선을 수평선으로 돌린다. 그는 우리 앞의 들판을 향해 어두운 색의 손을 흔든다.

“여긴 정말 빌어먹게 녹색이다. 누나 네 생각에는 나머지 세상도 여기랑 비슷할 거 같아?”

“몰라.”

"우리가 알아볼 수도 있어."

모레이의 목소리가 너무 부드러웠기에 나는 그 애의 말을 못들은 척하고, 우리는 자연스럽게 편안한 침묵 속에 잠긴다. 모레이가 효율적이고 재빠른 동작으로 식사를 하는 사이, 나는 봄바람이 하늘을 가로질러 구름을 쫓는 모습을 지켜본다.

"아니면 고향으로 돌아갈 수도 있고. 엄마랑 아빠를……."

"불가능해."

나는 머리 위의 푸른색에 초점을 둔 채 대꾸한다. 우리가 태어났던 지옥 구멍에서는 결코 본 적 없는 푸른색.

"누나는 나도 구했잖아."

"그리고 우리는 거의 죽을 뻔했지. 확률이 더 높았는데, 그래도 우린 거의 죽을 뻔했다고."

나는 느릿하게 숨을 내쉰다.

"지금으로서는 두 분을 위해서 우리가 할 수 있는 건 아무것도 없어. 한때는 나도 어쩌면 되지 않을까 생각했지만…… 우리가 할 수 있는 거라고는 그저 기도뿐이야."

슬픔이 모레이의 얼굴을 갑자기 뒤덮고, 그의 표정이 흐려진다. 하지만 모레이는 고개를 끄덕인다.

"그리고 계속 살아남자. 계속 우리 자신으로 남자. 내 말 듣고 있어, 캠?"

모레이가 내 손을 꼭 잡는다.

"이 일이 우리를 바꾸게 두지 마."

모레이의 말이 옳다. 아무리 내가 화가 나 있다고 한들, 아무리 내

가 우리 가족에게 닥친 모든 일에 그토록이나 증오를 느끼고 있다고
한들…… 그 분노에 더 먹이를 주어 키우는 것에 가치가 있을까?

"그럼 난 어째야 할까?"

마침내 나는 억지로 스스로에게 질문을 던진다.

"능력을 가진다는 게 어떤 건지 나는 잘 모르겠네. 누나 너는 능력
을 가진 친구들이 있잖아."

잠깐 말을 멈추는 모레이의 눈이 반짝반짝 빛난다.

"누나에게는 친구들이 있지, 그렇지?"

모레이는 자기 그릇 테두리 위로 어울리지 않게 히죽거리는 웃음
을 보인다. 그 암시에 나는 그 애의 팔을 때린다.

내 마음은 제일 먼저 팔리에게로 향하지만, 그녀는 여전히 병원에
입원한 채로 아기에게 적응하는 중인 데다 그녀에게는 능력이 없다.
그토록 치명적인 존재가 되는 것이 어떤 것인지, 무언가를 그토록
정교하게 조종하는 것이 어떤 것인지 알지 못한다.

"무서워, 모레이. 만약 네가 골을 부리면, 넌 그저 소리를 지르거
나 울부짖겠지. 내 경우에는, 내가 할 수 있는 것은……."

나는 하늘을 향해서 한 손을 뻗고, 손가락들을 구름을 향해서 구
부렸다 편다.

"그게 무서워."

"어쩌면 다행인지도 몰라."

"무슨 뜻이야?"

"고향에 있을 때, 사람들이 아이들한테 뭘 시켰는지 기억해? 커다
란 엔진을 수리하거나, 깊은 곳에 있는 전선들을 수리하게 했던 것?"

모레이가 눈을 크게 뜨고 나를 이해시키려고 애를 쓴다.

기억이 메아리친다. 끝도 없이 이어진 공장 바닥 너머로 쉼 없이 돌아가는 기계들에서 나던 끼긱 대는 소리, 금속에 금속이 쩽 하고 부딪히던 소리들. 기름 냄새를 거의 맡을 수도 있을 것 같다. 아직도 내 손에 렌치를 들고 있는 것 같은 기분이다. 모레이와 내가 거미들이 되기에는 너무 컸던 게 얼마나 다행이었던가. 거미들…… 그게 우리 감독관들이 우리 부서에 있던 작은 꼬마들을 부르는 이름이었다. 성인 노동자들이 갈 수 없는 곳에 들어갈 수 있을 정도로 충분히 체격이 작고, 납작해지는 것에 대한 두려움이 없을 정도로 너무 어린 아이들.

"두려움은 좋은 거야, 캠."

모레이가 계속 말을 잇는다.

"두려움은 누나 네가 잊지 않게 해 줄 거야. 그리고 누나가 가진 두려움, 누나 안에 있는 이 치명적인 어떤 것에 누나가 가진 존경심, 나는 그것 역시 능력이라고 생각해."

내 오트밀은 이제 차갑지만, 나는 말을 하지 않아도 되도록 억지로 한 입 가득 문다. 이제 달콤한 맛이 압도적이고, 쫀득하게 이에 달라붙기까지 한다.

"누나 너 머리 모양 엉망진창이네."

모레이가 혼자 중얼거린다. 그 애는 또 다른 반복적인 일상, 우리 둘 다에게 익숙한 오랜 습관으로 돌아온다. 우리 부모님들은 우리보다 훨씬 일찍 일을 나가셨기에, 우리는 새벽마다 서로의 준비를 도와야만 했다. 한참 전부터 내 머리 모양을 손질하는 법이라면 익숙했기에, 모레이가 내 머리를 푸는 데에는 전혀 시간이 들지 않는다. 모레이를 다시 되찾은 건 너무 좋은 기분이다. 모레이가 내 검정색 곱슬머리를 두 갈래로 나누는 동안 그 생각이 나를 압도한다.

모레이는 내게 어떤 결정을 내리라고 몰아붙이지 않지만, 이 대화는 내가 이미 갖고 있던 질문들이 수면에 떠오르게 만들기 충분하다. *내가 되고 싶은 건 어떤 존재인가? 내가 대체 어떤 선택을 내려야 할까?*

멀리, 훈련장 끝 어귀에, 익숙한 두 형체가 눈에 들어온다. 하나는 크고, 하나는 작고, 양쪽 다 경계를 따라 달리기를 하고 있다. 저 둘은 매일 저렇게 달리기를 하기에, 저 둘의 운동은 우리 대부분에게 익숙하다. 칼의 다리가 훨씬 길쭉함에도 불구하고, 메어가 따라붙는 데에 아무 문제가 없다. 그들이 더 가까이 다가오자, 메어가 미소 짓고 있는 것이 보인다. 번개 소녀에게는 내가 이해할 수 없는 부분이 수도 없이 많고, 달리기를 하는 중에 미소를 짓는 것 또한 그중에 하나다.

"고마워, 모레이."

나는 모레이가 머리 손질을 마무리하자 몸을 일으키며 말한다.

내 동생은 나와 함께 일어나지 않는다. 모레이의 시선이 내 눈을 따라 움직이더니, 메어가 점점 가까워지는 동안 그녀에게로 떨어진다. 메어는 딱히 모레이를 긴장하게 만들지는 않지만, 칼은 다르다. 모레이는 재빨리 바삐 그릇들을 챙기더니, 자기 무서운 얼굴을 숨기기 위해 고개를 숙인다. 콜 가와 노르타의 왕자 사이에는 오로지 증오심뿐이다.

달리면서 턱을 들어 올린 메어가 우리 둘 다를 알아차린다.

메어가 우리에게 다가오기 위해서 속도를 산책 수준으로 늦추자 왕자는 짜증을 감추려고 애를 쓴다. 칼은 애쓰는 만큼 잘하지는 못하지만 그래도 우리 둘 다를 향해서 공손한 인사를 해 보려는 시도로 고개를 까딱인다.

"안녕."

숨을 고르는 사이 이 발에서 저 발로 뜀뛰기를 하면서 메어가 말한다. 무엇보다 안색이 엄청 좋아져서, 메어의 갈색 피부에는 황금빛 온기가 되돌아온 상태다.

"카메론, 모레이."

메어가 고양이 같은 속도로 우리 두 사람 사이로 시선을 휙휙 옮기며 말한다. 그녀의 두뇌는 틈을 찾아 항상 바삐 돌아가는 중이다. 그런 일을 겪은 후인데, 어떻게 다른 식으로 될 수 있을까?

메어가 내게서 망설임을 감지해 낸 것이 틀림없다. 왜냐하면 메어가 그대로 서서는 내게 뭐라도 말하라는 듯이 기다리고 있기 때문이다. 나는 거의 주눅이 들 뻔하지만, 모레이가 내 다리를 부드럽게 건드린다. *그냥 이 악물고 하면 돼.* 나는 자신에게 속삭인다. *메어는 어쩌면 이해해 줄지도 몰라.*

"나랑 좀 걷는 거 어때?"

감금 생활 전이었다면, 메어는 그저 코웃음만 치면서 내게 훈련이나 하러 가라고 말하며 나를 짜증나는 파리처럼 쫓아버렸을 수도 있다. 메어는 나를 거의 참지를 못했다. 지금 그녀는 고개를 끄덕인다. 메어는 오직 자신만이 할 수 있는 방식으로 칼에게 가라고 손을 한 번 흔든다.

감옥이 그녀를 바꾸었다, 우리 모두를 바꾸었던 것처럼.

"물론이지, 카메론."

내가 안에 간직하고 있던 모든 것을 뱉어내려면 거의 몇 시간 동안 이야기를 해야 할 것 같다. 공포, 분노, 내가 할 수 있는 것들과 저지른 일에 대해서 생각할 때마다 느껴지는 토할 것 같은 기분. 그것이 나를 어떻게 황홀하게 만들고는 했는지. 그런 힘이 나를 어떻게 천하무적인 것처럼, 결코 파괴할 수 없는 존재처럼 느껴지게 만들었는지…… 그리고 이제 그런 기분이 들던 내가 수치스럽게 느껴진다는 것도. 그 기분은 마치 내 배를 난도질한 다음에 위장들을 끄집어내는 것만 같다고. 나는 말을 하는 내내 메어의 시선을 피한 채 그저 우리가 훈련장을 도는 동안 내 발치에만 시선을 단단히 고정한다. 우리가 계속 도는 사이에, 더 많은 군인들이 운동장으로 쏟아져 나온다. 신혈들과 적혈들, 모두가 자기들의 아침 훈련을 하러 나온 사람들이다. 그들의 제복, 몬트포트에서 제공한 녹색 작업복은 누가 누구인지 정확하게 분간하기 어렵게 만든다. 우리는 모두 똑같이 보이고, 하나처럼 보인다.

"나는 내 동생을 보호하고 싶어. 그 애는 우리가 가야 한다고, 떠나야 한다고 하는데……."

내 목소리가 점차 줄어들면서 더 이상 뱉을 말이 없을 때까지 꼬리를 끌며 사라진다.

대답하는 메어의 음성은 단호하다.

"내 동생도 똑같은 이야기를 해. 매일. 그 애는 데이비슨의 제안을 받아들였으면 하거든. 이주하자는 거지. 싸움은 다른 사람들이나 하게 하라며."

메어의 눈동자가 심하게 어두워진다. 녹색 제복들이 가득 들어차 있는 풍경 너머를 응시하는 눈동자들이 떨린다. 그녀 자신이 아는지 모르는지는 몰라도, 그녀의 눈은 기계적으로 관찰을 통해 위험과 위협을 읽고 있다.

"그 애 말이 우리가 충분히 했다는 거야."

"그래서 넌 그 말에 따를 거야?"

"등을 돌릴 순 없어."

메어는 생각에 잠긴 채 입술을 깨문다.

"내 안에는 너무 많은 분노가 있어. 그걸 없앨 방도를 찾지 못한다면, 내 남은 삶을 그 독이 잠식할 거야. 하지만 아마도 네가 듣고 싶은 건 이런 말이 아니겠지."

그 말을 다른 누가 했다면 비난처럼 들렸을 것 같다. 칼이나, 아니면 팔리가 했다면. 6개월 전의 메어가 했다면. 하지만 메어의 말은 더 부드럽게 느껴진다.

나는 인정하기로 한다.

"의지를 계속 붙들고 있다간 난 산 채로 잡아먹힐 거야. 이 길을 계속 나가는 것, 누굴 죽일 수 있는 능력을 쓰는 것…… 그건 나를 괴물로 만들 거라고."

괴물. 내가 그 말을 뱉는 순간 메어는 몸을 떨며 자기 안으로 침잠한다. 메어 배로우에게도 당연히 그녀 몫의 괴물이 존재해 왔다. 메어는 땀과 습기로 말린 머리카락 타래를 하릴없이 잡아당기며 먼

269

곳을 바라본다.

"괴물들은 쉽게 생겨나지, 특별히 우리 같은 부류의 사람들에게는 말이야."

그녀가 중얼거린다. 하지만 그녀는 재빨리 회복한다.

"넌 아케온에서 싸우지는 않았지. 아니면 만약 거기 있었는데, 내가 못 본 거든가."

"응, 내가 거기 간 건 그저⋯⋯."

너를 억제하려고. 그 순간에는, 좋은 계획 같았다. 하지만 메어가 어떤 일을 겪어야 했는지 알게 된 지금은, 그저 끔찍할 따름이다.

그녀는 더 이상 나를 몰아붙이지는 않는다.

"전에 트라이얼에 있을 때의 킬런을 생각해 봐. 개는 신혈과 적혈로 나뉜 사이에서도 참 잘 해내잖아, 그리고 킬런은 내가 한 발 물러서고 싶어 했다는 것도 잘 알았지. 그래서 나는 계속했어⋯⋯ 싸우지도, 죽이지도 않고, 절대적으로 무용지물인 채로 되는 거라고 해도 말이야."

"그리고 너는 계속 그 길로 가고 싶은 거고."

질문이 아니다.

느릿하게, 나는 고개를 끄덕인다. 당황해서는 안 된다.

"이 편이 나한텐 더 나은 것 같아. 방어하는 거 말이야, 파괴하지는 않는 것."

옆구리에 놓인 손가락들이 구부러진다. 침묵하는 능력이 내 살 아래에 고인다. 자신의 능력을 증오하지야 않지만, 그 능력이 할 수 있는 일들은 정말 싫다.

메어는 미소를 지으며 내게 시선을 고정한다.

"난 네 상관이 아니니까. 내가 너한테 무엇을 할지, 아니면 어떻게 싸울지를 말해 줄 수야 없지. 하지만 내가 보기에는 괜찮은 생각 같아. 그리고 만약 너한테 다른 식으로 말하려고 하는 사람이 있다면, 그 사람들더러 나한테 오라고 해."

미소가 나온다. 어쨌든 무게가 좀 줄어드는 기분이다.

"고마워."

"미안해, 어쨌든."

메어가 좀 더 가까이 다가오며 덧붙인다.

"네가 여기 있는 이유가 나잖아. 이제야 알겠어, 내가 네게 했던 일들, 너를 강제로 합류하게 만들었던 것…… 그건 다 잘못된 일이었어. 그래서 미안해."

"틀린 말이 하나도 없네. 너 정말 잘못했지, 그건 빌어먹게도 맞는 말이라고. 하지만 나도 원하는 게 있기는 했어, 결국에는 말이야."

메어가 한숨을 쉰다.

"모레이. 네가 동생을 다시 되찾아서 정말로 기뻐."

그녀의 미소는 사라지지는 않지만, 형제에 대한 언급과 동시에 약해지면서 분명히 좀 희미해진다.

앞쪽의 저층 주택에서, 모레이가 기다리고 있다. 이제 모레이의 뒤에서 그를 덮고 있는 기지 건물들의 그림자 안에 서 있다. 칼은 없다. 다행이네.

여러 달을 우리와 함께 지냈음에도 불구하고, 칼은 목표가 없으면 어색해하고, 대화 기술이 부족하며, 자기가 심사숙고할 전술이 없으

271

면 항상 날카로운 상태다. 그가 우리들을 볼 때면 우리가 마치 이용 가능한 일회용의 무엇인 것처럼…… 전술에 따라서 집어 들어 내버릴 수 있는 카드들인 것처럼 여긴다는 생각이 여전히 어느 정도 든다. *하지만 칼은 메어를 사랑하잖아.* 나는 스스로에게 되뇐다. *그는 적혈을 가진 소녀를 사랑해.*

거기에는 분명히 어떤 의미가 있을 것이다.

우리가 내 동생에게로 돌아가기 전에, 마지막 공포가 목구멍 안에서 거품처럼 터진다.

"내가 너희 모두를 버리려는 걸까? 신혈들 말이야."

내 능력은 침묵의 죽음이다. 나는 무기이다, 내가 좋든 말든. 나는 쓸모가 있을 것이다. 유용한 존재일 터다. 그냥 떠나버리는 건 이기적이지 않을까?

메어야 말로 수도 없이 여러 번 자신에게 물어봤을 질문이라는 느낌이 든다. 하지만 그녀의 대답은 나를 위한 것, 그저 오롯이 나를 위한 것이다.

"당연히 아니지."

그녀가 조용하게 대꾸한다.

"넌 아직도 여기 있잖아. 그리고 넌 우리가 걱정하기에는 괴물이 덜 됐어. 귀신도 덜 됐고."

제25장
메어

노치에서의 *내 시간들이* 온통 기진맥진함과 비통함으로 이루어진 것이었다고는 해도, 그 시간들은 여전히 내 가슴 한 구석에 자리하고 있다. 처음으로, 나는 나쁜 일들보다 좋은 일들을 좀 더 생생하게 기억해 낸다. 처형의 아가리에서 낚아채 온, 생존한 신혈들과 돌아왔던 날들. 뭔가 진전한 것 같은 기분이었다. 모든 얼굴 하나하나가 내가 홀로가 아니라는 것…… 그리고 내가 사람들을 쉽게 죽이는 것만큼이나 사람들을 구할 수도 있다는 것에 대한 증거였다. 어떤 날에는, 간단하게 느껴졌다. 그랬다. 그 이후로 줄곧 그 감각을 뒤쫓아 왔다.

피에드몬트 기지는 실내와 실외 양쪽에 자체적인 훈련 시설들을 갖추고 있다. 몇몇은 은혈들을 위한 장비를 갖추고 있고, 나머지는 전쟁에 대해 학습해야만 하는 적혈 군인들을 위한 것이다. 매일 늘어나다 못해서 이제는 수천을 헤아리게 된 대령과 그의 부하들은 사격 연습장을 차지한다. 에이다와 같은 신혈들, 좀 덜 파괴적인 능력들을 가진 부류는 그들과 함께 훈련을 하며 그들의 조준과 전투 능력들을 완벽하게 하는 일을 맡는다. 킬런은 은혈 훈련장 위에서 적혈 군인들과 신혈들 사이를 바삐 오간다. 그는 어느 쪽에도 속해 있지 않지만, 그럼에도 킬런의 존재가 많은 사람들을 부드럽게 만들어 준다. 어부 소년은 위험이랑은 정반대의 것을 상징한다, 그 애의 익숙한 얼굴에 대한 언급은 하지 않더라도 말이다. 그리고 킬런은 그들을 겁내지 않는다. 수많은 "진짜" 적혈 군인들을 대할 때처럼 말이다. 아니, 킬런은 다시는 결코 신혈을 두려워 할 일이 없을 만큼 나를 충분히 겪은 건지도 모르겠다.

킬런은 지금 나를 동반해서, 에어젯 격납고 크기만 한 건물의 모퉁이를 돌아 나를 안내하는 중이다. 하지만 여기에는 전혀 활주로가 없다.

"은혈들 체육관이야."

구조물을 가리키며 킬런이 말한다.

"모든 종류의 물건이 저기 있어. 웨이트, 장애물 코스, 경기장……."

"아하, 알겠어."

나는 바로 저런 장소에서, 내 피가 한 방울이라도 떨어지는 걸 본 순간 나를 죽이고도 남을 음흉한 눈빛의 은혈들에게 둘러싸인 채 내 기술들을 쌓았다. 적어도 여기서는 이 부분만큼은 더 이상 걱정할 일이 없을 것이다.

"아마도 지붕이나 전구가 있는 장소에서는 훈련하면 안 될 테지."

킬런이 코웃음을 친다.

"미안하지만 안 돼."

체육관 중 하나의 문들이 쾅 하고 열리더니 사람 하나가 불쑥 나오는데, 목에 수건을 두르고 있다. 땀을 닦아 내는 칼의 얼굴에는 격한 운동으로 인한 은색 홍조가 여전히 남아 있다. 추측컨대, 역기라도 든 모양이다.

칼은 눈을 가늘게 뜨더니 재빨리 우리 사이의 거리를 좁혀 온다. 여전히 숨을 헐떡이면서 그가 한 손을 내민다. 킬런은 활짝 미소를 지으면서 그 손을 잡는다.

"킬런."

칼이 고개를 끄덕인다.

"메어한테 구경시켜 주는 중?"

"응......."

"아니, 얘도 오늘은 다른 사람들 몇이랑 시동 좀 걸어야지."

킬런이 내 말을 막으며 대답하고, 나는 킬런의 위장을 팔꿈치로 찍어 버리고 싶은 욕구를 참는다.

"뭐?"

칼의 표정이 어두워진다. 그는 크게 깊은 숨을 내쉰다.

"난 네가 스스로에게 좀 더 시간을 줄 거라고 생각했어."

병원에서 킬런이 날 놀라게 하긴 했지만, 그래도 그의 말이 옳다. 더 이상 빈둥거릴 수는 없다. 꼭 무용지물인 것 같은 느낌이다. 그리고 내 피부 아래에서 끓고 있는 분노로 인해, 지금 나는 참을 수 없는 상태다. 난 카메론이 아니다. 나는 한 발 물러설 만큼 충분히 강하지 못하다. 내가 방에 들어서는 순간 전구들이 깜빠대기 시작한다. 내게는 발산이 필요하다.

"며칠이 지났잖아. 이제는 끝낼 때도 됐어."

나는 손을 허리에 올리고, 나는 필연적으로 따라올 칼의 공격에 대비해 단단히 마음을 먹는다. 심지어 깨닫지도 못한 채, 칼은 자신의 전매특허 기술인 '메어와 논쟁 중인' 자세를 취한다. 팔짱을 끼고, 눈썹을 찌푸리고, 발은 단단히 고정하는 자세. 내 뒤에서 비치는 태양 때문에, 칼은 눈을 찌푸릴 수밖에 없고, 그리고 운동을 마친 상태라서 악취가 장난 아니다.

킬런, 저 빌어먹을 겁쟁이는 몇 걸음 물러난다.

"너희 둘이 얘기 좀 마치고 나면 그때 다시 보자."

킬런은 똥 씹은 표정을 하더니 어깨 너머로 미소를 던진 다음, 알아서 하라는 듯 나만 두고 멀어진다.

"1분이면 돼."

나는 후퇴하는 킬런의 뒤에 대고 외친다. 그는 손만 흔들어 보이면서 체육관 모퉁이를 지나 사라진다.

"저런 애를 두고 무슨 지원군이라고. 전혀 필요 없다 이거야."

나는 재빨리 덧붙인다.

"그러니까 이게 내 결정이고, 이건 그냥 훈련일 뿐이야. 난 완벽하게 괜찮아."

"음, 내 걱정의 반은 일단 폭발 구역에 있을 사람들에 대한 거야. 그리고 나머지 반은……."

그는 내 손을 잡더니, 나를 가까이 끌어당긴다. 나는 코를 찡그리며 발끝으로 버틴다. 큰 도움이 되지는 않는다. 나는 결국 길 위로 질질 끌려간다.

"당신 완전 땀투성이라고."

그는 미소를 지으면서 한 팔로 내 등을 감싸 안는다. 도망갈 구석이 없다.

"응."

그래야 함에도 불구하고, 냄새가 그렇게 전적으로 불쾌하지만은 않다.

"그래서 이 문제로 나랑 싸우려는 거야?"

"네 말대로야. 네 결정이지."

그는 내 얼굴을 더 잘 보기 위해 몸을 움직여 나를 부드럽게 뒤로 민다. 그의 엄지손가락이 내 턱 아래쪽을 가볍게 스치며 지난다.

"지사는?"

"지사."

나는 씩씩대며 얼굴 위로 삐져나온 머리 한 가닥을 쓸어 넘긴다. 침묵하는 돌이 없으니, 내 건강은 엄청나게 좋아졌고, 손톱에서 머리카락에 이르기까지 모든 것들이 다시 정상 속도로 자라기 시작했다. 그럼에도 불구하고, 머리카락 끝 부분은 여전히 회색이다. 그건 결코 사라지지 않을 것이다.

"걘 이주 문제로 날 계속 귀찮게 하고 있지. 몬트포트로 가. 모든 걸 뒤로 한 채 떠나."

"그리고 넌 지사한테 계속해 보라고 했겠지, 안 그래?"

나는 진홍색으로 얼굴을 붉힌다.

"그 말이 그냥 튀어나왔어! 때때로…… 생각하기도 전에 그냥 말이 막 나와."

그가 웃음을 터뜨린다.

"뭐? 네가?"

"그러고 나서 엄마가 지사 편을 드셨어, 당연하게도 말이야, 그리고 아빠는 아무 편도 들지 않으시면서 중재자처럼 행동하시고, 그것도 당연하게도 말이지. 그건 꼭……."

순간 숨이 멎는다.

"그건 꼭 아무것도 바뀌지 않은 것 같았어. 우리가 스틸츠 시절로, 그때 그 부엌으로 돌아간 것 같았어. 그걸로 그렇게까지 괴로워서는 안 되는 거잖아. 돌아가는 상황만 보면."

당황한 채로, 나는 억지로 고개를 들어 칼을 바라본다. 가족 문제에 대한 불평을 그에게 늘어놓다니 끔찍한 기분이 든다. 하지만 그가 물어봤다. 그리고 그만 말이 쏟아져 나왔다. 그는 내가 전쟁 지역에 있기라도 한 것처럼 나를 그저 탐구한다.

"이런 건 당신이 깊이 생각하고 싶은 주제는 아니지. 아무 일도 아니야."

내가 미처 뺄 생각도 하기 전에 내 손을 잡은 그의 힘이 강해진다. 그는 내 방식들을 잘 안다.

"사실, 난 내가 함께 훈련을 했던 모든 군인들에 대해서 생각하던 중이었어. 특별히 전선에서 말이지. 군인들이 몸 한 군데 상한 것 없는데, 하지만 다른 무언가를 잃어버린 채로 돌아오는 걸 봐 왔지. 그

278

들은 잠을 잘 자지 못하고 아니면 어떨 땐 먹지조차 못해. 때때로 그들은 갑자기 바로 과거 속으로 흘러가 버려…… 전투에서의 기억 속으로, 그저 소리나 냄새나 다른 어떤 감각 하나가 방아쇠가 되어서 말이야."

나는 침을 꿀꺽 삼키고 손가락을 흔들어 손목을 돌린다. 손을 꽉 쥐자, 수갑이 생각난다. 그 감각에 토할 것 같다.

"낯설지 않은 얘기네."

"뭐가 도움이 되는지 알아?"

당연히 모른다, 알았다면 그걸 했을 것이다. 나는 머리를 흔든다.

"평범함. 일상. 대화. 네가 정확히 마지막 것은 좋아하지 않는다는 건 알지만."

그가 느릿하게 히죽대면서 덧붙인다.

"하지만 네 가족들은 그저 네가 안전하기를 바라지. 그들은 네가…… 없을 때에 지옥 같은 시간을 보냈어."

그는 여전히 내게 일어났던 일들을 표현할 정확한 단어들을 찾아내지 못한 모양이다. *감금* 또는 *수감*은 정확히 딱 맞는 무게감을 주지 못한다.

"그리고 네가 돌아온 지금, 그들은 다른 누구라도 취할 법한 태도를 취하는 거야. 네 가족들은 너를 보호하려는 거지. 번개 소녀도 아니라, 메리어나 타이타노스도 아니고, 바로 너를 말이야. 메어 배로우를. 그들이 알고 기억하는 그 소녀를. 그게 전부야."

"그래."

나는 천천히 고개를 끄덕인다.

"고마워."

"그래서 대화하는 문제 말인데."

"아, 왜 이래, 지금 바로 말이야?"

그의 미소가 흘러내리더니 칼은 곧 소리 내어 웃음을 터뜨린다. 내게 맞닿은 그의 복근에 힘이 들어간다.

"알았어, 다음에. 연습 끝나고."

"당신은 샤워부터 하러 가."

"지금 농담이지? 난 연습 시간 내내 너한테서 두 발자국 뒤에 딱 붙어 있을 건데. 훈련하고 싶으시다고요? 그렇다면 올바르게 훈련하셔야겠죠."

그가 내 등의 오목한 부분을 찌르는 바람에 나는 앞쪽으로 헛디디고 만다.

"가자."

왕자님께서는 정말 쉴 틈을 모르시고, 내가 자기 속도에 맞출 때까지 뒤에서 달리면서 따라온다. 우리는 트랙을 지나, 밖의 장애물 코스를 통과하여 짧게 깎은 잔디가 깔린 넓은 운동장을 지난다. 스파링을 위한 먼지투성이의 여러 개의 원 모양 훈련장이나, 400미터 거리 앞에 떨어진 과녁을 맞히는 훈련장은 언급할 것도 없다. 우리가 운동장에서 따로 몇 가지 훈련을 하는 사이에, 몇몇 신혈들이 장애물 코스와 달리기 트랙을 지나간다. 그들이 누구인지는 모르겠지만 내가 목격한 능력들은 충분히 익숙하다. 한 신혈은 님프가 깨끗한 물로 기둥을 만드는 것과 유사하게 물기둥이 잔디 위에 떨어지기도 전에 넓게 펼쳐진 진흙 웅덩이를 창조해 낸다. 텔레포터는 손쉽게 길을 찾아낸다. 그녀는 장비들 너머로 나타났다 사라졌다 하면서 다른 사람들이 좀 더 힘을 들여서 지나가는 걸 보면서 웃음을 터뜨린다. 그녀가 점프를 할 때마다, 쉐이드 오빠에 대한 기억으로 위장이 뒤틀린다.

스파링 코스에서 나는 가장 동요한다. 몇 달 전에 에반젤린과 붙은 이래로, 나는 다른 누군가와 훈련 혹은 운동 삼아 싸워 본 적이 없다. 에반젤린과의 것은 내가 반복하고 싶은 경험은 아니었다. 하지만 그래도 분명 해야만 할 것이다.

칼의 음성이 나를 침착하게 가라앉히고, 내 집중을 당면한 과제로 돌린다.

"내일은 웨이트 트레이닝을 시작하게 해 줄게, 하지만 오늘 우리는 과녁 훈련과 이론 수업을 할 거야."

과녁 훈련은 내가 아는 분야인데.

"이론?"

우리는 원거리 훈련장의 끝에 멈춰서 저 멀리서 안개가 걷히는 모습을 지켜본다.

"네가 훈련을 시작한 때는 보통 은혈들이 훈련을 시작하는 것보다 10년은 늦은 상태였지. 하지만 능력을 전투 형태로 바꾸기 전에, 보통은 많은 시간을 자신의 능력에 있어서 유리한 점과 불리한 점, 그리고 그 능력을 어떻게 쓸 것인지 연구하면서 보내."

"님프들이 버너들을 때려눕힐 수 있는 것처럼, 물이 불을 누르는 식으로?"

"말하자면 그렇지. 그건 쉬운 종류야. 하지만 만약 네가 버너라면 어떻게 할래?"

내가 그저 머리만 흔들자 칼은 미소를 짓는다.

"봐, 까다롭지. 암기력과 이해력이 많이 필요해. 시험도. 하지만 너는 이 일을 대충 그때그때 봐 가면서 하게 될 거야."

이런 일이 칼에게 얼마나 잘 맞는 일인지 잊고 있었다. 그는 물 만난 물고기처럼 손쉽게 미소를 지어 보인다. 엄청 열심이다. 이건 그가 잘하는 것, 그가 잘 이해하고 있는 것, 그가 탁월함을 발휘할 수 있는 것이다. 결코 말이 되지 않을 것처럼 보이던 세계 속에서 유일한 구명줄 같은 것.

"더 이상 훈련받고 싶지 않다고 대답하면 너무 늦은 거지?"

칼은 그저 웃음을 터뜨리며 머리를 뒤쪽으로 기울인다. 땀방울 하나가 그의 목을 따라 흘러내린다.

"넌 나한테 딱 걸렸어, 배로우. 자, 첫 번째 과녁을 맞혀."

그는 한 손을 뻗어서 10미터 떨어진 곳에 있는 화강암으로 된 정사각형 벽돌을 가리킨다. 벽돌 위로는 과녁의 정중앙 표시가 그려져 있다.

"번개 한 번. 정확한 중심에."

히죽대면서, 나는 지시대로 한다. 이 거리에서는 빗맞힐 수가 없다. 자백색 번개 하나가 공기를 찢고 흔적을 그리며 목표를 때린다. 갈라지는 소리와 함께 번개는 과녁 표시 위 한가운데에 검정색 흔적을 남긴다.

자랑스러운 기분을 느낄 시간도 없이, 칼이 몸으로 나를 옆으로 떠민다. 방심한 상태에서 나는 발을 헛디뎌서 거의 먼지구덩이에 엎어질 뻔한다.

"야!"

그는 그저 옆으로 이동하며 가리켜 보일 뿐이다.

"다음 목표. 20미터 앞."

"좋아."

나는 씩씩거리면서 두 번째 벽돌에 눈을 돌린다. 다시 팔을 들어 올리고, 겨냥을 준비하는데…… 칼이 다시 떠민다. 이번에 내 발은 좀 더 빠르게 반응을 보이지만 충분할 정도는 아니라서, 내 번개는 제멋대로 흘러서 먼지 사이로 금을 가게 만든다.

"이거 매우 전문가적이지 못한 거 아냐."

"나는 이 훈련을 누가 내 머리 옆에다 공포탄을 쏴 대면서 받곤 했어. 그 편이 좋겠어, 메어?"

그의 질문에 나는 재빨리 머리를 젓는다.

"그럼, 과녁을, 맞혀."

보통 때 같으면 분명히 짜증이 났을 텐데, 칼의 미소가 번지자 나는 얼굴을 붉히고 만다. *이건 훈련이잖아.* 나는 생각한다. *정신 좀 차려라.*

이번에, 그가 나를 밀려고 했을 때에 나는 옆으로 피하며 화강암 목표에 고정한 채 발사를 한다. 또 한 번 회피, 또 한 번 발사. 칼은 전략을 바꾸기 시작해서는, 내 다리를 걸거나 심지어 내 시야 앞으로 불꽃 공을 만들기까지 한다. 처음으로 칼이 그 짓을 벌였을 때, 나는 너무나 빠르게 바닥에 엎드렸던 나머지 결국 입에 든 먼지를 뱉을 수밖에 없다. 칼은 "과녁을 맞혀."를 무슨 찬가처럼 외쳐대고,

50에서 10 사이에 있는 거리 표시가 그 뒤를 따른다. 그는 무작위로 목표물을 외치고, 그 동안 내내 나는 빈강세적으로 발끝으로 춤을 춰야 한다. 이 훈련은 달리기보다 더 힘들고, 훨씬 더 힘들고, 날이 흘러가는 동안 태양은 가혹하게 변한다.

"목표물이 스위프트야. 어떻게 할래?"

칼이 묻는다.

나는 헐떡이면서 이를 악문다.

"번개를 넓게 퍼뜨려. 그가 피할 때에 잡으면……."

"나한테 말하지 말고, 시범을 보여."

끙 하고 앓으면서 나는 팔을 내려치듯이 흔들어서 수평 동작으로 번개 가지를 목표물 방향으로 보낸다. 불꽃은 약해지고, 덜 집중적이지만, 그럼에도 스위프트를 느리게 만들기에는 충분하다. 옆에서, 칼은 그저 고개만 끄덕이는데, 내가 뭘 제대로 했다는 걸 알 수 있는 유일한 표시다. 어쨌든 기분은 좋다.

"30미터. 밴시."

나는 귀를 손으로 덮고, 목표를 노려보면서 번개가 손가락을 쓰지 않아도 나올 수 있기를 빌어 본다. 번개가 내 몸을 뛰어넘어 무지개처럼 호를 그린다. 그건 목표물을 놓치지만, 나는 전기를 철썩 때려서 불꽃이 다른 방향들로 폭발하게 만든다.

"5미터. 사일런스."

아벤에 대한 생각에 내 안에 공포가 물결친다. 집중하려고 애를 써 본다. 손가락을 존재하지 않는 총에 걸어서, 목표물을 겨냥하는 척 한다.

"빵."

칼은 조금 코웃음을 친다.

"그건 치지는 않겠어, 하지만 통과. 5미터, 마그네트론."

그 부류라면 내가 집중적으로 잘 아는 분야이다. 나는 낼 수 있는 모든 힘을 모아서, 목표물을 향하여 번개를 날린다. 과녁은 정중앙에서부터 쪼개져서 두 조각으로 나뉜다.

"이론 수업?"

부드러운 목소리가 우리 뒤에서 말을 건다.

너무 집중하고 있던 탓에 줄리언이 킬런과 함께 서서 지켜보고 있는 줄도 몰랐다. 내 옛 스승은 내게 딱딱한 미소를 지어 보인다. 손은 늘 그랬듯 등 뒤로 맞잡은 채다. 줄리언이 이런 가벼운 차림새를 한 건 처음 본다. 가벼운 면 셔츠에 가느다란 다리가 드러나는 짧은 바지 차림이라니. 줄리언이야말로 칼이 웨이트 트레이닝 코스에 집어넣어야 하는 거 아닌가.

"이론 맞아요."

칼이 대꾸한다.

"패션 수업 후죠."

그는 내게 손짓으로 한숨 돌릴 짧은 시간을 선사한다. 거듭되는 회피에도 불구하고, 번개가 나를 지치게 만든다. 전투에서 오는 아드레날린이나 머리 위에 매달린 죽음의 위협 같은 것이 없으니 확실히 스테미나가 달린다. 지난 6개월 간 연습 부족이었다는 사실은 언급할 필요도 없다. 단조로운 동작으로 킬런이 몸을 굽히더니, 내 옆에 얼음 가득한 물병을 내려놓는다.

"너한테 필요할 거라 생각해서."

킬런이 윙크를 날리며 말한다.

나는 그를 올려다보며 미소를 짓는다.

"고마워."

차가운 물을 입 안 가득 꿀꺽대며 밀어 넣기 전에 가까스로 그 말을 뱉는다.

"여기서 뭐하세요, 줄리언?"

"처음엔 그저 기록 보관소로 가던 길이었어요. 그러던 중에 도대체 이 모든 야단법석이 뭔지 봐야겠다는 생각이 들더라고요."

그가 어깨 너머를 가리켜 보인다. 나는 한 무리는 되는 사람들 광경에 깜짝 놀란다. 과녁 연습장 끝자락에 모여 있는 사람들 전부가 우리를 쳐다보고 있다. 나를.

"당신이 관객을 좀 동원하는 것 같아 보여서."

나는 이를 간다. *잘됐네.*

칼이 그저 아주 조금 움직여서는 나를 시야에서 가려 준다.

"미안해. 네 집중을 깨기 싫어서."

"괜찮아."

나는 그에게 말하며 억지로 몸을 일으킨다. 팔다리가 항의하듯 신음을 뱉는다.

"뭐, 그럼 둘 다 다음에 봐요."

줄리언이 나와 칼 사이를 번갈아 보면서 말한다.

나는 재빨리 대꾸한다.

"줄리언이랑 같이 가면……."

하지만 줄리언은 재빨리 다 안다는 듯한 능글맞은 웃음과 함께 구경꾼 무리를 가리키면서 내 말을 자른다.

"아, 내 생각에 당신은 소개 인사부터 좀 해야 할 것 같은데. 킬런, 괜찮나요?"

"물론이죠."

킬런이 대꾸한다. 킬런의 얼굴에 떠오른 미소를 곧장 때려주고 싶은 마음이 진심으로 드는데, 킬런도 그 사실을 잘 아는 게 분명하다.

"너부터, 메어."

"좋아."

나는 다문 턱 사이로 힘을 준다.

사람들의 관심에서 슬그머니 벗어나고 싶은 자연스러운 본능에 맞서 싸우면서, 나는 신혈들을 향해서 몇 발짝을 딛는다. 좀 더 몇 발자국. 좀 더 몇 발자국. 내가 그들에게 다가설 때까지, 칼과 킬런이 함께 해 준다. 노치 시절에 나는 친구를 원치 않았다. 친구가 되면 이별을 말하기 더 힘들다. 그 점은 변치 않았지만, 킬런과 줄리언이 해 온 일이 보인다. 더 이상은 다른 사람들에게서 나 자신을 차단할 수만은 없다. 나는 주변의 사람들을 향해서 억지로 애교 있는 미소를 지어 보려고 노력한다.

"안녕. 난 메어에요."

그 말은 멍청하게 들리고 실제로 멍청한 기분이 든다.

신혈들 중 하나, 텔레포터가 머리를 까딱인다. 그녀는 숲의 초록색인 몬트포트 군복을 입고, 팔다리가 길쭉하고, 바싹 짧게 자른 갈색 머리를 하고 있다.

"네에, 우리도 알아요. 난 아레조에요."

그녀가 한 손을 내밀며 말한다.

"내가 아케온에서 당신과 캘로어를 데리고 점프했어요."

그녀를 알아보지 못한 게 놀랍지는 않다. 탈출 후 수 분은 공포, 아드레날린, 그리고 압도적인 안도감으로 여전히 흐릿하다.

"그래요, 물론이죠. 정말 고마웠어요."

나는 눈을 깜빡이면서 그녀를 기억하려고 애를 쓴다.

다른 사람들은 그저 친절하고 개방적이며, 나처럼 또 다른 신혈을 만났다는 점에 기뻐한다. 이 그룹의 모든 사람들이 몬트포트에서 태어났거나 몬트포트 동맹 지역 출신으로, 가슴에 하얀색 삼각형들과 각자의 이두박근 위에 계급장이 달린 녹색 군복을 입고 있다. 몇 개는 판독이 간단하다. 두 개의 물결선은 님프 같던 신혈들, 세 개의 화살표는 스위프트. 그럼에도 누구도 휘장이나 훈장 같은 건 달고 있지 않다. 그들 중에 장교가 있는지는 알 수가 없다. 하지만 모두가 군대식 훈련을 받았거나, 그렇게 키워지는 중 같다. 그들은 성을 밝힌 후에 단단하게 악수를 청하는데, 각각이 타고 났거나 만들어진 군인이다. 대부분은 칼을 알아차린 뒤 매우 공적인 예절을 갖춘 인사를 건넨다. 킬런은 오래된 친구라도 되는 듯 환영받는다.

"엘라는 어디 있어요?"

킬런이 검은 피부에 충격적인 녹색 머리카락을 가진 남자를 찍어 질문을 던진다. 염색이겠지, 분명히. 그의 이름은 레이프다.

"그녀에게 내려와서 메어를 만나 보라고 메시지를 보냈어요. 타이톤에게도."

288

"내가 마지막으로 봤을 때, 둘 다 스톰 힐 꼭대기에서 연습 중이었는데. 거기가, 엄밀히 말하자면…… (킬런은 나를 힐끗 보며 거의 사과하는 듯한 표정을 짓는다.) 일렉트리콘들의 훈련 장소로 정해져 있거든."

"일렉트리콘이 뭐야?"

그렇게 묻자마자 즉시 바보가 된 기분이 든다.

"너."

나는 멋쩍은 한숨을 뱉는다.

"그렇지. 묻자마자 그럴 것 같더라고."

레이프가 손 위로 스파크를 띄우고, 손가락 사이로 흔들리게 둔다. 그걸 느낄 수는 있지만, 내 번개처럼은 아니다. 녹색의 불꽃은 그에게, 오직 그에게만 대답한다.

"이상한 단어이기는 하죠, 하지만 우리도 이상한 존재니까요, 그렇지 않아요?"

나는 흥분으로 거의 숨도 쉬지 못한 채 그를 응시한다.

"당신은…… 나랑 같나요?"

그가 자기 소매 위의 번개 모양을 가리키면서 고개를 끄덕인다.

"그래요, 우리는요."

＊ ＊ ＊

스톰 힐은 들리는 그대로의 곳이다. 그곳은 기지의 정반대 쪽, 비행장에서는 최대한 멀리 떨어진 쪽의 또 다른 평원 가운데에 부드러운 경사를 이룬 채 솟아 있다. 번개 한 줄기가 비행기를 때릴 일을 줄이기 위함이다. 언덕이 새로 만들어진 거라는 느낌이 드는데, 우리가 산꼭대기로 접근하는 동안 발아래 대지가 단단하지 않은 것으로 볼 때 그렇다. 풀들 역시 새로 자란 것으로, 그리니나 아니면 그에 상응하는 능력자인 신혈의 작업일 것이다. 풀은 훈련장보다 좀더 우거져 있다. 하지만 경사면의 꼭대기는 엉망진창으로, 평평하게 포장된 바닥은 까맣게 타 있고, 온갖 열십자 모양으로 금이 쫙쫙가 있으며 먼 곳에서는 번개 폭풍의 냄새가 난다. 기지의 나머지 사람들이 밝은 푸른 하늘을 즐기는 반면, 스톰 힐의 위에는 검은 구름이 회전하고 있다. 어두운 연기로 된 기둥처럼 적란운이 하늘 속으로 몇 백 미터는 되게 솟아 있다. 이토록 조심스럽게 제어되고 억제된 종류의 것은 처음 본다.

아케온에서 보았던 푸른 머리카락의 여성이 구름 아래에 팔은 쭉 뻗고 손바닥은 천둥을 향한 채 서 있다. 흰색 머리카락이 정수리에서부터 물마루처럼 번지고 있는 등이 꼿꼿한 남자가 그녀의 뒤에 서 있다. 녹색 군복을 입은 그는 마르고 호리호리하다. 둘 다 번개 모양의 계급장을 달고 있다.

푸른색 불꽃이 여자의 손에서 벌레처럼 작게 춤추듯 번진다.

레이프가 앞장서고, 칼이 내 옆에 딱 붙는다. 번개라면 충분한 몫으로 다뤄 본 바 있겠지만, 검정색의 구름은 그를 예민하게 만든다. 칼은 구름이 당장 폭발하기라도 할 것처럼 계속 올려다본다. 푸른 섬광 몇 개가 어둠 속에서 약하게 번뜩이고 그 동안 구름을 환하게 비춘다. 천둥이 동시에 우르릉 울리고 가르릉 대는 고양이처럼 낮고 두드리는 소리를 낸다. 그에 내 뼈가 떨린다.

"엘라, 타이톤."

칼이 부른다. 그가 한 손을 흔든다.

그들이 자신들의 이름에 돌아보자, 구름 속에서 번뜩이던 빛이 즉시 멈춘다. 여성은 손들을 내리고, 그녀가 자기 손바닥을 끌어내리자 적란운은 우리 눈앞에서 녹아들기 시작한다. 그녀는 널뛰는 에너지 사이로 껑충껑충 달려오고, 그 뒤를 좀 더 금욕주의자처럼 보이는 남자가 따른다.

"언제 만날 수 있을지 계속 궁금했어요."

그렇게 말하는 그녀의 목소리는 앙증맞은 체구와 어울리게 높고 숨소리가 섞여 있다. 경고도 없이 그녀는 내 손을 덥석 잡고는 양 뺨에 입을 맞춘다. 그녀의 손길에 놀라, 그녀와 내 피부 사이로 스파크가 번진다. 아프지는 않지만 그에 정신이 번쩍 든다.

"난 엘라에요, 그리고 당신은 메어죠, 당연하게도. 그리고 이 키 큰 아저씨는 타이톤이고요."

문제의 남자는 확실히 키가 크고, 황갈색 피부에, 주근깨투성이로, 절벽 모서리보다 더 날카로운 턱 선을 가졌다. 머리를 까딱여서 그가 자신의 하얀색 머리카락을 한쪽으로 넘기자, 그 머리카락은 그의 왼쪽 눈 위를 덮으며 내려온다. 그는 오른쪽 눈으로 윙크를 한다. 그 머리카락 때문에 나이든 사람일 거라고 생각했는데, 지금 보니 잘 쳐 봐야 25살 이상은 안 될 것 같다.

"안녕."

그게 그가 한 말의 전부로, 그의 목소리는 깊고 분명하다.

"안녕."

나는 그들을 향해 고개를 숙인다. 이 사람들의 존재감과 평범함에 가까운 태도밖에 보이지 못하는 나 자신의 무능력함 양쪽에 압도된 상태다.

"미안해요, 이 상황이 좀 쇼크라서."

타이톤은 눈을 굴리지만 엘라는 바락 웃음을 터뜨린다. 잠시가 지난 후에 나는 그 이유를 이해하고 민망해진다.

칼이 옆에서 키득거린다.

"그거 참 끔찍했겠네, 메어."

그가 할 수 있는 한 사려 깊은 태도로 내 어깨를 살살 민다. 칼에게서 부드러운 온기가 뿜어져 나온다. 피에드몬트의 열기 속에서도 매우 작은 위안이 된다.

"이해해요."

엘라가 재빠르게 말을 가로채며 끼어든다.

"또 다른 아든트를 만나는 건 언제나 너무나 강렬한 경험이거든요. 하물며 당신의 능력을 함께 나눌 수 있는 세 명이라니 말이에요. 그렇죠, 남자분들?"

그가 타이톤의 가슴을 팔꿈치로 찍자 그는 짜증난다는 듯 거의 반응을 하지 않는다. 레이프는 그저 고개만 끄덕인다. 엘라가 아마도 대화 지분의 대부분을 차지하고 있으며, 내가 아케온에서 봤던 푸른색 번개 폭풍에 기초해서 판단해 볼 때, 아마 대부분의 싸움 역시 그녀가 담당하고 있을 거라는 느낌이 온다.

"두 사람에 대한 희망이라면 버린 지 오래지."

엘라가 투덜거리면서 그들 둘을 향해서 고개를 젓는다.

"하지만 이제는 당신이 있네요, 안 그래요, 메어?"

그녀의 열성적인 천성과 개방적인 미소에 내 경계심은 엄청나게 높아진다. 이렇게 멋진 사람들이란 항상 뭔가를 숨기고 있는 법이다. 바라건대 내가 보이는 미소가 그녀에게 자연스럽게 보일 때까지 나는 의심을 꿀꺽 삼킨다.

"메어를 데려와 줘서 고맙습니다."

그녀는 어조를 바꾸어서 칼에게 덧붙인다. 척추를 세우고 목소리를 딱딱하게 하자, 쾌활한 짧은 파란 머리의 장난꾸러기 요정이 눈앞에서 순식간에 군인으로 변모한다.

"여기서부터는 우리가 그녀를 훈련시켜 줄 수 있을 것 같군요."

칼은 낮은 웃음을 꽉 터뜨린다.

"메어만? 진심입니까?"

"당신은요?"

그녀는 눈을 가늘게 뜨며 반문한다.

"당신들의 '연습'을 보았습니다. 과녁 훈련장에서 몇 번 맞추는 훈련은 그녀의 능력들을 최대로 키워 줄 효율적인 방식이 아니에요. 아니면 당신은 그녀를 어떻게 잘 달래어 폭풍을 끄집어 낼지 알기라도 한다는 건가요?"

그의 입술이 비틀리는 모양으로 판단할 때, 지금 칼은 분명하게 부적절한 어떤 대사를 뱉으려는 찰나임이 틀림없다. 나는 그의 손목을 붙들어 그가 그러기 전에 멈춰 세운다.

"칼의 군대 경력은……."

"……훈련에는 괜찮죠."

엘라가 내 말을 자른다.

"그리고 메어 당신이 칼이 하듯이 은혈들과 싸우는 훈련을 받으려고 한다면 완벽할 거예요. 하지만 당신 능력들은 그의 이해 너머까지 뻗어 있어요. 칼이 가르칠 수 없을 것들이 있어요, 당신이 반드시 배워야 할 것들이. 그건 메어가 혼자서 한다면 힘든 길일 테지만, 우리와 함께한다면…… 쉬운 길일 거예요."

좀 불안하기는 해도, 그녀의 논리는 타당하다. 칼이 나를 가르칠 수 없는, 칼이 이해하지 못하는 것들이 있기는 하다. 내가 카메론을 훈련시키려고 했던 때를 생각해 보면…… 나는 그 애의 능력을 내 것을 알듯이 똑같이는 알지 못했다. 그건 마치 서로 다른 언어로 말하는 것 같았다. 말하자면 의사소통이 가능하기는 했지만, 전적으로는 아니었다.

"그럼 나는 지켜보겠습니다. 그건 허용 가능합니까?"

칼은 돌처럼 냉정하고 단호한 결심을 담아 뱉는다.

엘라는 미소를 짓는데, 그녀의 기분은 다시 쾌활한 쪽으로 공처럼 튀어 돌아간 듯하다.

"당연하죠. 그렇지만 뒤로 멀찍이 물러서서 경계를 게을리 하지 말라고 충고할게요. 번개는 좀 야생 망아지 같은 면이 있어서요. 아무리 당신이 고삐를 채우고 싶다고 할지라도, 개는 꼭 날뛰려고 하기든요."

칼은 언덕 꼭대기 끝을 향하기 전에 마지막으로 한 번 내게 시선을 던지고는 힘을 주듯이 아주 조그만 미소를 지어 보인 다음 폭발 흔적들로 만들어진 고리 너머에 잘 자리를 잡는다. 거기까지 가자,

칼은 털썩 주저앉더니 팔을 뒤로 기대고 시선만 내게 향한다.

"칼 참 괜찮죠. 왕자로서 말이에요."

엘라가 말을 건넨다.

"그리고 은혈로서도."

레이프가 이어 말한다.

나는 혼란스러운 얼굴로 그를 힐긋 바라본다.

"몬트포트에는 괜찮은 은혈이 없는가 봐요?"

내 질문에 그가 대답한다.

"나야 알 수 없죠. 난 결코 거기 가 본 적이 없어서. 나는 피에드몬트 태생이에요, 저기 아래쪽 플로리디안 군도에서 왔죠."

그는 허공에 대고 손가락으로 늪지대 섬들로 된 고리를 그려 보인다.

"몬트포트는 몇 달 전에 날 뽑았어요."

"그럼 당신들 두 사람은?"

나는 엘라와 타이톤 사이를 본다.

그녀는 재빠르게 대꾸한다.

"프레이리. 샌드힐스. 거긴 사냥꾼들 나라거든요, 그리고 우리 가족은 이리저리로 이동하며 살았죠. 결국에는 서쪽으로 가서 산속에까지 들어갔어요. 몬트포트가 거의 10년 전쯤에 우리를 받아줬죠. 거기서 타이톤을 만났어요."

"몬트포트 태생입니다."

그는 그것이 어떤 설명이라도 된다는 것처럼 말한다. 수다스러운 타입은 아닌데, 아마도 그건 엘라가 우리 모두를 대신할 정도로 충분히 말을 하기 때문일 것이다. 그녀는 오직 폭발 구역이라고밖에 부를 수 없을 것 같은 중앙 지역을 향해서, 여전히 사라지는 중인 폭풍 구름 아래에 내가 정확하게 설 때까지 나를 몰고 간다.

"자, 우리가 어떤 걸 해낼 수 있을지 볼까요."

엘라가 나를 조금씩 밀어 자리로 보낸다. 바람이 그녀의 머리카락을 바스락대며 지나가자, 밝은 푸른색 머리타래가 한쪽 어깨 너머로 넘어간다. 서로 협력해서 움직이며 나머지 두 사람은 우리 네 명이 정사각형 모양의 각 모퉁이에 자리할 때까지 내 주변에 각각 자리를 잡는다.

"작은 것부터 시작해요."

"왜요? 난⋯⋯."

타이톤이 올려다본다.

"엘라는 당신의 제어 능력을 확인하고 싶은 거예요."

엘라가 고개를 끄덕인다.

나는 큰 숨을 내쉰다. 일렉트리콘 동료와 함께 있다는 것에 흥분되기도 하지만, 너무 많은 보모들에게 둘러싸인 아이가 된 것 같은 기분도 조금은 든다.

"좋아요."

두 손을 동그랗게 모아 쥐고, 나는 번개를 불러서 내 손가락으로 된 그릇 주변으로 들쭉날쭉한 자색(紫色)과 백색의 스파크가 퍼지게 만든다.

"보라색 스파크? 멋진걸."

미소를 지으며 레이프가 말한다.

나는 그들 머리의 부자연스러운 색상들을 눈을 끔뻑대며 보다가, 히죽 웃는다. 녹색, 푸른색, 하얀색 머리카락.

"난 염색할 생각은 추호도 없거든요."

✳ ✳ ✳

여름이 끓는 듯한 맹렬함으로 피에드몬트를 습격한다. 그리고 칼은 그걸 견딜 수 있는 유일한 사람이다. 분발한 탓도 있고 열기 탓도 더해져서 숨이 차 말도 제대로 못 잇는 상태로, 나는 그가 옆으로 저 멀리 굴러갈 때까지 그의 갈비뼈를 때려 준다. 그는 느릿하고 게으르게 서서히 잠에 빠지던 참이다. 하지만 의도와는 다르게 너무 많이 밀려가는 바람에 그는 즉시 좁은 침대에서 딱딱한 합판 바닥으로 떨어지고 만다. 그 바람에 잠이 깬 모양이다. 아기처럼 발가벗은 채 그가 앞으로 펄쩍 뛰자, 검정색 머리카락이 솟아오른다.

"맙소사."

그가 자기 두개골을 문지르며 욕을 한다.

그렇다고 칼이 느끼는 통증에 동정심은 들지 않는다.

"당신이 아무리 미화해도 청소도구함밖에 안 되는 곳에서 자겠다고 계속 주장하지만 않았어도, 이 일은 문제도 되지 않았을 거야."

여기는 천장조차 얼룩덜룩한 회반죽 덩어리라서 사람을 우울하게 만든다. 그리고 하나 있는 열린 창이라는 것도 열기를 더하는 용도밖에 없다. 이렇게 한낮에는 특히 더 그렇다. 벽들이 얼마나 얇을 것인지에 대해서라면 생각하고 싶지도 않다. 적어도 칼은 다른 군인들과 공동 침실을 쓰고 있지는 않지만.

여전히 바닥에 누운 채, 칼이 툴툴거린다.

"난 병영이 좋단 말이야."

그는 더듬거려서 반바지 하나를 찾아 입는다. 다음에는 팔찌를 찾아서 손목 양쪽에 제대로 찰칵 끼운다. 걸쇠들이 매우 복잡한 형태인데, 그가 다루는 모습을 보면 제2의 본능 수준이다.

"그리고 너야말로 여동생이랑 꼭 한 방을 쓸 필요는 없잖아."

나는 몸을 움직여 머리 위로 셔츠를 하나 던진다. 우리의 한낮 휴식은 이제 몇 분 뒤면 끝날 것이고, 나는 곧 스톰 힐로 올라가야만 할 것이다.

"당신 말이 맞아. 혼자는 잠을 못 잔다는 조그만 문제 하나만 내가 확 극복하면 되겠지."

당연하게도 그 문제란 여전히 내 심신을 쇠약하게 하는 트라우마를 의미한다. 누가 나랑 방에 같이 있지 않으면 나는 꼭 끔찍한 악몽에 시달린다.

머리 위로 셔츠를 반쯤 걸친 칼은 조용하다. 그는 찡그린 채 숨을 깊게 들이마신다.

"그런 의미는 아니었어."

이제 내가 투덜댈 차례다. 나는 칼의 이불을 집어 든다. 군용이라서 너무 많이 세탁한 바람에 거의 닳은 물건이다.

"알아."

칼이 나를 향해 몸을 기대자, 침대가 흔들리고 스프링들이 신음을 뱉는다. 그의 입술이 내 정수리를 부드럽게 스친다.

"더 이상은 악몽 안 꾸지?"

"응."

내가 너무 빠르게 대꾸하는 바람에 칼이 의심하듯 눈썹을 추켜세우지만, 그것은 사실이다.

"지사가 있는 한은. 걔 말로는 내가 소리도 안 낸대. 걔는, 반면에…… 그렇게 조그만 사람한테서 그렇게 큰 소음이 나올 수도 있다는 걸 난 잊고 있었지 뭐야."

나는 혼자 웃음을 터뜨리고는 용기를 찾아 그의 눈동자를 들여다본다.

"당신은 어때?"

노치 시절, 우리는 서로의 옆에서 잠들고는 했다. 대부분의 밤마다 그는 몸을 뒤척이고 꿈틀거리며 잠꼬대를 했다. 때로는 울기도 했다. 칼의 턱 근육이 얕게 경련한다.

"그냥 몇 번. 대충 한 주에 두 번 정도, 기억나는 건 그 정도야."

"어떤?"

"대부분은, 아버지. 너. 너랑 싸우는 것, 너를 죽이려고 애쓰는 나를 그저 지켜보았던 것, 그리고 그걸 멈추기 위해 아무것도 할 수 없었던 것이 대체 어떤 기분이었는지 다시 느끼는 거지."

그가 꿈의 기억 속에서 손을 흔든다.

"그리고 메이븐도. 걔가 어렸을 때. 6살이나 7살 정도 때."

내가 마지막으로 메이븐을 보았던 것이 벌써 한참 되었음에도 불구하고, 그 이름은 여전히 뼈에 산을 들이붓는 기분을 준다. 그는 여러 방송이나 선언들에 등장했지만 나는 그것들을 보지 않았다. 메이분에 대해 이미 기억하고 있는 것만으로도 충분히 공포에 시달리고 있는 탓이다. 칼도 그 사실을 알기에, 나를 존중하는 의미에서 그는 절대 자기 동생에 대한 이야기를 하지 않는다. 지금까지는 그랬다. *네가 물었잖아.* 나는 스스로를 나무란다. 그에게 말하지 않은 모든 이야기들을 토해내고 싶은 마음을 누르기 위해서 이를 간다. 그에게는 너무나 고통스러울 것이다. 자기 동생이 어떻게 그런 종류의 괴물로 만들어진 것인지 알게 되는 건 결코 도움이 되지 않을 것이다.

그는 기억을 헤매느라 먼 곳을 본 채로 말을 잇는다.

"갠 어두운 곳을 무서워하곤 했거든, 그냥 갑자기 극복한 어떤 날까지 그랬어. 내 꿈속에서, 그 애는 내 방에서 놀고 있어, 그냥 춤추듯이 돌아다니면서. 내 책들을 보고 있어. 그리고 어둠이 그 애의 뒤를 따라가. 나는 그 애에게 말하려고 하지. 걔한테 경고해 주려고 애를 써. 그 애는 눈치 채지 못해. 신경도 안 써. 그리고 나는 어떻게 할 수가 없어. 어둠이 그 애를 전부 삼켜."

천천히, 칼이 한 손으로 얼굴을 쓸어내린다.

"그게 무슨 의미인지 알기 위해서 위스퍼가 될 필요도 없지."

"엘라라는 죽었어."

나는 중얼거리면서 우리가 나란히 앉을 수 있게 움직인다. 마치 그러면 어떤 위안이라도 된다는 듯이.

"그리고 그런데도 메이븐은 너를 데려갔지. 그럼에도 불구하고 그 애는 끔찍한 짓들을 했어."

칼은 내 시선을 견디지 못하고 눈을 바닥으로 돌린다.

"그저 그 이유를 이해 못하겠어."

계속 침묵을 지킬 수도 있다. 아니면 그의 생각을 다른 곳으로 유도하거나. 하지만 말들이 목구멍 속에서 맹렬하게 끓어오른다. 칼은 진실을 들을 자격이 있다. 충동적으로, 나는 그의 손을 잡는다.

"메이븐은 당신을 사랑하는 걸, 당신 아버지를 사랑하는 걸 기억해. 하지만 엘라라가 그 사랑의 감정들을 가져가 없앴대. 종양을 제거하듯이 자신에게서 도려냈대. 그녀는 같은 식으로 나를 향한 메이븐의 감정들도 없애려고 시도했어."

그 전에는 토마스에게 그렇게 했고.

"하지만 그건 그렇게 잘 되지 않았나 봐. 특정 종류의 사랑의 감정은……."

나는 잠시 숨을 멈춘다.

"메이븐이 말하길 그런 것들은 제거하기가 더 어렵대. 내 생각에는 그 시도가 원래 그랬던 그 이상으로 메이븐을 더욱 뒤틀리게 한 것 같아. 엘라라는 메이븐이 나를 놓아주는 것이 불가능하게 만들어 버린 거야. 당신에게는, 증오를. 나에게는, 집착을. 그리고 우리 중 어느 쪽에게도 그를 바꾸기 위해서 할 수 있는 일이 없어. 심지어 엘라라조차도 자기가 했던 작업을 되돌릴 수 있을지 의문이야."

칼이 보인 유일한 반응은 침묵이다. 폭로만이 허공에 매달려 있다. 내 심장은 추방당한 왕자로 인해 부서져 내린다. 나는 내 생각에 그에게 필요한 것들을 그에게 내민다. 내 손, 내 존재, 그리고 내 인내심. 길고, 긴 시간이 지나고 난 후에야, 그는 눈을 뜬다.

"내가 아는 한, 신혈들 중에는 위스퍼는 없어. 아직 본 적도 없고, 들은 바로도 그래. 찾으려고 할 만큼 했는데."

이건 내가 예상치 못한 부분이다. 나는 혼란스러운 얼굴로 눈을 깜빡인다.

"신혈들은 은혈들보다 더 강하잖아. 그리고 엘라라는 그냥 은혈이 었고. 만약 누군가가…… 누군가가 그 애를 고칠 수 있다면, 시도해 볼 가치가 있지 않을까?"

"모르겠어."가 내가 할 수 있는 말의 전부다. 그 생각에 나는 몸이 굳고, 어떤 기분이 드는지도 모르겠다. 만약 메이븐이 나을 수 있다 면, 말하자면, 그거면 그를 구원하기에 충분한 걸까? 그가 저지른 일 들은 분명 바뀔 수 없다. 나에게나 칼에게 뿐만이 아니라, 그의 아버 지에게, 그리고 수백 명의 다른 사람들에게 한 일까지도.

"정말로 모르겠어."

하지만 그 말이 칼에게는 희망을 준다. 그의 눈 멀리 작은 불빛이 반짝이는 것처럼, 그 사실이 보인다. 나는 그의 머리카락을 매만지 면서 한숨을 쉰다. 칼은 자기보다는 좀 더 안정적인 솜씨를 가진 사 람에게서 한 번쯤 더 머리 손질을 받아야 할 것 같다.

"에반젤린이 바뀔 수 있다면, 누군들 못 바뀌겠어."

갑작스러운 웃음소리가 칼의 가슴 안에서 낮게 울린다.

"아, 에반젤린은 항상 그랬듯 똑같아. 그저 너를 붙들고 있느니 놓 아 주는 편이 좀 더 얻는 게 많았을 뿐이야."

"어떻게 알아?"

"왜냐하면 누가 에반젤린에게 그렇게 하도록 시켰는지 알거든."

"뭐?"

나는 날카롭게 묻는다.

한숨을 쉬더니, 칼이 일어나서 방을 가로지른다. 반대편 벽은 전부 수납장으로 대부분은 비어 있다. 옷들과 몇 개의 군용 장비 조금을 빼면 그다지 칼에게는 소유물이 많지 않다. 놀랍게도, 칼은 서성거린다. 그 점이 나를 불안하게 만든다.

"진홍의 군대는 널 다시 데려오고자 한 내 모든 시도를 차단했어."

칼은 말하는 동안 손을 빠르게 움직인다.

"잠입을 위한 어떤 메시지도, 어떤 지원도 해 주지 않았지. 어떤 종류의 정보원도 주지 않았어. 그 얼어붙을 듯 추운 기지에 그저 앉아서 할 일을 말해 주는 누군가를 기다리고 있을 수만은 없었지. 그래서 나는 내가 믿는 누군가에게 연락을 취했어."

순간 찾아온 자각이 내 위장을 때린다.

"에반젤린에게?"

"맙소사, 아니야."

그가 휴 하고 숨을 내쉰다.

"그게 아니라, 나나벨 할머니, 내 할머니이자…… 우리 아버지의 어머니에게……."

아나벨 르롤란. 나이 든 왕비.

"당신 그녀를…… 나나벨이라고 불러?"

그가 은색으로 붉히는 바람에 내 심장이 쿵 하고 뛴다.

"습관이야."

그가 투덜댄다.

"어쨌든 할머니는 엘라라가 온 뒤로 궁중에 결코 오신 적이 없지만, 죽기 전에 한 번쯤은 그러실 수도 있지 않나 생각했어. 할머니는 엘라라가 어떤 존재인지 잘 아셨고, 그리고 나도 잘 알고 계시지. 할머니라면 왕비의 거짓말을 꿰뚫어 보셨을 거야. 우리 아버지의 죽음에 있어서 메이븐의 역할이 무엇이었는지도 이해하셨을 거고."

적과의 통신. 팔리나 대령이 이 일에 대해서 절대 알 리 없을 것이다. 노르타의 왕자고 아니고 간에, 그들 중 누구든 할 수만 있다면 그를 총으로 쏴 버렸을 것이다.

"난 필사적이었어. 그리고 지나고 나서 보니까, 그건 정말로, 정말로 어리석은 행동이었어."

그가 덧붙인다.

"그렇지만 그게 먹혔지. 할머니는 기회가 오기만 한다면 너를 자유롭게 해 주겠다고 약속하셨어. 결혼식이 바로 그 기회였지. 할머니는 네 탈출을 보장받기 위해서 볼로 사모스를 지지하실 수밖에 없었고, 그리고 그건 그럴 가치가 있었긴 해. 네가 지금 여기 있는 건 바로 그분 덕분이야."

나는 천천히 말한다. 이해해야만 한다.

"그러니까 당신은 그녀에게 아케온에 습격이 있을 거라고 알렸다는 거야?"

그는 무시무시한 속도로 내게서 휙 몸을 떼더니 내 손을 잡으려고 무릎을 꿇는다. 그의 손가락은 활활 타는 것처럼 뜨겁지만, 나는 억지로 밀치지 않고 참는다.

"그래. 내가 생각했던 것보다 할머니가 몬트포트와 통신하는 것에 훨씬 개방적이셨어."

"그녀가 몬트포트랑 통신을 했다고?"

그는 눈을 깜빡인다.

"지금도 하고 계셔."

잠시 동안, 나는 저주할 대상이라도 있었으면 싶다.

"어떻게? 어떻게 그게 가능해?"

"라디오나 방송이 어떤 식으로 작동하는지 그 원리에 대한 설명을 네가 듣고 싶진 않을 것 같은데."

그는 미소를 짓는다. 나는 그 농담에 웃지 않는다.

"몬트포트는 자기들 목표를 달성하기 위해서라면, 어떤 능력이든지 은혈들과 함께 일하는 것에 분명 개방적이야. 이건……."

그는 적절한 말을 찾느라 잠시 멈춘다.

"심지어 동업 관계지. 그들도 같은 걸 원해."

도무지 믿을 수 없어서 나는 거의 비웃고 만다. 은혈 왕족들이 몬트포트와…… 그리고 진홍의 군대와 함께 일한다? 분명 터무니없게 들린다.

"그래서 그들이 원하는 게 뭔데?"

"메이븐이 왕위에서 내려오는 것."

여름의 열기와 바싹 붙은 칼의 몸에도 불구하고 소름이 내 몸을 달린다. 스스로 자제할 수 없는 눈물이 눈에서 마구 샘솟는다.

"하지만 그들은 여전히 왕좌를 원하겠지."

"아니야……."

"몬트포트가 제어할 수 있는 은혈의 왕, 하지만 그렇지만 늘 그랬듯 똑같은 은혈의 왕. 항상 그랬듯이 적혈들은 먼지 구덩이로 가고."

"약속해, 이 일은 결코 그런 식이 아니야."

"티베리아스 7세여, 영원하라."

내 속삭임에 그가 움찔한다.

"가문들이 반역을 일으켰을 때, 메이븐은 그들을 심문했어. 그리고 그들 각각 모두가 이 말들을 하면서 죽었지."

칼의 얼굴이 슬픔으로 물든다. 그가 중얼거린다.

"결코 그런 걸 요구한 적 없어. 결코 그런 걸 원하지도 않았고."

내 앞에 무릎 꿇고 있는 젊은 남자는 왕관을 위해 태어난 사람이다. 바람은 그의 양육에는 아무 할 일이 없었다. 그것은 어린 시절 그에게서 뛰쳐나와 의무감과, 그의 형편없는 아버지가 그에게 왕이 되어야 한다고 말한 것들로 대체되었다.

"그럼 당신이 원하는 건 뭐야?"

킬런이 나에게 같은 질문을 던졌을 때, 그것은 내게 집중, 목적, 어둠 속에서도 분명히 보이는 길을 제시했다.

"뭐를 원해, 칼?"

그는 활활 타오르는 눈으로 재빨리 대답한다.

"너."

내 것을 꽉 붙드는 그의 손가락들은 뜨겁지만 안정적인 온도이다. 그는 할 수 있는 한 자기자신을 억누르는 중이다.

"난 너랑 사랑에 빠졌어, 세상 다른 무엇보다도 너를 원해."

*사랑*은 우리가 쓰던 말이 아니다. 우리는 그걸 느끼고, 그걸 의미하면서도 말하지 않는다. 그건 너무나 최후의 것, 되돌아올 수 없는 다리를 건너는 어떤 선언처럼 여겨진다. 나는 도둑이다. 비상구가 어딘지를 안다. 그리고 나는 죄수였다. 잠긴 문들을 싫어한다. 하지

만 그의 눈동자는 이토록 가깝고, 이토록 열망에 차 있다. 그리고 나
또한 그걸 느끼고 있다. 그 말이 나를 겁에 질리게 함에도 불구하고,
그 말들은 진실이다. 이제 진실을 말하기로 스스로에게 다짐하지 않
았나?

"당신을 사랑해."

이마를 칼의 것에 단단히 붙이고 앞으로 몸을 기울인 채, 나는 속
삭인다. 내 것이 아닌 속눈썹이 내 피부 가까이에서 가볍게 떨린다.

"약속해 줘. 당신은 결코 떠나지 않을 거라고 약속해 줘. 돌아가지
않을 거라고 약속해 줘. 내 오빠가 목숨과 맞바꾼 모든 것을 망치지
않을 거라고 약속해 줘."

그의 낮은 한숨이 내 얼굴을 쓸어내린다.

"약속할게."

"서로에게 집중을 흩트리고 방해하는 존재는 되지 말자고 했던
것 기억해?"

"그래."

그가 활활 타오르는 손가락을 내 귀걸이 위로 움직여, 각각을 하
나씩 매만진다.

"날 방해해 줘."

제26장

메어

내 훈련은 이중으로 진행되어서, 지치지 않을 수가 없다. 결국은 좋은 일이기는 하다. 심한 피로는 쉽게 잠들게 해 주고 걱정할 틈을 안 준다. 칼이나 피에트몬트나 다음에 닥칠 것이 무엇이든 간에 그런 것에 대한 의심이 머릿속을 밀고 들어올 때가 있지만 그럴 때마다 나는 생각들을 향유하기에는 너무 지친 상태이다. 침묵하는 돌로인한 지속적인 효과를 기회로 삼아, 아침이면 칼과 함께 달리기를 하고 웨이트 트레이닝을 한다. 침묵하는 돌의 무게가 사라지고 나니, 어떤 육체적인 훈련도 어렵게 느껴지지 않는다. 게다가 훈련 사이마다 칼은 이론 수업들을 조금씩 끼워 넣는다. 내가 아무리 그에게 엘라가 이 부분을 채워 주고 있다고 말해도 소용이 없다. 그는 그저 어깨를 으쓱한 다음 계속한다. 엘라의 훈련은 더 치명적인 종류, 죽이기 위해 설계된 것임은 언급할 필요도 없다. 칼은 싸움을 위해

길러졌지만, 그의 훈련은 대기 중인 스킨 힐러가 있는 상황에서 벌어졌다. 그래서인지 칼 식의 스파링은 엘라의 것, 완전한 전멸을 목표로 하는 종류와는 매우 다르다. 칼은 좀 더 방어에 치중한다. 절대적으로 필수불가결한 상황이 아닐 경우에는 은혈들을 죽이는 것을 기꺼워하지 않는 그의 태도는 일렉트리콘들과 함께하는 시간들과 가혹한 대조를 이룬다.

엘라는 싸움꾼이다. 그녀의 폭풍은 맹렬한 속도로 모여들어 깨끗한 하늘에 검정색 구름을 휘감고, 인정사정없는 번개 연발에 연료를 공급한다. 아케온에서 본 그녀의 모습, 한 손으로는 총을 휘두르고 한 손으로는 번개를 휘두르던 모습을 기억한다. 아이리스 시그넷의 재빠른 생각이 아니었다면 메이븐은 연기 나는 잿더미로 바뀌었을 것이다. 아무리 수 년을 연습한다고 한들, 그리고 그녀의 지도가 매우 유용하다고 한들 나의 번개가 그녀의 것만큼 파괴적일 수 있을지는 의문이다. 그녀로부터 나는 번개 폭풍이 다른 어느 것보다 강하다는 사실을 배운다. 태양의 표면보다도 더 뜨겁고, 다이아몬드 유리조차 쪼개 버릴 수 있는 힘이 있다는 것을. 그녀의 것과 같은 번개를 고작 하나 만들어 내고도 나는 완전히 고갈되어서 거의 서 있을 수도 없는데, 그녀는 그런 번개를 재미로 만들어 내어 과녁 훈련까지 한다. 내 발놀림을 보겠다고 자기 번개 폭풍이 몰아치는 지뢰밭 위를 달리게 한 적도 있다.

번개 거미줄은 레이프가 부르는 말인데, 이쪽은 좀 더 친숙하다. 그는 번개와 스파크를 손과 발에서 던질 줄 아는데, 보통은 초록색 거미줄로 퍼지고 그의 몸을 보호할 수 있다. 레이프도 폭풍을 불러

낼 줄은 알지만, 그는 좀 더 정확한 방식을 선호하고, 정밀하게 싸운다. 그의 번개는 형태를 갖출 수 있다. 그가 가장 잘하는 것은 방패 형태로, 탁탁대는 전기 에너지를 엮어서 총알도 막을 수 있다. 그리고 채찍 형태는 돌이나 뼈도 자를 수 있다. 후자의 경우 지금 때리는 장면을 보고 있는 중인데, 치명적인 밧줄처럼 움직이는 그 날카로운 전기의 곡선은 자기 길에 있는 것은 어떤 것이든 태울 수 있다. 우리가 대련을 할 때마다 그것의 힘을 느낄 수 있다. 그것은 다른 사람을 때릴 때만큼 나를 아프게 하지는 않지만, 내가 제어를 할 수 없는 번개는 어쨌든 세게 맞는 느낌을 준다. 대개 하루가 끝날 때쯤 내 머리카락은 쭈뼛 서 있고, 칼이 내게 키스를 하면 항상 그도 한 번 혹은 두 번쯤 전기 충격에 시달린다.

조용한 타이톤은 우리 중 누구와도 대련을, 아니 그 점에 대해서라면 어떤 누구와도 대련을 하지 않는다. 그는 자신의 기술에 이름을 붙이지도 않은 모양이지만, 엘라는 그것을 번개 파동이라고 부른다. 전기를 제어하는 그의 실력은 경악스럽다. 그의 순백색 스파크는 작지만 집약된 형태로, 그 안에 담긴 힘은 폭풍의 전력과 맞먹는다. 그러니까 전기가 통하는 총알 같다고나 할까.

"번개 두뇌를 보여 줄게요."

하루는 타이톤이 내게 그렇게 말한다.

"누가 시범 설명에 지원하려고 할지는 의문이지만요."

우리는 함께 원형 스파링 장을 지나서 기지를 통과해 스톰 힐로 향하는 긴 산책을 시작한다. 지금까지 그들과 함께한 이래로, 타이톤은 실제로 내게 몇 마디 이상을 건네기는 했다. 그럼에도 불구하고, 그의 느릿하고 체계적인 음성을 들으니 놀랍다.

"번개 두뇌가 뭐예요?"

나는 강한 호기심으로 묻는다.

"소리가 꼭 그렇게 나거든요."

"거 참 도움 되네."

내 옆에서 엘라가 콧방귀를 낀다. 그녀는 늘 그렇듯 색이 선명한 머리카락을 얼굴 뒤편으로 땋아 내린 상태다. 지난 몇 주간은 염색하지 않은 모양인지, 그 증거로 뿌리 부분에 지저분한 금발 머리카락이 올라오기 시작한 것이 보인다.

"타이톤의 말은 사람 몸이란 전기적인 신호를 내보낸다는 뜻이에요. 매우 작지만, 터무니없이 빠르죠. 감지하기도 어렵고 제어하는 건 거의 불가능에 가까워요. 그 신호들은 대부분 머릿속에 집중되어 있어서, 거길 이용하기가 가장 쉽거든요."

다시 타이톤을 쳐다보는 내 눈이 휘둥그레진다. 하얀색 머리카락으로 한 눈을 가린 채, 양손은 주머니에 쑤셔 넣은 타이톤은 그저 계속 걸어간다. 잘난 체 하지도 않고. 엘라가 방금 뱉은 말이 전혀 무서운 말이 아니라는 듯한 태도로.

"당신은 다른 사람의 두뇌를 조종할 수 있다고요?"

차가운 공포가 위장을 칼로 찌르는 것처럼 나를 찢어 버린다.

"당신이 생각하고 있는 그런 식으론 아니고요."

"그걸 당신이 어떻게 알……."

"왜냐하면 당신은 정말 예측하기 쉬운 사람이거든요, 메어. 난 마음을 읽는 재주는 없지만, 그래도 위스퍼의 자비심 아래에서 6개월이나 시간을 보내면 누구라도 의심병이 돋으리라는 것쯤은 알고 있어요."

짜증난다는 듯이 한숨을 쉬면서, 그가 한 손을 들어올린다. 태양보다도 밝고 좀 더 눈이 멀 것 같은 스파크 하나가 그의 손가락들 사이로 엮인다. 한 번 툭 치는 것만으로 저 스파크는 사람의 안팎을 뒤집어 놓을 수도 있다.

"엘라가 말하려고 한 것은, 내가 사람을 보고 그들을 망치로 때린 것처럼 쓰러트릴 수 있다는 뜻이에요. 그들의 몸에 흐르는 전기에 영향을 줘서. 내 기분이 좀 더 자비로울 때는 그냥 발작. 그렇지 않을 때는 즉사."

나는 엘라와 레이프 양쪽을 돌아보고 눈을 깜빡인다.

"혹시 둘 중 누구라도 저 기술 배우고 있어요?"

양쪽 다 코웃음을 친다.

"우리 둘 중 아무도 저 기술이 작동하는 범위 근처로는 다가가지도 않아요."

엘라가 말한다.

레이프가 설명을 덧붙인다.

"타이톤은 누구를 조심스럽게 죽일 수 있어요, 누구도 알아차리지 못하게. 우리가 복잡한 식당에서 저녁을 먹고 있는데, 프리미어가 방 반대편에서 갑자기 쓰러진다고 해 봐요. 발작이 일어나고. 그는 결국 사망해요. 타이톤은 눈도 깜빡이지 않고 계속 식사를 하겠죠. 당연히……."

그는 타이톤의 등을 철썩 치면서 덧붙인다.

"당신이 정말로 그렇게 할 거라고 생각한다는 건 아니고요."

타이톤은 거의 아무 반응도 보이지 않는다.

"위안이 되네."

우리 능력의 활용에 있어서 이 얼마나 가공할 만하며…… 동시에 유용한 방법이란 말인가.

원형 스파링 장에서, 누군가가 화가 나서 고함을 친다. 그 소리에 주의가 끌려서, 나는 몸싸움을 벌이고 있는 한 쌍의 신혈들에게로 고개를 돌린다. 대련을 감독하고 있던 킬런이 우리를 향해 손을 흔든다.

그가 스파링을 위한 운동장 위에 새겨진 먼지투성이 원형 흔적들을 가리키며 말한다.

"오늘 경기장에 도전 기회를 좀 줄 테야? 번개 소녀가 번쩍대는 걸 못 본 지도 한참이라고."

놀랍게도 그 제안에 강하게 끌린다. 엘라나 레이프와의 대련은 흥미진진하지만, 번개 대 번개는 확실히 유용하지는 않다. 오랫동안 마주할 수 없을 무언가와 싸우는 연습을 할 이유가 없다.

내가 나서기도 전에, 엘라가 한 발 디디며 대꾸한다.

"우리는 스톰 힐에서 대련을 해. 심지어 이미 늦었어."

킬런은 그저 한쪽 눈썹을 추켜세울 뿐이다. 그는 엘라의 것이 아닌, 내 대답을 기다린다.

"사실, 나는 괜찮을 것도 같아요. 우리는 메이븐이 무기고에 가지고 있을 것들에도 대비해서 연습해야 할 테니까요."

나는 중립적으로 들리려고 애를 쓰며 말한다. 나는 엘라가 좋다,

레이프도 좋아한다. 심지어 거의 아는 바가 없지만 타이톤도 좋아한다. 하지만 내게도 목소리는 있다. 그리고 우리가 서로와 싸우기만 해서야 한계가 있을 것이다.

"오늘은 여기서 대련하고 싶어요."

엘라는 반박하려고 입을 열지만, 타이톤이 먼저 말을 한다.

"좋아. 누구랑?"

메이븐에게 가장 가까운 뭔가라면 우리에게 뻔하지.

* * *

"있잖아, 이런 쪽은 메이븐보다 내가 훨씬 더 잘해."

칼이 머리 위로 한 팔을 쭉 스트레칭한다. 얇은 면 위로 이두박근이 꽉 쥔다. 내가 그 모습을 보고 있자 그는 관심을 즐기며 미소를 띤다. 나는 그저 쏘아보면서 가슴 앞으로 팔짱을 낀다. 그는 내 요청에 동의하지도 않았지만, 그렇다고 거절을 하지도 않았다. 물론 칼이 스파링 경기장에 오기 위해서 자기 평상시 훈련을 짧게 끝냈다는 사실이면 충분한 대답이다.

"좋지. 그럼 메이븐이랑 싸울 땐 더 쉽겠네."

나는 단어를 신중하게 고른다. 죽이는 것이 아니라 싸우는 것. 칼이 자기 동생을 "고칠" 수 있을 누군가를 찾으려고 노력했다는 언급을 한 이래로, 나는 주의를 더 기울이고 있다. 아무리 메이븐이 내게 저지른 짓들 때문에 그를 죽이고 싶다고 한들, 그 생각들을 뱉을 수는 없으니까.

314

"만약 내가 당신을 상대로 훈련을 한다면, 메이븐은 전혀 어렵지 않겠어."

그는 발아래 먼지를 툭툭 친다. 지형을 확인하는 것이다.

"우린 이미 싸워 봤잖아."

"위스퍼의 영향 아래에서 말이지. 누구 다른 사람의 꼭두각시 줄 아래에서. 그건 달라."

원 밖 경계에서, 사람들 한 무리가 지켜보려고 모여 있다. 칼과 내가 같은 스파링 장으로 발을 디뎠다는 소문이 빨리도 퍼진다. 열 몇 명쯤 되는 신혈들 사이를 구린 데가 있는 미소를 띠고 누비고 있는 킬런의 모습으로 볼 때, 내기를 걸었을 수도 있겠다는 생각이 든다. 사람들 중에 리즈, 내가 처음 구출되었을 때에 공격했던 힐러도 있다. 그는 내가 은혈들과 훈련할 때 스킨 힐러들이 그랬던 것처럼 대기 중이다. 우리 어디가 부러지더라도 즉시 고칠 준비를 하고.

손가락을 팔 위로 톡톡 두드리며 각각 똑딱거린다. 뼛속부터 번개를 부른다. 번개가 내 명령에 따라 일어나고, 머리 위로 구름이 모이는 것이 느껴진다.

"전략 짤 시간을 버느라고 계속 그렇게 내 시간을 낭비할 거야, 아니면 우리 그만 시작해도 될까?"

그는 그저 윙크를 하고는 스트레칭을 계속한다.

"거의 다 했어."

"좋아."

몸을 구부리고, 나는 양손에 운동장의 고운 먼지를 문질러서 손의 땀을 없앤다. 칼이 그렇게 가르쳤다. 그는 미소를 짓더니 똑같이 한

315

다. 다음 순간, 그는 셔츠를 당겨 벗더니 옆으로 가볍게 던져, 적잖은 사람에게 놀라움과 기쁨을 선시힌다.

더 훌륭한 음식들과 엄청난 연습이 우리 두 사람 모두를 좀 더 근육질로 바꿔 주었지만, 내가 호리호리하고 날렵하고, 굳이 정의하자면 매끄러운 곡선인 편이라면, 칼은 온통 가파른 각도로 잘린 선이라고 할 수 있다. 그가 벗은 모습을 그토록 여러 번이나 보았는데도, 여전히 그 모습에 나는 잠시 망설이며 뺨부터 발끝에 이르기까지 온통 빨개지고 만다. 나는 억지로 침을 삼킨다. 곁눈질로 보니, 엘라와 레이프 양쪽 다 흥미로운 시선으로 칼을 훑고 있다.

"내 신경을 분산시키려는 시도야?"

나는 얼굴 전체에 열기가 오르는 것을 무시하면서 대수롭지 않은 척을 한다.

그는 자신이 순진함의 표상이라는 듯이 머리를 옆으로 기울인다. 심지어 마치 누가, *내가?* 하고 말하기라도 하는 것처럼 가짜로 말문이 막힌 시늉을 하면서 자기 가슴을 손으로 툭 치기까지 한다.

"어쨌든 네가 내 셔츠를 홀딱 태워 버릴 수도 있잖아. 난 보급품을 아끼려는 거라고. 게다가."

그는 슬슬 원을 그리기 시작하면서 덧붙인다.

"훌륭한 군인이란 유리한 부분을 전부 이용할 수 있어야 하는 법이라서."

머리 위에서는 하늘이 계속 어두워진다. 이제 킬런이 내기를 제안하는 소리가 명확하게 들리고 있다.

"아, 당신 생각에는 이점 같았다 이거지? 그거 참 귀엽네."

나는 그의 움직임에 맞춰서, 반대 방향으로 원을 그린다. 내 발이 합심해서 움직인다. 발놀림이라면 믿는 구석이 있다. 아드레날린은 익숙한 느낌을 주는데, 그 느낌은 스틸츠에서, 훈련 경기장에서, 내가 거쳐 온 모든 전투에서 기인한 것이다. 그 감각에 신경이 사로잡힌다.

그가 '전부 너무나 익숙한' 준비 자세를 취하며 몸을 긴장시키고 있는 지금조차, 내 머릿속에서 칼의 음성이 울린다. *버너. 10미터.* 손을 옆으로 떨어뜨리고, 손가락을 빙빙 돌리자 피부 위로 자백색의 스파크가 나타났다 사라진다. 원 너머로 그가 잽싸게 손목을 움직이자…… 불타오르는 열기가 손바닥 위로 후끈 치민다.

나는 꽥 비명을 지르면서 내 스파크가 붉은 불꽃이 된 것을 보며 뒤로 홀쩍 뛴다. 칼이 내게서 스파크를 빼앗았다. 에너지를 폭발시켜서, 나는 불꽃을 다시 번개로 밀어낸다. 번개들은 파동을 일으키면서 다시 불꽃이 되고 싶어 하지만, 나는 제어 밖의 폭발에서 스파크를 지켜내는 데 집중한다.

"선방은 캘로어!"

킬런이 원 끝부분에서 소리를 지른다. 계속 늘어나고 있는 관중들 사이를 신음 소리와 환호성이 뒤섞이며 내달린다. 킬런은 손뼉을 치고 발을 구른다. 그 모습에 스틸츠의 경기장에서 그가 은혈 챔피언들을 향해서 소리를 지르던 때가 떠오른다.

"해 봐, 메어, 빨리 움직이라고!"

괜찮은 조언인걸, 나는 깨닫는다. 칼은 내가 준비되지 않은 어떤 것을 선보이기 위해서 우리의 대련을 공개할 필요는 없었다. 그런 부분은 감추어야 했을 것이다. 유리한 부분은 숨겨두고 사용할 때를 기다리면서. 대신에, 그는 저 말을 먼저 움직였다. 그는 나를 봐주는 중이다.

첫 번째 실수야.

10미터 떨어진 곳에서, 칼은 나보고 계속하라는 손짓을 한다. 조롱 그 이상 아무것도 아니다. 그의 방어 실력은 최고다. 그는 내가 자신에게 오길 원한다. 좋다고.

원의 끝부분에서 엘라가 관중들을 향해서 경고를 중얼거린다.

"내가 당신들이라면 뒤로 물러서겠어요."

주먹을 꼭 쥐자, 번개가 친다. 그것은 맹렬한 힘으로 아래로 찢어발기면서 과녁 한복판을 맞추는 화살처럼 원의 정확한 중심을 때린다. 하지만 번개는 당연히 그래야 함에도 바닥을 파고 들어가거나, 바닥에 금을 만들지도 않는다. 대신 나는 번개를 폭풍과 거미줄을 혼합해서 움직인다. 자백색의 번개가 대련장을 가로질러 치솟으면서 무릎 높이로 흙 위를 내달린다. 칼은 밝은 섬광에서 눈을 보호하기 위해서 한 팔을 들고, 다른 손으로는 자기 주변의 스파크에 파문을 일으켜서 그것들을 맹렬한 푸른 불꽃으로 변화시킨다. 나는 전력으로 뛰어가서 그가 감히 쳐다볼 수도 없는 번개에서부터 튀어나간다. 고함을 지르면서 그의 다리 사이로 슬라이딩을 하면서 그를 쓰러트린다. 그는 스파크에 언어맞으며 털썩 드러눕고 내가 재빨리 서는 사이에 쇼크로 인한 발작을 일으킨다.

붉고 뜨거운 열기가 내 얼굴을 쓸지만 나는 전기 방패로 그것을 밀어낸다. 다음 순간, 나도 바닥에 누워 있는데, 칼의 다리가 내 아래

318

쪽을 쓸고 지나간 탓이다. 나는 얼굴로 바닥을 세게 찧으며 흙을 맛본다. 손 하나가 어깨를 움켜쥐는데, 불타는 듯한 손길이다. 나는 팔꿈치를 크게 휘저어 그의 턱을 맞춘다. 턱 또한 불타는 것 같다. 그의 전신이 불꽃 그 자체다. 붉은색과 주황색, 노란색과 파란색. 열기의 파동이 그의 몸에서 맥동하여 왜곡을 만들어 내어, 온 세상이 흔들리고 파도 모양을 이루는 것만 같다.

손으로 바닥을 짚으며 재빨리 기면서, 나는 팔로 흙을 떠서 그대로 끌어, 할 수 있는 한 많이 그의 얼굴에 대고 뿌린다. 그는 움찔하고, 그 바람에 불길 일부가 잦아들어 내게는 일어설 충분한 기회가 생긴다. 번개를 채찍 형태로 불러내자 공기 중에서 채찍이 스파크를 일으키며 쉿쉿 거린다. 그는 각각의 공격을 구르거나 상체를 숙여 피하는데, 그 움직임이 무용수처럼 가볍다. 불꽃으로 된 공이 내 번개에서부터 튀어나오는데, 내가 완전히 제어하지 못한 부분들이다. 칼은 그것들을 이용해서 자신만의 불길이 휘감긴 채찍으로 만들어서, 이 대련장을 화염 지옥으로 둘러싼다. 보라색과 붉은색이 충돌하고, 우리 아래의 단단히 다져진 흙이 폭풍우가 치는 바다처럼 들끓고 하늘이 검은색으로 바뀌어 벼락을 비처럼 내릴 때까지 번개와 불이 부딪힌다.

그는 한 방을 날리기 충분할 정도로 가까워질 때까지 춤추듯 움직인다. 그의 첫 번째 파동에서 오는 힘이 느껴지는 순간 그 아래로 몸을 낮추는데, 머리카락이 타는 냄새가 난다. 나 또한 세게 공격을 날려서 그의 신장에 치명적인 팔꿈치 공격을 성공시킨다. 그는 고통으로 신음하지만 같은 식으로 답변하여, 불꽃이 타오르는 손가락들을 내 등을 따라 박아 넣는다. 살이 막 생긴 수포로 인해 덜덜 떨리지만 나는 비명을 지르고 싶은 것을 참으면서 입술을 깨문다. 이것이 얼마나 아픈지 칼이 눈치 챈다면 그는 싸움을 멈출 것이다. 그리고 이 상처는 당연하게도 아프다. 고통이 척추를 따라 비명을 지르며 올라오고, 무릎은 휘청대며 꺾인다. 재빨리 움직여서, 추락을 막기 위해 팔을 뻗어서 번개로 몸을 밀어서 선다. 그토록 화끈대는 고통에도 나는 강행하는데, 이것이 어떤 느낌일지 확실히 알 필요가 있기 때문이다. 메이븐은 같은 상황이 오면 아마도 더한 짓도 할 테니까.

나는 다시 거미줄을 이용하는데, 그건 그의 손을 내게서 떼어내려는 방어 전략이다. 강력한 전기가 그의 다리를 따라 달리고, 그의 근육, 신경, 그리고 뼈에까지 이른다. 왕자의 뼈대가 머릿속에 번뜩이며 보인다. 영구적인 부상을 피하기 위해서 그 공격을 도로 회수한다. 그는 몸을 비틀면서 옆으로 쓰러진다. 나는 생각할 틈도 없이 그를 올라타고, 그가 찼다 푸는 모습을 수도 없이 보았던 팔찌들을 붙든다. 내게 깔린 채, 그가 눈을 굴리면서 내 손을 떼려고 애를 쓴다. 팔찌들이 내 스파크 때문에 보라색으로 번뜩이면서 허공으로 날아오른다.

팔 하나가 내 허리를 휘감고 내 몸을 휙 젖힌다. 등이 땅에 닿는 것은 마치 최고온의 불길이 혀로 핥는 기분이다. 나는 이번에는 비명을 지르면서 자제를 잃는다. 스파크가 양손에서 폭발하고, 칼은 번개의 분노를 재빨리 피하느라 자발적으로 날듯이 물러난다.

울지 않으려고 기를 쓰면서 상체를 일으키는 내 손가락이 흙을 파고든다. 몇 미터 떨어진 곳에서 칼도 똑같은 행동을 하고 있다. 그의 머리카락은 정전기 에너지로 인해 엉망진창이다. 우리는 둘 다 부상을 당했고, 둘 다 멈추기에는 너무나 자존심이 강하다. 우리는 노인들처럼 비틀거리며 서서, 불안한 팔다리 때문에 흔들댄다. 팔찌가 없기에, 그는 원의 경계에서 타오르고 있는 잔디에서 불을 불러내어, 잉걸불에서 불꽃을 만든다. 내 번개가 다시 폭발하는 것과 동시에 그의 불꽃이 내게로 돌진한다.

양쪽은…… 얼얼한 푸른색 벽에서 충돌한다. 벽은 쉿쉿 소리를 내며 양쪽 공격의 힘을 흡수한다. 다음 순간 그것은 깨끗하게 닦인 유리창처럼 사라진다.

"아무래도 당신들 둘은 다음번에는 야외 사격장에서 대련을 해야 할 것 같군요."

데이비슨이 외친다. 오늘은 평범한 녹색 제복을 입어 다른 사람들하고 같아 보이는 프리미어가 원의 경계부에 서 있다. 적어도, 그건 원이었다. 지금 흙과 풀은 새까맣게 탄 엉망진창 상태이고, 우리 능력 때문에 반으로 쪼개진 바닥은 완전히 발칵 뒤집힌 상태다.

쉿 소리를 내며, 나는 뒤로 털썩 앉아서 조용하게 이 결말에 감사한다. 숨 쉬는 것조차 등에 통증을 준다. 고통을 참느라 주먹을 꼭 쥐면서, 앞쪽으로 몸을 기울여 무릎에 기댄다.

칼이 나에게로 한 걸음을 딛다가, 다음 순간 그 자리에 무너지더니 팔꿈치로 뒤쪽을 짚는다. 그는 무겁게 헐떡이는데, 방금까지의 고군분투로 인해 가슴이 오르락내리락 한다. 미소를 지을 정도의 힘도 없나 보다. 땀이 칼의 머리부터 발끝까지를 온통 뒤덮고 있다.

"가능하다면 관중도 없이 말이죠."

데이비슨이 덧붙인다. 그의 뒤에서, 연기가 점차 걷히지, 또 다른 푸른색 벽이 우리의 대련을 지켜보던 관중들로부터 이곳을 분리하고 있다. 데이비슨이 손짓하자 그것은 깜빡대면서 사라진다. 그는 딱딱하고 건조한 미소를 보이며 자기 팔에 있는 자신의 직함의 상징을 가리킨다. 하얀색 육각형.

"쉴드. 꽤 유용하죠."

"내 말이 그 말이에요."

킬런이 외치면서 나를 향해 급히 달려온다. 그는 내 옆에 쭈그리고 앉는다.

"리즈."

어깨 너머로 그가 외친다.

하지만 붉은 머리카락의 스킨 힐러는 몇 미터 떨어진 곳에 멈춰 있다. 그는 꿈쩍도 않는다.

"킬런도 그런 식으로 할 수 없다는 거 알잖아."

"리즈, 관둬요!"

킬런이 화를 낸다. 그는 격분하여 이를 악문다.

"지금 메어는 등 전체에 화상을 입었고, 칼은 거의 걸을 수도 없다고요."

여전히 숨을 몰아쉬면서 칼이 나를 향해 눈을 깜빡인다. 그의 얼굴이 걱정과 후회와 동시에 고통으로 가득 찬다. 나도 극도로 아프지만, 그 또한 마찬가지다. 왕자는 강해 보이기 위해서 최선을 다하며 일어나 앉으려고 애를 쓴다. 그는 그저 헛헛 대면서 즉시 뒤로 넘어진다.

리즈는 자기 의견을 바꾸지 않는다.

"대련은 영향을 남기지. 우리는 은혈들이 아니야. 우리는 우리 능력이 서로에게 어떤 일을 하는지 알 필요가 있어."

그 말은 연습한 것처럼 들린다. 내 고통이 그토록 엄청나지만 않았더라도, 나 또한 그의 말에 동의했을 것이다. 은혈들이 흥밋거리로, 어떤 공포도 없이 전투를 벌이던 경기장을 기억한다. 태양의 홀에서 내가 받았던 훈련도 기억한다. 스킨 힐러가 어떤 찰과상도 수습할 준비 상태로 항상 기다리고 있었다. 은혈들은 다른 사람을 다치게 하는 것은 신경도 쓰지 않았는데, 그것은 그 결과가 결코 지속되지 않기 때문이다. 리즈는 우리 둘을 향해서 꾸짖듯이 손가락을 흔든다.

"대련은 목숨을 위협하는 게 아니라고. 저 둘은 지금 이대로 24시간을 보낸다. 그게 규칙이야, 워렌."

"보통 때라면, 나도 동의했을 겁니다."

데이비슨이 말한다. 확고한 걸음걸이로, 그가 힐러의 옆으로 건너가서 그에게 텅 빈 시선을 고정한다.

"하지만 불행하게도 나는 날카로운 상태의 저 둘이 필요합니다, 그것도 지금 당장 필요하죠. 그러니 치료해요."

"하지만……."

"끝내요."

손가락 사이로 흙을 꼭 쥔다, 바닥을 손가락으로 긁는 사이에 아주 작은 안도가 퍼진다. 만약 그것이 이 고문을 끝내준다는 의미라

면, 나는 프리미어가 원하는 것이 무엇이든 귀를 기울이고 미소를
지으며 그걸 해낼 것이다.

＊ ＊ ＊

아래 위가 붙은 작업복 형태의 군복은 가렵고 소독약 냄새가 난
다. 불평을 할 수도 있었겠지만 그럴 만한 두뇌 용량이 남아 있지를
않다. 데이비슨의 첩보원들의 최신 브리핑을 들은 후에는 절대 불가
능하다. 심지어 프리미어조차 불안한 얼굴로 나와 칼을 포함한 그의
군 고문들이 둘러앉은 긴 테이블 앞을 앞뒤로 서성인다. 데이비슨은
턱 아래로 주먹을 동그랗게 말고 읽을 수 없는 눈길로 바닥을 응시
한다.

팔리는 오랫동안 그를 바라보다가 에이다의 꼼꼼한 글씨가 써 있
는 종이를 읽기 위해 눈을 내린다. 그 완벽한 지성을 지닌 신혈 여성
은 지금은 장교로, 팔리와 진홍의 군대를 위해서 일하고 있다. 아기
클라라 역시 장교로 자라게 된다고 해도 별로 놀랍지 않을 것이다.
클라라는 천 포대기에 단단히 싸인 채 자기 어머니의 가슴팍에서 졸
고 있다. 어두운 갈색 솜털이 점처럼 클라라의 머리 위 정수리에 자
리하고 있다. 그 애는 정말로 쉐이드 오빠처럼 보인다.

"진홍의 군대의 5000명의 적혈 군인들과 몬트포트의 500명 신혈
들이 현재 코르비움 요새를 장악하고 있습니다."

팔리가 에이다의 노트를 소리 내어 읽는다.

"보고에 따르면 메이븐의 군대가 수천에 이르며, 모두 은혈이라고

합니다. 하버베이의 패트리어트 요새에, 그리고 레이크랜즈의 데트라온 바깥에 운집해 있다고 합니다. 정확한 수치나 능력에 대한 파악은 되지 않고 있습니다."

테이블에 대고 있던 손이 떨려서 재빨리 다리 아래로 밀어 넣는다. 머릿속으로는 성채 도시를 되찾기 위한 메이븐의 시도를 지원할 가능성이 있는 이들이 누가 있을까 체크해 본다. 사모스는 아니고, 라리스, 아이럴, 헤이븐도 마찬가지다. 만약 칼의 할머니가 믿을 만한 사람이라면, 르롤란도 아니다. 확 사라져 버리고 싶음에도 나는 억지로 입을 연다.

"램보스와 웰르 가문이 메이븐을 강력하게 지지합니다. 스트롱암과 그린워든이죠. 아벤도요. 그들은 어떤 신혈들의 공격도 무효화할 수 있습니다."

더 자세히는 설명하지 않는다. 아벤들이 무엇을 할 수 있는지라면 직접 체험해 아는 바다.

"레이크랜즈 쪽이라면 모르겠어요, 님프 왕족들 이상으로는."

대령이 앞으로 몸을 기울이고 테이블에 손바닥을 댄다.

"내가 압니다. 그들은 필사적으로 싸우고, 오래 견딥니다. 그리고 왕을 향한 그들의 충심은 꿋꿋하고 굽힘이 없소. 만약 왕이 자기 지지를 저 비열한……."

그는 말을 멈추고 곁눈질로 칼을 흘끗 본다. 칼은 아직 아무 반응도 없다.

"자기 지지를 메이븐에게 보낸다면, 그들은 망설임 없이 따를 겁니다. 그들의 님프는 당연히 치명적이며 그 다음으로 스톰, 쉬버, 그리고 윈드위버도 있죠. 스톤스킨 전사들도 끔찍한 무리고."

그들이 각각의 이름을 말할 때마다 나는 움찔한다.

데이비슨은 발끝으로 휙 돌아서 자리에 앉아 있는 타히르를 마주한다. 그 신혈은 자기 쌍둥이가 없으니 불완전해 보이고, 마치 쌍둥이의 부재를 보상이라도 하듯 기이하게 몸을 기울이고 있다.

"실시간으로 추가된 보고 없나요? 한 주 동안이면 그렇게까지 모자란 시간은 아닌데."

프리미어가 짖듯이 말한다.

눈을 찡그리고, 타히르는 다른 어딘가, 방 너머 먼 곳으로 시선을 보낸다. 어디든 아마 자기 쌍둥이가 있는 곳일 터이다. 이곳에서의 많은 작전들이 그러하듯, 래시의 위치도 기밀이지만, 충분히 유추가 가능하다. 살리다가 한때 메이븐의 신혈 군대에 끼어든 적이 있었다. 래시는 그녀를 대신할 이로는 완벽한 존재였을 것이고, 아마도 궁중 어디선가 적혈 하인으로 근무 중일 것이다. 꽤 영리한 전략이다. 그와 타히르의 연결을 이용하면, 그는 어떤 라디오나 통신 회신이 하는 것만큼이나 빠르게 정보들을 운반할 수 있다, 그것도 어떤 증거나 차단 가능성 없이 말이다.

"여전히 확인 중입니다."

타히르가 느릿하게 말한다.

"속삭임들이……."

그 신혈은 잠시 침묵한다. 그리고 그의 입이 놀람으로 인한 '오' 모양으로 툭 떨어진다.

"그날 중으로. 경계 양쪽에서 공격."

입술을 깨무는 바람에 피가 난다. 어떻게 이토록 빠르게 일이 벌어질 수 있지? 경고도 없이?

칼은 나와 같은 기분이다.

"당신들이 군대의 이동을 감시하고 있다고 생각했는데. 군대들은 하룻밤에 모일 수가 없어."

낮은 열기의 흐름이 그에게서 고동치면서 내 오른쪽 옆구리를 뜨겁게 데운다.

"우리도 레이크랜즈에서 큰 규모의 군대들의 위치는 알고 있어. 메이븐의 새 신부와 그녀의 동맹이 우리를 조금 곤경에 처넣었지."

팔리가 설명한다.

"우리는 레이크랜즈에서 충분한 정보들을 얻을 수가 없어, 이제 대부분의 진홍의 군대가 여기에 있고. 우리가 세 개의 분리된 국가들을 동시에 모니터링 할 수는……."

"하지만 그것이 코르비움일 거라고 당신들은 확신하고? 절대적으로 확신한다?"

칼이 받아친다.

에이다가 망설임 없이 고개를 끄덕인다.

"모든 첩보가 그쪽을 가리키고 있어요."

"메이븐은 덫을 놓는 걸 좋아하죠."

그의 이름을 말하는 것도 끔찍하지만 입을 연다.

"우리를 억지로 끌어내려는 덫일 수도 있어요, 이동하는 우리를 잡으려고요."

우리 비행기가 비행 중에 쪼개지면서 지르던 비명소리, 별처럼 날카로운 선들로 바뀌던 순간들이 기억난다.

"아니면 속임수일 수도요. 우리는 코르비움으로 가요. 그가 아래 쪽 나라들을 칩니다. 우리 아래에서 지지 기반을 빼가는 거죠."

"그것이 우리가 기다리는 이유입니다. 그들이 먼저 움직이게 해서 우리가 반격을 할 수 있게 말입니다. 만약 그들이 멈춘다면, 그것이 계략이란 것을 알게 되겠죠."

데이비슨이 다짐하듯 주먹을 꼭 쥔다.

대령이 얼굴을 붉히는데, 피부가 거의 자기 눈처럼이나 붉어진다.

"그리고 만약 그것이 공격이었다면? 복잡하게 생각할 것도 없이 말이오."

"우리는 그 의도를 명확히 알게 되는 즉시 재빨리 움직여서……."

"그리고 얼마나 많은 내 군인들이 당신이 재빨리 움직이는 사이 에 죽게 되는 겁니까?"

데이비슨은 코웃음을 친다.

"내 사람들만큼이나 많은 수겠지요. 당신 사람들이 이 일을 위해 피를 흘리게 될 유일한 사람들인 양 굴지 마시죠."

"내 사람들……?"

"그만!"

팔리가 두 사람 모두를 향해 고함을 치는데, 클라라를 깨울 정도 로 큰 소리다. 그 아기는 내가 아는 누구보다도 착한 아이라, 자기 낮잠을 방해 받았음에도 그저 졸린 눈만 깜빡인다.

"만약 좀 더 첩보가 들어오지 않는다면, 기다리는 것이 우리가 가 진 유일한 선택지입니다. 우리는 무턱대고 들이받기에는 너무 많은 실수를 저질러 왔습니다."

셀 수도 없이 여러 번을.

"희생이라는 것, 인정합니다."

프리미어는 자신의 장군들을 냉철하게 둘러본다. 그들 모두는 이 소식에도 금욕적으로, 돌 같은 얼굴을 하고 있다. 만약 다른 방법이 있었다면, 그는 그 방법을 택했을 것이다. 하지만 우리들 중 누구도 다른 길을 찾지 못한다. 심지어 칼조차 그렇다. 그는 계속 침묵하고 있다.

"하지만 몇 센티미터의 희생입니다. 몇 킬로미터에 비하면 몇 센티미터예요."

대령은 분노에 차서 툴툴거리면서 회의실 테이블은 주먹으로 내리친다. 물로 가득 찬 유리 잔이 흔들거리자, 데이비슨은 침착하게 그것을 재빨리 바로잡는데 거의 반사적이다.

"캘로어, 조직 편성을 위해서 자네가 필요하네."

그의 할머니가. 은혈들이. 나와 내 사슬을 그저 바라만 보면서 일이 간편하게 돌아갈 때까지 아무것도 안 했던 사람들. 내 가족이 자기들 노예가 되어야 한다고 여전히 생각하고 있는 사람들. 나는 혀를 깨문다. 내가 이겨야만 하는 사람들.

칼이 머리를 숙인다.

"리프트 왕국은 지원을 약속했다. 우리에게는 사모스 군인들, 아이럴, 라리스 그리고 르롤란이 있어."

"리프트 왕국이라."

나는 소리 죽여서 거의 내뱉듯이 중얼거린다. 에반젤린이 결국 자기 왕관을 차지했네.

"당신은 어떻슈니까, 배로우?"

나는 데이비슨이 바라보는 것을 마주하려고 올려다본다. 여전히 텅 빈 시선. 그를 읽는 것은 불가능하다.

"우리에게는 당신도 있는 겁니까?"

가족들의 모습이 눈앞을 스치지만, 그것은 그저 잠시뿐이다. 내장의 구덩이와 뇌의 한 구석에서 계속 타오르고 있는 자신의 분노, 격노의 감정에 부끄러움을 느껴야겠지만, 나는 그것을 없애 버린다. 엄마와 아빠는 내가 다시 떠난다고 하면 죽이려고 드시겠지. 하지만 나는 평화의 겉모습이라도 찾아서 전쟁에 기꺼이 합류하겠다.

"네."

제27장

메어

그것은 덫도, 계략도 아니다.

지사가 자정이 어느 정도 지난 시각에 나를 흔들어 깨운다. 그 애의 갈색 눈은 커다랗고 걱정에 차 있다. 나는 저녁을 먹으며 가족들에게 어떤 일이 일어나고 있는지 얘기했다. 예상했던 대로 가족들은 내 결정에 행복해하지 않았다. 엄마는 할 수 있는 한 온 힘을 다해 나이프를 구부리셨다. 엄마는 쉐이드 오빠로 인해서 많이 우셨고, 그건 여전히 너무나 생생한 상처인 데다, 내 감금으로 인해서도 많이 아파하셨다. 내가 얼마나 이기적인지 얘기하셨다. 날 그분들로부터 다시 빼앗아 가다니.

그 후 엄마의 비난은 사죄와 내가 얼마나 용감한지에 대한 속삭임으로 바뀌었다. 너무 용감하고 너무 완고하며 어머니께는 너무 귀한 나머지 보낼 수가 없다고.

아빠는 그저 입을 다무신 채, 지팡이 위로 손가락 관절이 하얘지도록 힘을 주셨다. 우리는 간다, 아빠와 나는. 우리는 선택을 하고 그것을 따른다, 아무리 그 선택이 잘못되었다고 해도 말이다.

적어도 브리 오빠와 트래미 오빠는 이해를 해 줬다. 두 사람은 이 작전에 호출되지 않았다. 그 사실이 그나마 위안이 된다.

"칼이 아래층에 와 있어."

지사가 속삭인다. 그 애가 열정적인 손을 내 어깨에 얹는다.

"언니 가야 해."

이미 군복으로 갈아입은 상태인 나는 일어나 앉으면서 지사를 끌어당겨 마지막 포옹을 한다.

"언니 이거 진짜 너무 많이 한다."

지사가 목이 메는 흐느낌 사이로 농담조로 말하려 애쓰면서 투덜거린다.

"이번엔 꼭 돌아와."

나는 고개를 끄덕이지만, 약속은 하지 않는다.

킬런은 잠옷 차림에 피곤해 보이는 눈을 하고, 복도에서 지사와 나를 기다리고 있다. 킬런도 이번에 함께 가지 않는다. 코르비움은 킬런의 한계선 아득히 너머에 있다. 또 하나의 씁쓸한 위안이다. 그 애가 느릿느릿 걷는다고 불평하던 일에 익숙했던 것만큼이나, 나는 매듭을 묶는 것 말고는 잘하는 게 없는 저 어부 소년이 걱정이 되고, 분명 그 애가 매우 그리울 것이다. 특별히 그 불평들이 어느 것 하나 진실이 아니기에 더 그렇다. 킬런은 내가 그 애에게 해 준 것 이상으로 나를 지켜주고 도와주었다.

이 모든 얘기를 전하려고 입을 열지만, 킬런이 내 뺨에 재빠른 입 맞춤을 하며 내 말을 막는다.

"작별 인사 하려고 시도하기라도 해 봐, 저 계단 아래로 내동댕이 쳐 줄 테니까."

"알았어."

나는 억지로 뱉는다. 그럼에도 불구하고 가슴이 조여들고, 1층으로 내려가는 발걸음마다 숨을 쉬는 것은 더욱 힘들어진다.

모두가 모여서 기다리고 있는데, 총살형 집형대처럼 암울한 얼굴들이다. 엄마의 눈은 붉고 부어 있는데, 브리 오빠의 것도 그렇다. 브리 오빠가 나를 제일 먼저 끌어안고, 바닥에서 번쩍 들어올린다. 이 거인은 내 목 안쪽에 대고 한 번 흐느낀다. 트래미 오빠는 좀 더 속내를 감춘다. 팔리도 복도에 와 있다. 그녀는 클라라를 단단하게 안은 채로, 그 애를 앞뒤로 흔들고 있다. 당연하게도 엄마가 그 애를 받아들 것이다.

이 순간의 모든 조각을 단단히 붙들고 싶은데, 모든 것이 흐릿하다. 시간은 너무 빨리 흐른다. 머리가 빙빙 돌고, 무슨 일이 일어나고 있는지 인지하기도 전에, 나는 문을 나서고, 계단을 내려가, 안전하게 차량에 타고 있다. 아빠가 칼과 악수를 나누었던가, 아니면 그저 내 상상일 뿐인가? 내가 여전히 자고 있는 건 아닐까? 혹시 꿈을 꾸고 있는 중인가? 기지의 불빛들이 어둠 사이로 별똥별처럼 흐른다. 전조등이 그림자들을 가르며 비행장으로 가는 길을 밝힌다. 벌써 엔진의 고함 소리와 하늘로 향하는 비행기들의 비명 소리가 들린다.

대부분은 드랍젯(dropjet)으로 많은 수의 군대를 빠르게 수송하기 위해 설계된 것이다. 이 비행기들은 활주로 없이 수직으로 착륙하고, 코르비움으로 바로 날아갈 수 있다. 우리가 탈 비행기에 오르자 익숙한 끔찍한 감각에 몸이 마비된다. 내가 마지막으로 이 일을 겪었을 때, 나는 6개월간을 죄수로 지내고 유령이 되어 돌아와야 했다.

칼이 내 불안을 눈치 챈다. 그는 내 대신 내 비행기 좌석 안전벨트를 채워 준다. 발아래에서 삐걱거리는 금속을 그저 바라보고 있는 사이, 그의 손가락들이 재빠르게 움직인다.

"그 일은 다시는 벌어지지 않을 거야. 이번에는 다를 거야."

그가 속삭이는 목소리가 나만이 들을 수 있을 정도로 낮다.

칼의 얼굴을 양손으로 잡고 그를 멈춰 세워 날 보게 만든다.

"그런데 왜 이렇게 똑같은 기분이 들지?"

구릿빛 눈동자가 내 눈을 살핀다. 대답을 찾고 있다. 그는 아무것도 찾아내지 못한다. 그러자 그는 내게 입을 맞춘다, 마치 그것이 어떤 것이든 해결할 수 있다는 듯이. 내 입술에 닿은 그의 입술은 델 듯이 뜨겁다. 칼의 입술은 필요 이상으로 길게 머무르는데, 특히 지금처럼 이렇게 많은 사람들이 주위에 있을 때라면 더 그럴 수 있음에도, 아무도 어떤 호들갑도 떨지 않는다.

뒤로 몸을 물리면서, 그는 내 손에 무언가를 쥐어준다.

"네가 누구인지 잊지 마."

그가 속삭인다.

그것이 귀걸이라는 것을 알기 위해서 굳이 들여다볼 필요도 없다. 그것은 금속에 아주 조그만 색 돌이 박힌 귀걸이다. 작별을 말하는, 부디 안전하라고 전하는, 우리가 떨어져 있더라도 나를 기억하라고 이야기하는 무언가. 내 예전 삶에서 이어진 또 다른 전통. 나는 귀걸이의 날카로운 침이 내 피부를 거의 찌를 정도로 세게 주먹을 쥔다. 그가 내 옆자리에 앉기 위해서 움직이고 나서야 나는 그것을 들여다본다.

붉은색. 당연하다. 피처럼 붉고, 불처럼 붉다. 우리 두 사람 모두를 산 채로 태우고 있는 분노처럼 붉다.

내 귀에 지금 당장 꽂기는 불가능해서, 나는 그 작은 돌이 안전할 곳을 신중하게 골라 잘 숨겨 넣는다. 곧 다른 귀걸이들과 함께 걸 것이다.

복수를 위해 움직이는 팔리는 몬트포트 조종사 옆의 자기 자리에 앉는다. 그 뒤를 바싹 따라 온 카메론이 자리에 앉으면서 건조한 미소를 지어 보인다. 카메론은 마침내 팔리가 그랬던 것처럼 공식 녹색 제복을 입었다. 팔리의 옷은 이제 좀 다르지만. 그녀의 것은 녹색이 아니고 어두운 적색으로, 팔에는 흰색으로 C가 새겨져 있다. *장군(command)*의 C. 그녀는 준비의 일환으로 다시 머리를 싹 밀었다. 자신의 옛 취향대로 금발을 짧게 바싹 깎았다. 비틀린 얼굴의 흉터와 어떤 갑옷이라도 꿰뚫을 것 같은 푸른 눈동자로 인해 팔리는 엄격해 보인다. 잘 어울린다. 쉐이드 오빠가 왜 그녀를 사랑했는지 이해할 수 있다.

그녀는 더 이상 싸우지 않을 이유를, 여기 중 다른 누구보다도 더 분명하게 갖고 있다. 하지만 그녀는 계속 싸운다. 그녀의 그런 결정이 내게도 조금 흘러 들어온다. 만약 그녀가 이 일을 해낼 수 있다면, 나도 그럴 것이다.

데이비슨이 마지막으로 우리 비행기에 승선하여, 총 수송 인원인 40명을 완성한다. 그는 하강하는 선을 그린 배지를 단 그래비트론 한 부대의 뒤를 따른다. 그는 여전히 같은 낡은 제복을 입고 있고, 보통 때는 매끄러운 그의 머리카락이 헝클어져 있다. 잠은 자기나 했는지 의문스럽다. 그래도 저 모습을 보니 그가 조금은 좋아진다.

그는 옆을 지날 때 우리에게 고개를 까딱여 보인 후에, 팔리와 함께 앉기 위해 비행기를 가로질러 힘차게 걸어간다. 두 사람은 거의 동시라고 여겨지게 서로를 향해 고개를 숙인다.

내 전기적 감각은 일렉트리콘들과 함께한 연습 이후로 계속 개선되었다. 아래의 비행기가 그 전선까지 느껴진다. 모든 스파크가, 모든 전자기파가. 엘라, 레이프, 그리고 타이톤은 당연히 이 작전에 참여하고 있지만, 누구도 감히 우리 모두를 한 대의 비행기에 몰아넣지 않았다. 만약 최악의 상황이 일어난다고 하더라도, 적어도 우리 모두가 동시에 죽지는 않을 것이다.

칼이 자기 좌석에서 가만히 못 있고 꼼지락댄다. 신경질적인 에너지가 느껴진다. 나는 그 반대로 행동한다. 나는 풀어 달라고 애걸하는 굶주린 격노를 무시하면서 무감각해지려고 노력한다. 탈출 이후로 메이븐을 본 적이 없어서 내가 상상하는 그의 얼굴은 그 순간의 것이다. 군중 사이로 나를 향해 고함을 지르는, 돌아오려고 애를 쓰던 모습. 그는 나를 놓아주려고 하지 않았다. 그리고 내 손을 그의 목에 감싸는 때가 온다면, 나 역시 그를 놓아주지 않을 것이다. 겁먹지도 않을 것이다. 오직 전투만이 내 앞에 존재한다.

칼이 속삭이듯 말을 건다.

"할머니께서 할 수 있는 한 많은 수의 인원을 데리고 오고 계셔. 데이비슨도 이미 그 사실을 알고는 있는데, 어느 누가 온들 네가 만족할지는 모르겠다."

"아."

"할머니는 르롤란과 오실 거고, 다른 반역을 저지른 가문들도 함께야. 사모스도."

"에반젤린 공주님."

중얼거리는데 그 생각에 여전히 웃음이 난다. 칼도 나와 함께 비웃음을 짓는다.

"적어도 이제 그녀에게는 자기만의 왕관이 있으니, 다른 누구의 것을 훔칠 필요야 없겠지."

"당신들 둘은 지금쯤 이미 결혼한 상태였을 수도 있잖아. 만약에……."

만약에라는 말에는 너무 많은 의미가 담긴다.

그가 고개를 끄덕인다.

"완전히 돌아버리기 충분할 정도로 긴 결혼 생활이었을 거야. 그녀는 좋은 왕비가 되었을 테지만, 나를 위한 왕비는 아니었겠지."

그가 돌아보지도 않고 내 손을 잡는다.

"그리고 그녀는 끔찍한 아내가 되었을 거야."

그 암시의 실을 따를 만큼 충분한 에너지가 없음에도, 가슴 속에서 온기의 꽃이 피어난다.

비행기가 고단으로 변속하면서 요동친다. 회전 날개와 엔진이 휘감기며 돌자, 모든 대화가 쓸려나간다. 하늘에 떠오르며 또 한 번 요동을 치더니, 비행기는 뜨거운 여름 밤 속으로 날아오른다. 나는 잠시 눈을 감고 다가올 일들을 그려 본다. 사진과 방송을 통해 코르비움을 보았다. 검은색 화강암 벽과 금과 철로 만들어진 강화물들. 나선을 그리는 요새는 초크로 향하는 군인들이라면 누구나 마지막으로 거치는 장소로 이용되어 왔다. 삶이 달랐더라면, 나 역시 그곳을 지나갔을 것이다. 그리고 지금, 올해 들어서 두 번째로 그곳은 포위되었다. 메이븐의 군대들이 지난 몇 시간 동안 정비를 갖추고, 육로를 통해 코르비움으로 가기 전에 로캐스타의 통제 지구에 착륙했다고 한다. 그들은 곧 성벽에 다다를 것이다. 우리보다 먼저.

수 킬로미터에 비하면 사소한 몇 센티미터, 데이비슨이 그렇게 말했다.

그의 말이 옳았기만을 바란다.

＊ ＊ ＊

카메론이 내 무릎에 자기 카드를 건넨다. 네 명의 여왕들이 나를 향해 눈을 이글대는 것이 다들 꼭 나를 놀리는 것 같다.

"4명의 부인들이야, 배로우."

카메론이 낄낄댄다.

"다음은 뭐야? 네 망할 부츠라도 걸래?"

나는 미소를 지으며 내 더미 속으로 카드들을 쓸어 담고는 붉은색 숫자 카드들과 한 장의 검정색 왕자 카드로 된 쓸모없는 조합을 버린다.

"내 부츠는 네 발에 안 맞을걸. 내 발은 카누가 아니라서."

카메론은 커다랗게 탁탁 소리를 내며 자기 머리를 뒤로 젖히고 동시에 발은 밖으로 찬다. 정말, 그 애의 발은 엄청 길고 얇다. 부디 자원 절약을 위해서, 카메론의 성장이 완료된 것이기를 빈다.

"다음 판에는, 일주일 치 빨래를 걸래."

그녀가 카드를 잡으려고 한 손을 뻗으면서 싸움을 걸어온다.

우리 맞은편에서, 칼이 하고 있던 준비 운동을 멈추더니 코웃음을 날린다.

"넌 메어가 빨래를 할 거라고 생각하는 건가?"

"당신은 하시고요, 왕자 저하?"

나는 미소를 지으며 받아친다. 그러자 그는 내 말을 그냥 못 들은 척한다.

이런 가벼운 농담 따먹기는 위안과 동시에 신경을 돌리는 효과가 있다. 카메론의 카드 솜씨에 왕창 사기를 당하고 있다면 당면한 전투를 숙고할 필요가 없으니까. 솔직히 이 게임을 어떻게 하는 건지 조차 정확히 이해하지도 못했지만, 그래도 카드 게임은 순간에 집중하는 데 도움이 된다.

발아래에서, 비행기가 흔들리면서 기류 변화의 흐름 속에서 요동을 친다. 이미 몇 시간 비행을 겪은 후라서 이 정도는 당황스럽지도 않아서, 나는 계속 카드를 섞는다. 두 번째 충돌은 더 세지만 경고를 울릴 필요는 없다. 세 번째의 난기류에서 내 손에서 카드들이 날아가며, 허공에 촤르륵 펼쳐진다. 나는 좌석에 내동댕이쳐지는 바람에 벨트를 더듬거린다. 카메론도 나와 똑같이 행동하는 반면 칼은 재빠르게 자기 자신을 회복하고 조종석 쪽으로 번뜩 시선을 돌린다. 그의 시선을 따라 눈을 향하자, 조종사 두 명이 비행 고도를 유지하기 위해서 맹렬하게 노력 중인 모습이 보인다.

그 모습을 보자 좀 더 걱정이 되기 시작한다. 지금쯤이면 태양이 떠올라야 마땅한데, 우리 앞의 하늘은 시꺼멓기만 하다.

"폭풍이군."

칼이 속삭인다. 그의 말에는 날씨와 은혈의 능력에 대한 의미가 모두 담겨 있다.

"올라가야 해."

그가 그 말을 다 뱉기도 전에 비행기가 아래에서 기울어지면서 더 높은 고도로 오르기 위해 각을 바꾸는 것이 느껴진다. 번개가 구름 안에서 세게 번쩍인다. 진짜 번개, 신혈의 능력이 아니라 적란운에서 태어난 진짜 번개다. 멀리 떨어진 심장에서 치는 것 같은 고동이 느껴진다.

나는 가슴을 가로지르는 안전벨트를 세게 쥔다.

"저런 상태로는 착륙 못해."

"절대 착륙 못해."

칼이 으르렁대듯 말한다.

"어쩌면 내가 뭔가를 할 수 있지 않을까, 번개를 멈춘다든가……."

"그건 그저 저기 아래로 번개를 내리치는 거랑은 다르잖아!"

상승하는 비행기의 소음에도 불구하고, 칼의 목소리가 우르릉 울린다. 적잖은 사람들이 칼의 쪽으로 고개를 돌린다. 데이비슨도 그들 중 하나다.

"윈드위버와 스톰의 조합이면 우리가 구름 아래로 하강하는 순간 우리를 코스에서 벗어나게 날려 버릴 수 있어. 그 둘이면 우리를 납작하게 충돌시킬 수 있어."

칼의 눈이 우리들 무리를 포함해서 비행기 위아래로 빠르게 움직인다. 그의 머릿속 바퀴가 최고 속도로 발동이 걸리기 시작한다. 공포가 진실에게 자리를 내어 준다.

"계획이 뭐야?"

비행기가 다시 한 번 껑충 하자, 우리는 모두 좌석에서 위아래로 흔들린다. 칼은 이 상황에서도 당황하지 않는다.

"그래비트론이 필요해, 그리고 너도."

그는 카메론을 가리키며 덧붙인다.

그녀의 시선이 강철처럼 변한다. 그녀가 고개를 끄덕인다.

"당신이 뭘 어쩌려는 건지 알 것도 같네."

"다른 비행기들과 통신을 하지. 여기로 텔레포터들을 모아야 될 거야, 그리고 나머지 그래비트론들이 어디에 있는지도 알아야겠어. 그들 모두가 재배치되어야 해."

칼의 말에 데이비슨이 날카롭게 턱을 숙이며 끄덕인다.

"당신도 칼의 말을 들었겠죠."

비행기가 즉시 행동에 들어가는 순간 그 암시로 인해 위장이 철렁 내려앉는다. 군인들은 투지에 불타는 얼굴로 자신들의 무기를 확인하고 장비들을 착용한다. 그중에서 칼이 가장 투지가 넘친다.

칼은 자기 좌석에서 억지로 일어나서 똑바로 서기 위해 지지대를 움켜잡는다.

"조종사, 우리를 코르비움 바로 위로 옮겨 주게. 텔레포터들은 어디 있지?"

순간 아레조가 깜빡이며 모습을 드러낸다. 가속도를 멈추기 위해 한 무릎을 꿇은 채다.

"이것만큼은 즐길 수가 없다니까."

그녀가 뱉듯이 말하자 칼이 대꾸한다.

"불행하게도 자네와 다른 이동 능력자들은 그 일을 엄청나게 많이 해야만 할 거야. 비행기 사이로 점프하는 것은 가능한가?"

"당연하죠."

그녀는 마치 그것이 세상에서 가장 명백한 일이라도 된다는 것처럼 말한다.

"좋아. 우리가 낙하를 하면, 자네는 카메론을 즉시 다음 비행기로 옮기게."

낙하.

"칼."

나는 거의 훌쩍이는 지경이 된다. 내가 할 수 있는 일이 이것저것 많지만, 이건 과연?

아레조는 자기 손가락 관절을 꺾으면서 내 너머로 말한다.

"알겠습니다."

"그래비트론, 자네들 줄을 꺼내게. 한 명당 6명씩. 단단히 묶어."

문제의 신혈들은 즉시 벌떡 일어나서 자기들 전술 조끼의 특별 수납공간에 감긴 줄들을 풀기 시작한다. 각각이 모두 엄청난 양의 클립들을 갖고 있는데, 그 장비들은 전부 중력을 조종하는 그들의 능력을 이용해서 다수의 사람들을 수송하기 위함이다. 노치 시절에, 가레스라는 이름의 남자가 팀에 있었다. 그는 자기 능력을 이용해서 날거나 엄청난 거리를 뛰고는 했다.

하지만 비행기에서 뛰어내리는 건 없었는데.

갑자기 토할 것 같은 기분이 들고 이마에서는 땀이 비 오듯 쏟아진다.

"칼?"

다시 한 번 그를 부르는 내 목소리가 끝도 없이 높다.

그는 내 부름을 무시한다.

"캠, 네 임무는 비행기를 지키는 거다. 침묵의 능력을 할 수 있는 한 최대로 꺼내…… 구를 그린다고 생각해 봐. 그게 폭풍을 가라앉히는 데 도움이 될 테니까."

"칼?"

나는 악을 쓴다. 지금 내가 이게 자살 행위라고 생각하는 유일한 사람인 거야? 여기선 내가 유일하게 미친 사람인 건가? 심지어 아연실색한 것처럼 보이던 팔리조차, 칼이 그녀를 그래비트론 여섯 중 하나에게 선으로 연결하자 입술을 냉정한 모양으로 다문다. 그녀는 내 시선을 느끼고 나를 올려다본다. 그녀의 얼굴이 잠시 실룩거리며, 나도 느낄 정도의 공포 한 움큼이 드러난다. 다음 순간 그녀는 윙크를 보낸다. *쉐이드를 위해서.* 그녀가 입모양으로 말한다.

억지로 나를 일으켜 세우는 칼은 내 공포를 무시하는 건지 아니면 그걸 알아차리지도 못한 건지 모르겠다. 그는 직접 가장 키가 큰 그래비트론인 껑충한 여성에게 나를 줄로 묶는다. 그는 내 옆에 자신을 묶으면서 한 팔을 내 어깨에 무겁게 올린다. 반대편에서는 다른 신혈이 나를 누른다. 떨어지는 비행기에서 모두가, 다른 사람들도 똑같이 하며 자기들의 그래비트론에게 생명선을 연결한다.

"조종사, 현재 위치는?"

칼이 내 머리 너머로 소리친다.

"중앙까지 5초입니다."

고함치는 대답이 돌아온다.

"계획은 전부 실행되었나?"

"되었습니다! 중앙입니다!"

칼이 이를 악문다.

"아레조?"

그녀가 경례를 한다.

"준비되었습니다."

사람들이 만들고 있는 이 벌집 한가운데에서 불쌍한 그래비트론들 위로 몽땅 모든 것을 토해 버릴 수 있는 매우 괜찮은 기회다.

"진정해. 그냥 잘 잡고 있어, 너는 괜찮을 거야. 눈을 감아."

칼이 내 귓가에 속삭인다.

정말로 그러고 싶다. 꼼지락대는 쪽은 이제 내 쪽으로, 나는 다리를 탁탁 두드리며 몸을 떤다. 모든 신경이 모두 움직인다.

"이건 미친 짓이 아니야. 사람들은 이런 일을 해. 군인들을 이런 상황을 처리할 수 있도록 훈련을 받아."

나는 그를 잡은 손에 아플 정도로 힘을 준다.

"당신도 해 봤어?"

그는 그저 침을 꿀떡 삼킨다.

"캠, 조종사부터 시작해, 물방울을 떨어뜨리듯."

침묵의 파도가 거대한 망치처럼 나를 때린다. 아플 정도로는 아니지만 그 기억만으로도 무릎이 꺾인다. 비명을 지르고 싶은 마음을 억지로 누르려 이를 악물고서 눈앞에 별이 보일 정도로 눈을 꽉 감는다. 칼의 자연스러운 온기를 정신적 지주로 삼아 보지만, 그조차 흔들리는 목표물이다. 마치 내 몸을 그의 안으로 파묻을 기세로 그의 등을 단단히 붙든다. 그가 무언가를 속삭이지만 내 귀에 들리지도 않는다. 느릿하게 이글대는 어둠의 감각을 지나서 심지어 더 최악으로는 죽음의 냄새까지 난다. 심장이 세 배는 빠르게 뛰면서 그러다 폭발해 버리는 건 아닌가 싶을 정도로 가슴을 쿵쿵 두드린다. 믿을 수는 없지만, 차라리 지금 같아서는 비행기에서 얼른 뛰어 내리고 싶다. 카메론의 침묵 능력에서 벗어날 수만 있다면 뭐라도 할 수 있을 것 같다. 끔찍한 기억이 되살아나는 것을 멈출 수 있다면 무엇이든지.

비행기가 폭풍 때문에 떨어지거나 흔들리던 느낌이 거의 나지 않는다. 카메론은 규칙적인 숨을 뱉으며 자신의 호흡을 침착하게 유지하려고 애를 쓴다. 비행기의 안의 다른 이들 역시 카메론의 능력으로 인해 고통을 느끼고 있다고 한들, 그들은 그런 모습을 보이지 않는다. 우리는 조용하게 하강한다. 아니 어쩌면 내 몸이 그저 어떤 소리도 듣기를 거부하고 있는 중인지도 모르겠다.

이리저리 뒤섞이며 뒤편으로 향해, 붐비는 드랍 플랫폼을 보니 드디어 때가 왔다는 깨달음이 온다. 비행기가 카메론이 방향을 바꾸지 못한 바람으로 인해 뒤흔들리며 우르릉거린다. 카메론이 무어라 소리를 지르지만 귓가에 피가 쿵쿵 울리는 소리 때문에 판독할 수가 없다.

다음 순간 아래로 세상이 열린다. 그리고 우리는 떨어진다.

적어도 사모스 하우스 사람들이 하늘에서 내가 지난 번 탔던 비행기를 찢어발겼을 때, 그들은 우리에게 금속 감옥을 선물할 만한 품위라도 갖고 있었다. 지금 우리에게는 바람과 얼어붙을 듯한 비와 사방팔방에서 우리를 향해 다가오는 휘감기는 어둠 외에는 아무것도 없다. 우리의 가속도는 목표물로 삼기에 적당할 것이 틀림없지만, 우리가 폭풍 한가운데에서 비행기에서 뛰어내려 몇 천 미터 아래로 떨어질 것이라는 예상을 하는 미친 사람이 있을 리 만무하다는 것도 사실이다. 여자의 비명소리처럼 바람이 귓가에서 휘파람을 불며 내 모든 곳을 할퀸다. 적어도 카메론의 침묵 능력이 주는 압력은 사라졌다. 내가 분화구로 변하기 전에 작별인사라도 하는 것처럼, 구름 속에서 번개의 혈관들이 나를 불러 댄다.

모두가 떨어지는 내내 고함을 친다. 심지어 칼조차.

우리가 육각형의 건물들과 안쪽의 성벽들 위로 나선처럼 솟은 코르비움의 뾰족한 꼭대기 위에서 15미터쯤 남은 지점에서 속도를 줄이기 시작할 때도 나는 여전히 고함을 지르는 중이다. 매끄러운 자갈 바닥 위로 부드럽게 쿵 하고 닿을 때에는 목이 완전히 쉰 상태다. 지면은 적어도 5센티는 내렸을 강우량으로 인해 미끄럽다.

우리 담당 신혈은 서둘러 우리들을 묶은 클립을 풀고, 나는 뒤로 털썩 쓰러진다. 매섭도록 차가운 물웅덩이에 누워 있다는 건 신경도 쓰이지 않는다. 칼은 벌떡 일어난다.

나는 아무 생각도 없이 그대로 잠시 누워 있다. 그저 내가 곤두박질 쳐 지나온…… 그리고 어떻게든 살아남은 하늘을 올려다본다. 다음 순간 칼이 내 팔을 잡아 나를 들어올려, 말 그대로 현실로 끌어올린다.

"나머지 사람들이 이곳에 착륙할 테니, 이동해야만 해."

그는 나를 자기 앞으로 떠밀고, 나는 철벅대는 물로 발을 조금 헛디딘다.

"그래비트론, 아레조가 자네들을 도로 이동시키기 위해서 다음 집단과 함께 내려올 거다. 정신 바짝 차리게."

"네!"

그들은 다음 판을 대비하면서 한목소리로 대답한다. 나는 그 생각만으로도 토할 것 같다.

팔리는 실제로 토하고 있다. 그녀는 골목 안에서 위장을 누른 채, 간단한 아침 식사로 먹은 것이 무엇이었는지는 몰라도 그것을 뱉어 내고 있다. 그녀가 순간 이동은 언급할 것도 없고 비행 역시 몹시 싫어했다는 걸 잊고 있었다. 낙하라니, 그중에서도 최악이었을 것이다.

나는 그녀에게로 다가가서 그녀가 똑바로 서도록 도우면서 몸 아래에 팔을 끼운다.

"괜찮아?"

"괜찮아. 그냥 벽에 새로운 페인트칠을 하던 것뿐이야."

나는 여전히 차가운 비를 휘갈겨 대는 하늘을 흘낏 바라본다. 아무리 북쪽이라는 것을 감안해도, 한 해의 이 계절치고는 이상할 정도의 추위다.

"계속 이동하자. 놈들이 아직까지는 벽에 닿지 않았겠지만, 곧 올 테니까."

칼은 약한 김을 뿜어 계속 물을 밖으로 내보내면서 목까지 조끼의 지퍼를 올린다.

"쉬버들이야. 곧 눈에 갇히게 될 것 같은 기분이 들어."

"게이트로 가야 할까?"

"아니. 그쪽은 침묵하는 돌에 둘러싸여 있어. 은혈들은 그 방법으로 계속 칠 수는 없을 거야. 그들은 건너와야 할 거야."

그는 우리에게 몸짓을 해 보이고, 드랍젯의 나머지 사람들 역시 그를 뒤따른다.

"우리는 성곽 위로 올라가야 해, 거기서 무엇이든 그쪽에서 던지는 것들을 받아칠 준비를 해야지. 폭풍은 그저 선봉에 불과해. 우리를 안에 가두고, 우리의 시야를 가리는 것. 그들이 우리 위에 올라설 때까지 우리 눈을 멀게 만드는 것."

그의 속도는 따라잡기 어려울 정도이고, 특히 빗속을 통과하는 중에는 더하지만, 나는 어쨌든 그의 옆으로 따라붙는다. 물이 부츠 안을 흠뻑 적시고 이내 발에는 감각이 사라진다. 칼은 마치 쳐다보는 것으로 전 세계에 불이라도 지를 수 있다는 듯이 앞을 응시한다. 실제로 그게 칼이 원하는 바라는 생각이 든다. 그랬다면 이 모든 게 더 쉬워질 수도 있겠다.

다시 한 번 그는 싸워야 하고…… 아마도 죽여야만 할 것이다. ……자신이 자라는 내내 보호하라고 배워 온 사람들을 상대로. 나는 그의 손을 잡는다, 그건 내가 지금 당장으로서는 할 말이 없었기 때문이다. 그는 내 손가락들을 꼭 쥐지만, 재빨리 도로 놓는다.

"당신 할머니 군대가 같은 식으로는 올 수 없을 텐데."

내가 말을 하는 사이, 더 많은 그래비트론들과 군인들이 하늘에서부터 곤두박질친다. 모두가 비명을 지르면서, 우리가 도착했던 곳으로 안전하게 착륙한다. 우리는 그들을 뒤로 한 채 모퉁이를 돌아서 하나의 벽에서 다음 벽을 향해서 이동한다.

"어떻게 우리 군대랑 합류하지?"

"그들은 리프트에서부터 올 거야. 그건 남서쪽이지. 이상적으로는, 그들이 후방을 잡을 수 있을 정도로 충분히 우리가 메이븐의 군대를 오래 붙들고 있으면 돼. 그들을 우리 사이에 가두는 거지."

나는 침을 꿀떡 삼킨다. 계획의 너무나 많은 부분이 은혈들에게 의지하고 있다. 그런 부류들을 믿을 정도로 어리석지는 않다. 사모스 하우스는 간단하게 오지 않는 것만으로 우리 모두가 붙들리거나 죽도록 내버려 둘 수도 있다. 그러고 나면 그들은 즉시 메이븐에게 자유롭게 도전할 수 있다. 칼은 멍청이가 아니다. 그도 이 모든 것을 잘 알 것이다. 그리고 그는 코르비움과 그 요새가 잃어버리기에는 너무나 가치 있는 것이라는 사실도 잘 안다. 이곳은 우리의 기치이자, 우리의 반역이자, 우리의 약속이다. 우리는 메이븐 캘로어의 의지와 그의 뒤틀린 왕좌에 맞서 일어났다.

신혈들이 성벽 위에 배치되어 있고 무기와 탄약으로 무장한 적혈 군인들이 그들에게 합류한다. 그들은 발포는 하지 않고 먼 거리에서 그저 지켜보고만 있다. 그들 중 하나, 팔리와 똑같은 옷을 입고 어깨에 C자를 새긴 껍질콩 같은 키 큰 남자가 앞으로 나선다. 그는 팔리를 제일 먼저 팔로 툭 친 다음 머리를 숙여 보인다.

"팔리 장군."

그가 말한다.

그녀도 턱을 기울인다.

"타운센드 장군."

그런 다음 그녀는 아마도 몬트포트 신혈들의 사령관 같아 보이는 녹색 옷의 장교에게 고개를 끄덕인다. 구릿빛 피부에 머리 주변으로 긴 하얀색 머리카락을 땋아 올린, 키가 작고 땅딸막한 여성은 같은 행동으로 인사를 돌려 준다.

"악카디 장군."

"뭘 보고 있는 겁니까?"

팔리가 그들 두 사람 모두를 향해 묻는다.

녹색이 아닌 붉은색 군복을 입은 또 다른 군인 하나가 다가온다. 머리카락이 전과 달리 진홍색으로 염색되어 있지만, 그녀를 알아볼 수 있다.

"다시 보니 좋은데, 로리."

팔리가 사무적으로 말한다. 나 또한 이런 순간만 아니었더라면, 그녀를 환영했을 것이다. 지금은 노치에서 알았던 또 다른 사람이 그저 살아 있는 것뿐 아니라 능력을 펼치고 있다는 사실에 조용하게 기뻐한다. 팔리처럼, 그녀도 자기 머리를 바싹 잘랐다. 로리는 대의에 몸을 담은 것이다.

그녀는 우리 모두에게 고개를 숙여 보인 후에 성벽의 금속 끝부분 너머로 팔을 뻗는다. 그녀의 능력은 극도로 감각을 신장하는 것으로, 그 능력 덕분에 그녀는 우리가 볼 수 없는 훨씬 더 먼 곳을 볼 수 있다.

"그들의 군대는 서쪽에, 초크를 등에 지고 있습니다. 첫 번째 구름을 연막 삼아 시야를 가린 채 그 안에 스톰과 쉬버를 배치했네요."

칼이 앞으로 몸을 기울이며, 두꺼운 검정색 구름과 퍼붓는 비를 눈을 가늘게 뜨고 바라본다. 구름과 비 때문에 칼로서는 벽에서부터 몇 백 미터 앞도 제대로 볼 수 없을 것이다.

"저격수가 있나?"

"시도는 했지."

타운센드 장군이 한숨을 쉰다.

악카디가 그에게 동의하며 말을 보탠다.

"탄약 낭비야. 바람에 총알이 다 먹히거든."

칼이 이를 악문다.

"그렇다면 윈드위버들도 와 있는 거로군. 그들이 능력으로 그렇게 한 거야."

그 의미는 명확하다. 노르타의 윈드위버들인 라리스 하우스는 메이븐에게 반역을 일으켰다. 그러니 여기 온 윈드위버들은 레이크랜즈 사람들이다. 다른 사람들 같으면 칼의 얼굴에 경련처럼 스친 미소나 어깨에서 긴장이 빠져나가는 것을 놓쳤을지도 모르지만, 나는 알아차린다. 그리고 그 이유 역시 알아차린다. 그는 레이크랜즈 사람들과 맞서 싸우도록 배우며 자랐다. 이들은 그의 심장을 부수지 않는 적군인 것이다.

"엘라가 필요해. 번개 폭풍을 부르는 건 그녀가 제일 잘하니까."

나는 벽의 이 구역을 내려다보고 있는 탑의 어렴풋이 보이기 시작하는 부분을 가리키며 말한다.

"만약 엘라를 저 위에 데려다 준다면, 그녀는 폭풍을 그들에게로 돌려놓을 수 있을 거야. 그걸 제어할 수 있을 뿐만 아니라, 자신의 동력으로 이용할 수도 있을걸."

"잘됐네, 그렇게 하지."

칼이 딱 부러지는 어조로 대꾸한다. 그 동안 싸움에서, 전장에서 그를 계속 봐 왔지만, 이런 모습은 처음이다. 그는 완전히 다른 사람이다. 부드럽고 고통에 찬 왕자님은 흔적도 보이지 않고, 고도로 집중하는 무자비한 사람이 된다. 그에게 남아 있는 온기가 무엇이든 그것은 불지옥이고, 그 의미는 파괴뿐이다. 승리뿐이다.

"그래비트론들이 낙하 작업을 완료하면, 그들을 여기로 데려 와서, 균등 배치하지. 레이크랜즈 놈들이 벽으로 달려들 걸세. 그들이 움직이기 어렵게 만들자고. 악카디 장군, 달리 도움이 될 사람들이 있나?"

그녀가 대꾸한다.

"방어와 공격이 적절한 조합으로 있지. 초크의 길을 지뢰밭으로 만들어 버릴 바머(bomber)들도 충분해."

자랑스러워 보이는 비웃음을 지으며, 햇살처럼 보이는 것을 어깨 위로 달고 있는 근처의 신혈들을 그녀가 가리켜 보인다. 바머들. 오블리비언보다 나은 것이, 그들은 그냥 만지는 것 이상으로 그저 쳐다보기만 해도 무언가나 누군가를 폭파시킬 수 있다.

"좋은 생각 같군. 당신들의 신혈들을 준비시키게. 재량에 따라 공격해."

타운센드가 지시를 받는다. 그리고 그 지시가 은혈에 의한 것이라는 점이 꺼려졌다고 한들 그는 그런 감정을 비치지 않는다. 우리 나머지와 마찬가지로, 그 역시 공기 중에서 죽음의 심장 박동을 느낀다. 이제 이곳에는 정치가 끼어들 여지가 없다.

"그리고 내 군인들은? 내게는 성벽을 지키고 있는 1000명의 군인들이 있네."

"그들은 일단 자리를 지켜. 총알은 능력만큼이나 유용하지, 때로는 더 낫고. 하지만 탄약은 아껴야 해. 첫 번째 방어의 흐름 이후에 빠져나가는 이들만 노리도록 해. 그들은 우리가 과도하게 낭비하기를 기대할 테니, 우리는 그렇게 해서는 안 돼."

그가 나를 힐끔 본다.

"아닌가?"

나는 눈을 깜빡거려 빗물을 치우며, 미소를 짓는다.

"네, 맞습니다."

∗ ∗ ∗

처음에는, 레이크랜즈가 매우 느리게 움직이거나 매우 멍청한 건 아닌가 하는 생각이 든다. 다음 한 시간의 기분 좋은 부분을 그 기분이 차지하지만, 카메론, 그래비트론들, 그리고 텔레포터들 사이의 협업을 통해, 우리는 가까스로 30명 언저리의 모든 인원을 드랍젯에서 코르비움으로 옮기는 데 성공한다. 대략 1000명의 군인들, 모두가 제대로 훈련받고 치명적인 이들. 칼의 말로는 우리의 이점은 불확실성에 기인한다고 한다. 은혈들이란 나 같은 사람들과 싸우는 법을 모르고 있기 때문이다. 그들은 우리가 정말 어떤 일들을 할 수 있는지 모른다. 그래서 칼이 악카디에게 자기들 방식대로 하라고 대부분을 맡겨 둔 것이라고 생각한다. 칼은 그녀의 군대에게 정확한 지시를 내릴 정도로 그들을 충분히 잘 알지 못한다. 하지만 적혈들이라면 그가 잘 아는 쪽이다. 그 생각에 씁쓸한 맛이 입안에 남지만, 나는 애써 그것을 삼켜 본다. 그저 기다리는 긴 시간 속에서, 나는 공허한 전쟁을 위해 내가 사랑한 적혈들이 얼마나 많이 희생되었는지에 대해 생각하지 않으려고 애를 쓴다.

폭풍은 결코 바뀌지 않는다. 계속 몰아치며 비를 들이붓는다. 만약 그들이 우리를 홍수에 잠기게 하려는 거라면, 분명 꽤 오랜 시간이 걸릴 것이다. 대부분의 물은 배수관을 타고 나가지만, 일부 낮은 길과 골목은 철벅대는 물로 20센티쯤 잠겨 있다. 칼은 그 점에 불안을 느낀다. 얼굴에서 물을 훔치거나 머리카락을 뒤로 넘기는 그의 피부에서 약하게 증기가 솟아오른다.

팔리는 전혀 부끄러움이 없는 쪽이다. 그녀는 이미 오래전에 자기 상의를 벗어서 머리 위로 떠받치고 있는 탓에, 어떤 밤색의 귀신처럼 보인다. 머리를 구부린 팔에 기대고 밖의 정경만을 응시한 채, 거의 20분은 움직이지 않은 것 같다. 나머지 우리들처럼, 그녀는 언제라도 닥칠 수 있는 공격에 대비하고 있다. 공격에 대한 대비로 이를 악물고 있는데, 끊임없이 샘솟는 분노의 아드레날린이 침묵하는 돌

만큼이나 나를 바싹 말리고 있다.

그래서 팔리가 입을 여는 순간, 나는 펄쩍 뛰어오른다.

"로리, 당신도 내가 생각하는 거 생각하는 중?"

다른 높은 자리에서, 로리도 상의를 머리 위로 들고 있다. 그녀는 자기 감각을 흐트러뜨리지 않기 위해서 몸도 돌리지 않는다.

"아니길 바라요."

"뭔데?"

나는 그들 두 사람 사이를 바라보며 묻는다. 그 움직임에 셔츠 깃 아래로 빗물이 새로 흐르는 바람에 나는 몸을 떤다. 그 상황을 보더니 칼이 내 등 쪽으로 바싹 다가와서 온기를 내게 나눠준다.

팔리가 젖지 않으려고 용을 쓰면서 몸을 느릿하게 돌린다.

"폭풍이 다가오고 있어. 점점 더 가까이. 매 순간 몇십 센티미터씩, 그리고 점점 더 빨라지고."

"젠장."

칼이 내 뒤에서 조용하게 뱉는다. 다음 순간 그는 벌떡 일어나면서 온기를 가져가 버린다.

"그래비트론들, 준비하라! 내가 신호를 주면, 자기 자리에서 중력 장악력을 강화하도록."

강화. 그래비트론이 자기들 능력을 중력을 약화시키는 데 쓰는 것은 보았어도, 중력을 더하려고 쓰는 것은 본 적이 없다.

"무엇이 오든 떨어뜨려."

앞을 바라보고 있는 사이, 폭풍이 눈으로 봐서도 알아차리기 충분할 정도로 속도를 올린다. 그것은 계속 회전을 하고, 소용돌이는 매

회전마다 점점 더 가까워지고, 구름은 지면 위에서 뒤섞인다. 번개가 그 안에서 세게, 창백하고 텅 빈 색깔로 내려친다. 나는 눈을 가늘게 뜨고, 잠시 동안 번개는 힘과 분노로 혈관을 가득 채운 채 보라색으로 번뜩인다. 하지만 아직은 겨냥을 하기 위해 아무것도 하지 않는다. 번개란 아무리 강력하다고 한들, 목표물이 없다면 무용지물이다.

"군대가 폭풍 뒤에서 행군하고 있습니다, 거리를 좁히면서요."

우리 최악의 공포를 못박으며 로리가 외친다.

"그들이 오고 있어요."

제28장

메어

바람이 울부짖는다. 바람은 벽과 성벽을 흔들면서 대부분의 사람이 자기 자리에서 물러날 정도로 세차게 때린다. 석조 위로 비가 얼어붙어서 발걸음이 위태로워진다. 첫 번째 사상자는 추락으로 발생한다. 적혈 군인으로, 타운센드의 사람 중 하나다. 바람이 그의 상의를 잡아서, 미끄러운 길을 따라 그를 뒤로 밀쳐 버린다. 그는 가장자리 너머로 밀려가는 동안 비명을 지르고, 그래비트론의 집중력에 따라 하늘을 날아보지도 못하고…… 10미터 아래로 곤두박질친다. 그는 벽에 세게 부딪히는데, 토할 것 같은 딱 소리와 함께 충돌한다. 그래비트론이 충분히 제어하질 못한 것이다. 하지만 그래도 그 군인은 살았다. 부상을 당했지만, 살아 있다.

"대비하라!"는 외침이 군인들 대열 아래를 따라 메아리치며 녹색과 적색 군복 사이를 흐른다. 바람이 다시 고함을 지르기 시작하자,

우리는 단단히 몸을 붙인다. 나는 성벽의 얼음 같은 금속 위로 몸을 끼워넣고, 최악이 상황에 대비한다. 윈드위버들의 공격은 평범한 날씨와는 다르게 예측이 불가능하다. 바람은 쪼개지고 휘어지며 손가락처럼 할퀴려 든다. 그 동안 내내 폭풍이 우리 주변으로 모여든다.

카메론이 내 옆으로 파고든다. 나는 깜짝 놀라서 그녀에게 시선을 던진다. 그녀는 힐러들과 함께 후방으로 가서 포위 작전에 대한 최후의 지지선으로 남을 예정이었다. 은혈들로부터 우리 군인들을 보호하고, 그들에게 시간과 공간을 벌어줄 수 있는 누군가가 있다면 그것이 바로 카메론이다. 비 때문에 그녀는 몸을 떨고, 이를 딱딱 부딪힌다. 이 추위와 다가오는 어둠 속에서 그녀는 더 작고, 더 어려 보인다. 아직 16살 생일도 안 지난 것은 아닌가 문득 궁금해진다.

"괜찮아, 번개 소녀?"

조금 힘겹게 그녀가 묻는다. 물이 그녀의 얼굴 위로 온통 뚝뚝 떨어진다.

나도 웅얼웅얼 되받아친다.

"괜찮아. 너 여기 위에서 뭐하는 거야?"

"보고 싶어서."

그녀는 그렇게, 거짓말을 한다. 이 어린 여자애는 자신이 있어야 한다는 믿음 때문에 이곳에 온 것이다. *내가 너희 모두를 버리려는 걸까?* 그녀가 전에 내게 물었었다. 지금 그녀의 눈 속에서 그 똑같은 질문이 보인다. 그리고 내 대답 역시 그때와 똑같다. 만약 그녀가 살인자가 되고 싶지 않다면, 그렇게 될 필요가 없다.

나는 머리를 젓는다.

"너는 힐러들을 지켜, 카메론. 그들에게 돌아가. 그들은 방어 능력이 없어, 만약 저들이 내려와서⋯⋯."

카메론이 자기 입술을 깨문다.

"우리 모두 그래."

우리는 서로를 쳐다본다. 강해지려고 애를 쓰면서, 서로에게서 강함을 찾기 위해서 애를 쓰면서. 나처럼, 카메론도 흠뻑 적은 상태다. 그녀의 어두운 속눈썹이 뭉쳐 있고, 그녀가 눈을 깜빡일 때마다 마치 우는 것처럼 보인다. 빗방울이 무겁게 떨어지면서, 얼굴 위로 퍼부을 때마다 우리 둘 다 눈을 찡그린다. 그러지 않을 때까지. 빗방울이 반대편으로 구르기 시작하고, 솟구쳐 올라가기 시작할 때까지. 공포로 가득 찬 카메론의 눈이 내 것만큼이나 커다랗다.

"님프 공격이다!"

나는 고함을 질러 경고를 던진다.

우리 위에서, 비가 일렁이면서, 공기 중에서 춤을 추듯 움직여 커다랗고 커다란 물방울로 모여든다. 그리고 거리와 골목마다 십몇 센티미터 고여 있던 물웅덩이들은⋯⋯ 이제 강이 되었다.

"대비하라!"는 말이 다시 울린다. 이번 공격은 바람이 아닌 얼어붙을 것 같은 물로, 파도처럼 달려와서 하얀색으로 코르비움의 벽들과 건물들 높이로 물살을 이룬다. 물살 하나가 나를 세게 때려서, 성벽에 머리를 들이받는 바람에 세상이 빙빙 돈다. 몇몇 몸뚱이가 벽 너머로 쓸려나가 폭풍 속으로 빨려 들어간다. 그들의 형상은 재빨리 사라지고, 비명 소리 또한 마찬가지다. 그래비트론들이 몇몇을 구하지만, 전부는 아니다.

카메론은 손과 무릎으로 기듯이 움직여서 계단으로 돌아가려고 한다. 그녀는 두 번째 벽 안의 자신의 원래 자리로 달려 돌아가는 동안 자기 능력을 이용해서 안전한 고치를 몸에 두른다.

칼이 내 옆으로 미끄러지듯 다가온다. 거의 발걸음이 흐트러지지도 않는다. 어지러운 와중에도 나는 그를 붙들고 가까이로 당긴다. 만약 그가 벽 너머로 간다면, 즉시 그의 뒤를 따를 것임을 안다. 그는 물이 마치 휘몰아치는 바다의 파도처럼 우리를 공격하는 모습을 공포에 질린 채 바라본다. 이 일에서는 그가 할 수 있는 것이 없다. 화염은 여기 낄 자리가 없다. 그의 불은 타오를 수도 없다. 그리고 내 번개 역시도 마찬가지이다. 한 번 잘못 스파크만 튀어도 얼마인지도 모를 수많은 우리 쪽 사람들을 감전시킬 수 있다. 그런 위험을 질 수야 없다.

악카디와 데이비슨에게는 그런 제약이 없다. 프리미어가 벽 경계에서 푸른색 방어막을 던져서 경계부를 넘어가는 이들을 보호하는 사이에, 악카디는 자신의 신혈 부대를 향해서 우르릉 대는 파도 소리 너머로 나로서는 알아들을 수 없는 어떤 명령들을 부르짖는다.

물이 뾰족해지고, 부르르 떤다. 갑자기 스스로 교전 상태에 든다. 우리에게도 님프들이 있다.

하지만 스톰은 없다. 우리 주변에는 허리케인의 지배력을 장악할 수 있는 신혈이 없다. 어둠이 가까이 오고, 너무나 절대적이라서 꼭 한밤중처럼 보인다. 우리는 눈이 먼 채로 싸워야만 한다. 그리고 심지어 아직 시작하지도 못했다. 여전히 메이븐의 군인들 중에서 단 한 명의 그림자조차 보지 못했으며, 레이크랜즈 군대도 마찬가지다.

붉은색 혹은 푸른색의 휘장들 또한 보지 못했다. 하지만 그들이 오고 있다. 확실히 오고 있다.

나는 이를 악문다.

"일어나."

왕자는 무겁고, 공포 때문에 느리다. 한 손을 그의 목에 대고 나는 그에게 작은 전기 자극을 흘린다. 친절하고 상냥한 타이톤이 내게 알려준 기술이다. 그는 생생하고 기민한 얼굴로 번뜩 일어선다.

"그래, 고마워."

그가 중얼거린다. 힐끗 전장을 바라보며 그가 상황을 잰다.

"기온이 떨어지고 있네."

"천재셔."

내가 낮게 받아친다. 온몸이 다 얼어붙은 느낌이다.

우리 위로는, 물이 화를 내면서 쪼개지고 다시 모양을 갖춘다. 물은 내려치고 싶어 하고, 사라져 버리고 싶어 한다. 물의 일부가 떨어져 나와 데이비슨의 방어막을 뛰어 넘어, 이상한 새처럼 폭풍을 향해 내달린다. 잠시 후에, 나머지도 무너져 내리면서 우리 모두를 다시 한 번 새롭게 흠뻑 적신다. 어쨌든 환호성 소리가 울린다. 신혈 님프들이, 수적 열세였고 허를 찔렸음에도, 막 첫 번째 일전을 승리한 것이다.

칼은 그 축하에 끼지 않는다. 오히려 그는 손목을 훑더니, 손에 약한 불꽃을 피운다. 불꽃은 내리는 비에 펑펑 터지면서 계속해서 타오르려고 애를 쓴다. 갑자기, 비가 더 맹렬한 눈보라로 바뀔 때까지. 완전한 어둠 속에서 불꽃은 붉은색으로 깜빡거리고, 코르비움의 약한 불빛들과 칼의 불길만이 반짝거린다.

머리 위에서 머리카락이 얼기 시작하는 느낌에 말총머리를 턴다. 얼음 조각들이 사방으로 날린다.

폭풍에서부터 고함 소리가 점점 커지는데, 바람 소리하고는 또 다르다. 여러 명의 목소리가 함께 들린다. 십수 명, 아니 백 명, 아니 천 명쯤. 사방이 깜깜한 눈보라가 밀려온다. 잠시 칼이 가볍게 눈을 감더니, 곧 크게 숨을 내쉰다.

"공격에 대비해."

그가 쉰 목소리로 말한다.

첫 번째 얼음 다리가 내게서 두 걸음 떨어진 성벽에서 솟아올라서, 나는 비명을 지르면서 뒤로 펄쩍 뛴다. 또 다른 다리가 5미터 넘게 떨어진 돌 사이를 쪼개며 솟아오르고, 그 날카로운 끝 부분에 군인들이 꿰뚫린다. 아레조와 다른 텔레포터들이 즉시 행동에 착수해, 부상당한 이들을 우리쪽 힐러들에게로 나르기 위해서 모인다. 거의 동시에, 레이크랜즈 군인들이 괴물 같은 그림자를 달고 나타나, 다리에서 뛰어내린다. 그들은 얼음이 자람과 동시에 그 위를 달린다. 공격 준비.

전에도 은혈들의 전투를 본 적이 있다. 정말 혼돈이었다.

이번 전투는 더 심하다.

칼이 앞으로 달려들자, 그의 불길이 뜨겁게 높이 튀어 오른다. 얼음은 두껍고 도무지 쉽게 녹일 수준이 아니지만, 그는 마치 전기톱을 든 벌목꾼처럼 가장 가까운 다리에서 조각들을 저며 낸다. 그 작업으로 인해 그는 공격에 그대로 노출된다. 나는 그에게 접근하는 첫 번째 레이크랜즈 군인을 가로막고 내 스파크로 그 무장한 남자를 기절시켜 버린다. 또 다른 사람이 빠르게 그 뒤를 따를 때쯤, 내 피부를 쉿쉿 대는 번개의 자백색 혈관이 타고 오른다. 누가 외치는지도 모르겠는 명령 소리에 총성이 떠내려간다. 나는 자신에게, 칼에게 집중한다. 우리의 생존에. 곁에서 팔리가 총을 들어올린다. 칼처럼, 그녀는 내게 자신의 등을 맡긴 채, 사각지대의 방어를 내게 맡긴다. 총알이 발사되어도 움찔하지 않으며, 가장 가까운 다리를 총알로 때려 댄다. 그녀는 눈보라에서 쏟아져 나오는 전사들이 아니라, 얼음에만 집중한다. 다리에 금이 가더니 전사들 아래에서 쪼개지자, 그들은 어둠 속으로 발을 헛디딘다.

천둥이 우르릉 울리면서, 점점 가까워진다. 청백색 번쩍임들이 구름 사이로 굉음을 내며, 코르비움 주변으로 내려 꽂힌다. 탑에서, 엘라가 치명적인 조준으로 성벽 바깥을 때린다. 얼음 다리가 그녀의 분노에 떨어지고, 두 조각으로 갈라지지만…… 다리는 어딘가에 숨어 있는 쉬버의 의지에 따라 다시 자라고 허공에서 재조합된다. 바머들도 같은 작업을 수행하여 폭발시키는 능력을 활용해서 다리를 유리 같은 얼음 덩어리로 부서 버린다. 그들은 살금살금 뒤로 물러나서, 다른 쪽 성벽으로 빠르게 달려간다. 레이프가 자신의 채찍을 쇄도하는 레이크랜즈 무리 사이로 휘두르자, 내 왼편 어딘가에서 녹색의 번개가 탁탁 소리를 낸다. 그의 공격이 물로 된 방패와 만난다. 방패는 군인들이 전진하는 동안 전류를 흡수해 버린다. 그럼에도 불구하고, 물은 총알들까지는 막지 못한다. 팔리는 총알을 퍼부어 몇몇 은혈들을 선 자리에서 떨어뜨린다. 그들의 시체가 어둠 속으로 미끄러지며 떨어진다.

나는 군인들이 있는 가장 가까운 다리로 주의를 돌린다. 얼음 대신에, 어둠 속에서 달려드는 형태들이 보인다. 파란색 갑옷은 두껍고, 비늘이 있는데, 투구 때문인지 사람이 아닌 것처럼 보인다. 덕분에 그들을 죽이는 게 덜 어렵다. 그들은 서로를 앞으로 밀며, 성벽으로 밀려든다. 얼굴 없는 괴물들의 뱀 같은 줄이 이어진다. 보라색 번개가 구부린 손 안에서 폭발하고 그들의 심장을 통과하며 내달려, 이 갑옷에서 저 갑옷으로 뛰어오른다. 금속이 과열되면서 푸른색에서 붉은색으로 변하고, 많은 수가 고통으로 인해 다리에서 떨어진다. 더 많은 수가 빈자리를 채우고, 폭풍 밖으로 뛰어내린다. 이곳은 살인의 장(場)이자 죽음의 깔대기다. 내가 찢어발긴 해골들이 얼마나 많은지 더 이상 수를 가늠하기조차 힘들 때쯤, 눈물이 뺨 위로 얼어붙어 있다.

다음 순간 도시의 성벽이 발아래에서 갈라지면서, 한쪽이 다른 쪽에서 미끄러지기 시작한다. 뇌진탕이 일어날 정도의 공격이 뼛속까지 떨리게 만든다. 다음 순간 하나 더. 틈이 더 깊어진다. 재빨리, 나는 끝을 붙들고, 틈이 나를 완전히 삼키기 전에 칼의 옆으로 뛰어 이동한다. 거의 내 팔만큼 두꺼운 뿌리들이 계속 자라면서 틈 사이로 벌레처럼 기어오른다. 뿌리들은 거대한 손가락처럼 돌 사이를 비집고 들어와, 번개가 내리쳤을 때처럼 내 발 아래로 거미 같은 금을 만들어낸다. 성벽은 그 압력에 걷잡을 수 없이 흔들린다.

그린워든.

"벽이 무너질 거야. 즉시 금이 가며 벌어지다가 우리 뒤로 무너질 거야."

칼이 나직하게 말한다.

나는 주먹을 꼭 쥔다.

"그래서?"

그가 그저 멍하니, 도저히 무슨 말을 해야할지 모르겠다는 얼굴로 돌아본다.

"우리가 할 수 있는 일이 뭐라도 있을 거 아냐!"

"저건 폭풍이야. 만약에 우리가 폭풍을 없앨 수 있다면, 시계가 확보될 테니, 우리도 우리의 사정거리를 가질 수가……."

그는 말을 하면서 동시에 이제 더 가까이 기어오고 있는 뿌리에 불을 붙인다. 불길은 긴 가닥을 타고 올라 식물을 숯으로 만든다. 그건 그저 다시 자란다.

"우리에겐 윈드위버가 필요해. 구름들을 날려 버려야 해."

"라리스 하우스. 그럼 우리는 그 사람들이 여기 올 때까지 버티는 거야?"

"버티면서 그들이 오는 걸로 충분하길 기원해야지."

"좋아. 그리고 이 문제는……."

나는 매순간 더 넓어지는 틈을 향해 고개를 까딱한다. 곧 은혈 군대가 저기서 불쑥 튀어나올 것이다.

"놈들에게 폭발적인 환영 인사를 보내 주자고."

칼은 이해의 뜻으로 고개를 끄덕인다.

"바머들!"

눈과 바람이 비명을 지르는 소리 너머로 칼이 고함을 친다.

"저 아래로 이동해서 준비하라!"

그가 바깥쪽 벽 바로 안으로 향하는 거리를 손가락으로 가리켜 지시한다.

레이크랜즈 군인들이 우리를 향해 쇄도해 올 첫 번째 장소.

한 무리 이상의 바머들이 그의 명령에 복종하여 자신들 자리에서 떨어져 나와서 거리 위에 자리한다. 내 발이 그 뒤를 따르기 위해 자연스럽게 움직이는데, 칼이 내 손목을 잡는 바람에 나는 거의 미끄러질 뻔한다.

그가 으르렁거리듯 말한다.

"너한테 한 말 아니야. 너는 여기 있어."

재빨리 나는 그의 손가락을 잡아뗀다. 그의 손아귀 힘이 너무 세서, 수갑처럼 무겁게 느껴진다. 전투의 열기 속에서조차, 내가 죄수로 있던 왕궁으로, 그 시절 속으로 다시 돌아간 것만 같다.

"칼, 난 바머들이 버티도록 도울게. 할 수 있어."

그의 구릿빛 눈동자가 어둠 속에서, 활활 타는 촛불 두 개의 홍염처럼 깜빡거린다.

"만약 저들이 벽을 뚫기라도 한다면, 당신은 바로 포위되고 말 거야. 만약 그렇게 된다면 폭풍 따위는 우리 걱정거리도 아니게 될 거라고."

그의 결정은 빠르고…… 어리석다.

"알았어, 내가 갈게."

"당신은 여기 위에 있어야지, 사람들을 위해서."

나는 그의 가슴에 손바닥을 대고 내게서 떼어 놓는다.

"팔리, 타운센드, 악카디…… 군인들에게는 대기 중인 장군들이 필요하다고. 저들에게는 대기 중인 '당신'이 필요하단 말이야."

전투 중이 아니었다면, 칼은 분명 나와 논쟁을 벌이려 들었을 것이다. 그는 그저 내 손을 놓아 준다. 어떤 것에도 낭비할 시간이 없다. 특히 내 말이 옳을 때라면 더더욱.

"난 괜찮을 거야."

나는 풀쩍 뛰어 얼어붙은 돌 너머로 미끄러지듯 움직이면서 말한다. 그의 대답은 폭풍에 먹힌다. 심장이 한 번 쿵 뛰는 동안 그를 향한 걱정과 우리가 다시는 서로를 만날 수 없을지에 대한 걱정이 든다. 다음 심장 박동이 그 생각을 지워낸다. 그런 생각에 쓸 시간이 없다. 집중력을 유지한 채로 있어야만 한다. 생존해야만 한다.

발을 들고 계단을 따라 미끄러지면서 내려가자, 얼어붙은 난간이 구부러진 손 아래로 미끄러진다. 길 위로 내려서서 폭풍의 바람 사정권에서 벗어나자, 공기는 좀 더 따뜻하고 웅덩이들도 없다. 얼음이든 물이든 코르비움 성벽을 방어하고 있는 이들을 향한 공격에 막 사용된 참이다.

바머들은 매 순간 점점 더 벌어지는 벽의 틈을 마주한다. 성벽 위에서 보이는 틈은 일이 미터는 되게 넓었지만, 여기서 보이는 틈은 고작 십몇 센티미터 정도이고…… 계속 자라고 있다. 벽 반대편에 스트롱암 하나가 서서 우리 토대 위로 주먹을 치고 또 치는 모습이 상상될 정도로, 또 한 번 흔들림이 돌 사이와 발아래를 뒤흔들며 지나간다.

"공격할 준비."

나는 바머들에게 말한다. 그들은 내가 장교가 아님에도 불구하고, 명령을 바라는 듯 나를 바라본다.

"저들이 완전히 통과해서 들어왔다는 확신이 설 때까지는 어떤 폭발도 안 돼요. 그들이 따라올 길을 만드는 걸 도와줄 필요는 없으니까."

"할 수 있는 한 오래 틈을 막아 보겠습니다."

내 뒤에서 목소리 하나가 끼어든다.

데이비슨을 보기 위해서 몸을 돌리자, 점차 검은색으로 변하고 있는 회색 피가 그의 얼굴에 줄을 그리고 있는 것이 보인다. 피를 뒤집어쓴 탓에 그는 창백해 보이고 실신할 것만 같다.

"프리미어."

나는 고개를 숙이며 중얼거린다. 그는 한참 후에야 응답한다. 전투로 인해서 멍한 상태다. 작전실에서 마주하는 것과 실제 전장에서의 경험이란 이토록 다른 것이다.

그와는 달리, 나는 내 번개를 우리를 공격한 이들에게로 향한다. 뿌리를 이용해 위치를 파악해서, 번개를 그 식물체를 따라서 달리게 해서 녀석이 뿌리로 만들어진 길과 함께 구부러지고 휘어지게 만든다. 저 멀리 반대편에 있을 그린워든을 볼 수는 없지만, 그를 느낄 수는 있다. 밀도가 높은 뿌리를 지나며 둔화되기는 했어도, 내 번개는 그의 몸을 타고 요동친다. 돌 틈 사이로 멀리서 꽥 하는 비명이 메아리치는 소리가 이 혼돈 속에서도 어찌어찌 들린다.

그 그린워든이 돌을 무너뜨릴 능력을 가진 유일한 은혈은 아니다. 또 다른 자가 그의 자리를 대체하는데, 돌이 흔들리며 금이 가는 걸로 판단해 볼 때 아마도 스트롱암인 것 같다. 점점 더 넓어지는 틈 사이로 그가 내려칠 때마다 자갈과 먼지가 날린다.

데이비슨이 입을 떡 벌린 채 내 왼편에 선다. 망연자실해 보인다.

"첫 전투예요?"

나는 또 한 번 번개 공격을 제대로 때려넣으며 낮게 묻는다.

"그건 아니죠."

놀랍게도 그가 그렇게 대꾸한다.

"나도 한때는 군인이었습니다. 내가 당신 목록에 있었다는 얘기 들려줬었죠?"

데인 데이비슨. 그 이름이 마음속에서 갈비뼈 빗장에 대고 나비가 날개를 팔락이는 것처럼 파드닥대며 떠오른다. 진흙탕을 통과하기라도 하는 것처럼, 느릿하게, 애를 써야 돌아오는 감각이다.

"줄리안의 목록 말이군요."

그가 고개를 끄덕인다.

"똑똑한 사람이에요, 제이코스는. 다른 어떤 누구도 결코 보지 못했던 점들을 연결했죠. 그래요, 나는 노르타의 군대에 의해 처형될 처지였던 이 나라의 적혈들 중 하나였습니다. 혈통이 지은 죄로요, 내 몸이 아니라. 내가 도망을 치자, 장교들은 나를 어쨌든 죽은 자로 표시했죠. 그래서 자기들이 범죄자를 놓쳤다는 걸 설명할 필요가 없도록."

그가 추위에 갈라진 입술을 핥는다.

"나는 몬트포트로 달아났고, 이동하면서 나와 같은 이들을 모았습니다."

또 한 번 금이 생긴다. 우리 앞의 틈이 벌어지는 감각이 발 아래로 돌아온다. 나는 부츠 아래 발가락을 꼼지락대며 전투에 대비한다.

"익숙한 소리네요."

다시 입을 열 때 데이비슨의 목소리는 힘과 동력을 갖춘다. 우리가 싸워야만 하는 것이 무엇인지 기억하는 것처럼.

"몬트포트는 엉망이었습니다. 천 명은 되는 은혈들이 자기들 왕관을 주장했고, 모든 산마다 왕국이 들어차 있었으며, 평야는 알아볼 수 없을 정도로 쪼개져 있었죠. 오직 적혈들만이 하나로 일어났습니다. 그리고 아든트들은 그늘에서 숨죽이고 있었죠, 재갈이 풀리기만을 기다리면서. 분열시키고, 정복해요, 배로우 양. 그것이 그들을 때려눕힐 유일한 방법입니다."

노르타 왕국, 리프트 왕국, 피에드몬트, 레이크랜즈. 우리가 전체를 다 차지하기를 기다리고 있는 동안에 서로의 목구멍에서 작은 것, 더 작은 것들을 다투는 은혈들. 데이비슨이 이 상황에 압도된 것처럼 보임에도 불구하고, 그의 뼛속에 자리한 강철의 냄새가 나는 것만 같다. 천재, 아마도 분명 위험한 부류일 것이다.

세찬 눈보라에 내 몸이 뒤로 밀려난다. 내가 지금 유일하게 걱정해야 할 것은 지금 무슨 일이 일어나는 중이냐는 것이다. *살아남아. 이겨라.*

푸른 기미를 띤 힘이 쪼개지는 벽을 타고 폭발하면서 한 발 정도 떨어진 곳의 탁 트인 허공을 때린다. 데이비슨이 손을 쭉 뻗어 제때에 방패를 만들어낸다. 핏방울 하나가 그의 뺨을 타고 흘러내리며 차가운 공기 사이로 김을 피운다.

반대쪽의 형상은 방패를 계속해서 때리고, 주먹이 비처럼 쏟아지며 바닥을 진동시킨다. 또 다른 스트롱암이 그늘 속에서 합류하더니 틈을 더 넓게 벌리고 돌을 들어 공격해 온다. 방패가 더 커진다.

"준비하라. 내가 방패를 찢는 순간 모든 것을 태워 버린다."

공격을 준비하며 우리는 데이비슨의 말에 복종한다.

"셋."

보라색 스파크가 내 손가락 사이로 거미줄처럼 피어올라 파괴의 불로 된 공으로 맥박치며 엮인다.

"둘."

바머들이 저격수들처럼 대형을 갖추고 무릎을 꿇는다. 총 대신에, 그들은 자신들의 손가락과 눈을 이용한다는 점만 다르다.

"하나."

깜빡하는 순간, 푸른색 방패가 둘로 갈리고 한 쌍의 스트롱암이 벽 사이로 토할 것 같은 뼈에 금 가는 소리를 내며 달려든다. 우리는 열린 틈 사이로 공격하고, 내 번개가 맹렬히 불타오른다. 번개가 뒤쪽의 어둠을 밝히자 십수 명의 전사들이 틈 새로 달려들 준비를 하고 있는 것이 보인다. 바머들이 그들의 내부를 폭발시키자 많은 이들이 무릎을 꿇으며 불과 피를 뱉어 낸다. 누가 회복하기도 전에, 데이비슨은 다시 방패를 덮어씌우고, 뒤이은 총알 공세를 막아낸다.

그는 우리의 성공에 놀란 것처럼 보인다.

우리 위쪽의 벽에서, 불길로 된 공이 검은색 폭풍을 휘감는다. 그릇된 밤에 대항하는 횃불 같다. 칼의 불은 화염으로 된 뱀처럼 퍼지면서 공격을 가한다. 붉은색 열기가 하늘을 진홍색 지옥으로 바꾸어

놓는다.

나는 그저 주먹을 쥐고 데이비슨에 몸짓한다.

"다시 한 번요."

그에게 말한다.

＊ ＊ ＊

시간의 흐름을 가늠하는 것은 불가능에 가깝다. 태양이 없으니, 틈 앞에서 얼마나 오랜 시간을 전투를 벌이는 중인지 알 길이 없다. 우리가 공격을 다시 또 다시 격퇴하고는 있음에도, 매 시도마다 틈은 조금씩 조금씩 벌어진다. 몇 킬로미터로 향하는 몇 *센티미터*네. 나는 혼자 생각한다. 벽 위에서는, 군인들의 물결이 성벽을 차지하지는 못하고 있다. 얼음 다리가 계속해서 다시 생겨나고 있지만, 우리는 계속해서 맞서 싸우고 있다. 힐러의 손길마저 벗어난 몇 구의 시체들이 거리에 누워 있다. 공격 사이에, 우리는 시체들을 길에서 끌어 시야 밖으로 치운다. 죽은 자들의 얼굴을 살필 때마다 매 순간 숨이 멎는다. 칼도 아니고, 팔리도 아니다. 내가 알아본 유일한 얼굴은 타운센드로, 그는 목이 깨끗하게 부러졌다. 죄책감이나 동정심의 너울이 밀려올 거라 예상했지만, 아무 느낌도 없다. 그저 저 위 성벽에도 스트롱암들이 도달해서 우리 쪽 군인들을 갈가리 찢어놓고 있다는 인식만이 들 뿐이다.

데이비슨의 방패는 이제 거의 3미터는 될 정도로 벌어진 채 돌로 만들어진 턱처럼 아가리를 떡 벌리고 있는 벽의 틈까지 확장된다. 시체들이 열린 아가리 속에 누워 있다. 번개에 맞아서 쓰러진 연기 나는 시체들 혹은 바머들의 무자비한 시선 아래에 잔혹하게 찢긴 몸뚱어리들이다. 진동하는 푸른색 장막을 통해서, 어둠 속에서 그림자들이 모여 들어 우리 벽을 다시 한 번 어떻게 해 보려고 준비하는 것이 보인다. 물과 얼음으로 된 망치들이 데이비슨의 능력 위를 연타한다. 밴시의 비명 소리가 넓게 트인 지역 위로 떠나갈 듯 울리고, 심지어 그 메아리조차 귀를 고통스럽게 만든다. 데이비슨은 통증에 움찔한다. 이제 그의 얼굴 위의 피는 땀과 함께 그의 이마, 코, 뺨을 따라서 뚝뚝 떨어지며 흐른다. 그는 지금 자기 한계까지 달음박질치는 중이고 우리 역시 제한 시간을 향해 내달리고 있는 중이다.

"누군가 레이프를 데려와요! 타이톤도."

나는 고함을 지른다.

심부름꾼 하나가 내가 그 말을 입 밖으로 내자마자 즉시 전력질주로 그들을 찾아서 계단 위로 뛰어오른다. 나는 위쪽의 벽을 바라보며 익숙한 윤곽을 더듬는다.

칼은 거의 기계처럼 완벽하게 미친 듯한 리듬으로 움직인다. 발을 딛고, 돌고, 공격. 발을 딛고, 돌고, 공격. 나처럼, 그는 오직 생존만을 생각한 채 빈 자리를 메운다. 다가올 적들의 공격 사이의 매 비는 시간마다, 그는 군인들을 재배치하고 적혈들에게 화력을 채울 것을 지시하고, 아니면 악카디나 로리와 함께 어둠 속의 또 다른 목표물들을 제거한다. 얼마나 많은 이들이 죽었을까. 모르겠다.

또 다른 시체 하나가 성벽에서부터 빙글빙글 회전하며 굴러 떨어진다. 나는 그의 갑옷이 사실은 전혀 갑옷이 아니라는 것, 실제로는 불의 왕자의 분노의 열기 아래에 이글이글 타오르는 돌로 된 살의 비늘 조각이라는 것을 깨닫기도 전에 팔을 붙들어 그를 끌어낸다. 내 몸이 데기라도 한 것처럼 놀라서, 나는 뒤로 펄쩍 물러선다. 스톤스킨. 그의 시체 위에 남은 얼마 안 되는 천 쪼가리는 푸른색과 회색이다. 매칸토스 하우스. 노르타. 메이븐의 이들 중 하나다.

그것이 함축하고 있는 의미에 나는 침을 힘겹게 삼킨다. 메이븐의 군대가 벽에 다가와 있다. 우리는 더 이상 레이크랜즈를 상대로만 싸우는 것이 아니다. 분노의 고함을 가슴 속에서부터 울리며, 나는 스스로가 저 틈을 통해서 폭풍으로 변할 수 있기를 바라게 된다. 반대편에 있는 모든 것들을 찢어 버려. 그를 사냥해. 그의 군대와 내 군대 사이에서 그를 죽여.

다음 순간 시체가 나를 잡아챈다.

그가 경련하며 잡아챈 손길에 내 손목이 부러진다. 팔을 타고 오르는 갑작스러운 망할 고통에 나는 움찔한다.

번개가 내 살갗에서부터 진동하며 비명치듯 나를 탈출시켜 준다. 그의 몸이 보라색 스파크와 치명적인 춤추는 번개로 뒤덮인다. 하지만 그의 돌로 된 피부가 너무 두껍거나 아니면 그의 결의가 너무나 굳센 모양이다. 그 스톤스킨은 나를 놓아주지 않고, 그의 집게발 같은 손가락들은 이제 내 목을 조인다. 바머들의 작업으로 그의 목을 따라서 폭발이 피어난다. 돌 조각들이 죽은 피부처럼 그에게서 벗겨지자 그가 신음을 뱉는다. 그 고통에도 그의 손아귀 힘은 그저 단단해질 뿐이다. 이제는 내 목 둘레를 완전히 조이고 있는 그의 손길을 떼어 보려고 애를 쓰는 실수를 범한다. 그의 돌 같은 피부가 내 피부를 긁자 내 손가락 사이로 붉고 뜨거운 피가 얼어붙은 공기 중에 샘 솟는다.

눈앞으로 점들이 어른대고, 나는 고통에서부터 퍼낸 또 다른 번개를 폭발시키듯 해방한다. 그 폭발로 그의 몸은 쾅 하고 내게서 밀려나 건물에 부딪힌다. 그는 머리부터 벽에 부딪히더니 거리 위로 쓰러진다. 바머들이 그의 등 위의 노출된 살을 통해 내부를 폭발시켜서 그를 끝장낸다.

데이비슨은 여전히 얇은 장막을 유지한 채로 다리를 후들거리며 서 있다. 그는 그 모든 과정을 지켜보았고, 우리들에게로 난입하며 쳐들어오는 군대를 두고도 아무리 원한다고 한들 어떤 일도 할 수 없었다. 올바른 결정을 내린 것에 사죄라도 할 것처럼 그의 입 한구석이 떨린다.

"얼마나 더 오래 버틸 수 있겠어요?"

나는 헐떡거리면서 질문을 던진 후에, 거리 위로 피를 뱉는다.

그가 이를 악물고 대답한다.

"아주 잠깐 동안요."

정말 도움이 안 되네요. 그렇게 쏘아붙이고 싶다.

"1분? 2분?"

"1분."

그가 억지로 뱉는다.

"1분이면 급한 대로 쓸 만하네요."

데이비슨의 힘과 함께 희미해지는 푸른색의 선명한 색조가 점차 약해지는 동안 방패 너머를 응시한다. 점차 투명해질수록 반대편에 있는 형체들도 분명해진다. 푸른색의 갑옷들과 붉은색 선이 그어진 검정색 옷들. 레이크랜즈와 노르타. 어떤 왕관도, 어느 왕도 없다. 그 저 우리를 압도할 셈의 기습 부대뿐이다. 네이븐은 도시가 완전히 자신의 것이 되지 않는 한 코르비움에 발도 들이지 않을 것이다. 같 은 캘로어 성을 지닌 형제는 성벽 위에서 목숨을 걸고 싸우고 있는 반면, 메이븐은 자신의 목숨을 전투에 걸 정도로 어리석지 않다. 그 는 자신의 힘이 후방에서 발휘된다는 것, 전장보다는 왕좌 위에서 의미가 있다는 것을 안다.

레이프와 타이톤이 팔을 벽 쪽으로 쭉 뻗은 채로 반대편에서부터 다가온다. 레이프가 꼼꼼한 모습 그대로 녹색의 머리카락을 여전히 매끄럽게 얼굴 뒤편으로 넘기고 있는 반면, 타이톤은 완전히 피로 뒤덮인 모습이다. 모두 은색이다. 그는 부상도 입지 않았다. 그의 눈 동자는 낯선 분노의 빛을 띠고 빛나며, 우리 머리 위로 휘감기는 불 꽃 속에서 붉게 타오른다.

나는 다수의 다른 레커(wrecker)들과 함께 있는 다미안에게 주목 한다. 그들 모두가 재능이 넘치고 물리칠 수 없는 피부를 갖고 있다. 그들은 이상하게 생긴 도끼를 갖고 있는데, 그 날은 면도날처럼 날 카롭게 벼려져 있다. 스트롱암들과 전투를 벌이기에는 딱이다. 이처 럼 가까운 거리에서는, 저들이 우리에게 가장 좋은 기회일 것이다.

"대열을 갖춰라!"

타이톤이 지나칠 정도로 무뚝뚝하게 말한다.

우리는 그의 말에 따라서 데이비슨의 뒤로 급하게 줄을 선다. 그 의 팔은 우리가 움직이는 동안에도 덜덜 떨리면서 할 수 있는 한 오래 유지하기 위해 애를 쓴다. 레이프가 내 왼쪽에, 타이톤이 내 오른쪽에 선다. 무슨 말이라도 해야 하는 건 아닐까 하는 마음에 두 사람을 번갈아 쳐다본다. 그들 두 사람 모두에게서 정전기가 피어오르는 게 느껴지는데, 낯설면서도 익숙하다. 내 것이 아닌 그들의 번개다.

폭풍 속에서, 푸른색 번개가 계속해서 격렬하게 분노하는 중이다. 엘라가 우리를 충전해 주고, 우리는 그녀의 번개에 거머리처럼 달라붙는다.

"셋."

데이비슨이 말한다.

왼쪽에는 초록빛, 오른쪽에는 흰 빛. 곁눈질로 그 색들이 깜빡거리는 것이 들어오고, 모든 스파크는 작은 심장 박동처럼 느껴진다.

"둘."

나는 한 번 더 깊은 숨을 들이마신다. 스톤스킨이 낸 멍으로 인해 목구멍이 아프다. 그렇지만 나는 여전히 숨을 쉬고 있다.

"하나."

다시 한 번 방패가 무너지고, 다가오는 폭풍에 우리 속을 활짝 벌려 보인다.

"틈이다!"

군대가 벽의 틈새로 주의를 돌리자 성벽을 따라 그 소리가 메아리친다. 은혈 군대가 똑같이 반응하며 귀가 멀 것 같은 고함을 지르며 우리를 향해 밀려든다. 녹색과 보라색의 번개가 죽음의 전장을 떨리게 하며 첫 번째 군인들의 물결을 따라 뛰어오른다. 타이톤은 다트를 던지는 사람처럼 움직이고, 그가 던지는 번개로 된 아주 작은 바늘들은 보이지 않는 번개가 되어 폭발하며 은혈 군대를 공기 중으로 내던진다. 많은 이들이 발작하고 경련한다. 그는 어떤 자비도 보이지 않는다.

바머들이 우리 뒤를 따라서 우리가 틈으로 가까이 가는 동안 함께 움직인다. 그들이 작업을 하기 위해서는 오직 시야의 확보가 필요한데, 그들의 파괴는 돌, 살, 대지를 가리지 않는다. 먼지가 눈처럼 내리고, 공기에서는 재의 맛이 난다. 이것이 전쟁이란 것인가? 이것이 초크에서 싸울 때 느낄 수 있는 기분일까? 타이튼이 팔을 뻗어서 내 몸을 밀어 나를 뒤로 물린다. 다미안과 다른 레커들이 우리 뒤로 밀려온다, 마치 인간 방패처럼. 그들이 도끼를 사방으로 휘두르자, 은색 액체로 된 거울 같은 행렬로 망가진 벽의 반대쪽이 뒤덮일 때까지 피가 마구 튄다.

아니다. 나는 초크를 기억한다. 참호들도. 수십 년 간의 유혈사태로 구멍이 팬 땅들과 만날 때까지 모든 방향으로 뻗어 있던 지평선도. 양쪽이 서로를 알고 있었다. 그 전쟁은 분명 사악한 것이었으나, 규정지을 수 있었다. 이것은 그저 악몽이다.

군인 뒤로 군인이, 레이크랜즈 사람들과 노르타 사람들이, 틈새로 고동치듯 흘러나온다. 각각이 뒤의 남자나 여자에게 밀려 나오고 있다. 다리 위에서도 마찬가지로, 그들은 깔때기를 통과하듯 살인의 무대 위로 밀려나온다. 군중은 대양의 인력에 끌리는 것처럼 움직이며 하나의 파도가 다음 파도가 앞으로 밀려나가기도 전에 뒤로 물러난다. 우리가 우위를 점하고 있지만 그저 아주 미약한 정도일 뿐이다. 더 많은 스트롱암들이 틈을 벌리려는 시도로 벽을 때려 댄다. 텔키들이 우리 쪽으로 돌을 던져서 바머들 중 하나를 가루로 만드는 동안, 다른 쪽에서는 또 다른 이가 소리 없는 비명을 지르느라 입을 벌린 채로 딱딱하게 얼어붙는다.

타이톤은 유동적인 움직임으로 춤을 추듯 움직이며, 양 손바닥에 하얀색 번개를 활활 피운다. 나는 땅 위로 거미줄을 만들어 내어, 다가오는 군대의 쿵쿵대는 발 아래로 전기 에너지로 된 웅덩이를 퍼뜨린다. 그들의 몸뚱어리가 쌓여서, 틈을 건너오기 위한 또 하나의 벽을 형성할 정도가 된다. 하지만 텔키들은 그저 손을 흔들어서, 시체들을 검은색 폭풍 속으로 빙글빙글 날려 보낸다. 입에서 피맛이 나지만, 부러진 손목은 지금은 그저 윙윙 대는 정도의 고통일 뿐이다. 손목은 옆쪽에 너덜대며 매달려 있지만, 뼈가 부러진 것도 느낄 수 없을 정도로 치솟는 아드레날린에 감사할 따름이다.

발아래의 길과 대지는 붉은색과 은색이 뒤섞인 액체 상태로 변한지 오래다. 질척질척한 땅은 적잖은 수의 희생을 말해 준다. 신혈 하나가 떨어지자, 님프 하나가 그에게로 뛰어들더니 신혈의 목과 코 위로 물을 들이 붓는다. 신혈은 내 눈앞에서 익사한다. 또 다른 시체 하나가 그녀의 옆에 쓰러져 있는데, 구부러진 뿌리들이 안구에서 튀어나와 있다. 내가 아는 것은 그저 번개뿐이다. 이름도, 목적도, 내가 무엇을 위해서 싸우고 있는지도…… 내 폐를 채우는 공기 이상의 어떤 것도 기억할 수가 없다. 삶의 다음 1초 외에는 어떤 것도.

텔키 하나가 우리를 가르고 들어 레이프를 저 멀리 뒤쪽으로 날려 보낸다. 다음 순간 나는 반대편으로 밀려난다. 나는 앞쪽으로 나선을 그리며 돌아, 벽의 틈을 통해서 쏟아지고 있는 군대들의 위를 넘어 떨어진다. 반대편으로. 코르비움의 살인 무대 위로 말이다.

나는 거칠게 부딪힌 다음, 얼어붙은 진흙에 반쯤 파묻혀 갑작스럽게 멈출 때까지 빙글빙글 돌며 구른다. 찌릿한 충격이 아드레날린 막을 뚫고 찔러 들어오자 바로 그 부러진 손목과 좀 더 몇 곳의 상처들을 인지하게 된다. 폭풍 바람이 앉으려고 애를 쓰는 내 옷을 찢을 듯이 불고, 얼음 파편들이 눈과 뺨을 마구 할퀸다. 바람이 비명을 지르는 중임에도 불구하고, 이곳은 그렇게 어둡지는 않다. 그러니까 검은색은 아니고, 회색 정도다. 한밤중은 아니고 황혼 무렵의 눈보라 정도. 눈을 가늘게 뜨고 앞뒤를 살펴보지만, 바람이 심하게 불어서 고통 속에서 누워 있는 것 외에 아무것도 할 수가 없다.

아이언 로드의 양쪽 사면을 따라서 잔디가 자라 있던 노지가 예전에 어떤 모습이었든 간에, 지금은 면도칼 같은 고드름이 풀마다 매달려 칼날처럼 보이는 얼어붙은 툰드라일 뿐이다. 이 각도에서는 코르비움을 알아보는 것도 불가능하다. 우리가 정점에 달한 검은 폭풍 너머로 아무것도 볼 수 없었던 것처럼, 공격하던 군대들도 마찬가지였을 것이다. 폭풍은 우리가 받은 것만큼이나 이들도 방해하고 있다. 여러 부대들이 그림자처럼 무리지어, 폭풍을 배경으로 윤곽선을 드러내고 있다. 일부는 얼음 다리를 생성하고 또 생성하는 시도를 하고 있지만, 이제 대부분은 틈을 통해서 밀려들고 있다. 나머지는 내 뒤에서 잠복한 채로 폭풍이 보일 최악을 밖에서 얼룩처럼 기다리고 있고. 아마도 수백 명은 예비 상태로 남아 있을 것이다, 어쩌면 수천 명일 수도 있다. 푸른색과 붉은색의 깃발들이 탁탁 소리를 내며 펄럭이는데, 알아보기 쉽게 선명한 색이다. *진퇴양난이네.* 나는 속으로 한숨을 쉰다. 그리고 지금 나는 진흙에 처박힌 채, 시체들과 걸을 수는 있는 부상자들 틈바구니에 끼어 있다. 적어도 대부분이 갈비뼈가 나가거나 배가 갈리거나 한 덕택에 자기들 한가운데에 낀 적혈 여자애보다는 자기 자신들을 돌보느라 바쁘다.

레이크랜즈 군인들이 내 쪽을 휙 둘러보는 바람에, 나는 최악의 순간까지도 각오한다. 하지만 그들은 행진하며 천둥 구름 소리를 내며 쿵쿵 발을 굴러 파괴를 기다리며 축 늘어져 있는 나머지 군인들에게로 향한다.

"힐러에게로 가!"

그들 중 하나가 어깨 너머로, 심지어 뒤도 돌아보지도 않고 외친다. 나는 아래를 내려다 보고는, 내가 온통 은색 피를 뒤집어쓴 상태라는 걸 알아차린다. 일부는 붉은색이지만, 대부분이 은색이다.

재빨리, 나는 피가 나는 상처와 여전히 녹색인 내 군복 일부에 진흙을 문지른다. 베인 상처 위로 통증이 화끈 치밀어 올라, 나는 이 사이로 쉿 소리를 뱉는다. 구름 쪽을 돌아보자, 계속해서 번개가 맥동하는 모습이 보인다. 꼭대기 부분은 푸른색이고, 아래쪽, 틈이 있는 곳 쪽은 녹색이다. 내가 돌아가야만 하는 곳이다.

팔다리에 들러붙은 진흙이 내 몸을 온통 얼어붙게 만든다. 부러진 손목은 가슴 쪽에 끼운 채, 한 팔로 나는 자유로워지기 위한 싸움을 위해 떨치고 일어난다. 커다란 펑 소리를 내며 나는 그곳을 떠나 전력질주를 시작하고, 숨을 헉헉 뱉는다. 매번 숨을 뱉을 때마다 불타는 것 같다.

10미터쯤 전진하고 은혈 군대 뒤쪽에 거의 도착하고 나서야, 이런 식이 먹히지 않을 거라는 사실을 깨닫는다. 군인들이 너무 바싹 붙어 있어서 그들 사이를 지나가는 것은 아무리 나라도 무리다. 그리고 만약 내가 시도를 하면 이들이 아마도 나를 멈춰 세울 것이다. 내 얼굴은 너무 잘 알려져 있다. 심지어 진흙으로 뒤덮여 있어도 그렇다. 그저 운에 맡길 수는 없다. 아니면 얼음 다리는 어떨까. 누군가가 내 발 아래를 무너뜨릴 수도 있고, 아니면 적혈 군인들이 내가 벽 너머로 돌아가기 위해서 애를 쓰는 사이에 나를 쏘아 죽일 수도 있다. 모든 선택의 끝이 다 안 좋다. 하지만 여기 그냥 서 있는 것도 마찬가지다. 메이븐의 군대는 또 다른 공격을 감행할 것이고 또 한 번 군대를 밀어넣을 것이다. 앞으로 갈 방법도, 뒤로 물러설 방법도 안 보인다. 공포에 찬 텅 빈 한순간, 나는 코르비움의 암흑을 바라본다. 폭풍 속에서 번개가 깜빡대는데, 전보다 더 약해진 상태다. 그것은 마치 머리에는 적란운을 얹고 눈보라와 강풍을 겹겹이 두른 탑 모양의 태풍처럼 보인다. 폭풍과 비교하자니 나 자신이 작게만 느껴지고, 하늘 위 맹렬한 별 구름 속에 그저 하나의 별처럼 여겨진다.

어떻게 이 상황을 이길 수 있지?

비행기의 첫 굉음에 나는 멀쩡한 손으로 머리를 감싼 채 무릎을 꿇는다. 그 소음이 가슴 속에서 진동하며 심장처럼 전기로 된 망치를 두드린다. 십수 대의 비행기가 고도를 낮춘 채 그 뒤를 따르고, 놈들이 군대를 양분한 사이로 소리를 지르며 가르는 동안 엔진이 눈과 재를 휘감는다.

더 많은 비행기들이 폭풍의 바깥쪽 경계부를 회전하며 빙글빙글 돌며 그것을 저며 낸다. 구름이 비행기들을 따라 이동하는 모양이 마치 날개에 자석이 붙는 것 같다. 다음 순간 또 다른 포효가 들린다. 또 다른 바람, 처음의 것보다 더 강한 바람이 백 개는 되는 태풍의 분노처럼 불어온다. 바람은 폭풍을 날려 버리고 강력한 힘으로 잡아 찢는다. 푸른색 번개가 군림하고 있는 코르비움의 탑들이 충분히 보일 정도로 구름이 흩어진다. 바람은 비행기를 따라서, 막 칠한 비행기 날개 아래에 모인다.

밝은 노란색으로 칠한 날개.

라리스 하우스.

입술이 잡아당기듯 미소가 흘러나온다. 그들이 여기 왔다. 아나벨 르롤란이 약속을 지켰다.

다른 가문들을 찾아서 둘러보는데, 매 한 마리가 내 주변을 돌며 비명을 지른다. 놈의 검푸른 날개가 공기를 마구 때린다. 발톱은 번뜩이고 칼날처럼 날카로워, 나는 새로부터 얼굴을 가리며 뒤로 훌쩍 뛴다. 놈은 날개를 펄럭이며 날아가기 전에 날카롭게 끼액 소리를 지른 후, 전장을 가로질러 활주하여…… 안 돼.

메이븐의 예비 병력들이 오고 있다. 부대와 군대들. 검정색 갑옷, 푸른색 갑옷, 붉은색 갑옷. 나는 그의 군대 양쪽에 끼어 박살나고 말 것이다.

싸워 보지도 않고는 안 돼.

나는 통제를 풀고, 보라색 번개를 내 주변으로 쏘아 보낸다. 군인들을 밀치고, 그들의 발을 꼬이게 만든다. 그들은 내 능력들이 어떻게 보이는지 안다. 그들은 번개 소녀가 무엇을 할 수 있는지 보았다. 그들은 주춤하지만, 그것도 잠시뿐이다. 그래도 내가 자세를 갖추고 몸을 돌려 기울이기는 충분한 틈이다. 생존을 위한 더 작은 목표, 더 작은 기회. 멀쩡한 손을 꼭 쥔 채, 나는 그들 모두를 때려눕힐 기회를 기다린다.

틈을 공격하고 있던 은혈들 중 다수가 내 방향으로 몸을 돌린다. 주의를 흩트리다니 파멸의 지름길이다. 초록색 번개와 하얀색 전자기파가 그들 사이를 훑고, 나를 향해 똑바로 돌격해 오는 붉은색 화염을 위한 길을 만들어 준다.

먼저 거리를 좁히며 다가온 스위프트들이 번개 거미줄에 걸린다. 일부는 뒤쪽으로 재빨리 움직이지만, 나머지는 번개에서 달아나지 못하고 쓰러진다. 폭풍에서 친 번개가 하늘에 금을 쭉쭉 그리며, 궁지에 몰린 나를 최악의 상태로 만들듯이 내 주변으로 보호용 원을 만들어낸다. 밖에서 보면 그 원은 전기로 된 감옥처럼 보이지만, 그건 나 자신이 만들어 낸 감옥이다. 내가 제어할 수 있는 감옥.

나는 지금 나를 감옥에 넣은 어떤 왕을 감히 도발한다.

내 번개가 촛불을 향해 달려드는 나방처럼 그를 잡아끌 것은 뻔하다. 다가오는 무리 속에서 메이븐을 찾아본다. 붉은색 망토, 강철로 만든 화염의 왕관. 바다 한가운데의 하얀 얼굴, 산도 꿰뚫을 듯 푸른 눈동자.

하지만 메이븐 대신, 라리스 비행기가 양쪽 군대 위로 낮게 급강하하며 또 다른 길로 움직여 온다. 굉음을 내는 금속체가 돌진해 오자 군인들이 엄폐물을 찾아서 앞다퉈 사라져서, 비행기는 내 주변의 사람들을 흩어놓는다. 십수 명의 사람들이 더 커다란 비행기 뒤편에서 굴러 떨어지는데, 보통 대부분의 사람들이라면 팬케이크가 되었을 법한 속도로 지상으로 곤두박질치다 직전에 공기 중에서 공중제비를 돈다. 그들은 팔을 뻗어서 갑자기 자신의 몸을 세우고는 먼지, 재, 그리고 눈을 마구 휘돌게 한다. 그리고 철. 엄청난 양의 철이 휘날린다.

에반젤린과 아버지와 오빠를 포함한 그들의 가족은 다가오는 군대를 마주한다. 매가 그들 주변을 돌며 울음소리를 내며, 가혹한 바람 소리에 맞서기라도 하는 듯이 소리를 지른다. 에반젤린은 어깨 너머로 흘긋 시선을 주더니, 내 눈을 마주본다.

"이런 거 습관 들이지 마!"

그녀가 소리 지른다.

순간 탈력감이 나를 사로잡는데, 그건 이상하게도, 안전하다는 기분이 들기 때문이다.

불길이 다른 쪽 시야 밖에서 맹렬히 타오른다. 그 불은 거의 눈이 멀 것 같은 온도로 내 주변을 둘러싼다. 나는 뒤로 발을 헛디디다 근육과 군용 장비로 된 벽에 부딪힌다. 칼이 내 부러진 손목을 부드럽게 붙들어, 살며시 잡고 있다.

처음으로, 손목이 잡혔는데 족쇄 생각이 나지 않는다.

제29장

에반젤린

코르비움의 관리탑 문들은 단단한 오크 나무지만, 문의 경첩과 장식들은 철로 되어 있다. 그것들은 우리 앞에서 매끄럽게 열리고, 사모스 왕가의 앞에 절을 한다. 우리는 우아하게 대회의실로 들어선다. 동맹에 대한 우리의 누덕누덕 기워진 변명거리의 눈앞으로. 간단하게 녹색 제복을 통일해 입은 몬트포트와 진홍의 군대가 왼편에 앉아 있고, 우리 은혈들은 오른편에 다양한 하우스 색을 드러내며 앉아 있다. 그들 각자의 지도자들과 프리미어 데이비슨과 아나벨 왕비가 침묵 속에서 우리가 입장하는 모습을 지켜본다. 아나벨은 지금 왕관을 쓰고, 비록 오래 전에 죽은 왕이기는 해도 자신이 왕비라는 것을 각인시킨다. 그것은 적금을 망치질로 두드려 만든 둥그런 형태로, 작은 검은색 보석들이 박혀 있다. 간단하다. 하지만 그럼에도 불구하고 쉽게 눈에 띈다. 그녀는 자신의 치명적인 손가락을 테이블 위로 톡톡 두드리면서 자신의 결혼반지를 전시하듯 내보인다. 불타는 듯한 붉은색 보석이 역시 적금에 세공되어 있다. 데이비슨처럼, 그녀는 포식자의 얼굴을 한 채, 결코 눈을 깜빡이지도, 결코 주의를 흩트리지도 않는다. 티베리아스 왕자와 메어 배로우는 여기에 없는 것인지, 아니면 내가 그들을 보지 못한 것인지 모르겠다. 두 사람이 자기들 진영과 색으로 찢어졌는지 궁금하다.

탑의 양쪽에 난 창문은 땅을 내다보며 열려 있는데, 공기 중에서는 여전히 재로 인한 그을음 내가 나고 서쪽의 평원은 계절을 아예 벗어난 재앙으로 인해 침수되고 온통 진흙에 뒤덮인 상태로 숨이 막힐 것만 같다. 이토록 높은 곳에서조차, 모든 것에서 피 냄새가 난다. 수 시간은 되는 것처럼 느껴지는 만큼을 손을 문지르고 모든 구석을 꼼꼼히 씻었지만, 그럼에도 불구하고 그 향을 지울 수가 없다. 그 냄새는 유령처럼 들러붙어, 전장에서 내가 죽인 사람들의 얼굴들을 잊기 어렵게 한다. 금속성의 싸한 맛이 모든 것을 오염시킨다.

위엄 넘치는 전경에도 불구하고, 모든 시선들은 우리 가족을 이끌고 있는 더 위엄 넘치는 사람에게로 집중한다. 아버지는 검정색 망토를 걸치지 않고, 당신의 잘 가꾼 체형에 딱 맞춰 만든, 거울처럼 빛나는 크롬 아머만 입고 계신다. 어떤 면으로 봐도 전사 왕답다. 어머니 역시 실망시키지 않는 모습이다. 녹색 돌로 된 어머니의 왕관은 숄처럼 어머니의 목과 어깨에 감겨 있는 에머랄드빛 보아 뱀과 잘 어울린다. 놈이 느릿하게 미끄러지듯 움직이자, 비늘이 오후의 빛을 반사한다. 프톨레무스 오빠는 아버지와 유사한 모습인데, 갑옷의 넓은 어깨 부분과 잘록한 허리, 호리호리한 팔다리 부분이 기름처럼 검은색으로 칠해져 있다는 점이 다르다. 나의 의상은 양쪽을 모두 섞었다고 볼 수 있는데, 흑철과 크롬의 층을 번갈아 몸에 딱 붙게 만들었다. 이건 내가 전장에서 입었던 갑옷은 아니지만, 오늘 내게 필요한 갑옷이다. 무시무시하고, 위협적이며, 사모스의 자부심과 권력을 혼신의 힘을 다해 보여 주는 것.

네 개의 의자가 왕좌처럼 창에 등을 돌리고 놓여 있고, 우리는 공동 전선을 대표하여 동시에 앉는다. 내가 아무리 비명을 지르고 싶다 하더라도 말이다.

아무런 반대 없이 며칠이, 몇 주가 흘러가게 둔 것만으로도, 나는 스스로에 대한 반역자가 된 기분이다. 아버지의 계획이 나를 얼마나 겁먹게 만드는지에 대한 속삭임조차 한 번 시도해 보지도 않고. 나는 노르타의 왕비가 되고 싶지 않다. 어떤 누구에게도 속하고 싶지 않다. 하지만 내가 원하는 것은 중요하지 않다. 어떤 것도 아버지의 교묘한 책략들을 위협할 수 없다. 볼로 왕을 거스를 수는 없다. 그의 피와 살에서 태어난, 그의 딸은 안 된다. 그의 소유물이니까.

왕좌에 자리를 잡는 동안 모든 것에 너무나 익숙한 고통이 가슴 속에 치민다. 차분하고, 조용하고 또한 순종적인 모습을 지키기 위해서 최선을 다한다. 나의 피에 충성하라. 그것이 내가 아는 모든 것이므로.

아버지께 몇 주 동안 말을 건네지 못했다. 아버지의 명령에 그저 고개만 끄덕일 수 있다. 말들은 내 능력 너머에 있다. 내가 입을 열었다가, 내 성질이 나 자신을 때려눕힐까 봐 두렵다. 조용하게 기다리라고 한 것은 톨리의 의견이었다. *시간을 가져, 이브. 시간을 가지*

라고. 하지만 무엇을 위한 시간인 것인지, 나는 잘 모르겠다. 아버지께서는 마음을 바꾸지 않으신다. 그리고 아나벨 왕비는 자신의 손자를 왕좌에 도로 올릴 작정이다. 오빠는 나만큼이나 실망한 상태다. 우리가 했던 모든 일들…… 오빠가 일레인과 결혼하게 만들고, 메이븐을 배신하고, 왕에게 어울릴 법한 아버지의 야망들을 도왔던 그 모든 일들은 우리가 함께 있을 수 있도록 함이었다. 모든 일이 다 소용없었다. 오빠는 리프트 지역을 다스릴 것이고, 내가 사랑하는 소녀와 결혼할 것이다. 반면 나는 탄약 상자처럼 실려 가겠지, 다시 한 번 왕을 위한 선물처럼 말이다.

메어 배로우가 자신의 존재로 회의장을 빛나게 하기로 결심한 채로, 자기 발꿈치에 티베리아스 왕자를 매달고 들어서서 주의를 끌어 주는 순간, 감사한 마음이 들 지경이다. 왕자가 메어의 면전에서 얼마나 비극적인 강아지처럼 굴 수 있는지 잊고 있었다. 그의 크게 뜬 눈이 관심을 갈구하고 있다. 왕자의 열렬한 군인의 감각은 당면한 과제가 아니라 그녀에게로 쏠려 있다. 그들 두 사람은 여전히 포위 작전으로 인한 아드레날린으로 몸을 떨고 있는데, 딱히 놀랄 일은 아니다. 전투는 인정사정없는 종류의 것이었다. 배로우의 군복에는 여전히 피가 묻어 있다.

두 사람은 사람들을 반으로 가르며 중앙 통로를 걸어온다. 자신들 행동에 따르는 무게감을 느끼고 있다고 한들, 그것을 겉으로 드러내지는 않는다. 두 사람이 다가오는 것을 보느라 대부분의 대화가 중얼거림으로 줄어들거나 동시에 멈춘다. 사람들은 이들이 어느 쪽을 택하는지 보려 기다린다.

메어는 재빠르다. 그녀는 성큼성큼 걸어서 녹색 제복들의 첫줄을 지나쳐 먼 벽에 기대어 선다. 스포트라이트의 밖이다.

왕자, 노르타의 정당한 왕은 그 뒤를 따르지 않는다. 그는 대신에 자신의 할머니를 끌어안기 위해서 한 손을 쭉 뻗은 채 그녀에게 다가간다. 아나벨은 그에 비하면 체격이 훨씬 작고, 그의 면전에서는 그저 나이 든 여인으로 돌아간다. 하지만 그녀의 팔은 그를 쉽게 둘러싼다. 두 사람은 똑같은 눈동자, 열기를 띤 구리빛의 불타는 듯한 눈을 가졌다. 그녀는 그를 올려다보며 미소를 짓는다.

티베리아스는 단지 한순간이지만 그녀의 포옹을 풀지 않은 채, 자기 가족의 마지막 조각을 붙들고 있다. 그의 할머니 옆자리는 비어 있지만 그는 그 자리를 차지하지 않는다. 그는 메어와 함께 벽 쪽에 서기를 선택한다. 그는 가슴 앞으로 팔짱을 낀 채, 아버지를 향해 열기 가득한 시선을 고정한다. 자기 할머니가 우리 두 사람을 위해서 어떤 계획을 세우고 있는지 알기나 하는지 궁금하다.

아무도 그가 남기고 간 자리에 앉지 않는다. 감히 노르타의 정당한 후계자를 위한 위치를 대신하지는 않는다. *내 사랑하는 약혼자*라는 단어가 머릿속에 메아리친다. 그 말이 어머니의 뱀보다도 더 나를 놀리는 것 같다.

갑자기 손을 휙 한 번 움직이시더니, 아버지가 살린 아이럴의 허리 벨트 버클을 잡아당겨 그를 자기 의자에서 끌어내어 테이블 너머 오크 나무 바닥으로 끄집어내신다. 아무도 항의하거나 소리를 내지도 않는다.

"그대들은 사냥꾼이 될 예정이었지."

아버지의 목소리는 목구멍 안에서 낮게 울린다.

검은 머리카락을 뿌옇게 덮은 땀으로 판단해 볼 때, 아이릴은 전투 후에 씻는 걸 신경쓰지도 않았나 보다. 아니면 어쩌면 그저 극도로 겁에 질렸던 것인지도 모른다. 그를 비난할 생각은 없다.

"전하……."

"그대는 메이븐이 달아나지 못할 것이라고 보장했지. 그대의 정확한 말들을 믿었네만, '어떤 뱀도 실크의 손아귀를 벗어날 수 없다.'고 했나."

아버지께서는 이 귀족의 실패, 그의 가문과 그의 이름이 난처해지는 상황을 보시면서도 거들먹거리지 않으신다. 어머니께서는 양쪽을 충분히 지켜보시며, 녹색 뱀의 눈과 똑같은 눈동자로 주시하신다. 뱀이 내 시선을 알아채고 내 쪽을 향해 뾰족한 분홍 혀를 날름거린다.

다른 이들은 살린의 굴욕을 바라본다. 적혈들은 살린보다 더 더러워 보이는데, 그들 중 일부는 여전히 진흙 범벅인 데다가 추위로 인해 파래져 있다. 적어도 그들은 술에 취한 상태는 아니다. 라리스 장군은 자기 의자에서 흔들대면서, 예의바른 동반자가 갖추어야 할 크기보다 훨씬 커 보이는 술병을 눈에 띄게 홀짝대고 있다. 아버지도 어머니도 다른 어떤 누구도 그와 술병을 못마땅해 하지 않는다. 라리스와 그의 가문은 자신들의 작업을 아름답게 해 냈고, 그 아래 코르비움으로 눈을 뿌리며 위협했던 지공의 폭풍이 소멸되는 동안 대의를 위해 에어젯들을 가져왔다. 그들은 자신들의 가치를 증명했다.

신혈들 또한 마찬가지였다. 자기들이 고른 이름은 우습기는 해도, 그들은 몇 시간 동안 공격을 물리쳤다. 그들의 피와 희생이 없었다면, 코르비움은 다시 메이븐의 손아귀에 떨어졌을 것이다. 그 대신에 그는 두 번이나 실패했다. 두 번이나 패배했나. 처음에는 폭도들의 손에, 그리고 이제는 적법한 군대와 적법한 왕의 손에 의해. 위장이 경련한다. 우리가 이겼다고는 하지만, 승리가 내게는 패배처럼 느껴진다.

상황 변화를 노려보는 메어의 온몸이 뒤틀린 전선처럼 긴장한다. 그녀의 눈이 살린과 아버지 사이를 왔다 갔다 하다가 톨리에게로 향한다. 메어가 오빠를 죽이지 않겠다고 약조했음에도 불구하고, 오빠에 대한 공포로 몸이 떨린다. 시저의 광장에서 그녀는 내가 결코 본적도 없는 분노를 보였다. 그리고 코르비움의 전장에서 그녀는 심지어 은혈로 된 군대에 둘러싸인 채로도 꺾이지 않았다. 그녀의 번개는 내 기억보다 더 치명적으로 성장했다. 그녀가 지금 이 자리에서톨리 오빠를 죽이겠다 결심한다고 한들, 누구도 그녀를 막을 수 없을 것이다. 나중에 그녀에게 벌을 줄 수는 있겠지, 물론, 하지만 당장 그녀를 멈추지는 못할 것이다.

그녀가 아나벨의 계획에 결단코 기뻐할 리가 없다는 느낌이 온다. 어떤 은혈 여성이라도 왕과 사랑에 빠진다면 기꺼이 그의 배우자가 되고, 결혼까지는 아니라도 그와 얽히려 할 테지만…… 적혈들도 똑같은 식으로 생각할 거라고는 믿지 않는다. 저들은 가문들의 결속이 얼마나 중요한지, 강력한 피의 후계자가 언제나 그랬듯 깊고도 필수적인지 전혀 이해하지 못한다. 저들은 신랑 신부의 맹세를 외칠 때나 사랑이 문제가 된다고 생각한다. 저들의 삶에 있어서 작은 축복이라는 생각도 든다. 권력도 없고, 힘도 없고, 그들은 지킬 것도 없고 유지해야 할 유산도 없다. 그들의 삶은 하찮지만, 그럼에도 불구하고, 그들의 삶은 그들 자신만의 것이다.

나 또한 내 삶이 나의 것이라고 아주 짧고도 어리석은 몇 주간 생각했더랬다.

전장에서, 나는 메어 배로우에게 내가 그녀를 구해 주는 걸 습관 들이지 말라고 했었다. 아이러니다. 이제 나는 그녀가 나를 왕비의 금박을 입힌 감옥에서, 그리고 왕의 신부의 우리에서 구해 주었으면 한다. 동맹이 뿌리박기도 전에 그녀의 폭풍이 이걸 완전히 파괴해 버렸으면 좋겠다.

"⋯⋯공격만큼이나 탈출도 준비했습니다. 스위프트들은 자리를 지켰고, 차량도, 에어젯도 마찬가지입니다. 우리는 심지어 메이븐을 보지도 못했습니다."

살린이 머리 위에 양손을 올린 채 자기 주장을 펼친다. 아버지는 그를 놓아 주신다. 아버지는 언제나 사람에게 적어도 스스로를 매달 충분한 밧줄을 주신다.

"레이크랜즈의 왕이 거기 있었습니다. 그는 자기 군대에게 직접 명령을 내렸죠."

아버지께서 갑작스럽게 불편함을 느꼈다는 것이 번뜩이며 어두워진 눈을 통해서 유일하게 드러난다.

"그리고?"

"그리고 지금 그는 자기 군인들과 함께 무덤에 누워 있지요."

사죄를 구하는 어린아이처럼 살린은 자신의 강철 왕을 흘긋 올려다본다. 그는 손가락 끝을 떨며 떨어뜨린다. 나는 아케온에 남겨진 아이리스를, 오염된 왕좌 위의 새로운 왕비를 생각한다. 그리고 이제는 아버지도 없이, 자신과 함께 남쪽으로 온 유일한 가족조차 잘려나간 상태가 된 그녀를. 조금도 과장하지 않고도, 그녀는 만만찮은 상대이지만, 이 일이 그녀를 대단히 약화시킬 것이다. 그녀가 내 적만 아니라면, 나는 동정을 느꼈을 것이다.

느릿하게, 아버지께서 왕좌에서 일어나신다. 아버지는 심사숙고하는 것처럼 보이신다.

"누가 레이크랜즈의 왕을 죽였는가?"

올가미가 조여든다.

살린은 미소짓는다.

"제가 죽였습니다."

올가미가 탁 잡아채고, 아버지도 그렇게 하신다. 주먹을 꽉 쥔 채, 텅빈 눈으로, 아버지는 살린의 상의 단추들을 비틀어 떼어내어 그것들을 얇은 강철 가락으로 만드신다. 각각의 가락들이 그의 목을 감싸고, 잡아당겨, 살린을 강제로 일어서게 만든다. 그것들은 계속해서 커지면서, 그의 발가락들이 바닥을 허우적거리다가 디딜 곳을 찾을 때까지 커진다.

테이블에서, 몬트포트의 지도자가 의자에서 뒤로 기댄다. 그의 옆에 앉은 여성, 얼굴에 흉터가 있는 매우 짧은 금발머리는 입술을 찌푸린 표정으로 만다. 서머튼 공격 때 그녀의 얼굴을 보았던 것이 기억난다. 오빠의 목숨을 거의 앗아갈 뻔했던 자들 중 하나다. 칼이 그녀를 직접 고문했었는데 지금 그들은 말 그대로 나란히 있다. 그녀는 진홍의 군대로, 매우 높은 직급이며, 내가 착각한 게 아니라면, 메어의 가장 가까운 동맹 중 하나다.

"전하의 명령은……."

살린이 간신히 말한다. 그는 자기 살을 파고드는 목둘레의 강철 실들을 할퀴려 든다. 그의 얼굴은 살 아래에 고이는 피 때문에 회색으로 보인다.

"내 명령은 메이븐 캘로어를 죽이든가 아니면 그의 탈출을 막는 거였지. 그대는 어느 쪽도 지키기 못했고."

"전……."

"한 나라의 왕을 죽였고. 새 레이크랜즈 왕비를 보호하는 것 외에는 어떤 이유도 없던 노르타의 동맹을. 그러나 지금은?"

아버지께서는 코웃음을 치시더니, 능력을 이용해서 살린을 더 가까이 끌어당기신다.

"그대는 그들에게 우리 모두를 익사시킬 멋진 명분을 제공했어. 레이크랜즈를 다스리고 있는 왕비는 지금 이 사태를 두고 보지 않을 걸세."

아버지께서는 엄청난 쩍 소리와 함께 살린의 얼굴을 내려치신다. 그 타격은 수치를 주기 위함이지, 상처를 주려는 목적이 아니다. 그리고 그 목적은 잘 작동한다.

"그대의 지위와 책무들을 박탈하겠다. 아이럴 하우스는 그대가 적절하다고 생각하는 곳으로 재분배하라. 그리고 이 벌레는 내 앞에서 치우도록."

살린의 가족은 그가 더 깊은 구덩이를 파기 전에 그를 회의실에서 재빨리 끌어낸다. 강철로 된 실들이 터지며 자유를 찾았을 때, 그가 할 수 있는 거라고는 기침하며 어쩌면 좀 훌쩍이는 것뿐이다. 그가 흐느끼는 소리가 복도에 메아리치지만 문이 쾅 하고 닫히지 재빨리 끊긴다. 불쌍한 남자. 그럼에도 나는 그가 메이븐을 죽이지 않았다니 기쁘다. 만약 그쪽 캘로어 쥐새끼가 오늘 죽었더라면, 칼과 왕좌 사이에 남은 장애물이 아무것도 없었을 테니까 말이다. 칼과 나 사이에도. 이쪽에는, 적어도, 약간의 어두운 희망이나마 있다.

"누구라도 어떤 유용한 기여를 한 바가 있는가?"

아버지께서 의자에 도로 매끄럽게 앉으시며 한 손가락으로 어머니의 뱀의 척추를 쓰다듬으신다. 놈의 눈이 기쁨으로 스르륵 감긴다. 역겨운 것.

제랄드 헤이븐은 의자에서 사라지고 싶은 것처럼 보이는데, 그것도 나쁘진 않을 것 같다. 그는 자기 손을 바라보면서 아버지께서 다음으로 자기를 망신 주는 일은 없기를 바라고 있다. 다행히, 얼굴을 찌푸리고 있던 진홍의 군대의 사령관이 나선 덕분에 그는 목숨을 연명한다. 그녀는 자기 의자를 뒤로 끼익 하고 끌며 일어난다.

"우리 첩보에 따르면 메이븐 캘로어는 지금 자기를 안전하게 지켜 줄 아이즈에게 의존 중이라고 합니다. 그들은 즉각적인 미래를 볼 수 있으니……."

어머니가 혀를 차신다.

"우리도 아이즈가 어떤 존재인지 안다, 적혈."

"그거 다행이네."

사령관이 망설임 없이 대꾸한다.

아버지와 우리의 위태로운 위치가 아니었다면, 어머니께서는 저 적혈의 목구멍으로 에메랄드 빛 뱀을 쳐넣으셨으리라. 어머니는 그저 입술만 오므리신다.

"당신 사람들을 통제하시오, 프리미어, 아니면 내가 하겠소."

"나는 진홍의 군대 사령부의 장군이다, 은혈."

여자가 받아친다. 나는 메어가 그녀의 뒤에서 히죽 웃는 걸 눈치 챈다.

"만약 당신이 우리의 도움을 원한다면, 당신은 어느 정도 존경을 보여야 할 것이다."

"당연하지."

어머니는 우아하게 수긍하신다. 어머니가 머리를 기울이자 보석들이 반짝거린다.

"존경이 있어야 할 곳에 존경을 보여야겠지."

그 사령관은 여전히 분노가 끓어오르는 얼굴로 노려본다. 그녀는 어머니의 왕관을 역겹다는 듯 쳐다본다.

재빨리 머리를 굴려, 나는 양손을 부딪친다. 익숙한 소리. 호출이다. 조용하게, 사모스 가문의 적혈 하녀 하나가 손에 와인 한 잔을 든 채 재빠르게 회의실로 들어온다. 그녀는 자기가 받은 명령을 잘 알기에 바로 내 곁으로 다가와 내게 음료수를 제공한다. 느릿하고 과장된 움직임으로, 나는 컵을 받는다. 그것을 마시는 동안 적혈 사령관과의 눈싸움을 멈추지 않는다. 예민해진 신경을 감춘 채 손가락들을 날카로운 유리를 따라서 북처럼 두드린다. 최악의 경우, 나는 아버지를 화나게 만들 것이다. 최선의 경우…….

나는 유리잔을 바닥에 세게 팽개친다. 심지어 나조차 그 소리와 영향에 움찔한다. 아버지는 반응하지 않으시려고 하지만, 입가에 힘이 들어간다. *너는 이것보다는 더 나를 잘 알았어야지. 나는 싸워 보지도 않고 포기하는 법이 없어.*

망설임 없이, 하녀는 청소를 하기 위해서 무릎을 꿇고 맨 손으로 유리 파편들을 쓸어 담는다. 그리고 망설임 없이, 험악한 적혈 여자가 자기 테이블 위를 뛰어넘더니 맹렬한 움직임으로 달려든다. 은혈들도 벌떡 일어나고, 적혈들도 똑같이 하는데, 메어가 자기 몸을 벽에서 떼더니 자기 친구의 길을 막으며 끼어든다.

그 적혈 사령관은 메어보다 훨씬 크지만, 그럼에도 불구하고 배로 우는 그녀를 붙든다.

"우리가 어떻게 이걸 받아들일 수 있어?"

그 여자가 나를 향해서 고함을 지르며, 바닥에 있는 하녀를 주먹을 쥔 채 가리켜 보인다. 하녀가 자기 손을 베자 피 맛이 10배는 강해진다.

"어떻게!"

방 안의 모든 이가 같은 문제를 궁금해 하는 것만 같다. 양측의 더 불안한 멤버들 사이로 고함이 치솟는다. 우리는 은혈 귀족 가문이자 아주 오래된 혈통이며, 반역도, 범죄자, 하인, 그리고 도둑들과 동맹을 맺은 자들이다. 능력이 있든 없든, 우리들의 삶의 방식은 완전히 정 반대편에 서 있다. 우리의 목표들도 같지 않다. 회의실은 화약통이나 다름없다. 내 운이 좋다면 곧 폭발할 것이다. 어떤 결혼에 대한 위협도 없이 터져 버리라지. 저들이 나를 도로 밀어 넣고 싶어 하는 감옥을 파괴해 버려.

메어의 어깨 너머로, 나를 향해 코웃음을 치는 사령관의 눈은 마치 푸른색 단검 같다. 만약 이 방과 내 옷에서 금속이 뚝뚝 흐르지 않았다면, 어쩌면 두려웠을 것 같다. 나는 모든 면에서 그녀가 증오하며 자랐을 은혈 공주처럼 보이도록 그녀를 똑바로 쏘아본다. 발아래로, 하녀가 자기 일을 마치고 발을 끌며 사라진다. 그녀의 손은 온통 유리 조각으로 바늘꽂이가 되어 있다. 나중에 그녀를 치료하도록 렌을 보내야겠다고 마음속으로 다짐한다.

"형편없었다."

어머니께서 내 귓가에 속삭이신다. 어머니가 내 팔을 두드리시자 뱀이 어머니의 손을 따라서 미끄러지더니 내 피부 위로 몸을 구부린다. 놈의 살은 축축하고 차갑다.

나는 그 감각에 이를 간다.

"우리가 어떻게 이 상황을 받아들일 수 있을까?"

왕자의 목소리가 혼돈을 가로지른다. 그 말에 비웃음을 날리던 그 적혈 사령관을 포함하여 많은 이들이 경직되어 침묵한다. 메어는 힘껏 그녀를 떼어내어 좀 어려워 보였지만 어떻게든 그녀를 도로 자기 의자에 데려다준다. 나머지 사람들은 추방당한 왕자에게로 몸을 돌리고, 그가 몸을 일으키는 모습을 바라본다. 지난 몇 달 동안이 티베리아스 캘로어에게는 꽤 친절했던가 보다. 전쟁으로 가득 찬 삶이 그에게는 잘 맞는다. 성벽 위에서 가까스로 죽음에서 탈출한 직후임에도 그는 생동감이 넘치고 활기차다. 자기 자리에서 그의 할머니가 아주 미세한 미소를 보인다. 심장이 내 가슴속에서 추락하는 것이 느껴진다. 저 표정이 싫다. 손으로 왕좌의 팔걸이를 부러뜨릴 듯 쥐자, 손톱이 살 대신에 나무를 파고든다.

"이 방의 모든 이들이 우리가 지금 어떤 분기점에 와 있다는 걸 알 것이다."

그의 눈이 메어를 찾아 움직인다. 그는 그녀에게서 힘을 얻는다. 만약 내가 감성적인 사람이었다면, 마음이 움직였을 것이다. 하지만 그러는 대신에, 나는 일레인을 생각한다. 릿지 하우스에 안전하게 남아 있는 그녀를. 프롤레무스 오빠는 후계자를 얻을 필요가 있기에, 우리 둘 다 그녀가 전투에 참여하는 건 원하지 않았다. 그렇기는 하지만 그녀가 지금 내 곁에 앉아 있었으면 싶다. 이 모든 일들을 홀로 겪어야 하지 않았으면 싶다.

칼은 국정 운영에 대한 교육을 받아 왔고, 그래서 그는 연설이라면 익숙하다. 그럼에도 불구하고, 그는 자기 동생만큼 재능이 있지는 않아서, 그는 바닥 위를 서성거리면서 적잖은 실수를 한다. 불운하게도, 아무도 그걸 신경 쓰는 것 같지는 않다.

"적혈들은 미화시킨 노예로, 자기들 지역에 매인 채 삶을 살아 왔다. 그것은 빈민가일 수도 있고, 우리 왕궁들 중 한 곳일 수도…… 강가 마을의 진흙탕 속일 수도 있다."

홍조가 메어의 뺨을 타고 번진다.

"나는 배운 대로 생각해 왔다. 우리의 길이 고정되었다고. 적혈들은 열등하다고. 유혈사태 없이는, 그들의 지금 위치를 바꾸는 일은 결코 일어나지 않으리라고. 어떤 거대한 희생 없이는. 한때, 나는 그 모든 일들에 지나친 대가가 따를 것이라고 생각했다. 하지만 나는 틀렸다.

동의하지 않는 자들(그가 나를 쏘아보는데, 전율이 인다.), 자신들이 더 낫다고 믿는 자들, 자신들이 신이라고 믿는 자들에게 말하건대, 그대들이 틀렸다. 그리고 그것은 번개 소녀 같은 이들이 존재하기 때문은 아니다. 내 동생을 패퇴시키기 위해 우리가 갑자기 동맹이 필요해졌기 때문도 아니다. 그건 그저 그대들이 틀렸기 때문이다.

나는 왕자로 태어났다. 이곳에 있는 대부분의 어떤 누구보다도 특권에 대해서라면 더 잘 알고 있다. 나는 내 손짓과 부름에 달려오는 하인들을 둔 채 자랐고, 그들의 피가, 바로 그 색 때문에 내 것보다 열등하다는 의미라고 배웠다. '적혈들은 멍청하다, 적혈들은 쥐새끼들이다, 적혈들은 자기들 삶을 통제하는 것이 불가능하다, 적혈들은 받들기 위해 태어났다.' 이것들은 우리가 늘 들으며 살아온 말들이다. 그리고 그것들은 거짓말이다. 우리 삶을 더 쉽게 만들고 우리의 수치를 없애 주고 우리의 삶을 견딜 수 없도록 만들기 위한 편리한 종류의 거짓말."

그는 자신의 할머니 옆에 멈추어 서더니 그 곁에 우뚝 선다.

"그것들이 더 이상 묵인되어서는 안 된다. 그저 그럴 수는 없다. 다름이 분열은 아니니까."

불쌍한, 순진해 빠진 캘로어. 그의 할머니는 승인하듯 고개를 끄덕이지만, 나는 바로 나의 집에서 그녀의 모습과 그녀가 했던 말들을 기억한다. 그녀는 자신의 손자가 왕좌에 앉기를 바라고, 구 세계를 원한다.

"프리미어."

티베리아스가 몬트포트의 지도자를 가리켜 보이며 말한다.

목을 큼큼 가다듬으며 남자가 일어선다. 대부분의 사람들보다 더 크지만 말랐다. 그는 완전히 텅 빈 표정을 한 창백한 불고기 같은 얼굴을 가졌다.

"볼로 왕이어, 우리는 코르비움의 방어를 도와 준 것에 대해 당신께 감사드립니다. 그리고 여기, 지금, 여기 우리의 지도자들과 당신들의 지도자들의 눈앞에서, 나는 티베리아스 왕자께서 방금 얘기한 것에 대한 당신의 감상이 알고 싶군요."

"질문이 있다면, 프리미어, 해도 좋소."

아버지께서 우르릉대듯 대답하신다.

남자의 얼굴은 계속 고요하고, 읽을 수가 없다. 우리 나머지처럼 그 역시도 많은 비밀과 야망을 감추고 있다는 느낌이 온다. 그를 조여 봐야 할까?

"적혈과 은혈 말이지요, 전하. 이 반역에서 들고 일어난 건 어느 쪽 색입니까?"

아버지께서 숨을 내쉬는 순간, 창백한 뺨에서 근육이 떨린다. 아버지께서는 뾰족한 턱수염을 한 손으로 훑으신다.

"양쪽 다요, 프리미어. 이것은 우리 양쪽 다를 위한 전쟁이었소. 이 문제에 대해서라면, 내 아이들의 머리를 걸고 맹세하건대, 그대는 내 말을 믿어도 좋소."

거 참 감사하네요, 아버지. 저 적혈 사령관이 기회만 온다면 기쁘게 그 상을 차지하려고 할 것 같은데요.

"티베리아스 왕자께서 진실되게 말씀하셨군."

아버지께서 새빨간 거짓말을 뱉으신다.

"우리의 세계는 변하고 있소. 우리도 그와 함께 변해야만 하겠지. 공통의 적은 낯선 동맹을 맺게 했지만, 그럼에도 우리는 여전히 동맹이오."

살린 때에 그랬던 것처럼, 올가미가 단단해지는 것이 느껴진다. 그것이 내 목 둘레를 감고, 나를 심연 위로 매달겠다고 위협한다. 남은 내 삶을 이런 식으로 느끼며 살아야 하는 것인가? 강해지고 싶지 않다. 이것이 내가 계속 훈련받고 고통 받아 온 것이다. 이것이 내가 원하는 것이라고 생각했던 것이다. 하지만 자유는 너무나 달콤했다. 한번 들이마시고 나니 놓아줄 수가 없다. *미안해, 일레인. 미안해.*

아버지께서 계속 말씀하신다.

"협정 조건에 대해서 다른 질문 사항이라도 있소, 프리미어 데이비슨? 아니라면 폭군을 타도하는 일을 계속해서 계획해도 되겠소?"

"그 협정 조건이라는 게 도대체 뭔데요?"

메어의 목소리는 전혀 다르게 들리는데, 그렇게 놀랍지는 않다. 내가 그녀를 마지막으로 보았던 것은 그녀가 죄수였을 때, 거의 원래 모습을 찾아볼 수 없을 정도로 질식해 죽기 직전이었을 때였으니까. 그녀의 스파크는 맹렬히 돌아왔다. 그녀는 대답을 구하듯 아버지와 프리미어 사이를 번갈아 바라본다.

설명을 하려는 아버지는 거의 신이 난 듯해 보이시고, 나는 숨을 멈춘다. *나를 구해 줘, 메어 배로우. 네가 가진 폭풍, 내가 알고 있는 그 폭풍을 해방해. 네가 항상 그랬듯 저 왕자에게 마법을 걸어.*

"리프트 왕국은 메이븐이 제거된 후에 독립할 것이오. 강철의 왕들이 수대에 걸쳐서 우리 지역을 다스리게 될 것이고. 당연히 나의 적혈 시민들을 위해서 인적 공제도 이뤄질 것이오. 노르타가 그랬던 것처럼 노예로 이루어진 나라를 만들려는 의도는 없소."

메어는 납득과는 거리가 먼 표정을 짓고는 있지만 입을 열지는 않는다.

"당연히, 노르타는 자신만의 왕을 필요로 하게 되겠지."

그녀의 눈이 커다래진다. 공포가 그녀를 관통하며 흐르고, 그녀는 대답을 구하듯 칼에게로 고개를 휙 돌린다. 메어는 화를 내지만 그는 그저 깜짝 놀란 것처럼 보인다. 번개 소녀는 아이들 동화책 속 페이지보다도 더 쉽게 읽힌다.

아나벨이 좌석에서 일어나서 자랑스럽게 선다. 그녀는 칼에게 돌아서 한 손을 그의 뺨에 얹더니 주름진 얼굴에 활짝 미소를 띤다. 그는 그녀의 손길에 반응하지도 못한 채 충격에 빠져 있다.

"내 손자는 노르타의 정당한 왕이지, 그리고 왕좌는 그에게 속해 있소."

"프리미어……."

메어가 이제는 몬트포트 지도자를 바라보며 속삭인다. 그녀는 거의 애걸하다시피 한다. 슬픔이 깜빡거리며 그의 가면을 꿰뚫는다.

"몬트포트는 카……."

그는 스스로 말을 멈춘다. 그는 다른 누구도 아닌 메어 배로우를 바라본다.

"티베리아스 왕이 다시 복위하도록 약속하겠습니다."

열기의 흐름이 공기 중에 요동친다. 왕자는 화를 낸다, 그것도 매우 지독하게. 그리고 가장 최악의 것은 아직, 우리 모두에게 오지도 않았다. 내 운이 좋다면 그가 탑 전체를 불태워 버릴 수도 있다.

"우리는 리프트 왕국과 정당한 왕 사이의 동맹을 통상적인 방법으로 굳건히 할 것입니다."

어머니는 칼날을 비틀듯이 말씀하신다. 분명 이 일을 즐기고 계신다. 내 눈물을 안쪽 깊숙이 묻어두고, 아무도 볼 수 없는 곳에 감추는 일에 전력을 다해야 한다.

어머니의 말씀에 숨은 암시는 정확히 영향을 미친다. 칼은 터져 나오다 끊기는 것 같은 비명을, 왕은커녕 왕자에게도 매우 부적절한 숨 막히는 소리를 뱉는다.

"이 모든 일이 벌어진 후임에도 불구하고, 퀸스트라이얼은 여전히 왕실 신부를 낳았군요."

어머니께서 한 손을 내 손 위로 쓸며, 손가락으로 결혼반지를 낄 자리를 더듬으신다.

갑자기 이 천장 높은 방의 공기가 숨이 막힐 것만 같고, 피 냄새가 내 감각을 박살낸다. 온통 그 생각뿐이라서 나는 주의를 돌리기 위해서 날카로운 철의 이빨이 나를 압도하도록 둔다. 턱을 단단히 물고, 이를 꽉 다문 채 내가 하고 싶은 말을 뱉지 않기 위해서 애를 쓴다. 그 말들이 내 목구멍 안에서 와글와글 대며 놓아 달라고 애걸한다. *더 이상 이런 건 원하지 않아요. 집에 보내 줘요.* 단어 하나하나가 내 가문, 내 가족, 내 혈통에 대한 배신이다. 이가 이끼리 닿아, 뼈끼리 갈린다. 내 심장을 가둔 감옥.

나 자신 안에 갇힌 기분이다.

왕자에게 선택하게 만들어, 메어. 그가 날 벗어나게 해.

메어는 무겁게 숨을 내쉬고, 그녀의 가슴이 빠른 속도로 오르락내리락 한다. 나처럼, 그녀에게도 고함치고 싶은 말들이 많을 것이다. 내가 얼마나 이 일을 거절하고 싶은지 그녀가 알았으면 좋겠다.

"아무도 저한테 상의하려고 한 사람은 없나 보군요."

왕자가 자기 할머니를 밀어내며 쉰 목소리로 말한다. 그의 눈이 활활 타오른다. 그는 동시에 십수 명은 되는 사람들을 노려보는 완벽한 기술을 갖고 있다.

"할머니께선 절 왕으로 만들려고 하셨군요…… 제 동의도 없이?"

아나벨은 불꽃 따위 두려워하지 않고 그의 얼굴을 다시 한 번 와락 붙든다.

"우리는 그대를 어떤 것으로 만들려는 게 아니오. 우리는 그저 그대 자신인 존재가 되도록 그대를 돕는 거요. 그대 아버지는 그대의 관(冠)을 위해 죽었지, 그런데 그대는 그것을 그저 내던질 참이오? 누구를 위해서? 그대의 나라를 유기할 테요? 무엇을 위해서?"

그는 대답하지 않는다. *거절해. 거절해. 거절해.*

하지만 이미 내 눈에는 감정의 변화가 보인다. 미끼도. 권력은 모두를 유혹하고, 그것은 우리 모두를 눈멀게 한다. 칼은 그것에 면역이 없다. 오히려 어느 쪽인가 하면, 그는 특별히 취약하다. 그는 생애 내내 왕좌를 바라보며 그것이 언젠가 자신의 것이 될 날을 준비하며 살아 왔다. 습관이란 사람이 쉽게 깨트릴 수 있는 것이 아님을 나는 즉시 깨닫는다. 그리고 나는 즉시 왕관보다 더 달콤한 맛이 나는 것은 거의 없다는 것도 깨닫는다. 나는 다시 한 번 일레인을 생각한다.

칼은 메어를 생각할까?

"바람을 좀 쐬어야겠어요."

그가 속삭인다.

당연히, 메어가 그를 따라 나서고, 그녀의 발걸음마다 전격이 덜덜 떨린다.

본능에 따라, 또 한 번 와인 한 잔을 달라고 부를 뻔 한다. 하지만 그만둔다. 만약 아까 그 사령관이 한 번 더 덤빈다면 그녀를 멈춰 줄 메어가 여기 없기도 하거니와, 알코올을 더 부어 봤자 이미 어지러운 내 속을 더 토할 것 같이 만들 뿐이다.

"티베리아스 7세 만세."

아나벨이 말한다.

방 안이 그 감상적인 말로 울린다. 나는 그저 그 말들을 입 모양만으로 따라한다. 중독된 기분이다.

에필로그

그는 분노에 차서 팔찌들을 서로 긁고, 그의 손목에서 불꽃이 튄다. 그 불꽃들은 불길로 화하지는 않는다. 스파크 뒤에 스파크가 일지만, 전부 다 내 것과 비교하자면 차갑고 약하다. 무용하다. 헛되다. 나는 그의 뒤를 따라서 발코니로 향하는 나선형 계단을 내려간다. 멋진 전망이 있는지 없는지, 그런 건 하나도 모르겠다. 칼 너머의 어떤 것도 눈에 들일 여유가 없다. 내 안의 모든 것들이 떨린다.

희망과 공포가 내 안에서 같은 무게로 싸워 댄다. 칼의 안에서도 똑같은 일이 벌어지고 있다는 것이, 그의 눈 뒤로 번뜩이는 빛에서 느껴진다. 폭풍이 구릿빛 속에서 분노를 일으키며, 두 종류의 불꽃이 자란다.

"약속했잖아."

근육을 사용하지 않고서도 그를 찢어 버리려는 시도로 내가 속삭인다.

칼은 성큼성큼 걸어서 발코니의 난간 위에 등을 기댄다. 그의 입이 뭐라도 할 말을 찾아서 열렸다 닫힌다. 어떤 해명이라도 찾아서. *칼은 메이븐이 아니야. 그는 거짓말쟁이가 아니라고.* 나는 스스로 상기해 본다. *칼은 너한테 이러고 싶지 않을 거야.* 하지만 그렇다고 해서 그가 멈출까?

"논리적인 사람이라면 내가 저지른 일들이 있는데 나를 왕으로 세우길 원할 거라고는…… 생각 못했어. 솔직히 너도 도대체 누가 나를 왕좌 근처에 가게 내버려 둘 거라고 정말로 생각해 본 적 있기는 한지 말해 봐."

그가 말한다.

"난 은혈들을 죽였어, 메어, 내 사람들을."

그는 얼굴을 맹렬히 타오르는 양손에 묻더니, 이목구비 위로 북북 문지른다. 자기 자신을 안으로 밀어넣고 싶은 사람처럼.

"당신은 적혈들도 죽였잖아. 차이가 없다고 말한 줄 알았는데."

"차별이 아니라 차이잖아."

나는 으르렁거리며 쏘아붙인다.

"당신은 사람들 앞에서 평등에 대해서 그렇게 멋들어진 연설을 하더니만 저 사모스 개자식들이 저기 앉아서 우리가 끝내려고 하는 것과 똑같은 종류의 왕국을 세울 거라 주장하도록 내버려 뒀지. 그의 협상 조건이나 그의 새 왕관에 대해서 몰랐다고 감히 말할 생각도, 거짓말할 생각도 하지 마……."

뒷말을 크게 소리치기 전에, 그리고 내 말이 진실이 되기 전에 내

409

목소리가 서서히 줄어든다.

"나도 전혀 몰랐다는 거 너도 알잖아."

"정말로 하나도?"

나는 눈썹을 치켜세운다.

"당신 할머니가 어떤 속닥거림도 안 해줬다고. 이 일에 대해 심지어 꿈도 꿔 본 적도 없다고?"

자신의 가장 깊은 욕망들을 부정할 수가 없어, 그는 힘겹게 침을 삼킨다. 그래서 그는 심지어 시도조차 하지 않는다.

"사모스를 멈출 수 있는 방법은 전혀 없어. 아직도……."

나는 그의 얼굴을 철썩 때린다. 그의 머리가 충격이 준 가속도로 획 돌아간다. 그는 그대로 내가 보기를 거부하고 있는 수평선 쪽을 바라보며 고개를 돌리지 않는다.

내 목소리가 갈라진다.

"난 지금 사모스에 대한 이야기를 하고 있는 게 아니야."

"난 몰랐어."

그가 말하는 단어들은 재가 섞인 바람 위로 부드럽게 내려앉는다. 슬프게도, 나는 그를 믿는다. 그래서 계속 화를 내는 것이 더 어려운데, 분노가 사라지면 내게는 공포와 슬픔밖에 남지 않는다.

"난 정말 몰랐어."

눈물이 뺨을 타고 짭짤하게 아래로 흐르고, 나는 울고 있는 내 자신이 끔찍하게 싫다. 나는 얼마나 많은 이가 죽었는지도 모를 상황을 그저 지켜만 보았고, 그들 중 많은 수를 나 스스로가 죽였다. 그래 놓고 어떻게 나는 고작 이런 상황에서 눈물이 날까? 바로 내 눈앞에 한 사람이 여전히 숨을 쉬고 있는 것에 감사해야 할 판국에?

내 목소리가 높아진다.

"혹시 지금 이 부분이 나를 선택하라고 당신에게 요청해야 할 순간이야?"

그건 정말로 선택이기 때문이다. 칼은 그저 아니라고 말해야 한다. 아니면 그렇다고 하든가. 단 한마디가 우리의 운명을 쥐고 있다.

날 선택해. 새벽을 선택해. 칼은 전에는 그러지 않았다. 지금은 그래야만 한다.

머리를 흔들며, 나는 양손에 그의 얼굴을 잡고 나를 마주보도록 돌린다. 그가 나를 마주하기를 거부하는 순간, 그의 구릿빛 눈동자가 내 입술이나 내 어깨나 따뜻한 공기 중에 노출된 낙인 위로 머무르는 순간, 내 안의 무언가가 부서져 내린다.

그가 중얼거린다.

"그녀랑 결혼할 필요는 없어. 그건 협상 가능해."

"아니, 그럴 수 없어. 당신도 그럴 수 없는 거 알잖아."

나는 그의 그 터무니없는 태도에 차갑게 웃음을 터뜨린다.

그의 눈동자가 어두워진다.

"너도 우리에게…… 은혈들에게 결혼이 어떤 의미인지 알잖아. 그건 아무 의미도 없는 거야. 무얼 느끼는지, 누구를 원하는지랑은 아무 관련이 없어."

"당신 정말로 내가 화난 게 결혼 때문이라고 생각하는 거야?"

분노가 무시할 수 없을 만큼 뜨겁고 거세게 끓어오른다.

"당신 정말로 내가 당신의…… 아니면 어떤 누구의…… 왕비가

411

되고자 하는 야망이 있다고 생각하는 거냐고?"

따뜻한 손가락이 내 손 위를 덜덜 떨며 덮고, 내가 손을 빼려고 하자 세게 잡는다.

"메어, 내가 할 수 있는 것들을 생각해 봐. 내가 어떤 왕이 될 수 있을지."

"왜 어떤 누가 왕이 될 필요가 있는 건데?"

나는 천천히, 모든 말을 날카롭게 쑤셔넣는다.

그는 아무 대답도 하지 않는다.

궁전에서, 죄수로 있던 시절에, 나는 메이븐이 자기 어머니의 손에 만들어졌음을, 그가 그렇게 괴물로 될 수밖에 없었음을 알게 되었다. 메이븐이나 엘라라가 저지른 일들을 바꿀 수 있는 건 세상에 아무것도 없었다. 그런데 칼 또한 만들어진 존재였다. 우리 모두가 다른 누군가에 의해서 만들어진 존재였으며, 우리 모두는 어떤 것에도, 또 누구에게도 잘리지 않는 강철로 된 실을 일부 갖고 있다.

칼은 권력으로의 타락한 유혹에 영향을 받지 않을 거라고 생각했다. 얼마나 잘못된 생각이었던가.

그는 왕이 되려고 태어났다. 그것을 위해서 만들어졌다. 그렇게 원하도록 만들어졌다.

"티베리아스."

전에는 결코 그의 진짜 이름을 불러 본 적이 없었다. 그건 그에게 별로 어울리지 않아서. 그건 우리에게 별로 어울리지 않아서. 하지만 그것이 바로 지금 그의 모습이다.

"날 선택해."

그의 손이 내 손 위를 덮고, 내 손가락에 맞춰 손가락을 쭉 편다. 그가 그러는 동안, 나는 눈을 감는다. 그의 기분이 어떨지 기억해 볼, 긴 1초의 시간을 스스로에게 허락해 본다. 피에드몬트에서의 그날처럼, 폭풍 속에 우리가 함께 갇혔던 그때처럼, 나는 타오르고 싶다. 나는 타올랐으면 싶다.

"메어."

칼이 똑같이 속삭인다.

"날 선택해."

왕관을 선택해. 또 다른 왕의 감옥을 선택해. 네가 피를 흘린 이유가 되었던 모든 것들을 배신하는 쪽을 선택해.

나 또한 강철로 된 실을 찾아낸다. 가느다랗지만 끊어지지 않을 실을.

"나는 당신이랑 사랑에 빠졌어, 그리고 세상 그 어떤 것보다도 더 당신을 원해."

내게서 흘러나온 그의 말들이 공허하게 들린다.

"세상 그 어떤 것보다도."

느리게 나는 눈꺼풀을 떨며 눈을 뜬다. 나와 눈을 맞춘 그가 내 안에서 가시를 발견한다.

"우리가 함께 할 수 있을 일들을 생각해 봐."

그가 나를 가까이 끌어당기려 하며 중얼거린다. 내 발은 움직이지 않는다.

"너도 나한테 네가 어떤 존재인지 알잖아. 네가 없으면 내게는 아무도 없어. 난 혼자야. 나한테는 아무도 남지 않았어. 제발 나를 홀로 두지 마."

내 숨결은 엉망진창이 된다.

나는 될 수도 있었던, 되어야만 했던, 될 것인 것들을 위해 그에게…… 마지막으로 입을 맞춘다. 우리 둘 다 얼음으로 변하기라도 한듯 그의 입술은 기묘하게 차갑다.

"당신은 혼자가 아니야."

그의 눈 속에서 희망이 깊게 배여 나간다.

"당신한테는 왕관이 남잖아."

비통함이 어떤 것인지 알고 있다고 생각했다. 메이븐이 내게 준 것이 그것이라고 생각했다. 메이븐이 그렇게 서서 나를 무릎 꿇렸을 때에. 내가 메이븐이라고 생각했었던 그 모든 것들이 다 거짓말이었다고 그가 내게 말했을 때에. 하지만 한편, 그때 나는 그를 사랑하고 있다고 믿었다.

이제는 알겠다, 사랑이 무엇인지 내가 전혀 모르고 있었음을. 아니 심지어 비통함의 메아리조차 어떤 느낌인지조차도.

당신의 전 세상인 사람의 앞에 서서 당신이 충분하지 않다는 이야기를 듣는 것. 당신이 그 사람의 선택지가 아닌 것. 당신의 태양인 사람에게 그저 그림자일 뿐인 것.

"메어, 제발."

칼은 절망에 빠진 어린아이처럼 애원한다.

"어떻게 이게 끝일 거라고 생각할 수가 있어? 대체 넌 다음에 무슨 일이 일어날 거라고 생각하는 거야?"

내 몸의 모든 부분이 차갑게 식어가는 지금조차 그에게서는 열기가 느껴진다.

"이럴 필요 없잖아."

하지만 그래야만 해.

나는 그의 반대에 귀 먼 듯 몸을 돌린다. 하지만 그는 나를 멈추려는 시도도 하지 않는다. 그는 내가 가게 내버려 둔다.

비명을 지르는 생각을 뺀 모든 것이 피에 흠뻑 잠긴다. 끔찍한 생각들, 증오에 찬 말들, 날개를 뺏긴 새처럼 부서지고 비틀린 것들. 그것들은 순서대로 절뚝거리며 기어나온다. *신의 선택이 아니라, 신의 저주였다.* 그것은 우리 모두를 향한 말이다.

탑으로 오르는 나선형 계단을 따라 내려가면서 넘어지지 않다니 놀랍다……. 쓰러지지 않고 밖으로 성공적으로 나온 것도 기적이나 다름없다. 머리 위의 태양은 증오스러울 정도로 밝아서, 내 안의 심연과는 눈에 거슬릴 정도로 대조를 이룬다. 한 손을 내 군복 주머니에 깊숙이 쑤셔 넣다가 무언가가 날카롭게 찌르는 느낌을 가까스로 알아차린다. 깨달음에 그리 오랜 시간이 걸리지는 않는다…… 귀걸이. 칼이 내게 줬던 귀걸이. 그 생각에 거의 웃음을 터뜨릴 뻔한다. 또 한 번의 깨어진 약속. 또 다른 캘로어의 배신.

달릴 필요가 있는 불길이 가슴을 강하게 사로잡는다. 내게는 킬런이 필요하다, 지사가 필요하다. 쉐이드 오빠가 나타나서 이건 그저 하나의 꿈일 뿐이라고 말해 줬으면 좋겠다. 내 옆에 그들이 있는 걸, 그들이 말을 걸고 편안하게 안아주는 것을 상상해 본다.

또 다른 목소리에 그들이 잠기듯 사라진다. 그 목소리가 내 안을 불태운다.

형은 명령을 따를 줄은 알지만 선택을 할 줄은 몰라.

메이븐이 했던 말이 생각나자 한숨이 난다. 칼은 선택을 할 줄 알았다. 그리고 내 안의 가장 깊은 곳에서부터, 솔직히 그 점이 놀랍지도 않다. 왕자는 항상 그랬던 그 모습 그대로다. 속은 좋은 사람일지 몰라도, 행동하기는 꺼려하는 사람. 자기 자신을 진정으로 바꾸는 것은 두려워한다. 왕관은 그의 마음속에 있던 것이며, 마음이란 바뀌는 것이 아니다.

텅 빈 눈으로 골목에 서서 벽을 쳐다보고 있는 나를 팔리가 찾아낸다. 눈물은 오래 전에 말라 버렸다. 대담함을 오래 전에 내버린 것인지, 그녀는 잠시 망설인다. 대신에 그녀는 내 어깨를 만지려는 듯이 한 손을 뻗은 채로 거의 부드러울 정도로 느릿하게 다가온다.

"네가 알기 전까지 나도 몰랐어. 정말이야."

그녀가 중얼거린다.

그녀가 사랑했던 사람은 죽었다, 다른 누구의 손이 빼앗았다. 내 사랑은 스스로 가 버리기를 택했다. 내가 가진 모든 것보다 내가 증오하는 모든 것들을 택했다. 어느 쪽이 더 상처가 되는지 모르겠다.

내가 팔리의 품 안에서 안정을 취하고, 그녀가 나를 위로할 기회를 주기도 전에, 근처에 다른 누군가가 서 있는 것을 알아차린다.

"나는 알고 있었습니다."

프리미어 데이비슨이 말한다. 그 말은 꼭 사과처럼 들린다. 처음에는 또 다른 분노의 파도가 밀려오는 것이 느껴지지만, 이 모든 일은 그의 잘못이 아니다. 칼은 결코 꼭 동의할 필요가 없었다. 칼은 내가 떠나도록 하지 않아도 됐다.

그토록 잘 미끼를 놓아둔 덫 속으로 그렇게 열망하며 뛰어들 필요도 없었다.

"분열시키고 정복하라."

나는 데이비슨의 말을 기억하면서 중얼거린다. 일이 어떻게 돌아가는지 이해될 정도로 비통함의 안개가 걷힌다. 몬트포트와 진홍의 군대는 결코 은혈 왕을 지지할 수는 없을 것이다, 진정으로는 결코. 연극을 벌여야 할 또 다른 동기가 있지 않고서야.

데이비슨이 머리를 끄덕인다.

"이것이 그들을 때려눕힐 유일한 방법입니다."

사모스, 캘로어, 시그넷. 리프트, 노르타, 레이크랜즈. 모두가 탐욕에 의해서 내달리고, 모두가 이미 부서진 왕관을 위해서 상대를 부술 준비가 되어 있다. 모든 부분이 몬트포트의 계획의 일부였다. 나는 억지로 숨을 쉬어 기운을 차리려 애를 쓴다. 칼을 잊고, 메이븐을 잊고, 앞에 놓인 길에 집중하기 위해서 애를 쓴다. 그 길이 어디로 향하는지는, 모르겠지만.

저 멀리 어딘가에서, 내 몸속 어딘가에서, 천둥이 고함을 친다.

우리는 그들이 서로를 죽이도록 할 것이다.

감사의 말

제 책을 만들고, 또 제 책이 가능토록 해 주셨던 군단에게 감사를 전합니다. 편집자인 크리스틴과 모든 편집부, 하퍼 틴과 하퍼 콜린스 가족 여러분, 지나, 엘리자베스들(워드와 린치 모두요), 마곳, 세상에서 가장 멋진 표지 디자이너인 사라 카우프만, 그리고 디자인 팀에게도요. 외국 출판사랑 에이전트 들, 유니버설 영화 팀, 사라, 엘리자베스, 제이, 제니퍼, 그리고 당연하게도 실세에게도.(뉴 리프 리터러리 말입니다.) 항상 제 곁에 있는 수지. 포우야, 케이틀린, 미아, 조, 재키, 제이다, 힐러리, 크리스, 다니엘르, 그리고 사라, 『왕의 감옥』을 완성할 때까지 몇 가지 엄청난 충고들을 주어서 제가 꼿꼿이 머리를 들고 헤쳐 나갈 수 있게 도와줘서 고마워요. 뉴 리프는 항상 밀어붙인다니까요. 그리고 한 번 더, 수지에게 고마움을 전할게요, 왜냐하면 아무리 고마워해도 결코 충분하지가 않거든요.

말 그대로 어마어마한 부대인 친구들과 가족들에게도 감사를 전합니다. 제 부모님, 루와 헤더는 여전히 이 모든 일이 있게 해 주신 이유이자 제 모든 것을 뒤에서 조종하시는 분들이시죠. 제 오빠, 앤디는 이제야 저보다 더 나은 어른이 되었네요. 조부모님, 고모와 이모와 삼촌들, 그리고 사촌들에게도 커다란 사랑을 보냅니다. 특히 킴과 마이클은 제게 자매가 있었다면 바로 제일 비슷한 사람들이 이들이었을 거예요. 옛 동네의 친구들에게도 감사를 전해요. 나탈리, 알렉스, 카트리나, 킴, 로렌, 그리고 더 많은 분들께도요. 새 동네의 친구들에게도 감사합니다. 베이얀, 안젤라, 에린, 젠, 진저, 조단, 컬버 시티 대부분처럼 보이는 거랑 그리고 일요일의 PMCC를 위한 흔들의자들에서 결국 끝나고 말 모든 이들에게도요. 저의 슬리데린 기숙사실 룸메이트들에게도 감사를 전해요, 젠과 모건, 그리고 실종된 룸메이트 토리에게요. 토리, 항상 네 자리 비워 두고 있을게.

이 자리야말로 자랑을 떠벌릴 수 있는 기회가 될 테지만, 저는 지난 몇 년 간 다른 작가님들과의 만남을 통해서 너무나 많은 진짜 친구들을 사귀었고 성장할 수 있었답니다. 우리는 바로 여러 분들이 아니었다면 할 수 없었을 이상한 일들을 했어요. 그 이름들을 언급하지 않는다면 저는 태만한 거겠죠, 부끄러울 거예요, 그래서 여러 분들 중 몇 분에게 감사를 전할게요. 먼저, 엠마 써리올트가 있네요. 이 이름을 꼭 기억해 주세요. 엠마의 지지는 수년간 매우 귀중한 도움이 되었습니다. 아담 실베라, 르네 아디, 레이 바두고, 제니 한, 베로니카 로스, 소만 차이나니, 브렌든 레이, 도니엘르 클레이튼, 모렌구, 사라 엔니, 카라 토마스, 다니엘르 베이지, 그리고 YALL 가족 여러분 모두에게도 감사를 전합니다.(순서는 특별히 아무런 의미는 없어요.) 어머니 전사인 마지 스톨에게도요. 이 산업계에서 저의 첫 친구가 되어준 사바 타히르는 어둠이 우리 위로 덮칠 때마다 계속해서 횃불이 되어 주었습니다. 제 가장 깊은 사랑과 존경을 수잔 덴나드에게 전하고 싶네요. 모범적인 인간종일 뿐만 아니라 우리 우주선에 비할 데 없을 통찰력을 제공해 준 매우 재능있는 작가이기도 하거든요. 그리고 당연하지만, 셀 수 없을 정도로 시끄러운 수많은 문자 메시지로 저를 고문했던 알렉스 브라켄도 있군요. 알렉스는 「스타 워즈」와 미국 역사 양쪽 모두에 조예가 깊으며 세상에서 가장 귀여운 소황제 개를 키우고 있고, 진실로 변함없으며 사랑스럽고 단호하며 지적인 친구예요. 가장 멋진 작가이기도 하지 싶네요. 제가 쓸 만한 형용사가 다 떨어진 것 같군요.

제 책을 읽어 줄 독자분들이 계실 정도로 저는 충분히 축복받은 사람이고, 말할 필요도 없겠지만, 제 가장 깊은 감사의 말씀을 여러분 모두께 드리고 싶습니다. JK의 말을 인용하자면, "듣고자 하는 사람이 없는 이야기는 살아남을 수 없겠죠." 들어 주셔서 감사합니다. 그리고 전 YA 커뮤니티들에게도 감사를 전합니다. 2016년의 어두운 흐름 속에서 여러분들이 등불이 되어 주셨어요.

지난 번에는 피자에게 감사의 말을 남겼었는데, 그건 이번에도 마찬가지입니다. 국립 공원과 국립 공원 관리청에게도 제가 사랑하는 나라의 자연적인 아름다움을 유지하고 지켜 주셔서 감사의 말씀을 드립니다. 100번째 생일을 축하해요! 자원 봉사나 기부에 대해서 더 알고 싶으신 분들은 www.nps.gov/getinvolved에 방문하시기를. 우리의 자연이라는 보물은 다가올 세대들을 위해서 보호되어야 하니까요.

힐러리 로댐 클린턴, 버니 샌더스, 엘리자베스 워렌, 버락 오바마 대통령, 미셸 오바마 영부인, 그리고 여성과 소수자와 미국 내 무슬림과 난민과 LGBTQ+ 미국인들의 권리를 보호하기 위한 모든 작업들에게도 감사를 표합니다. 민중 선동에 대한 밋 롬니의 변함없는 반대와 그의 미국에 대한 봉사심에도 감사를 표합니다. 고문에 꾸준히 반대해 온 존 맥케인에게도, 군 가족을 위해 바쳐 온 그의 지난 세월에도 마찬가지로 감사를 표합니다. 메사추세츠 장관인 찰리 베이커의 총기 개혁, 여성 권리, 결혼 평등에 관한 상식에도 감사합니다. 그리고 혹시 위에 언급한 것들 중 어떤 사항이 우리가 출간하는 시점에 있어서 180도 전향하게 되는 만약의 경우를 대비해서 말씀드리는 거지만, 이 감사의 말은 2016년 11월에 쓰인 것이란 점을 밝혀 둡니다.

칸 가족들에게도 감사하며, 또한 미국의 모든 전사자 유가족들에게도 감사를 표합니다. 대부분 우리들은 가늠할 수도 없는 희생으로 미국을 위해서 봉사하고 있는 군인, 참전 용사, 그리고 군 가족들에게도 감사를 표합니다. 미국의 모든 교육자분들께도 감사를 전합니다. 여러분들은 미래를 만들어 가는 손이에요.

분열과 공포에 반대하는 투표를 행하셨던 스코틀랜드 여러분들께도 감사를 드립니다. 우리 유권자들을 계속해서 수호해 주실 캘리포니아 대표로 선출되신 분들께도 감사를 드리고요. 린 마누엘 미란다와 뮤지컬 「해밀턴」의 출연진들, 그 오랫동안 이어질 예술을 통해서 미국에 진정한 봉사를 실천하신 그분들께도 감사를 전합니다. 여러분은 정말로 끝없이 칭찬받으실 만해요.

미국의 그리고 전 세계의, 불평등, 독재, 그리고 증오에 맞서서 발언하실 지위에 계신 모든 분들께도 감사의 말씀을 드립니다. 주의 깊게 듣고, 지켜보고, 계속해서 눈을 크게 뜨고 계신 모든 분들께도 감사를 드립니다.

옮긴이 | 김은숙

번역하다가 자기도 모르게 작품에 빠져 작업을 잊고 다음 페이지를 읽다가 정신 차리기를 몇 번씩 반복한다. 소설 취향은 잡식성. 번역한 책으로『미술관을 터는 단 한 가지 방법』(공역),「웨이크 시리즈」(전3권),『레드 퀸: 적혈의 여왕』(전2권),『레드 퀸: 유리의 검』(전2권) 등이 있다.

레드 퀸 : 왕의 감옥 II

1판 1쇄 찍음 2019년 11월 1일
1판 1쇄 펴냄 2019년 11월 8일

지은이 | 빅토리아 애비야드
옮긴이 | 김은숙
발행인 | 박근섭
편집인 | 김준혁
책임편집 | 최고운
펴낸곳 | 황금가지

출판등록 | 2009. 10. 8 (제2009-000273호)
주소 | 06027 서울 강남구 도산대로 1길 62 강남출판문화센터 5층
전화 | 영업부 515-2000 편집부 3446-8774 팩시밀리 515-2007
홈페이지 | www.goldenbough.co.kr

도서 파본 등의 이유로 반송이 필요할 경우에는 구매처에서 교환하시고
출판사 교환이 필요할 경우에는 아래 주소로 반송 사유를 적어 도서와 함께 보내주세요.
06027 서울 강남구 도산대로 1길 62 강남출판문화센터 6층 민음인 마케팅부

ISBN 979-11-5888-108-5 04840(2권)
       979-11-5888-109-2 04840(세트)

블랙 로맨스 클럽을 열며

로맨스 소설에도 흐름이 있다. 한참 인기를 지속하던 칙릿 이후 10대에서 출발해서 무서운 속도로 영역을 넓혔던 인터넷 소설 시장에 이어, 과히 광풍이라고 부를 수 있을 정도로 전 세계를 평정한 뱀파이어 소설이 최근의 주류를 이루고 있다. 하지만 한 작품이 인기를 끌고 나면 그 뒤로는 아류작이 쏟아져 나오는 시장의 특성상, 너무나 천편일률적인 작품들이 유행에 따라서 서점을 채우고 있다.

블랙 로맨스 클럽은 바로 이 획일화 되어 있는 로맨스 소설 시장에 대한 고민에서 출발했다. 사실 로맨스 소설은 다 비슷한 게 당연한 것 아니냐고? 천만의 말씀. 그냥저냥 잘생긴 남자랑 예쁜 여자가 만나서 악역 조연들에게 시달리며 오해를 겹겹이 쌓아가다가 어느 순간 너를 너무 사랑하니까 하고는 결혼에 골인하면 되는 거 아니냐고? 부디 블랙 로맨스 클럽을 통해 그 편견을 버려 주시길 바란다.

블랙 로맨스 클럽 편집부는 로맨스라면 흔히 떠올리는 소재나 플롯 등에서 벗어나 다양한 소재를 다룬 신선한 소설, 탄탄한 이야기 구조를 기반으로 재미와 감동을 전해 주는 소설만을 엄선하고자 한다. 시리즈의 작품들은 하나 같이 기존의 로맨스 소설의 공식을 깨는 개성 넘치는 작품들로, 시대를 초월한 재미를 추구하는 작품만을 선정했다. 추리, 호러, 스릴러, SF, 판타지, 역사, 좀비 등 소설에서 기대할 수 있는 모든 이야기에 로맨스라는 양념이 덧붙여진 종합 선물 세트와 같은 다양한 소설들로 독자들에게 색다른 재미를 드리고자 한다. 블랙 로맨스 클럽의 '블랙'은 하얀색, 분홍색, 빨강색 등의 색조로 흔히 표현되는 로맨스 소설을 뒤집어 개성 넘치는 로맨스 소설을 담고자 하는 출판사의 마음을 담고 있다.